N
S
Omak
Okanogan National Forest
Lake Chelan
Wenatchee National Forest
CHELAN COUNTY
Manson
Chelan
Columbia
W A S H I N G T O N
Winesap
Ardenvoir
Orondo
Leavenworth
Peshastin
Wenatchee National Forest
Cashmere
Mount Stuart
Wenatchee
East Wenatchee
Rock Island
Wenatchee Hts.
Malaga
Rock Island Damm
Swauk Paß
Ephrata
GRANT COUNTY
Winchester
Quincy
Babcock Ridge
Wanapum Lake
Moses Lake
Potholes Reservoir
George
Ellensburg
Columbia
90
Vantage
Frenchman Hills
Wanapum Damm
Yakima
Priest Rapids Lake
Columbia
20 Meilen
30 Kilometer
Yakima
D1936818

Östlich der Berge

David Guterson

Östlich der Berge

Roman

Aus dem Amerikanischen
von Susanne Höbel

Berlin Verlag

Die Originalausgabe erschien 1999
unter dem Titel
East of the Mountains
bei Harcourt Brace & Company, New York
© 1999 David Guterson
Für die deutsche Ausgabe:
© 1999 Berlin Verlag, Berlin
Alle Rechte vorbehalten
Umschlaggestaltung: Nina Rothfos und
Patrick Gabler, Hamburg
Gesetzt aus der Palatino
durch psb
Karte auf dem Vorsatzpapier:
Ditta Ahmadi und Peter Palm, Berlin
Druck & Bindung:
Franz Spiegel Buch GmbH, Ulm
Printed in Germany 1999
ISBN 3-8270-0293-1

Gedruckt auf chlor- und säurefreiem Papier

Für Robin, wie immer,
und für Henry Shain –
er liebte die Berge

Du konntest zehnmal tausend Früchte greifen,
In der Hand liebkosen, sanft pflücken,
und durftest sie nicht fallenlassen.

Robert Frost
Nach dem Apfelpflücken

1

In der Nacht, die Dr. Ben Givens zu seiner letzten unter den Lebenden bestimmt hatte, träumte er nicht, denn sein Schlaf war rastlos und wurde von Phantomwesen heimgesucht, die an den Pforten der Traumwelt Wache standen und erbarmungslos von dieser Welt sprachen. Von seiner Frau, die tot war, und von seiner Tochter, von stillen Schluchten, in denen er Jagd auf Vögel gemacht hatte, von majestätischen Gipfeln, die er einst erklommen hatte, von frisch gepflückten Äpfeln und Weinbergen am Fuße des Apennin. Sie sprachen von Campanino-Äpfeln, in Reihen angepflanzt, bei Monte Della Torraccia; sie sprachen von Kirschbäumen an Flußufern und Birnenblüten im Maisonnenlicht. Jetzt prasselte unaufhörlich der Regen auf die Dachziegel und an die Fenster seines Hauses in Seattle, als wollte er ihn gemahnen, daß Erinnerungen nichts weiter waren als Illusionen. Das Trommeln der Tropfen stand im Einklang mit seiner Schlaflosigkeit. Dr. Givens schüttelte die Vergangenheit ab und lauschte konzentriert auf das regelmäßige Rauschen des Regens, aber keine Träume, keine Erlösung kamen. So änderte er nur die Lage seiner Beine – er spürte einen unangenehmen Druck auf der Blase – und wurde von der unumstößlichen Gewißheit gequält, daß er sterben mußte, daß er an Darmkrebs sterben würde.

Drei Stunden, bevor sich der erste helle Streifen im Osten zeigte, gab er den Versuch zu schlafen auf. Hellwach machte er das Licht an und setzte die Füße auf den Boden. Sofort spürte er den Schmerz in seiner Seite, der ihn in all seinen

Wachstunden peinigte. Er saß da, wo sein Darm sich auf der linken Seite krümmte und in den Beckenraum senkte; wenn er seine Hand in die Seite oberhalb des Beckenknochens preßte, breitete sich in seinem ganzen Unterleib ein Reizschmerz aus. Ben Givens legte zwei Finger auf diese Stelle und fing an, sie zu massieren, wie er es sich in letzter Zeit angewöhnt hatte. Er nahm die Brille vom Nachttisch und setzte sie auf, dann fuhr er fort, seine Seite zu kneten.

Die Stadt westlich von dem Haus, in dem er sein Erwachsenenleben verbracht hatte, lag auch unter der Regenfront und wurde von ihr verdunkelt. Im Osten ging der Regen über den Bergen nieder, und in den Höhenlagen wurde er zu Schnee, der lautlos auf Gletscher und Geröllhalden, auf windgepeitschte Felsvorsprünge und Steilhänge fiel. Östlich der schneebedeckten Gipfel wiederum war der Himmel fast wolkenlos; abgesehen von einigen gespenstischen Nebelfetzen, die unter den eisigen Punkten der Sterne entlangzogen, behinderte dort nichts den freien Blick in den Himmel. Der Oktobermond schien hell auf Stoppelfelder, Weinberge, Salbeiwüste und Apfelplantagen, und das Land lag trocken und still. An den sanften, dunklen Hügeln am Columbia River, wo Dr. Ben Givens zur Welt gekommen war, hingen die duftenden Äpfel schwer an den Bäumen, während das Fallobst faulend in der Dunkelheit lag und von einem blassen Frosthauch überzogen wurde.

Ben dachte an die einsamen Täler und daran, daß er bald in Richtung Osten aufbrechen würde, um unter dem bleichen Herbsthimmel über das Land zu gehen, während die Hunde um ihn herum stöberten und die Wachteln sich dicht an den Boden drückten, wenn die Hunde ihre Witterung aufgenommen hatten. Dann schlurfte er morgentaumelig ins Badezimmer, rieb sich unablässig die Seite, und während er sich mit einer Hand an der Wand über dem Toilettenbecken abstützte, wartete er mit bitterer, trostloser Ungeduld darauf, daß sein Blasenmuskel sich an seine Funktion erinnerte. Er machte sich klar, daß er, wenn alles nach Plan lief, bei Einbruch der Abenddämmerung nicht mehr in dieser Welt sein würde.

Dr. Givens war Herzchirurg gewesen und hatte sich auf Bypassoperationen spezialisiert. Andere Ärzte hatten ihn wegen seiner ruhigen Hand, seiner Präzision, seiner Ausdauer und Konzentrationsfähigkeit und auch wegen seiner Kunstfertigkeit bewundert. Seine Assistenten wußten, daß in dem Moment, da das Herz vom Rest des Körpers isoliert lag – wenn alles Menschliche ausgelöscht war und nur der Blick durch das kleine antiseptische Fenster frei war, durch das die Schnitte und Nähte am Herzen eines anderen Menschen vorgenommen wurden –, nur wenige so gut und sicher waren wie Dr. Givens.

Jetzt lebte er ohne viel Kontakt – ein zurückhaltender, eigenbrötlerischer Mann. Mit seinen dreiundsiebzig Jahren hatte er einen kräftigen Brustkorb und breite Schultern, obwohl seine Arm- und Beinmuskeln erschlafft waren. Schon in jungen Jahren war er auf die Berge gestiegen, immer mehr Berge, und war viele Meilen bei jedem Wetter gewandert. Jeden Winter war er im Hochgebirge gewesen, hatte einsame Täler mit Schneeschuhen durchwandert. In den gut anderthalb Jahren seit dem Tod seiner Frau hatte er eine herbstliche Gewohnheit seiner Jugend wieder aufgenommen: Zum ersten Mal, seit er Teenager war, jagte er wieder Vögel. Die Jagd hatte ihn kurz nach Rachels Tod, als er die Arbeit als Chirurg aufgegeben hatte und plötzlich mit seiner Zeit nichts anzufangen wußte, wieder gefangengenommen.

Sein Gesicht war wettergegerbt und gefurcht, seine Augen tiefliegend und dunkel. Sein struppiges graues Haar sah immer so aus, als hätte der Wind es zerzaust, und er hatte einen etwas steifen, krummbeinigen Gang, bei dem er das Gewicht auf die Außenseite der Füße verlagerte. Er war so groß, daß er unwillkürlich den Kopf einzog, wenn er durch eine Tür ging. Seine Patienten hatten an ihm seine großen, kräftigen und präzisen Hände geschätzt. Wenn er sie abtastete oder die Herztöne abhörte, gewannen sie Vertrauen zu seinen ärztlichen Fähigkeiten. Dr. Givens glaubte fest an die Möglichkeiten der Medizin und beugte sich ihren Begrenzungen nur unwillig. Widerstrebend nahm er seine eigenen Niederlagen hin und rang mit den Herzerkrankungen seiner Patienten, als wären sie ein persönlicher Affront gegen ihn. So schaffte er sich eine gewisse Distanz, und wenn ein Patient auf dem Operationstisch starb, belastete ihn das nicht übermäßig. Es verfolgte ihn nicht. Bei einer Operation ging es in erster Linie um taktische Fragen; alles andere, so meinte er, war ein Geheimnis und damit jenseits seiner Kontrolle.

Das bedeutete jedoch nicht, daß Dr. Givens ein harter Mann war. Jedesmal, wenn die Wahrheit des Herzens eines anderen offen und irreparabel vor ihm lag, drohte seines zu verzagen. Immer war er sich bei der Arbeit seiner Macht einzugreifen bewußt gewesen – und gleichzeitig seiner Hilflosigkeit. Er hatte verstanden, daß Menschen sterblich sind und ihre schlagenden Herzen versagen können, doch hatte er sich von derlei Dingen eine gewisse Distanz bewahrt, bis er seine eigene Diagnose erfuhr. Jetzt hatte man ihm gesagt – das war die dunkle Logik dieser Welt –, daß ihm nur noch wenige Monate blieben. Wie jeder Mediziner erkannte er die Wahrheit eines solchen Urteils an. Er wußte, welche Macht der Krebs hatte und wie unbarmherzig er wütete. Er verstand, daß nichts seinen Tod verhindern konnte, ganz gleich, welchen Hoffnungen er sich hingab oder wie sehr er sich verblenden ließ. Ben sah seine letzten Monate vor sich – das Leiden, das ihm nicht erspart bleiben würde, die jeder Bedeutung beraubte Richtung, die sein Leben einschlagen würde, hin zu einem bedeutungslosen Grab. Es war besser, dem allem jetzt ein Ende zu bereiten, hatte er entschieden; besser, dem Leiden aus dem Weg zu gehen, als es auf sich zu nehmen. Es war besser, sein Leben rasch und sauber zu beenden und einfach hinzunehmen, daß er dem Fortschreiten der Krankheit keinen Einhalt gebieten konnte.

Seit dem Tod seiner Frau hatte er sich angewöhnt, die Hunde ins Haus zu lassen, sobald er aufgestanden war. Neben dem Zwinger wuchsen Portlandrosen, von seiner Frau dort gepflanzt, und ihre Stiele glänzten im Regen. Die Hunde waren wach, als er zu ihrem umzäunten Auslauf kam und das Gitter öffnete. Der altersgraue Tristan sah ihn unverwandt an, als Ben um vier Uhr morgens mit einem Schirm über dem Kopf vor ihm stand, während der zwei Jahre alte Rex an dem Maschendraht hochsprang, als wollte er darüberklettern. Als Ben das Tor öffnete, sprang der junge Hund wild an ihm hoch, legte ihm die Vorderbeine um die Taille, lief dann in den Regen hinaus, sprang nach nichts in die Luft und kam zurück.

Es waren braun-weißgefleckte Brittanies mit hellen Nasen – Rex hatte eine eher bronzene Färbung – und tiefliegenden Augen. Beide hatten sie kräftige Hinterbeine, spitz zulaufende Schnauzen, fedrigen Flaum an den Beinen. In früheren Jahren war Tristan voll unbändiger Energie gewesen und hatte Vögel mit großem Eifer und Überschwang verfolgt. Inzwischen, mit fortschreitendem Alter, war er vorsichtiger in seinen Bewegungen geworden, wagte sich nur zögernd ins Dornengestrüpp und blieb lieber in der Nähe seines Herrn. Sein Drang herumzustreifen hatte nachgelassen.

Als Ben die Hunde aus dem Regen ins Haus gelockt hatte, gab er ihnen in der Küche zu fressen. Sich selbst goß er ein Glas Pflaumensaft ein – Verstopfung war eins der Symptome –, schluckte zwei Kapseln Dokusat-Natrium und setzte Teewasser auf. Gewöhnlich las er beim Frühstück die Zeitung, aber um diese Zeit lag der Junge, der sie austrug, sicherlich noch in seligem Schlummer. Ben deckte den Tisch mit Zwieback, Orangenmarmelade und Apfelmus und legte zwei Beutel Zitronentee bereit. Er stellte einen Teller, eine Schale und eine Tasse mit Untertasse auf den Tisch und legte Messer und Löffel daneben. Als das Wasser kochte, füllte er es in eine Thermoskanne und hängte einen Teebeutel hinein, dann setzte er sich zum Frühstück an den Tisch. Obwohl er die Nacht schlaflos verbracht hatte, waren seine Gedanken klar und scharf, und er verspürte ein zwanghaftes Bedürfnis, sein Haus in Ordnung zu bringen. Es gab ein Zeremoniell für den Tag, das zu befolgen wohltuend sein würde, trotz allem.

Die Hunde hatten sich zu seinen Füßen ausgestreckt und waren immer noch da, als er seine Schüssel wegschob, sich sanft die schmerzende Seite rieb und an dem Zitronentee nippte. Beide erhoben sich in dem Moment, da er aufstand, und folgten ihm lautlos ins Schlafzimmer, wo er seine Gewehrtasche aus dem Schrank nahm und die Doppelflinte auspackte. Auf der Stelle erstarrten die Hunde in ihren Bewegungen und blickten ihn mit unsicherer Neugier an.

Ben sah in die Läufe hinein, entsicherte und sicherte wieder, dann öffnete er den Verschluß und überprüfte den Zustand der Bohrungen. Es war die Flinte seines Vaters, eine doppelläufige Winchester 21, mit einem Chokelauf für Wachteln und Chukars. Am Kolbenhals war sie anderthalb Zoll abgesenkt, was sich für Ben als günstig erwies, aber die Länge, passend für seinen Vater, war für ihn nicht ganz richtig gewesen, so daß er den Kolben um zwei Zoll hatte verlängern lassen. Als er acht Jahre alt gewesen war, hatte sein Vater ihn mitgenommen, um Trauertauben am Rande der Apfelplantage zu schießen. Die Tauben stiegen vom Columbia auf, um Nahrung zu suchen, und flogen in großen Scharen in den blassen Morgen. Bens Vater schwieg zu den verwirrenden moralischen Aspekten der Jagd. Er zeigte Ben lediglich, wie er vorhalten und die Flinte in einer glatten Bewegung herumschwingen mußte. Bens Mutter war gegen die Vogeljagd und hatte ihre Einstellung deutlich gemacht: Es war nötig, Nahrung auf den Tisch zu bringen, so ihre Überzeugung, aber sein Vergnügen darin zu suchen, daß man Vögel im Fluge erlegte, war in den Augen Gottes verwerflich. An dem Morgen schoß Ben drei Trauertauben und beobachtete, wie sie zu dem Brechen der Schüsse aus der .410, die sein Vater ihm gegeben hatte, vom Himmel fielen. Er vergrub das Gescheide, Schwingen und Köpfe in einem Loch im Boden. Die kleinen, dunklen Stücke des Brustfleisches, gesalzen und mit Mehl bestäubt, brieten in der Pfanne: Er aß sie mit vagem Bedauern, während seine Mutter vom Spülstein aus zusah. Nach einer Weile kam sie zu ihm und berührte seine Wange, dann ging sie wieder zum Spülstein und schrubbte die Pfanne für ihn aus.

Ben saß in seinem Schlafzimmer, hatte die Winchester in der Hand und ließ den Verschluß zuschnappen. Er legte die Flinte an und schwenkte den Lauf an der Bilderleiste entlang, und sein Zeigefinger, der sanft am Abzug lag, feuerte einen lautlosen Schuß in die Ecke, wo die Wände aufeinanderstießen. Rex tänzelte aufgeregt im Zimmer umher.

Dann stützte Ben den Kolben auf dem Bett auf und nahm den Lauf in den Mund, als wollte er daran saugen. Er versicherte sich, daß er in dieser Position gerade noch an den Abzug heranreichte. Er mußte nur den Arm zu voller Länge ausstrecken, so daß das Ende des Laufs an seinen Gaumen gedrückt wurde. Wenn er die Flinte so an sich drückte und zuließ, daß das Metall sich in seinen Gaumen eingrub, dann konnte er sich ohne logistische Schwierigkeiten die Schädeldecke wegsprengen. Das Wissen, daß dies in der Tat möglich war, daß eine solche Handlung in Reichweite war – überschwemmte ihn mit einer tiefsitzenden Angst. Wie eine Welle ging sie durch ihn hindurch.

Ben legte die Flinte ab und packte die Sachen für seine Reise mit der gleichen umsichtigen Gründlichkeit, die ihn in seinem Berufsleben ausgezeichnet hatte: Er wog alles übertrieben lange ab, irrte jedoch selten, wenn er sich schließlich entschied. In seinen Seesack packte er seine Jagdweste, eine Schachtel mit fünfundzwanzig Nr. 8-Patronen, seine Jagdhandschuhe, den Flintenriemen, eine Leinenmütze mit festem Schirm und eine Trillerpfeife an einem Halsband; in den Rucksack steckte er eine Kopflampe mit einer Packung Batterien, Landkarten von Chelan County und Douglas County, einen Höhenmesser, einen Kompaß, einen Aluminiumbecher, drei Feueranzünder, eine Rolle wasserfestes Klebeband, einen Erste-Hilfe-Kasten, Nadel und Faden, einen Spaten, eine zusammenklappbare Säge, einen Regenumhang, ein Knäuel Paketband, einen Feldstecher, Lippenbalsam, eine Tube Sonnencreme, die Sonnenbrille mit den geschliffenen Gläsern in ihrem Etui, ein Feuerzeug, Insektenspray, eine Dose mit Tabletten zur Wasserreinigung und eine Plastiktüte mit Toilettenpapier.

In der Küche füllte er die Wasserflaschen, drehte die Thermoskanne mit dem Tee fest zu und stellte alle drei Kannen auf den Kopf, um zu prüfen, ob sie dicht waren. Er trocknete sie, wischte über den Tisch und wusch sein Frühstücksgeschirr ab. Er hatte gehofft, sich vor der Abfahrt noch erleichtern zu können – wenn er erst einmal eine Stunde gefahren war, würde sich den Tag über nichts mehr regen –, aber er wußte, daß es ihm nichts nützen würde, wenn er den Stuhlgang zu erzwingen versuchte. Das würde nur seine im Entstehen begriffenen Hämorrhoiden anschwellen lassen und das saure Gefühl der Frustration in seinem Magen verstärken, das entstand, wenn er seinen Darm nicht entleeren konnte. Ben bedauerte es zutiefst, daß er an diesem besonderen Tag die giftige Fäulnis in sich tragen würde, eine fühlbare Erinnerung daran, daß er selbst nun ein Pesthauch in dieser Welt war.

Den Abend zuvor hatte er damit verbracht, Fotoalben durchzublättern, alte Briefe zu lesen und die Ohrringe und Medaillons hervorzuholen, die seine Frau Rachel getragen hatte. In einem Karton hatte er ein Glas mit Knöpfen gefunden, ein Flakon Lavendelwasser mit Zerstäuber, ein Paar ihrer Schuhe, ein Tütchen mit Fingerhutsamen und einen Skizzenblock, kaum zu einem Viertel voll mit ihren Baumzeichnungen. Er hatte den Kleidersack ganz hinten im Schrank geöffnet und in einem sentimentalen Anfall seinen Kopf darin vergraben, weil er hoffte, einen Hauch von ihrem Geruch einatmen zu können. Damit und mit dergleichen mehr hatte er den Abend zugebracht, und so war er auch auf den sauber mit Füllfederhalter geschriebenen Namenszug seiner Mutter auf der letzten Seite einiger Bücher gestoßen und hatte in einer Zedernholzschachtel die Taschenuhr seines Vaters gefunden, an der seit über fünfzig Jahren das Glas fehlte. Nach Mitternacht hatte er auf dem Boden eines Kartons ein paar vergessene Fotos entdeckt, die meisten von seiner Tochter Renee.

Auch Fotos von ihm waren dabei. Er hatte nie besonders gut ausgesehen, war aber kräftig gebaut und groß und hatte die blauen Augen seiner Mutter und die hageren Wangen und das lange Kinn seines Vaters. Die Fotos waren auf der Apfelplantage und beim Bergsteigen gemacht worden, andere zeigten ihn in Uniform – sie stammten von seinem Fronturlaub in den Bergen Norditaliens.

Und nun, am Morgen danach, konnte er sich noch nicht dazu bringen, das Licht zu löschen und wegzufahren. Er hörte das Summen des Kühlschranks und mußte an Rachels Angewohnheit denken, den Geschmack der Dinge, die sie gemeinsam aßen, zu beschreiben – den von Topinamburs, die sie aus dem Boden gegraben hatten, oder von sonnengereiften Äpfeln. Und er sah sie vor sich, wie sie mit schnellen, geschickten Bewegungen Mohrrüben in Scheiben schnitt und ihr Handballen als Stopper diente. Ben jagte die Erinnerungen fort, machte das Licht aus und rief die Hunde aus dem Wohnzimmer herbei. Es war Zeit, dies alles zurückzulassen. Zeit, die Reise anzutreten.

In Dr. Givens' Garage stand ein International Scout, Baujahr '69, mit dem er immer in die Natur gefahren war. Vor achtundzwanzig Jahren hatte er ihn neu gekauft, und obwohl er seither andere Autos gehabt hatte, konnte er sich nie von dem Scout trennen. Es wäre ihm schwergefallen, Gründe dafür zu nennen. Es lag nicht in seiner Art, sich in ein Auto zu verlieben und es mit zärtlichen Namen zu belegen, dennoch war ihm der Scout mit den Jahren lieb geworden. Der Wagen war in einigermaßen gutem Zustand, hatte aber ein paar altersbedingte Eigenheiten. Wenn man ihn auf Allradantrieb umstellen wollte, mußte man am Straßenrand halten und den Mechanismus an den Achsen mit der Hand umstellen. Das Gebläse machte ein schepperndes Geräusch, und da, wo Windschutzscheibe und Türen aufeinanderstießen – bei gutem Wetter konnte man das Dach abnehmen –, blies der Wind durch die Ritzen. Viel lästiger jedoch war die Tatsache, daß das Seitenfenster auf der Fahrerseite Spiel entwickelt hatte und die Scheibe bei hoher Geschwindigkeit klapperte, was Ben sehr irritierte. In den letzten drei Jahren hatte er zweimal die Tür auseinandergenommen und die Verkleidung abgeschraubt, um dem Problem auf die Spur zu kommen, aber ohne Erfolg. Er konnte nichts Handfestes finden, und vielleicht war das Klappern bezeichnend für diesen Organismus insgesamt, der an allen Ecken und Enden auseinanderfiel.

Er schob die Flinte auf den Rücksitz und stellte Rucksack

und Seesack daneben. Dann öffnete er die hintere Klappe und ermunterte die Hunde, gegen ihren Willen, hineinzuspringen. Schließlich mußte er Tristan in den Wagen heben, weil der Hund keinen Platz hatte, um Anlauf zu nehmen.

Er öffnete das Garagentor auf den prasselnden Regen, als ihm einfiel, daß er sich nicht vergewissert hatte, ob das Haus in Ordnung war – das Haus eines Mannes, der nach einem gewöhnlichen Jagdausflug wieder zurückkehren würde. Deshalb ging er noch einmal hinein. Systematisch sah er in allen Zimmern nach, bis er überzeugt war, daß nichts Verdacht erregen und Anlaß zu polizeilichen Ermittlungen geben würde. Er ließ sogar ein Gerät zum Federnrupfen auf dem Tisch liegen, das er sich zu Weihnachten aus einem Katalog bestellt, aber nie benutzt hatte. Außerdem nahm er den Kasten mit den Rezeptkarten aus dem Wandschrank und zog das Rezept für Wachtel auf Toast diagonal heraus. Den Kasten stellte er mit aufgeklapptem Deckel auf die Arbeitsfläche neben dem Spülbecken.

Er erkannte, daß diese Strategie unzählige Möglichkeiten barg, also programmierte er seinen Videorecorder so, daß er eine Fernsehsendung mit dem Titel »Great Railway Journeys« aufnahm, und legte den *Scientific American*, ein Weihnachtsgeschenk seiner Tochter Renee, aufgeschlagen auf seinen Nachttisch. Er wünschte, er hätte noch ein paar unbezahlte Rechnungen, die er auf der Kommode liegenlassen könnte: Er hätte sie kunstvoll arrangiert, um den Eindruck zu erwecken, sie seien einfach dorthin geworfen worden.

Am vorletzten Abend war er bei Renee gewesen und hatte mit ihr und seinem Enkel Chris zu Abend gegessen. Er hatte so getan, als wäre alles wie immer: Er würde in die Berge fahren, erzählte er ihnen, um in den Tälern Wachteln zu schießen. Er wußte noch nicht genau, wo er jagen würde, hatte aber vor, am Donnerstag zurück zu sein. Bei günstigen

Jagdbedingungen würde er vielleicht bis Freitag oder Samstag bleiben. Mit dieser Lüge wollte er die Dinge offenlassen, damit seine Familie keinen Verdacht schöpfte, bis er eine gute Woche tot war – keiner würde ihn vermissen oder suchen, während er still im Salbei vermoderte. Ben stellte sich vor, wie es sonst weitergehen würde: Sein Krebs würde wie eine Seuche in ihrem Leben sein, wie eine schwarze Wolke, die sich auf sie senkte, nachdem die Dunkelheit von Rachels Tod gerade erst wieder von ihnen zu weichen begonnen hatte. Das Letzte, was sie gebrauchen konnten, war, von seinem Darmkrebs zu erfahren.

Mit der Gabel in der Hand hatte er an Renees Eßtisch gesessen und ihre unverminderte und unaufdringliche Schönheit bewundert – mit fünfzig war sie schlank, hatte graue Haare und alterte auf ruhige, behutsame Art – und die kräftigen, von Venen durchzogenen Unterarme seines Enkels betrachtet. Er erkundigte sich nach Emma, seiner Enkelin, die einen Mann aus Wellington in Neuseeland geheiratet hatte und nur noch selten in Seattle war, und nach John, Renee's Mann, der geschäftlich unterwegs war. Ben fragte Renee nach ihrer Arbeit – sie schrieb Drehbücher für Kinderfilme und hatte mit zweien ihrer Skripte großen Erfolg gehabt –, aber sie mochte aus natürlicher Bescheidenheit nicht viel darüber erzählen und brachte das Gespräch auf Chris, der im dritten Jahr seines Medizinstudiums stand. Er hatte mit der praktischen Arbeit in der Klinik angefangen, erzählte er Ben. Zum ersten Mal hatte er mit Patienten zu tun, aber seine Aufgabe bestand nur darin, sie zu untersuchen und Diagnosen zu stellen. Er fand das interessanter als die Laborarbeit. »Wie wär's mit einer Bergtour?« fragte er ohne Übergang. »Wir waren seit August nicht mehr in den Bergen.«

»Ich weiß nicht recht«, erwiderte Ben.

»Wie wär's mit Silver Peak«, beharrte sein Enkel. »Ein kleiner Probelauf. Aufwärmtraining. Nur ein Tag.«

»Ich weiß nicht, ob ich es noch schaffe. Meine Beine wollen nicht mehr.«

Chris hielt eine Scheibe Brot in der Hand. »Was meinst du damit?« fragte er. »Du bist immer noch zäh wie 'ne Bergziege. Fang bloß nicht so an!«

»So zäh bin ich nicht mehr – du bist die Ziege in der Familie, Chris.«

»Silver Peak«, sagte sein Enkel.

Seit fünfzehn Jahren kletterten sie zusammen. Chris hatte ihn bei gut fünfzig Besteigungen begleitet. Auf die Ellbogen gestützt im Gras liegend, hatten sie auf den Gipfeln ihr Essen verzehrt, vor ihnen das Panorama der Berge. Der Junge war kräftig und ging seine Kletterpartien mit beneidenswerter guter Laune an. Ben war gern mit ihm zusammen. Am Anfang hatte er den Jungen mitgenommen, aber in letzter Zeit war es umgekehrt.

»Also gut, Silver Peak«, sagte Ben – und dies war die Lüge, die ihm das größte Unbehagen bereitete, während er in seinem Schlafzimmer weitere Lügen vorbereitete –, »wenn ich zurück bin.«

Ben kam zu dem Schluß, daß er nicht genügend eingepackt hatte, um die gewünschte Illusion zu schaffen. Wenn dies ein sechstägiger Jagdausflug sein sollte, der am Samstag begann und am darauffolgenden Donnerstag endete, mußte er mehr Kleidung mitnehmen; folglich suchte er noch Socken, Hemden, lange Unterwäsche und eine abgetragene Segeltuchhose heraus. Im Badezimmer packte er seine Toilettenutensilien zusammen, einschließlich einer Tube Hämorrhoidensalbe, einer Flasche Aspirintabletten, seiner Ersatzbrille und einer Flasche Kalziumglukonat-Tabletten gegen Wadenkrämpfe.

In Wahrheit hatte er vor, die Hunde am Ende des Tages in der Salbeiwüste freizulassen. Dann wollte er sich so in einen Stacheldrahtzaun legen, als habe er versucht, darüberzuklettern, und sich in den Hals, in die Halsschlagader, schießen. Nur Bill Ward, sein Arzt, würde die Wahrheit ahnen, aber selbst der würde sich angesichts der vielen auf das Gegenteil hinweisenden Anzeichen nicht sicher sein, und abgesehen davon würde er niemandem zusätzlichen Kummer bereiten wollen, indem er die Vermutung äußerte, Ben habe Selbstmord begangen. Bill hatte da, das wußte Ben, einen besonderen Kodex, ein Prinzip, nach dem er derlei Dinge handhabte. Wenn Bill Ward nicht durch eine gerichtsmedizinische Untersuchung oder die Nachfrage einer Versicherung dazu gezwungen würde, eine Aussage zu machen, würde er Bens Krebsdiagnose für sich behalten.

Als Ben im Badezimmer stand und sich im Spiegel betrachtete, fiel ihm das Abkommen ein, das er mit Rachel im Zug zwischen Mantua und Bressanone geschlossen hatte: daß ihrer beider Asche zu einem Rosenbeet werden sollte, auf dem für ihn eine rote und für sie eine weiße Rose gepflanzt würde, und im Laufe der Jahre sollten die beiden Rosenstöcke ineinanderwachsen. Es war die romantische Idee von Verliebten, das sentimentale Gelübde zweier Liebender. Es war die Art Denken, die junge Leute so an sich hatten. Im Laufe der Jahre hatten er und Rachel bei der Erinnerung an die Idee mit den Rosen nachsichtig gelächelt, aber sie hatten sie nicht aufgegeben. Und selbst jetzt wünschte er sich bei dem Gedanken an sie, daß die Idee verwirklicht werden könnte. In der Hoffnung darauf hatte er ihre Asche aufgehoben.

Aber vielleicht war der Preis für seinen Selbstmord der, daß dieses Vorhaben nicht ausgeführt werden würde. Statt dessen versuchte er, sich an den Gedanken zu gewöhnen, daß seine Knochen, von Kojoten verstreut, in der Salbeiwüste verbleichen würden und daß seine Hunde umherirren und Hunger, Gefahren und dem Tod ausgesetzt sein würden. Er hoffte, daß sie irgendwie überleben und sich einem anderen

Jäger anschließen würden, aber sein Gefühl sagte ihm, daß er ihnen mehr schuldete, als sie in der Einöde der Bergwelt sich selbst zu überlassen. Ihm war klar, daß seine letzte Mahlzeit – Wachtelbrust, über einem offenen Feuer gebraten – letztlich nur den Würmern und Maden, die sich über einen toten Mann hermachten, zum Fraß dienen würde.

Als er wieder in die Garage kam, war Rex auf die Rückbank gesprungen und hatte die Pfoten auf den Rucksack gelegt. Ben stieß ihn ans Hinterteil, und als Rex sich nicht vom Fleck rührte, packte Ben ihn an der Kehle und wies ihn mit deutlichen Worten zurecht. Dann drehte er den Zündschlüssel. Wie immer sprang der Motor nicht sofort an, und Ben mußte mehrere Male das Gaspedal durchtreten, bevor der Choke funktionierte.

Ein paar Augenblicke stand er vor dem Haus, das aus Holz und Backstein gebaut war. Er hatte den Anrufbeantworter angeschaltet, die Zentralheizung auf 20 Grad gestellt und die Timer im Wohnzimmer und Schlafzimmer so eingestellt, daß das Licht um 17 beziehungsweise um 22 Uhr anging. Der Regen fiel so heftig, daß das Haus wie umlagert schien, verhüllt und irgendwie geschrumpft. Er hatte einen Nachbarn gebeten, die Zeitungen und die Post aus dem Briefkasten zu nehmen und am Dienstagmorgen den Mülleimer auf die Straße zu stellen. Zufrieden registrierte er, daß er alles ordentlich hinterlassen hatte. Jede Einzelheit war bedacht, nichts hatte er übersehen. Bis zum Schluß hatte er äußerste Sorgfalt walten lassen.

Entschlossen gab er sich einen Ruck und fuhr davon, ohne einen Blick zurück auf das Haus zu werfen, in dem er dreiundvierzig Jahre gelebt hatte. Der Regen schlug aufs Autodach, fiel in langen Strichen durch den Lichtkegel der Straßenlaternen und rauschte wie ein Bach den Rinnstein hinunter. Ben konnte nur wenige Meter weit sehen, obwohl die Scheibenwischer auf die zweite Stufe geschaltet waren. Durch die Windschutzscheibe schien die Straße vor ihm nur halb wirklich, halb geformt. Mit zusammengekniffenen Augen beugte er sich vor, schaltete das Gebläse an und stellte die Heizung höher. Es war kurz vor sechs an einem Samstagmorgen, die Straßen waren leer. Außer Ben war niemand unterwegs.

Auf dem Interstate Highway goß er sich einen Becher Zitronentee ein und stellte ihn vor sich auf das Armaturenbrett, so daß die Windschutzscheibe von dem Wasserdampf in einem Halbkreis beschlug, dann rückte er sich bequem hinter dem Steuerrad zurecht. Im Wagen breitete sich der scharfe Geruch seiner Hunde aus, ihre natürliche Ausdünstung und die Nässe, die aus ihrem Fell wich. Als er über die vom Wind gerüttelte Hängebrücke über den Lake Washington fuhr, sah er im Süden weiße Schaumkronen auf dem Wasser, während der See im Norden eine große schwarze Fläche bildete und im Osten, jenseits von Mercer Island, die Betonverschalungen der halbfertigen Auffahrtsrampen gespenstisch in die Morgendämmerung ragten. Der Wind riß die welken Blätter von den Erlen und trieb sie über die Fahrbahn. Das langgestreckte Ufer des Lake Sammamish, einst ein mit Schilfrohr überwuchertes Sumpfgebiet, war jetzt mit Apartmenthäusern zugebaut, und die Straßenlaternen erleuchteten das Tal. Die nächsten Lichter kamen in Issaquah: Ein Bierlokal – Triple X Root Beer –, eine Texaco-Tankstelle, eine Dairy Queen und Boehm's Candy Store. Dann hatte er auch den letzten der Vororte hinter sich gelassen, und die Straße stieg oberhalb des Issaquah Creek unter regengepeitschten Bäumen an.

Er wurde von einem Lastwagen mit Anhänger überholt, und das Regenwasser, das von der Fahrbahn aufspritzte, pladderte auf seine Windschutzscheibe. Er konnte die Fahrbahnränder nicht ausmachen, und er sah kaum mehr als den strömenden Regen im Licht der Scheinwerfer: weiß wie Hagel umherstiebend, wie elektrische Funken. Ein zweiter Lastwagen zog vorbei, dann keiner mehr, und Ben nahm einen Schluck von seinem Zitronentee und hing unruhig seinen Gedanken nach.

Der Krebs hatte Metastasen gebildet und sich vom Darmgewebe zu den benachbarten Lymphknoten und von dort zur Leber hin ausgebreitet. Jeden Tag stählte er sich erneut, um dieser unumstößlichen Tatsache ins Auge zu blicken, jeden Tag aufs neue. Seine Krankheit war unheilbar, das wußte er. In seinen Jahren als Arzt hatte er zuviel gesehen, als daß er sich der Illusion hätte hingeben können, es wäre anders. Er wußte genau, was er zu erwarten hatte, was unvermeidbar kommen würde. Erst wenn er sich wundgelegen hatte und seine Knochen brüchig wurden, wenn der Katheter eine Entzündung auslöste und die Wundflüssigkeit mit Hilfe einer Drainage abgesaugt werden mußte, erst wenn sich häufiges Erbrechen einstellte, sein Körper austrocknete und immer schwächer wurde, wenn seine trockenen Lippen aufplatzten, seine Mundschleimhäute austrockneten und er über einen Tubus künstlich ernährt werden mußte, wenn er immer kurzatmiger wurde, wenn Schluckbeschwerden, Lungenentzündung und Fieber hinzukamen, wenn ihm die Haare ausgingen und er das Gefühl hatte, erwürgt zu werden, wenn er auf fünfundvierzig Kilo abgemagert in einem Bett auf einer Pflegestation nur noch sein Ende vor sich hatte – erst dann würde Bill Ward mit einer Morphiuminfusion Schluß machen. So würde sein Leben enden, wenn er es nicht vorher beendete.

Er kannte die Gegenargumente nur zu gut, aber die, das erkannte er jetzt, wurden von Menschen ins Feld geführt, die den Tod noch nicht vor Augen hatten. Auch er selbst hatte bisweilen die Tröstungen eines langsamen Sterbens hervorgehoben: daß alles Triviale im Angesicht des Todes verblaßte, während die Äderung eines Baumblattes und die schrägen Strahlen der Abendsonne neue Bedeutung erlangten; daß alles um den Sterbenden herum intensiviert, erhöht, verdichtet, belebt, verwandelt und geadelt wurde; daß Liebe gestärkt wurde und gewöhnliche Sorgen nichts mehr bedeuteten; daß man Zeit hatte, einen Schlußstrich zu ziehen, und ganze Tage der meditativen Suche nach innerer Gefaßtheit widmen konnte. Doch was hatte er wirklich über diese Dinge gewußt, wenn er in besänftigenden Worten darüber sprach? Welche Ahnung hatte er gehabt, was Sterben bedeutete? Er wußte, daß es Schmerzen gab, die so unerträglich waren, daß nur noch ein chirurgischer Eingriff, bei dem die Nerven im Rückenmark durchtrennt wurden, Erleichterung verschaffte. Daß es Schmerzen gab, die so schrecklich waren, daß sie alle Argumente auslöschten. Krebskranke wollten oft lieber sterben, weil allein der Tod sie von ihren Schmerzen befreien konnte. So sah das Ende in der Regel aus, und das mochte auch bei ihm so sein.

Er hielt es nicht für feige, wenn man Schmerzen vermeiden wollte. Er hatte in seinen dreiundsiebzig Jahren genug davon gesehen, um zu verstehen, daß Schmerzen gegenüber dem Wesen, dem Temperament oder der Tapferkeit eines Menschen gleichgültig waren. Es lag keine wirkliche Tugend darin, sie zu ertragen, nur die Furcht vor der einzigen Alternative zum Schmerz, dem Ende von allem.

Die Biologie des Körpers, der er immer so nahe gewesen war, hatte seinen Glauben an Gott nicht erschüttert. Im Gegenteil, er hatte gesehen, daß der Körper etwas Göttliches war, und er war oft genug Zeuge gewesen, wenn die Körperfunktionen aussetzten, um zu wissen, daß im Augenblick des Todes etwas Heiliges aus dem Körper wich.

Manchmal gelang es ihm – das Gefühl war nicht beständig –, seinen bevorstehenden Tod mit ruhiger, furchtloser Distanz zu betrachten. Im Grab würde er nichts mehr spüren, tot zu sein, tat nicht weh – es war nichts, eine Art Schlaf. Die Schwierigkeit lag also nicht im Tod, sondern im Sterben, und wenn man die Prozedur des Sterbens – wie jede andere schreckliche oder schmerzvolle Tortur – hinter sich bringen konnte, dann wäre der Tod auf der anderen Seite aushaltbar.

Folglich war es das Beste, so schien es ihm, die Schmerzen und Schrecken des Sterbens zu vermeiden, indem man sich auf intelligente Weise das Leben nahm. Es war ein wohl durchdachter, rationaler Entschluß, das geringste vieler möglicher Übel. Das Schlimmste war seine derzeitige Schwermut und die Illusion, daß er nach seinem Ende immerwährende Reue verspüren würde. Schon jetzt, in dem verminderten Leben, das er jetzt erduldete, empfand er tiefes Bedauern. Er fühlte sich nicht mehr als Teil dieser Welt. Alles stank nach Grab.

Am Tiger Mountain regnete es noch heftiger, und als er über den Raging River fuhr, hatte er seine Geschwindigkeit auf fünfzig Meilen in der Stunde gedrosselt. Er passierte den Echo Lake und den Rattlesnake Peak, und im trüben Morgenlicht waren die Berge – was er durch den Regenschleier von ihnen sehen konnte – eine Spur dunkler als der Himmel, gegen den sich die Kammlinie ganz schwach abzeichnete, und als er in die langgezogene North Bend herunterkam, wurden die Umrisse des Mount Si sichtbar. Ben hatte ihn sicherlich dreißig- bis vierzigmal bestiegen, meistens, um sich auf schwierigere Bergtouren vorzubereiten. Schroff schien der Berg unmittelbar neben der Straße anzusteigen, und der kahle Gipfel – der Haystack, wie er genannt wurde – ragte streng und abweisend in den Himmel.

Jetzt ging es ernstlich bergan, die Straße folgte der südlichen Biegung des Snoqualmie River, an Harmon Height, Cedar Butte und Grouse Ridge sowie dem niedrigeren Mount Washington vorbei. Hier krochen die Lastwagen umeinander herum, und der Wind pfiff durch die Ritzen um die Windschutzscheibe. Ben ließ die Abzweigung zum McClellan Butte hinter sich – auch diesen Gipfel hatte er oft bezwungen – und die Abfahrt zur Tinkham Road, wo er im Morgengrauen den Dunst vom Fluß aufsteigen sah. Der Regen trommelte hart auf die Ufer und vermengte sich mit den Fluten. Stromleitungen waren über die Bergrücken gespannt. Bei zunehmendem Tageslicht sah er den Nebel, der tief in den Tälern hing, und die Berggipfel, die von Neuschnee bestäubt waren. Er hatte Lust, einer plötzlichen Eingebung zu folgen und all seine Pläne umzuwerfen. Er könnte Silver Peak im Regen erklimmen, sich dort am Rand der Cascades hinlegen und auf das Ende warten. Der Plan war von besänftigender Eleganz, und die Vorstellung, an Unterkühlung zu sterben, war keineswegs abschreckend. Es war weniger Selbstmord, man ließ einfach zu, daß einen das Leben verließ. Man hörte nur auf zu leben, das war alles.

Die Berge riefen ihn mit ihren grünen, nassen Flanken und den daraus aufbrechenden windgepeitschten Schneegipfeln. Aber Ben wandte sich ab und setzte seine Fahrt fort. Er wollte das Land jenseits der Berge erreichen. In den Apfelplantagen dort war er geboren, und in diese Welt wollte er zurückkehren.

Hinter dem Humpback Mountain stieg die Straße in Richtung Norden noch steiler an. Auf der rechten Spur krochen drei Trucks mit dreißig Meilen in der Stunde im Konvoi den Berg hinauf. Die Dunkelheit war inzwischen dem grauen Tageslicht gewichen, so daß Ben das Blaubeergestrüpp und den Kriechahorn auf den Abhängen erkennen konnte. Alles glänzte und triefte vom Regen, und die Bergbäche, die in tiefen Rissen zu Tal stürzten, schäumten weiß. Manchmal schien der Scout ein kurzes Stück schwerelos über eine Wasserschicht zu gleiten – dann hörte Ben das Zischen von Wasser unter den Rädern und hatte das Gefühl, aus der Verbindung mit der Erde gelöst zu sein –, und kurz darauf griffen die Räder wieder. Im Rückspiegel sah er die Scheinwerfer anderer Wagen, und vor ihm schimmerten im Regen die roten Schlußlichter von zwei Autos. Ben verlangsamte sein Tempo auf vierzig Meilen in der Stunde und beugte sich steif nach vorn. Der Regen, die nasse Fahrbahn, die Lastwagen in der Spur rechts von ihm, die vom Atem der Hunde beschlagenen Fenster – der Moment barg so viele Gefahren, daß Ben tiefen Ärger in sich aufsteigen fühlte, als Rex plötzlich wieder über die Rücklehne sprang und die Pfoten auf den Rucksack legte. Der Hund mußte – wie Tristan vor ihm – lernen, wo sein Platz war. Er mußte verstehen, wie es war.

Ben sprach auf ihn ein, erst bittend, dann im Befehlston, dann in einem Singsang, in dem ein drohender Unterton mitschwang. Als Rex sich nicht von der Stelle rührte, packte Ben ihn fest am Halsband. »Geh auf deinen Platz«, sagte er zwischen zusammengepreßten Zähnen und versuchte, ihn vom Rucksack wegzuziehen, aber Rex jaulte nur auf und blieb störrisch liegen.

Ben hielt das Lenkrad mit einer Hand und versuchte mit der anderen, den Hund wegzuschieben. Er hatte sich in seinem Sitz halb umgedreht und den Hund am Halsband gepackt, so daß er nicht rechtzeitig reagieren konnte, als der Scout plötzlich ins Rutschen geriet und auf den Mittelstreifen zuschlidderte. Ben ließ den Hund los, drehte sich nach vorn und umklammerte das Lenkrad, während der Wagen wie in Zeitlupe unaufhaltsam weiterrutschte. Der Scout rammte die betonierte Mittelbegrenzung, prallte ab und glitt quer über alle vier Spuren, wobei er wie durch ein Wunder zwischen zwei Lastwagen hindurchschlüpfte, rutschte dann an der Abfahrt zum Gipfel von der Straße und rammte eine kleine Tanne.

2

Der Regen trommelte hart auf das Wagendach. Ein junger Mann öffnete die Fahrertür und legte Ben eine Hand auf die Schulter. »Sind Sie verletzt?« fragte er.

»Ich weiß nicht«, erwiderte Ben. Er hatte den Kopf in die Hände gestützt.

»Brauchen Sie Hilfe? Einen Arzt? Sie bluten ganz schön, so, wie's aussieht.«

»Ich bin Arzt«, sagte Ben.

Der Junge nahm die Hand von Bens Schulter und stellte den Motor ab. Von hinten drang das aufgeregte Jaulen der Hunde, und der Junge sagte ein paar beruhigende Worte. Mit einer Kopfbewegung warf er sich das nasse Haar aus der Stirn und hockte sich vor Ben neben den Wagen.

»Sie werden Hilfe brauchen«, sagte er. »Das muß wahrscheinlich genäht werden.«

»Die Hunde«, sagte Ben. »Was ist mit den Hunden?«

Plötzlich erschien hinter dem Jungen ein Mädchen, groß, in einer gelben Regenjacke. »Ist Ihnen was passiert?« fragte sie.

»Es ist nichts Schlimmes«, sagte der Junge beruhigend. »Alles in Ordnung.«

»Mir fehlt nichts«, sagte Ben, »aber die Hunde. Was ist mit denen?«

»Denen ist nichts passiert«, versicherte der Junge ihm. »Wir machen uns mehr Sorgen um Sie.«

Ben preßte sich den Handballen an die Stirn, knapp über

der linken Augenbraue. Mit der anderen Hand nahm er die Brille ab: ein Glas war zerbrochen, das andere aus der Fassung gesprungen, und das Gestell war verbogen. Blut rann ihm von der Stirn ins linke Auge und in einem steten, warmen Strom über die Wange. »Sie müssen mit dem Kopf auf den Lenker geschlagen sein«, sagte der Junge. »Hier, nehmen Sie das.«

Aus der Gesäßtasche zog er ein blaues gefaltetes Halstuch. Er beugte sich ins Wageninnere und wischte Ben ohne zu zögern das Blut vom Gesicht, dann legte er das Tuch neu zusammen und preßte es Ben an die Stirn. »Legen Sie den Kopf zurück«, riet er, »und halten Sie das Tuch einen Moment.«

Ben befolgte den Rat. Sein Nacken schmerzte.

»Wollen wir ihn nicht in den Bus bringen?« fragte das Mädchen. »Hier draußen ist alles klitschnaß.«

Ben konnte weder sie noch seine Umgebung klar erkennen. Ein dunkler Schleier lag über allem, und er hatte das Gefühl, daß sein Gehirn sich im Kopf gelockert hatte. Gleichzeitig fühlte er sich hellwach, Adrenalin pulsierte in seinen Adern, er war erregt. Er spürte das Hochgefühl eines Menschen, der einen Unfall heil überlebt hat, ein Gefühl der Freiheit, das Glücksgefühl, noch einmal davongekommen zu sein.

Ohne seine Brille konnte er sowieso nicht gut sehen. Jetzt, da ihm das Blut ins Auge lief, war er praktisch halb blind. Im Vordergrund konnte er ein paar Einzelheiten ausmachen: das nasse Haar des Jungen, das ihm in Strähnen am Kopf klebte, die große, schlanke Frau in ihrer Regenjacke und der ins Gesicht gezogenen Kapuze. Er schätzte sie beide auf Anfang zwanzig. Der Junge hatte einen dünnen Kinnbart.

»Und das Auto?« fragte Ben.

»Schrott«, sagte der junge Mann. »Um den Baum gewickelt. Soll ich's mir genauer ansehen?«

»Komm ich damit noch weg hier?«

»Der Kühler ist hinüber, das ist das mindeste. Nein, das Ding läuft nicht mehr.« Der Junge zuckte die Achseln und schüttelte den Kopf. »Wir waren hinter Ihnen auf dem Paß. Es ist ein Wunder, daß Sie überhaupt noch leben.«

»Wirklich, ein echtes Wunder«, fügte das Mädchen hinzu. »Wie Sie zwischen den beiden Lastern durchgerutscht sind. Und die haben nicht mal angehalten, nichts. Die sind einfach weitergefahren.«

»Der Hund«, sagte Ben. »Ich hatte mich umgedreht, weil der Hund über die Lehne gesprungen war und ... die Straße war naß. Ich hab die Kontrolle verloren.«

Er beugte sich vor, nahm das Tuch von der Stirn und betrachtete sich kritisch im Rückspiegel, den er zu sich herumdrehte. »Genau«, sagte der Junge. »Sehen Sie sich erst mal an.«

Oberhalb der linken Augenbraue hatte er eine Platzwunde, die mit drei oder vier Stichen genäht werden mußte. Seine Brille hatte sich in sein Gesicht gedrückt und ein paar geringfügige Quetschungen verursacht. Unterhalb des linken Auges spürte er einen Bluterguß, der bald anschwellen würde. Er würde bald aussehen wie ein geschlagener Boxer. Das Auge würde zuschwellen.

»Sie hatten eine kleine Auseinandersetzung mit dem Lenkrad«, sagte der Junge. »Sieht ganz so aus, als hätten Sie den kürzeren gezogen.«

»Es hätte schlimmer kommen können. Ich hab Glück gehabt.«

»Unglaublich«, pflichtete das Mädchen ihm bei. »Sie hätten auch tot sein können.«

»Das stimmt«, sagte Ben. »Es ist eine Art Wunder.«

Er drehte sich im Sitz zur Fahrertür um und machte Anstalten auszusteigen. Der Junge half ihm. Mit einem leichten Schwindelgefühl ging Ben nach hinten und öffnete die Heckklappe. Rex sprang heraus – Ben fluchte –, aber Tristan blieb im Wagen stehen und schnüffelte in den Regen hinaus.

»Na, Tris, lebst du noch?« fragte Ben. Er fuhr dem Hund über die Flanken und strich ihm leicht über die Schnauze.

Einäugig suchte er nach der Stange des Wagenhebers. »Ich werd mal die Motorhaube aufmachen«, sagte er zum Jungen und lehnte die Stange ans Heck.

Mit einer vorsichtigen Bewegung beugte er sich in die Fahrertür – Hals und Schultern wurden zusehends steifer – und nahm seine Jacke vom Rücksitz. In seinem Rucksack suchte er nach seiner Ersatzbrille, nahm seine Jagdmütze heraus und setzte sie auf. Die Brille war ein altertümliches Modell mit ovalen Gläsern und einem Gestell aus Draht, sehr klein und zierlich. Er besaß sie seit 1954 und hatte sie seit dreiunddreißig Jahren nicht getragen.

Als Ben wieder in den Regen trat, hatte der Junge die Motorhaube des Scout mit der Stange aufgehebelt. Er und das Mädchen standen vorgebeugt darunter und sahen sich den Motor an. Das Mädchen hatte die Hände in die Taschen ihrer Regenjacke versenkt, der Junge hielt die Stange in einer Hand und rieb sich mit der anderen den Kopf. »Sieht nicht gut aus«, sagte er kopfschüttelnd.

Der Kühler hatte sich in den Kühlergrill geschoben, der Grill war gebrochen und seitlich verbogen. Der Ventilator hatte die Wasserpumpe durchbohrt, aus der jetzt Wasser tropfte. Der vordere Stutzen und die Riemenscheibe waren verbogen, und die Lichtmaschine war aus der Halterung gerissen. Die Batterie lag umgekippt neben dem Lenkgestänge; sie hatte einen Riß, aus dem Säure sickerte.

Der Junge hockte sich hin und warf einen Blick unter den Wagen. »Ich wette, das Fahrgestell ist verzogen«, sagte er. »Und die linke Radaufhängung hat was abgekriegt. Der Stoßdämpfer könnte auch kaputt sein.«

Das Mädchen hielt Rex am Halsband und streichelte ihn

an Hals und Widerrist. »Kommt«, sagte sie. »Am besten, wir lassen den Wagen hier stehen und fahren zum Traveler's Rest.«

»Das hat er nicht verdient«, sagte Ben zu ihr. Und zu dem Hund: »Verdammter Esel, Rex.«

»Da gibt's 'n Telefon«, sagte der Junge. »Sie können den Abschleppdienst anrufen und so. Und sich den Kopf verbinden.«

»Ich schließ ihn ab«, sagte Ben. Kopfschüttelnd sah er sich den Wagen an. »Seit achtundzwanzig Jahren hab ich den, und das ist das erste Mal, daß was damit passiert ist.«

»Das kann ich Ihnen nachempfinden«, sagte der Junge und ließ die Motorhaube herunter. Der Regen ging prasselnd auf sie nieder. »Letztes Jahr hatte ich einen Totalschaden mit meinem Travelall. Das beste Auto, das ich je hatte.«

Zum ersten Mal sah Ben ihn mit so etwas wie Neugier an. Durch die alte Brille nahm er die Welt etwas verschwommen wahr. Der Junge sah Ben an und lächelte unbefangen. Er hatte ein glattes Gesicht und braune Augen und sah gut aus – wie ein Filmstar. Und das Mädchen war eine Schönheit, wie sie da in ihren Regensachen neben Rex hockte, anmutig wie eine Ballerina. Sie hatte blonde Haare und blaue Augen, und ihre Art, Bens Blick mit einem ruhigen Lächeln zu erwidern, berührte ihn. »Ihre Brille gefällt mir«, sagte sie.

Die Schönheit des Mädchens war schmerzhaft. Ihre nasse Hand, die über Kehle und Brust des Hundes fuhr, erfüllte ihn mit einem hohlen Verlangen. Er wandte sich davon ab.

Sie nahmen ihn in ihrem VW-Bus zum Traveler's Rest mit – einem Laden mit Restaurant am Snoqualmie Paß, das er kannte, eine Raststätte für Skifahrer, Wanderer und Bergsteiger. Der Regen schlug gegen die Windschutzscheibe und auf das Dach, die Hunde drängten sich naß an seine Beine und

Stiefel. Zur Rechten konnte Ben die nackten Skihänge mit den Skiliften sehen, die noch außer Betrieb waren, zur Linken die Hügel mit Heidelbeersträuchern, subalpinen Nadelbäumen und Kriechahorn. Im VW-Bus glaubte er, den Geruch von Lavendel wahrzunehmen, aber auf seine Frage hin erklärte der Junge, daß sie beide im vergangenen Sommer zum Trekking in Nepal gewesen waren und da Räucherstäbchen mit dem Geruch von Sandelholz, Moschus und Safran gefunden hatten, die von tibetischen Mönchen hergestellt würden. Während der Junge ihm von diesen Duftstoffen erzählte, die sie in einem Dorf nahe der Grenze zu Sikkim entdeckt hatten, in das nur wenige westliche Touristen gelangten, betastete Ben seine Stirnwunde und betrachtete seine Umgebung durch die Nickelbrille. Der Bus war mit einer geschickt eingebauten Koje, einem Waschbecken, einem Klapptisch, einem Kühlschrank und einer Chemietoilette ausgestattet. Am Rückspiegel hing ein Bergsteigergurt, an dem auf der einen Seite ein alter Karabiner befestigt war, an dem ein Kletterhaken baumelte. Ein Halter für Räucherstäbchen, eine offene Tüte mit Kürbiskernen und ein paar Zweige von getrocknetem Salbei lagen auf dem Armaturenbrett.

Das Mädchen streifte sich die gelbe Regenjacke ab – darunter trug sie einen dicken Strickpullover, über den ihr voller Pferdeschwanz hing –, und der Junge fuhr sich mit einer Hand durch die nassen Haare, um sie zu trocknen, während er mit der anderen mühelos den Wagen steuerte und über die Schulter mit Ben sprach. Auf dem Boden links von Ben stand ein Karton mit einem weißen Gas-Campingkocher, zwei Kochtöpfen aus rostfreiem Stahl, einem Wasserfilter und einer Laterne. Daneben ragte ein Baguette aus einer Einkaufstüte heraus, und in der Bankecke lagen zwei Schlafsäcke aufgerollt in ihren Nylonschutzhüllen.

»Was macht Ihr Kopf?« fragte das Mädchen.

»Geht so«, sagte Ben.

»Brauchen Sie was? Möchten Sie einen Schluck Wasser? Im Kühlschrank steht eine Flasche.«

»Ich brauch nichts, wirklich nicht.«

»Wir haben einen Verbandskasten«, fiel dem Jungen ein. Er lehnte sich schräg nach vorn und öffnete das Handschuhfach. »Ich glaub, da ist Mercurochrom drin. Bedienen Sie sich ruhig, wenn Sie möchten.«

Das Mädchen legte sich den Verbandskasten auf den Schoß und nahm das Mercurochrom heraus. Sie schloß das Handschuhfach und strich sich die Haare aus dem Gesicht. Mit einem Lächeln drehte sie sich zu Ben um und warf im gleichen Moment den Pferdeschwanz nach hinten.

»Gleich sind wir am Traveler's Rest«, sagte sie, als müßte sie ihn aufmuntern. »Nur noch ein paar Minuten.«

»Ich weiß«, sagte Ben.

»Wir laufen hier Ski«, erklärte der Junge. »Wenn hier oben Pulverschnee liegt, sind wir da.«

»Sonst fahren wir zur Mission Ridge hoch«, fügte das Mädchen hinzu. »Da ist normalerweise mehr Pulver. Der Schnee ist da viel besser.«

»Im Traveler's Rest machen wir immer Kaffeepause«, sagte der Junge. »Wir waren schon tausendmal da.«

Er fuhr auf den Parkplatz und stellte den Motor ab. Da standen noch zwei weitere Wagen, auf deren Dächer und Motorhauben der Regen prasselte. Das Traveler's Rest sah aus wie eine altmodische Skihütte – Ben kannte es noch aus einer anderen Zeit –, aber jetzt war es in der Hauptsache ein kleiner Supermarkt. Nach einem Tag in den Bergen hatte er häufig hier angehalten, um sich für die nächtliche Rückfahrt nach Westen die Thermoskanne mit Tee aufzufüllen.

In der Halle blieb er neben einer Telefonzelle stehen und las die Anzeigen der Abschleppdienste, die dort ihre Karten angepinnt hatten. Daneben bot ein Mann namens Steve »Schneeschaufeln zu vernünftigen Preisen« an; ein Studebaker, Baujahr '49, stand zum Verkauf. Die Wanderer hatten reichlich Matsch in die Halle getragen. Ben hielt sich den Kopf – hinter den Schläfen pochte es –, während es siebenmal klingelte, bis jemand abnahm. Es meldete sich ein Mann in einem schläfrigen, etwas ruppigen Ton, als hätte er in seinem Leben schon Hunderte solcher Anrufe entgegengenommen, und Ben schilderte ihm seinen Unfall.

»Was wollen Sie denn nun?« fragte der Mann.

»Ich möchte, daß Sie den Wagen abschleppen«, sagte Ben. »Holen Sie ihn da raus.«

»Haben Sie die Polizei benachrichtigt?«

»Noch nicht. Das mach ich gleich.«

»Sind Sie versichert?«

»Ja. Aber nicht fürs Abschleppen.«

»Gut, das Abschleppen kostet hundert Dollar, ich brauch Ihre Kreditkartennummer.«

»Geht in Ordnung«, sagte Ben. »Hundert Dollar.« Dann gab er dem Mann die Nummer, die er von der Kreditkarte in seiner Brieftasche ablas.

»Wollen Sie Reparaturarbeiten?« fragte der Mann.

»Ich weiß noch nicht. Vielleicht.«

»Wann werden Sie sich entscheiden? Nur zu meiner Information.«

»Ich muß mich erst mit der Versicherung in Verbindung setzen. Es ist Samstagmorgen, das kann also 'ne Weile dauern. Außerdem ist es ein International Scout, Baujahr '69. Sie werden Schwierigkeiten haben, Ersatzteile zu finden.«

»Die finden wir schon«, sagte der Mann. »Wir kriegen sie direkt von International. Kommt drauf an, was Sie brauchen.«

»'ne Menge«, sagte Ben. »Der Kühler ist Totalschaden.«

»Zwei Tage brauchen wir, schätz ich. Kommt drauf an. Wahrscheinlich müssen wir die Teile aus Chicago kommen lassen.«

»Ich überleg's mir noch, okay?«

»Kostet Sie fünf Dollar den Tag, wenn er auf dem Hof steht. Wenn Sie fünf Dollar den Tag zahlen, können Sie's sich hundert Jahre überlegen.«

»Alles klar«, sagte Ben. »Lassen Sie den Wagen da stehen.«

»Und was ist mit Ihnen?« fragte der Mann. »Wir haben einen Vierundzwanzig-Stunden-Taxidienst. In einer halben Stunde können wir da sein.«

»Das ist nicht nötig«, sagte Ben zu seinem eigenen Erstaunen. »Ich brauch kein Taxi.«

»Sie brauchen kein Taxi«, sagte der Mann. »Sie sitzen auf dem Paß mit 'nem kaputten Auto. Was haben Sie denn vor?«

»Jemand nimmt mich mit. Kein Problem.«

»Also gut«, sagte der Mann. »Ich bin auf dem Weg. Die erste Gipfelausfahrt, haben Sie gesagt?«

»Ja. In östlicher Richtung. An einem kleinen Baum.«

»Ich treff Sie dann da – in 'ner guten Stunde.«

»Vielleicht auch nicht. Ich hab eine Platzwunde, die genäht werden muß. Ich leg den Schlüssel auf den linken Hinterreifen, falls Sie ins Auto müssen.«

»Das ist 'n guter Platz dafür«, sagte der Mann.

Auf der Herrentoilette lehnte Ben sich über das Waschbecken und betrachtete die Wunde auf seiner Stirn. Es hatte ihn selbst überrascht, daß er den Taxidienst ausgeschlagen hatte – aber wozu sollte er nach Hause fahren? Warum sollte er seine Fahrt nicht fortsetzen? Die jungen Leute würden ihn sicher noch ein Stück mitnehmen, und dann konnte er sich ein Auto mieten – vielleicht in Ellensburg, da mußte es eine Autovermietung geben – und doch noch machen, was er sich vorgenommen hatte.

Er drückte die Wunde mit dem Zeigefinger auf und hob das Gesicht zum Licht. Der Junge kam mit dem Verbandskasten herein, stellte sich zunächst geduldig neben Ben und lehnte sich dann an die Wand, einen Fuß an die Fliesen gestützt. »Was meinen Sie?« fragte er.

»Muß genäht werden«, sagte Ben, obwohl er wußte, daß das angesichts seines Vorhabens Zeitverschwendung war. Vorsichtig nahm er, einen Bügel nach dem anderen, die Brille ab und beugte sich steif vor; er ließ Wasser in die hohlen Hände laufen und wusch sich zweimal das Gesicht. Er strich Seife in die klaffende Wunde. Als er fertig war, stand der Junge neben ihm und reichte ihm ein Papierhandtuch.

»Wir haben einiges zur Auswahl«, sagte der Junge und kramte in dem Verbandskasten. »Wir haben das Mercurochrom. Dann Wasserstoffperoxid. Eine Tube Salbe. Und dieses Wundreinigungsmittel, das wir in Colorado gekauft haben – da ist Aloe Vera drin.«

»Eine sterile Mullbinde wär gut«, sagte Ben. »Was ist das für eine Salbe?«

Der Junge hielt ihm die Tube hin. »Bacitrazin«, sagte er.

Ben rieb die Wunde mit dem Bacitrazin ein. Er teilte ein Stück Mullbinde ab und schnitt es dann der Länge nach in schmale Streifen, die er auf ein Stück Verbandspflaster klebte. Den Verband legte er über die Wunde und preßte ihn mit den Fingerkuppen fest. Er putzte die Brille, wusch sich die Hände und fuhr sich mit den Fingern durch die Haare.

»Wo wollen Sie's nähen lassen?« fragte der junge Mann.

»Ich kenn in Quincy einen Arzt«, log Ben. »Zwei Stunden östlich von hier. Mir wär's lieb, wenn der das machte.«

»In Vantage biegen wir nach Süden ab«, sagte der Junge, »aber bis dahin können wir Sie auf jeden Fall mitnehmen.«

»Ich könnte mir in Ellensburg ein Auto mieten. Dann wären Sie mich los.«

»Was kaum einer weiß«, sagte der Junge, »in Vantage gibt es auf dem Wohnmobilplatz eine Autovermietung – ich mußte mir da mal ein Auto mieten.«

»Wissen Sie das genau?«

»Sicher weiß ich das genau.«

»Ich hab da nie so was gesehen.«

»Ist nur ein kleines Büro, aber Sie kriegen da einen Wagen.«

»Na gut«, sagte Ben, »dann machen wir's so.«

Der Junge und das Mädchen fuhren Ben in ihrem VW-Bus wieder zu seinem Wagen zurück. Er legte den Schlüssel auf den linken Hinterreifen und sortierte sorgfältig seine Sachen. Bei jedem Stück überlegte er und ließ die Dinge zurück, die er nicht brauchen würde. Er nahm die Flinte auseinander und verstaute die Teile in seinem Seesack. Seine Ersatzkleidung – mit Ausnahme von zwei Paar Baumwollsocken und der Thermounterwäsche – ließ er im Auto, ebenso das Hundefutter und die Hundeschüsseln. Bei der Thermoskanne zögerte er, ließ sie dann aber auf dem Sitz neben der zerbrochenen Brille liegen. Die Sonnenbrille mit den geschliffenen Gläsern war vom Armaturenbrett auf die Bodenmatte gefallen. Er steckte sie in den Rucksack.

Er hoffte, es würde so aussehen, als hätte er seinen Jagdausflug, wenn auch in abgewandelter Form, fortgesetzt. Keiner würde aus dem, wie er den Wagen zurückgelassen hatte, die Wahrheit erschließen können. Er stellte sich vor, daß seine Tochter sich bemühte, die Situation zu verstehen: Seinen Wagen hatte er am Snoqualmie Paß stehengelassen, seine Kreditkartennummer wäre bei der Autovermietung in Vantage registriert, seine Leiche würde in der Salbeiwüste auf der anderen Seite des Columbia verrotten. Sie würde die verschiedenen Schritte, oder doch die meisten, nachvollziehen können, hoffte er, und sehen, wie sich ganz natürlich eins aus dem anderen ergeben hatte. Sie würde keinen Verdacht schöpfen.

Ben trug Seesack und Rucksack zu dem VW-Bus. Er öffnete die Seitentür und stellte die Sachen hinein. Die beiden jungen Leute starrten ihn an. Er erwiderte ihre Blicke und setzte sich auf die Rückbank. »Ich bin soweit«, sagte er. »Wir können los.«

Er fuhr mit ihnen über den Snoqualmie Paß auf die Ostseite der Berge. Er lehnte sich zurück – die Hunde zu seinen Füßen – und ließ die Landschaft an sich vorüberziehen. Im Nordwesten lag der Denny Mountain. Zweimal hatte er eine Bergwanderung von Chair Peak nach The Tooth gemacht. Im Winter 1959 hatte er bei heftigem Schneeregen Mount Wright and Preacher Mountain bestiegen. Er mußte an die Bergtour zum Alta Mountain denken. Damals hatte er beim Abstieg kleine kontrollierte Rutschpartien gemacht. Dann fiel ihm die Bergtour mit Chris zum Mount Thompson und zum Kendall Peak ein, als sie im Schutz einer Felswand ihr Lager aufgeschlagen hatten und Chris so gefroren hatte. Ben hatte ihm gezeigt, wie man sich die Hände wärmt, indem man sie sich in die Achselhöhlen steckt.

Das Mädchen auf dem Beifahrersitz nahm eine Wasserflasche, die sie zwischen den Oberschenkeln gehalten hatte, und reichte sie Ben. Er dankte ihr und trank einen Schluck. Er befühlte den Verband auf seiner Stirn und massierte sich die Halswirbel. Dann legte er die Hand in die Seite und sah schweigend zum Fenster hinaus. Das Mädchen bot ihm von den Kürbiskernen an, und er ließ sich von ihr welche in die Handfläche schütten und aß sie im gleichen Tempo wie sie. Sie hatte sie in Olivenöl geröstet, erzählte sie ihm, und mit Meersalz gewürzt. »Schmecken ausgezeichnet«, sagte er, und sie lächelte und kippte mehr aus der Tüte in seine hohle Hand.

»Das ärgert Sie bestimmt, das mit dem Auto«, sagte sie.

»Ach, na ja«, sagte Ben.

»Das ist die beste Einstellung. So versuch ich auch zu reagieren.«

»Ja«, sagte der Junge. »Find ich auch.«

»Wo wollten Sie denn hin?« fragte das Mädchen, »bevor Sie den Unfall hatten und alles.«

»In die Nähe von Rock Island«, sagte Ben. »Da bin ich geboren. Ich wollte nach Haus.«

»Es ist so schön da«, sagte sie. »Mit all den Obstplantagen.«

»Ich weiß.«

Der Junge streckte die Hand aus und berührte ihre Wange mit dem Rücken seines Zeigefingers. Sie strich ihm über den Arm, dann über die Schulter, dann legte sie ihm die Hand auf den Oberschenkel und ließ sie dort.

Sie waren auf der Höhe von Keechelus Lake. Um diese Jahreszeit war der Wasserstand niedrig, und man konnte schwarze verwitterte Baumstümpfe sehen. Am südlichen Ende des Sees lagen die von der Erosion zerklüfteten Berge: steil, stark konturiert, baumlos. Hier war das Land schon merklich trockener. Der Regen hatte nachgelassen, wie immer hatte er sich im Westen der grünen Berge erschöpft.

»Sie sind Arzt, haben Sie gesagt?« fragte der Junge.

»Richtig«, antwortete Ben.

»Ich dachte immer«, sagte der Junge, »daß Eile angesagt ist, wenn 'ne Wunde genäht werden muß. Daß man nicht zu lange damit warten darf.«

»Das stimmt nicht«, sagte Ben – wieder eine Lüge. »Das ist ein Irrtum.«

»Als wir in den Dolomiten waren, hatte ich einen Unfall«, erzählte der Junge. »Ich bin gestürzt und hatte eine Fleischwunde an der Schulter. Und der Arzt wollte das nicht mehr nähen. Er sagte, es wär zuviel Zeit vergangen. Es müßte von allein heilen und so.«

»In den Dolomiten«, wiederholte Ben.

»Ja, genau.«

»Die haben keine Ahnung von Fleischwunden, die Leute

in den Dolomiten«, phantasierte Ben. »Die leben noch im Mittelalter.«

»Es war unglaublich da«, sagte das Mädchen. »Wir fanden es ganz toll in den Dolomiten.«

»Ich war auch mal da«, sagte Ben.

»Waren Sie auch in Cortina?«

»Ja, auch. Aber die meiste Zeit war ich nördlich davon.«

»Was haben Sie da gemacht?«

»Ich bin da gewandert, in den Bergen. Das ist Jahre her. Ich hab da meine Hochzeitsreise gemacht.«

»Das ist ja toll«, sagte das Mädchen. »Man trifft nicht viele Bergsteiger, ich mein, in Ihrem Alter.«

»Das ist Jahre her«, sagte Ben. »Zweiundfünfzig Jahre.«

»Wir waren auf dem Marmolada«, sagte der Junge. »In San Martino di Castrozza hatten wir unser Quartier, und von da sind wir jeden Tag losgezogen. Es war phantastisch.«

»Es ist sehr schön dort«, stimmte Ben zu.

»Wir sind zum Sella Paß rauf«, sagte der Junge. »Wir sind überall in der Gegend von Cima Pordoi rumgeklettert. Dann sind wir rüber zu den Tre Cime di Lavaredo und sind da auch rauf. Wir hätten ewig dableiben können«, fügte er hinzu, »nur daß uns die Dollars ausgingen.«

»Das soll vorkommen«, sagte Ben. »Die Realität kommt einem dazwischen.«

»Nur, wenn man sie läßt«, sagte der Junge.

Ben antwortete nicht darauf. Er saß da und hatte die rechte Hand in die Seite gedrückt, während er mit den Fingern der linken über den Verband an seiner Schläfe tastete. Er dachte daran, wie er und Rachel vor langer Zeit den Höhenweg von Vigo di Fassa nach Ciampedie gegangen waren, um die Sonne hinter den Zinnen des Torre di Vaiolet untergehen zu sehen. In ihrem Hotel am Lago di Carezza waren die elektrischen Leitungen etwas marode. In Falzarego hatten sie Wein und Crostini gekauft und waren nach Lagazuoi hinaufgestiegen. Bei Sonnenuntergang wurde die Welt in rosafarbenes Licht getaucht. Die Bergwände glänzten wie poliert. Im Zwielicht erreichten sie das Rifugio Scotoni, ein kleines Gasthaus in einem engen Tal. Damals waren sie zehn Tage verheiratet, ungefähr. Die Berge lagen im Duft von Rachels Schulterblättern. Ihre Kehle roch nach Salz und Pinien, in ihren Haaren war der Geruch von Holzfeuer.

Das Albergo Monte Sella in San Vigilio de Marebbe war im Jugendstil dekoriert – Türen aus Pinienholz, schmiedeeiserne Gitter, Kacheln in Grisailletechnik auf dem Flur. Die Wände waren so gestrichen, daß sie wie Marmor wirkten. Das Vestibül war mit einer stillen Szene an einem See ausgemalt: kleine Boote, die auf türkisfarbenem Wasser schaukelten, Vögel, die sich über Zypressen in die Lüfte schwangen, ein hoher Himmel, Pinien. Zur Mittagszeit läutete der Oberkellner leise, aber beharrlich die Essensglocke. Bruschetta und Saltimbocca, Consommé, Profiteroles, mit Kartoffelbrei gefüllte Tortellini, Scaloppe di Vitello mit Auberginen. Abends spielten sie im Aufenthaltsraum Karten. Eine Atmosphäre ländlicher Extravaganz. Grappaflaschen standen auf den Tischen, Karaffen mit dem Wein des Hauses – etwas bitter, harzig.

Sie hatten zusammen in der Badewanne mit den Klauenfüßen gebadet. Der Mond stand hoch über den Bergen. Durch die kühle, saubere Luft drang das Läuten der Kirchenglocken. Im Foyer brachen die letzten Gäste auf. Der Geruch der Laken, der Seife. Dann nur noch ihr Geruch. Sein Mund an ihrem Haaransatz, sanft. Der lange Weg hinunter zu den Stellen, die er zufällig fand und nicht übergehen wollte: die flache Kuhle am Ende ihres Rückens, die Knöchel ihres Handgelenks, ihre Fersen. Der Rest der Welt versank. Die Zeit blieb stehen. Alles war möglich, jede Art der Liebe. Als sie merkten, daß sie alles gemacht hatten, sahen sie sich ohne Scham an.

Er hatte das Gefühl gehabt, auf der Höhe seines Lebens zu stehen. Das sagte er ihr. Er sagte ihr, daß er sie liebe. Er sagte, daß er sie für immer festhalten wolle. Er küßte sie zärtlich.

Aber während er hinten im VW-Bus saß, mißtraute Ben seinen Erinnerungen. In der Erinnerung erhielt alles eine Wahrhaftigkeit, die nur eine andere Art von Falschheit war. Er erinnerte sich an die Dinge, die schön waren – und das war schon quälend genug –, während alles andere zurückwich und verschwamm und zur Bedeutungslosigkeit schrumpfte. Der Gedanke, daß mit seinem Tod die Erzählung von seiner gemeinsamen Zeit mit Rachel untergehen, die Geschichte ihrer Liebe verschwinden würde, schmerzte ihn. Er konnte es niemandem erklären. Sie würde mit ihm sterben.

Als sie das obere Ende von Keechelus Lake erreichten, öffnete der Himmel sich weit nach Osten über fernen Schluchten, Gipfeln und Tälern, alles vom Morgenlicht überflutet. Vor ihnen lag ein niedriger Streifen Rot über dem Horizont, wo die neue Sonne auftauchen würde. Die Straße führte in weiten Kurven hinunter durch dicht stehende, mächtige Tannen mit langen, breiten und flachen Nadeln. Ben lehnte sich zurück und betrachtete die Landschaft, die sich vor ihnen waldlos und sanft gewellt weitete. Sie hatten den Snoqualmie Paß und die Berge hinter sich gelassen. Das Mädchen gab Ben noch eine Handvoll Kürbiskerne aus der Tüte, der Junge klappte die Sonnenblende herunter. Sie fragten ihn nach seinem Namen, er sagte ihn, und darauf stellte der Junge sich als Kevin Lamont vor und das Mädchen als Christine Reilly. Die Straße verlief nun in gerader Linie nach Südosten, wo sich die hügelige Landschaft unter dem Himmel vor ihnen ausdehnte, kein Anzeichen von Regen mehr. Die Pappeln am Ufer des Yakima River waren rotgelb gefärbt. Das Licht war gewaltig und unvermischt. Westlich der Berge ging es in ein Grau über, gedämpft und gemäßigt von Meereswolken, aber hier auf der Ostseite ergab sich die Welt und lag ungeschützt unter der Sonne.

Sie kamen in die kieferbestandene Ebene hinter Euston herunter, wo ein halbes Dutzend Pferde neben dem Highway graste. Sie passierten den Abzweig nach Roslyn, und die Straße führte jetzt sanft geneigt auf Cle Elum zu. Der Fluß schlängelte sich durch Kiesbänke und Inseln und ließ tote Arme und Strudel hinter sich. Der Geruch von herbstlichen Holzfeuern hing schwer in der Luft. Als die Straße auf Elk Heights zu wieder anstieg, erstreckte sich ringsum hügeliges Weide- und Ackerland, und die großen Heuschober waren bis unter das Blechdach gefüllt mit Winterheu. Im Norden lag wie ein Schemen die Stuart Range, fern und ätherisch.

Dies war Weideland, und in Kuhlen und Taleinschnitten, die sich nach Norden bis zu den Ausläufern schneebedeckter Berge und nach Osten zum Horizont erstreckten, standen Gruppen von Pappeln. Christine strich sich die Haare hinter die Ohren und machte eine Bemerkung über die herbstliche Schönheit der Bäume, und Ben stimmte ihr ohne viele Worte zu. Sie fuhren über den Indian John Hill, wo Hochspannungsleitungen von Ost nach West über das Land gezogen waren, als hätten die Kinder von Riesen sie dort im Spiel aufgestellt. Von Elk Heights Paß sahen sie im Osten die mit Schaumkraut und Goldkiefer bewachsenen Berge, davor die Wüste mit Salbei und Bartgras. Dazwischen ragten einsame Kuppen auf, baumlos und karg, deren Boden so unfruchtbar war wie der Mond.

»Es geht Ihnen besser, nicht?« sagte Christine. »Sie sehen wieder etwas entspannter aus.«

»Nicht schlecht«, sagte Ben. »Ich sitz hier bequem.«

»Deswegen haben wir den Bus«, sagte Kevin. »Es ist gut, wenn man sich mal ausstrecken kann.«

»Wir fahren viel rum«, sagte Christine.

»Wir wollen klettern«, erklärte Kevin. »Erst mal in die Sawtooths, und dann runter ins Sun Valley.«

»Wenn's klappt, können wir den ganzen Winter Ski laufen«, sagte Christine. »Das haben wir letzten Winter auch gemacht. In Ketchum haben wir einen Freund, der uns wahrscheinlich in die Skipatrouille bringen kann.«

»Die Lifttickets umsonst und 'nen Platz zum Schlafen«, sagte Kevin. »Das Dumme ist nur, daß es da so voll ist.«

»Eigentlich würden wir gern Helikopter-Skiing machen«, sagte Christine. »Man bringt Leute ins Hinterland und kommt von den Massen weg.«

»Das dauert aber noch ein paar Jahre«, sagte Kevin. »Das ist nicht so leicht hinzukriegen.«

»Im Moment sind wir ziemlich pleite«, erklärte Christine. »Unser Geld reicht nur für die Fahrt.«

»Nicht mal das«, sagte Kevin.

Er öffnete das Handschuhfach, nahm seine Sonnenbrille heraus und setzte sie auf. Es war eine Brille mit Spiegelgläsern, wie Skifahrer sie trugen, und plötzlich, weil seine braunen Augen verborgen waren, sah er nicht mehr ganz so attraktiv aus. »Die Sonne«, sagte er, »wir fahren genau hinein.«

»Besser als Regen«, sagte Christine.

Sie kamen an Thorp Fruit und Antique Mall vorbei. Die Berge in der Ferne waren kahl, östlich von ihnen lag das Land leblos. Sie sahen einen Getreidesilo, eingezäuntes Weideland und eine Baumreihe, die als Windbrecher vor ein einsames Farmhaus gesetzt war. Neben den Gräben und den Kanälen, die das Wasser aus den Bergen auffingen, standen Bewässerungsmaschinen auf hohen Rädern. Der Yakima River floß breit zwischen ausgewaschenen Ufern.

»Hört mal«, sagte Ben. »Es ist Apfelsaison. Wenn ihr Geld braucht, könnt ihr bei der Ernte helfen. Die werden jetzt Leute brauchen.«

»Gute Idee«, sagte Christine.

»Ja«, sagte Kevin. »Vielleicht.«

»Weißt du, ich finde, das klingt richtig gut.«

»Stimmt.«

Christine legte ihm wieder die Hand auf den Oberschenkel. »Ich wollte immer schon mal bei der Ernte helfen.«

»Dann sollten wir's machen«, sagte Kevin.

Bei Ellensburg umgab sie plötzlich der Gestank des Schlachthauses – der Geruch von Blut, das in den Erdboden gesickert war, von offen herumliegenden Eingeweiden. Die Höfe und Pferche waren leer, der Lehmboden von tiefen Hufabdrücken übersät, in denen das Wasser stand. Dampf stieg vom Boden auf. Hunderte von Kühen grasten bis zum letzten Moment an einem lehmigen Hang in der Nähe.

»Das hier ist ein guter Grund, ein für allemal Vegetarier zu werden«, sagte Christine.

»Wir haben's mal versucht«, sagte Kevin. »Aber dann sind wir rückfällig geworden.«

»Wir haben Ausnahmen gemacht. Danach war die Luft raus.«

»Das war Thanksgiving«, sagte Kevin. »Wir waren bei ihrer Mutter. Was sollten wir machen?«

»Wir hätten nur die Kartoffeln essen können. Das haben wir nicht getan. Wir waren schwach.«

Sie rollten weiter nach Osten. Als die Straße hinter dem Tal wieder anstieg, wurden die Hügelkämme kahler und wilder. Auf der Nordseite der Straße lag eine Schweinefarm, und die Schweine wühlten im Schatten von Pappeln, deren Blätter schnell abfielen, in dickem, schwarzem Schlamm. Entlang der Zäune wuchs Gestrüpp, und dahinter sah man die gepflügten Felder mit dem feuchten, gefurchten Boden; in den Wassergräben glitzerte das Sonnenlicht. Sie ließen das kultivierte, gepflegte Ackerland hinter sich und kamen in Hügel, die schon vor den Farmen da gewesen waren, Hügel, deren Hänge von Queckeninseln zwischen dem Salbei gesprenkelt waren.

»Dieses Stück ist gespenstisch«, sagte Christine. »Alles sieht so alt aus.«

Die Landschaft schien düsterer hier, verlassener. *Warnung!* hieß es auf einem Schild. *Nächste Ausfahrt 23 Meilen. Letzte Einkaufs- und Tankmöglichkeit.* Sie passierten die Ausfahrt nach Kittitas. Ein Graben, von Pappeln gesäumt, führte hohes Wasser. Auf den Feldern standen die großen Bewässerungsmaschinen. Alles war still, leblos, traurig. Es wirkte heruntergekommen. An einem Zaun wuchs Salzkraut, das zu Steppenläufern vertrocknet war. Unmittelbar an der Straße stand ein armseliges Farmhaus, daneben ein eingefallener Schuppen. Ein magerer Hund lief auf der Veranda herum und blieb schnüffelnd vor einem Sofa stehen. Die Salbeiwüste begann unmittelbar neben dem Farmhaus und erstreckte sich endlos in östlicher Richtung.

Ben knetete sich die rechte Seite und sah aus dem Fenster. Die Hügel erhoben sich ockerfarben, oliv und braun, und das Asphaltband, das sich durch sie hindurchzog, war der dunkelste Farbton in der Landschaft. Sie fuhren unter einer Eisenbahnbrücke hindurch, sie passierten einen betonierten Überlaufkanal. Die Hochspannungsleitungen, die sich durch die Landschaft zogen, wirkten vor den Bergen verloren, wie alte Telegraphenleitungen. Dann wurde die Straße vor ihnen steiler, und als sie sich dem Ryegrass Summit näherten, schaltete Kevin in den dritten Gang herunter. »Hier oben ist alles am Bröckeln«, sagte er. »Erosion im Vormarsch oder so.«

»Basaltlava«, sagte Christine.

»Alte Vulkane.«

»Sehr alte Vulkane.«

»Bestimmt fünfzig Millionen Jahre.«

»Noch mehr.«

Sie erreichten den Paß. Das Land öffnete sich, und die Hänge fielen lang und kahl zum Columbia River ab. In weiter Ferne, im Osten, sah Ben die Bruchkante der Berge jenseits des Flusses, die im Oktoberlicht schimmerte.

»Gleich sind wir in Vantage«, sagte Kevin und fuhr auf die rechte Spur, als sie sich der Ausfahrt näherten. Sie verließen die Schatten der Geröllkuppen und sahen hinunter zum Fluß, der wie geknebelt hinter dem Wanapum-Damm lag: still und flach, ein grüner See. Eine Gruppe Stockenten trieb im Schutz der Brücke dicht beieinander auf dem Wasser. Auf einem Stoppschild saß eine Elster.

Ben wies flußaufwärts, nach Norden. »Da oben bin ich geboren, ungefähr dreißig Meilen von hier«, sagte er. »An der Schlucht vorbei und um ein paar Biegungen. Damals gab's noch keine Dämme.«

»Das waren die guten Zeiten«, sagte Kevin.

Vantage lag im Schutz von hohen Bäumen – ehrwürdigen Pyramidenpappeln. Es gab eine Shell-Tankstelle, eine Texaco-Tankstelle, einen Campingplatz für Wohnmobile, ein Restaurant namens »Golden Harvest«. Kevin fuhr auf den Vorplatz des Supermarkts und hielt neben einer Telefonzelle. Er kam um den Wagen herum und machte die Schiebetür auf, die Sonnenbrille hielt er in der Hand. »Platz«, sagte er zu Rex. »Bleib ruhig da sitzen, mein Junge.«

Er zeigte auf das Campingplatzbüro hinter den Pappeln. »Wenn Sie sich einen Wagen mieten wollen, können Sie das da drüben machen.«

»Gut«, sagte Ben. »Schönen Dank.«

»Wir würden Sie weiter mitnehmen, aber wir biegen hier nach Othello ab.«

»Das ist völlig in Ordnung«, sagte Ben. »Ich bin ja froh, daß ich so weit gekommen bin.«

»Ihr Auge wird immer dicker«, bemerkte Kevin. »Bald wird's ganz zugeschwollen sein. Sieht ziemlich wild aus.«

»Das macht nichts. Damit kann ich leben.«

»Und einen steifen Hals haben Sie auch. Sie sollten es ruhig angehen lassen.«

Christine war ausgestiegen und stand neben ihm, die Hände in den Jeanstaschen. »Was ist mit Ihren Hunden?« fragte sie. »Können wir sie hier rauslassen? Oder wollen Sie sie anleinen?«

»Die können Sie rauslassen«, sagte Ben. »Die laufen nicht weg.«

Die jungen Leute traten zur Seite und sahen zu, wie die Hunde zögernd aus dem Wagen sprangen. Dann stieg Ben aus und setzte sich seine Jagdkappe auf. Seine Seite brannte. Der Rücken tat ihm weh. Er konnte noch immer nicht klar sehen.

»Ein schöner Tag«, erklärte Kevin. »Alles riecht nach Salbei.«

»Und warm ist es auch«, fügte Christine hinzu.

Das junge Paar wartete bei dem Bus, während Ben seine Versicherung anrief. Dann telefonierte er mit der Polizei. Christine steckte ihre Hand in Kevins Gesäßtasche, dann legte sie den Arm um seine Mitte. Kevin zog sie zu sich heran, und sie küßten sich. Da war eine tiefe Liebe zwischen den beiden, das sah Ben deutlich. Ihr Umgang miteinander war entspannt und vertraut. Er wandte sich von dem Anblick ab, hängte den Hörer ein und ging wieder zum Bus zurück. Er hob seinen Seesack und den Rucksack aus dem Wagen, stellte beides beim Telefon ab und suchte nach der Leine, mit der er Tristan und Rex festbinden wollte.

»Und?« fragte Kevin.

»Mein Freund ist auf dem Weg«, sagte Ben. »Er holt mich hier ab.«

»Okay«, sagte Kevin. »Perfekt.«

»Haben Sie auch nichts im Bus vergessen?« fragte Christine. »Haben Sie alles?«

»Ich glaub ja«, sagte Ben. »Ich hab das Halstuch auf den Rücksitz gelegt. Das ist wahrscheinlich hinüber.«

Er zog sein Portemonnaie aus der Hosentasche, nahm vier Zwanzig-Dollar-Scheine heraus und gab sie der jungen Frau. »Widersprechen Sie nicht«, sagte er, »nehmen Sie's einfach.«

»Wir wollen kein Geld«, sagte Christine. »Wir haben Ihnen nicht geholfen, um Geld dafür zu bekommen.«

»Damit könnt ihr euch das Apfelpflücken sparen. Mit dem Geld kommt ihr in die Sawtooths.«

»Kein guter Grund«, sagte Christine.

»Nehmen Sie's. Sie brauchen's mehr als ich. Nehmen Sie's einfach und lassen Sie's gut sein.«

»Kommt nicht in Frage. Bitte.«

»Ja«, sagte Kevin. »Kommt nicht in Frage.«

Ben trat einen Schritt zurück und steckte die Geldbörse wieder ein. »Ihr behaltet das Geld«, sagte er.

Einen Moment lang sahen sie ihn an. Dann schob Kevin die Tür des Busses auf. Er brachte die Tüte mit den Kürbiskernen zum Vorschein, eine kleine Schachtel mit den Räucherstäbchen der tibetischen Mönche und den Gurt mit dem Karabiner und dem Kletterhaken, der am Rückspiegel gehangen hatte. »Hier«, sagte er, »ein Geschenk von uns.«

»Der Karabiner bringt Glück«, erklärte Christine. »Wir haben ihn in den Dolomiten gefunden.«

»Sie sind doch alter Bergsteiger«, fügte Kevin hinzu. »Sie sollten den haben.«

»Ich weiß nicht«, sagte Ben.

»Nehmen Sie die Sachen. Wir möchten sie Ihnen schenken.« Christine nahm den Gurt und legte ihn Ben um den Hals. »Da«, sagte sie, »jetzt gehört er Ihnen.«

»Sieht gut aus«, sagte Kevin. »Steht Ihnen perfekt.«

»Nehmen Sie auch die anderen Sachen«, sagte Christine. Und sie gab ihm die Räucherstäbchen und die Kürbiskerne.

»Sie sind keine achtzig Dollar wert, aber vielleicht nützen sie Ihnen was.«

»Danke«, sage Ben, »vielen Dank.«

Sie sahen ihn unsicher an und wußten nicht recht, wie sie sich von ihm verabschieden sollten. »Ihr braucht nicht zu warten«, sagte Ben. »Mein Freund ist auf dem Weg. Alles ist geregelt. Ich kann euch nicht genug danken.«

»Okay«, sagte Christine. »Viel Glück und alles.«

»Ja«, sagte Kevin, »hoffentlich geht alles gut.«

Das Mädchen griff nach ihrem Pferdeschwanz und legte ihn sich über die linke Schulter. Ihre Züge, sah Ben, ähnelten denen Rachels: Ihre Schönheit lag in dem feingemeißelten Gesicht. Sie war nicht vergänglich oder nur durch ihre Jugend bedingt. Auch in fünfzig Jahren würde diese Schönheit noch da sein, unter der alternden Haut.

»Wenn ihr's noch nicht getan habt, solltet ihr heiraten«, sagte Ben.

Christine lächelte und stieß Kevin in die Rippen, dann legte sie ihm den Arm um die Schultern. »Ich werd sie nie verlassen«, sagte er, »dazu brauch ich kein Papier.«

»Wir sind Seelengeschwister«, sagte Christine. »Das ist für immer.«

Als sie mit ihrem Volkswagen wegfuhren, setzte Ben sich neben seinen Rucksack und ließ den Kopf in die Hände sinken. In der Ferne fuhr der Bus über die Brücke, klein vor den aufragenden Bergen.

Ben dachte daran, wie er und Rachel in Italien zwischen Reihen von Apfelbäumen in der Poebene gelegen hatten – tief im kühlen, dunklen Schatten der Obstbäume – und sich mit der Traurigkeit frisch Vermählter geküßt hatten, die wußten, daß ihre Küsse zu zart waren, um der Zeit zu widerstehen, der Zeit, die alles zerstört, wonach man sich sehnt, und die alles Schöne durchdringt.

3

Die Wunde in seiner Stirn pochte. Kein Lebewesen war zu sehen, Vantage schien menschenleer, verödet. Unterhalb des Ortes lagen der leere Highway und der Fluß, und im Osten wölbte sich der Himmel, endlos und unergründlich, still und wolkenlos. Die nahen Dinge – die Steine, das Gras – erschienen in Bens Augen scharf umrissen und lebendig, aber in der Ferne verschwamm alles zu Schemen und Schatten.

Tristan kam zu ihm, streckte sich aus und legte die Kehle auf seinen Stiefel. Ben schob eine Hand auf die Schnauze des Hundes, während er mit der anderen die Schwellung um das Auge betastete und sich die schmerzende Schläfe rieb. So blieb er eine Weile sitzen und ließ den Anblick der dunklen Hügelketten im Süden auf sich wirken; dann stand er auf und band die Hunde mit der Leine an. Er sprach leise mit ihnen und erklärte, was er vorhatte, aber seine eigene Stimme klang fremd in seinen Ohren, und so schwieg er wieder. Er streckte Hals, Schultern und Rücken und versuchte so, die Mattigkeit, die schon zu dieser frühen Stunde über ihn kam, abzuwehren. Entweder mußte er sich jetzt gleich aufraffen, dachte er, oder er riskierte, in tiefe Trägheit zu verfallen. Schließlich nahm er alle Energie zusammen, hievte sich den Rucksack auf den Rücken, warf den Seesack über die Schulter und machte sich mit den Hunden an der Leine auf den Weg zum Campingplatz.

In dem Büro roch es nach Zigarettenrauch, und auf der Fensterbank lag eine verstaubte Sammlung von Bergkristallen und versteinerten Holzstücken. In dem Aquarium auf der Theke schwammen ein paar Zierbarsche lustlos hinter algenverklebtem Glas herum. An der Wand hing ein schwarzer Samtbehang, vielleicht in Hongkong hergestellt, mit einer Perlenstickerei, die einen gutmütigen Tiger darstellte. Überall standen kleine Keramikobjekte herum: Vasen, Schlangen, Flamingos. Auf dem Sofa hinter der Theke kauerten zwei kleine Kinder unter einem Schlafsack und sahen sich im Fernsehen einen Zeichentrickfilm an.

»Guten Morgen«, grüßte Ben sie.

Keins der Kinder erwiderte den Gruß; statt dessen starrten sie auf sein geschwollenes Auge. Der Junge hatte den Schlafsack bis zum Kinn hochgezogen, das Mädchen lutschte an einem Zipfel. »Hat dich jemand verprügelt?« fragte sie schließlich.

»Ja. Aber ich will nicht darüber sprechen.«

Das Mädchen beugte sich vor, um besser sehen zu können. »Was ist denn passiert? Bist du überfallen worden?«

»Ich hab mit einem Kojoten gekämpft.«

»Das glaub ich nicht.«

Ben schüttelte den Kopf, als wäre er enttäuscht. »Du glaubst mir nicht?«

»Nein. Du machst nur Spaß.«

»Das sagen alle«, sagte Ben.

Mit hochmütiger Miene stand sie auf, um hinauszugehen. Ihr Oberkörper war deformiert und vorgewölbt. Offenbar hatte sie schwere Skoliose, mit O-Beinen wie ein Cowboy. Aber mit ihrer Körperhaltung drückte sie den Hochmut einer Herzogin aus, die sich nichts mehr gefallen lassen würde. Der Junge, das jüngere der beiden Kinder, starrte Ben an, als wäre er ein Gespenst. »Echt?« fragte er. »Ist das echt wahr?«

»Echt wahr.«

»Du hättest auf 'nen Baum klettern sollen«, sagte der Junge, »oder Steine auf ihn drauf schmeißen.«

»Ich hätte alles mögliche tun können, aber ich konnte nicht klar denken.«

»Und dann?«

»Erst hat er mich geboxt, dann hab ich ihn geboxt. Du weißt schon.« Ben zuckte mit den Schultern.

Der Junge riß die Augen weit auf und steckte sich den Daumen in den Mund. »Der Kojote sieht schlimmer aus.«

Die Mutter kam hinter dem Mädchen in den Raum. Sie war eine korpulente Frau, noch keine dreißig, mit kräftigem Nacken. Sie trug eine Muschelkette und ein gelbes Sweatshirt mit Kapuze. »Was kann ich für Sie tun?« fragte sie Ben.

»Ich möchte einen Wagen mieten«, erklärte Ben. »Ich hab gehört, daß man hier einen kriegen kann.«

»Leider nicht, nicht mehr. Früher war hier einer auf dem Platz, der hatte ein paar Autos, aber der ist nicht mehr da.«

Sie steckte eine Hand in die Tasche ihres Sweatshirts und musterte sein Gesicht. »Was ist passiert?« fragte sie. »Sieht ziemlich übel aus.«

Ben erklärte, daß er einen Autounfall gehabt und sich das Gesicht beim Aufprall auf dem Lenkrad verletzt habe. »Du hast Spaß gemacht«, sagte der Junge. Das Mädchen stützte eine Hand in die Hüfte, legte den Kopf auf die Seite und seufzte. »Ich wußte doch, daß du nicht mit einem Kojoten gekämpft hast«, sagte sie. »Das kann gar keiner, mit einem Kojoten kämpfen.«

Ben seufzte in gespielter Enttäuschung. »Du hast recht«, gestand er, »ich habe gelogen.«

»Das war nicht gut gelogen. Ich hab dir von Anfang an nicht geglaubt.«

»Jetzt sei mal still«, sagte die Mutter. Sie sah Ben an und schüttelte den Kopf. »Manchmal redet sie wie eine kleine Erwachsene. Ich weiß nicht, was ich mit ihr machen soll.«

»Ich hab auch eine Tochter«, sagte Ben.

Die Frau nickte, lehnte sich mit ihrem ganzen Gewicht auf

die Theke und gähnte ungeniert. Wahrscheinlich könne er im Motel ein Zimmer mieten, wenn er wolle. Und später, am Nachmittag, komme der Greyhound-Bus. Er wies auf die Hunde, die draußen vor der Tür warteten. Sie schüttelte den Kopf und erklärte, wenn es keine Blindenhunde seien, würde der Fahrer sie nicht in den Bus lassen.

»Das Motel«, sagte sie noch mal. Da könne er sich ausruhen, sein Auge versorgen, und morgen würde man weitersehen. Sie könne für ihn anrufen und ihm ein Zimmer bestellen. Es sei nicht besonders teuer, fügte sie hinzu.

Ben dankte ihr und nahm den Seesack. »Ich ruf einen Freund an, der soll mich abholen. Aber trotzdem schönen Dank.«

»Wiedersehen, Lügner«, sagte das Mädchen.

»Sei du still«, sagte die Mutter.

Vor der Tür saßen seine Hunde und sahen ihn erwartungsvoll an. Ben setzte sich dazu und dachte nach. Unten am Fluß legte die Sonne glitzernde Tupfen auf das Wasser, es war herbstlich warm, angenehm. Ein Motel hatte gewisse Vorteile, überlegte er, aber was sollte er in Vantage, in einem Motel, wo er sich nur auf einem traurigen Bett ausstrecken und vor dem Fernseher dösen konnte? Dazu war er nicht hergekommen. Er klopfte Tristan auf die Flanke und streichelte Rex den Bauch und den Widerrist, und schließlich kam er zu der Erkenntnis, daß seine Expedition durch den Unfall durchkreuzt war, daß er umkehren, irgendwie zurück nach Hause fahren sollte. Es war Zeit zum Rückzug – Zeit, sich zu erholen und neu zu formieren und sich dann noch mal zu überlegen, wie er aus dem Leben scheiden sollte.

Er stand auf, schulterte Rucksack und Seesack – die Hunde zogen an der kurzen Leine – und machte sich wieder auf den Weg zum Highway. Fünfundfünfzig Jahre war es her, daß er zum letzten Mal per Anhalter gefahren war, aber jetzt schien es ihm die einzige Möglichkeit weiterzukommen.

Er kletterte die Böschung hinauf, legte sein Gepäck ab und stellte sich – eine klare Gesetzesübertretung – auf die Standspur, die Hunde unruhig an seiner Seite. Eine lange Zeit stand er mit gehobenem Daumen da, aber niemand machte Anstalten, ihn mitzunehmen. Wer würde einen alten Mann mit zwei Hunden und einem blauen Auge auch schon mitnehmen? Die Leute, die in ihren Autos an ihm vorbeifuhren, kamen aus einer anderen Welt – der Welt, in der er sich als Arzt in Seattle bewegt hatte – und ignorierten seinen ausgestreckten Daumen. Eine Frau zuckte die Schultern, aber Ben konnte die Bedeutung der Geste nicht entschlüsseln. Vielleicht wollte sie ihm zu verstehen geben, daß sie ihn gern mitgenommen hätte, aber Angst vor Fremden hatte. Oder vielleicht war ihre Botschaft präziser: daß sie nur bis zur nächsten Ausfahrt fuhr und ihm nicht viel helfen konnte. Wie auch immer, sie hielt nicht an, und alle anderen fuhren auch vorbei. Er saß vor Vantage fest.

Mit dieser Möglichkeit hatte er nicht gerechnet; er hatte selbstverständlich angenommen, daß es sein gutes Recht war, nach Hause zu kommen. Schließlich war es früher, als er noch im Land der Obstplantagen lebte, nichts Außergewöhnliches gewesen, wenn man per Anhalter eine Reise machte oder anderweitig improvisierte. Er hatte in einer Welt der Erntehelfer gelebt; wenn einer unterwegs war, schloß er sich anderen an, und obwohl er unter Seßhaften nicht unbedingt willkommen war, wurde er doch auf Straßen und Wegen nicht mit Verachtung behandelt, sondern im allgemeinen ein Stück mitgenommen. Aber heutzutage fuhren die Autos so schnell, daß man morgens in Seattle aufbrechen und am nächsten Morgen in Dakota ankommen konnte. Niemand winkte oder gab ein Handzeichen. Niemand riskierte es, am Straßenrand anzuhalten. Die Welt war voller Verrückter und Fremder. Ben begriff, daß er einer von ihnen war und niemand ihn mitnehmen würde.

Als er auf dem Weg zum Motel die Wanapum Road entlangging, begegnete er einem anderen Reisenden. Es war ein langhaariger Tramp, hager, groß, sonnengegerbt. Er trug eine zu große Lederjacke, deren Gürtel lose in ausgeleierten Schlaufen hing, und hatte sich länger nicht rasiert, so daß auf Kinn und Oberlippe Bartstoppeln standen. Er rauchte eine selbstgedrehte Zigarette. »He, Partner«, rief er zu Ben herüber. »Deine Jagdhunde gefallen mir.«

»Du kannst sie haben«, gab Ben zurück.

»Geht nicht«, sagte der Tramp, »ich bin unterwegs.« Und er deutete mit dem Daumen in Richtung Osten.

»Das hab ich gerade anderthalb Stunden lang gemacht.«

»Das liegt an den Hunden. Versteck sie im Gebüsch.«

»Darauf hätte ich auch selbst kommen können.«

Der Tramp zuckte die Achseln. »Wohin willst du denn?«

»Nach Westen«, sagte Ben. »Über die Berge.«

»Über die Berge«, sagte der Mann. »Da war ich schon ewig nicht mehr.«

»Na ja, vor ein paar Stunden war ich noch da drüben. Ich bin erst heute morgen gekommen.«

Der Tramp scharrte mit den Füßen im Staub. Er trug Straßenschuhe, die nicht in die Salbeiwüste paßten. Auch seine Lederjacke stach ins Auge, sie hätte gut zu einem reisenden Blues-Musiker in einem Coffeehouse gepaßt. »Das ging ja schnell«, sagte er zu Ben. »Du bist erst heute morgen über den Paß gekommen?«

»Vor drei Stunden ungefähr.«

»Wieso willst du dann zurück?«

»Das ist eine lange Geschichte«, sagte Ben.

Der Mann warf die Zigarette weg und stemmte die Hände in die Hüften. »Ist mir sehr unangenehm, aber hättest du etwas Kleingeld übrig? Ich könnte das brauchen.«

»Schon möglich«, sagte Ben.

Er setzte sein Gepäck ab, betastete probehalber die Stirn

und zog dann einen Zwanzig-Dollar-Schein aus seiner Geldbörse. Der Tramp nahm ihn mit einer gewissen Grazie. »Guter Mann«, sagte er.

»Schon in Ordnung«, antwortete Ben.

»Guter Mann«, sagte der Tramp noch einmal. Er faltete den Schein zusammen und steckte ihn in die Tasche. »Du willst also zurück, sagst du.«

»Ich möchte schon«, sagte Ben. »Aber ich hab eben anderthalb Stunden lang an der Straße gestanden, und keiner ist auch nur langsamer gefahren.«

»Warum gehst du nicht über den Fluß? Auf der anderen Seite kommst du auf den Highway 26. An der Kreuzung fahren sie alle langsamer.«

»Das ist die falsche Richtung«, erklärte Ben. »Da geht's nach Osten, ich will aber nach Westen.«

»Na ja, das stimmt schon«, sagte der Tramp. »Aber du fährst nur eine Meile nach Osten. Du mußt die Dinge in den richtigen Proportionen sehen.«

»Trotzdem ist es die falsche Richtung«, wandte Ben ein.

»Es gibt keine falsche Richtung«, sagte der Tramp, »solange du am Ende ankommst.«

Er warf sich Bens Seesack wie ein Hafenarbeiter über die Schulter und legte einen Arm darüber. »Den nehm ich«, sagte er. »Gehn wir.«

Sie setzten sich in Richtung Fluß in Bewegung. Der Tramp fragte Ben nach seinem geschwollenen Auge, und Ben erzählte ihm die Geschichte von dem Unfall, von den jungen Leuten in dem VW-Bus und von seinem Versuch, sich einen Wagen zu mieten. Er sagte, er sei über die Berge gekommen, um Wachteln zu schießen, aber mit dem geschwollenen Auge könne er nicht gut genug sehen, deswegen wolle er wieder nach Hause fahren.

»He«, sagte der Tramp. »Du kannst trotzdem Wachteln schießen. Es gibt viele Leute, die einäugig schießen.«

»Ist aber nicht so gut«, sagte Ben. »Man hat keine Tiefenschärfe.«

»Du mußt das ausgleichen«, sagte der Tramp. »Das geht schon.«

Sie hatten das westliche Ufer des Flusses erreicht. Vorsichtig, auf den Verkehr achtend, betraten sie die Highway-Brücke, der Mann trug Bens Seesack, und Ben hatte seinen Rucksack auf dem Rücken und führte die Hunde an der kurzen Leine. Da nicht viel Platz war, gingen sie hintereinander, dicht am Rand, der Tramp vorneweg. Ben folgte ihm über die Brücke. Unter ihnen lag der Columbia River, breit und flach. Ben war doch froh, ihn zu sehen, froh, daß er den Fluß überquerte. Im Osten erhoben sich die Talhänge zur Hochebene hin, und plötzlich kam Ben die Idee, Chukars zu jagen. Er hatte in dieser Gegend noch nie gejagt. Es war neues Terrain, unbekannt. Aber was konnte ihm das schon ausmachen? Unter freiem Himmel Vögel zu jagen – deswegen war er gekommen.

Sie überquerten die Straße und gingen jetzt dem Verkehr entgegen, und während sie das taten, erhoben sich die Stockenten auf der windabgewandten Seite der Brücke langsam, aber leicht von der Wasseroberfläche und landeten hundert Meter weiter flußabwärts wieder langhin gleitend, wobei sie kleine Schaumspuren hinterließen. »Schade, daß du kein Entenjäger bist«, rief der Tramp ihm über die Schulter zu. »Die könntest du gleich von hier runterholen.«

»Nichts gegen Entenjagd«, sagte Ben. »Aber dafür bin ich nicht hergekommen.«

»Du bist hinter anderen Vögeln her«, bemerkte der Tramp.

Auf der anderen Seite blieb der Mann an der Kreuzung mit dem Highway 26 stehen. Er ließ Bens Seesack zu Boden gleiten. »Da wären wir«, sagte er, »so weit, so gut.«

»Da bin ich also«, sagte Ben. »Warum, weiß ich nicht so genau. Aber hier bin ich.«

Der Mann zündete sich eine selbstgedrehte Zigarette mit einem Streichholz an, das er an seinem Hosenreißverschluß anriß. »Setz deine Hunde ins Gebüsch und streck den Daumen raus«, sagte er.

»Ich glaub, ich laß es. Hier gibt's Chukars. Ich wollte Vögel schießen, also schieß ich jetzt Chukars.«

»Du hast es dir anders überlegt«, sagte der Mann.

»Stimmt«, sagte Ben. »Soll vorkommen.«

»Ich überleg mir ständig Dinge anders«, sagte der Tramp. »Für mich ist das ganz normal.«

Ben band die Hunde an einem Zaunpfosten fest, breitete seinen Regenumhang auf dem Boden aus und legte seine Jagdweste daneben. Dann verteilte er alles, was er dabei hatte, darauf und sah es sich genau an. Der Tramp rauchte, sah zu und strich sich ab und zu die Haare aus den Augen. Ben hielt den Doppellauf der Flinte in die Sonne, richtete die Schiebesicherung mit dem Scharnier aus und schloß die Waffe.

»Winchester 21«, sagte der Tramp. »Erste Wahl aller Helden.«

»Ich hab sie seit einer Ewigkeit«, sagte Ben.

Sorgfältig verstaute er dreiundzwanzig Nr. 8-Patronen in den Schlaufen seiner Weste und steckte die restlichen zwei in eine der Taschen, wo sie leicht greifbar waren. Er rollte den Regenmantel mit der Wolldecke und dem zusammengefalteten Seesack zu einem Bündel zusammen und band es unter dem Rucksack fest. Schließlich zog er sich die Weste und seine Jagdhandschuhe an und drückte sich die Leinenmütze auf den Kopf. Er streifte sich das Halsband der Trillerpfeife über den Kopf und legte sich die Winchester über den Arm. »He«, sagte der Tramp, »eine Metamorphose. Du siehst aus wie der große Jäger persönlich.«

»Polyphem«, sagte Ben. »Polyphem, der Jäger.«

»Orion ist der Jäger«, sagte der Tramp.

Ben stand da, den Blick auf die Hügel gerichtet.

»Jetzt kannst du los«, sagte der Tramp. »Schnall dir den Rucksack auf und du bist frei. Du gehst in die Berge.«

»Ich habe Krebs«, sagte Ben. »Ich sterbe. Da ist es vermutlich ganz in Ordnung, wenn ich das tu, was ich will.«

Der Tramp zog an seiner Zigarette, als hätte er nichts Besonderes gehört. Als er sprach, strömte der Rauch aus seinem Mund. »Was für 'ne Sorte Krebs?« fragte er.

»Die tödliche Sorte«, erwiderte Ben.

»Sterben müssen wir alle. Du bist nur näher dran.«

»Du hast zuviel gelesen. Oder zu viele Filme gesehen.«

»Möglich«, sagte der Tramp, »aber es stimmt.«

»Es stimmt, aber es ist banal. So als würde man über das Wetter sprechen. Ich sterbe wirklich. Das ist was anderes.«

Der Tramp nahm einen Stein und warf ihn in den Fluß. »Es ist nichts anderes«, beharrte er. »Außer, wenn du Schmerzen hast. He, warte, ich kann dir was geben, was dir vielleicht ein bißchen nützt, wo wir davon sprechen.«

Aus seiner Jackentasche nahm er eine Pastillendose. Er machte sie auf und nahm drei selbstgedrehte Zigaretten heraus. »Davon hast du bestimmt schon gehört«, sagte er zu Ben. »Marihuana als Schmerzmittel. Joints.«

»Die will ich nicht.«

»O doch.«

»Ich würd sie nicht rauchen.«

»Sie haben magische Kräfte.«

»Steck sie wieder ein.«

»Sie sind gut gegen Schmerzen.«

»Steck sie ein.«

Der Mann steckte sich die drei Marihuanazigaretten in die Jackentasche. »Das ist meine Hälfte«, sagte er. Dann kniete er sich neben Bens Rucksack und verstaute die Dose mit den drei restlichen Zigaretten in einer der Vordertaschen. Er richtete sich wieder auf und lächelte. Seine Zähne standen schief. »Du kannst sie da draußen wegwerfen«, sagte er. »Aber an deiner Stelle würd ich das nicht tun.«

»Doch, das werd ich«, sagte Ben.

»Wie auch immer, viel Glück da draußen.«

»Ich brauche mehr als Glück, wenn ich mit einem Auge schießen will. Hoffentlich sind die Jagdgötter mit mir.«

»Das sind sie«, sagte der Tramp. »Ich spür's, Partner. Die Jagdgötter sind mit dir.«

»Wär schön«, sagte Ben.

Aus östlicher Richtung näherte sich ein Auto, und der Tramp sprang die Böschung hinauf. »Wir sehen aus wie 'ne Bande«, rief er Ben zu. »Du verschwindest jetzt besser.«

»Okay«, sagte Ben. »Tut mir leid.«

»Rauch die Joints«, empfahl ihm der Tramp. »Und paß auf die Hunde auf. Viel Glück bei der Jagd.«

»Ich werd mir alle Mühe geben.«

Er ließ die Hunde von der Leine, und sie liefen langsam in die Wüste hinaus. Ben folgte ihnen, schräg bergan steigend, in die Hügelkette hinauf. Er verdrängte den Gedanken an seine körperlichen Beschwerden und ging zwischen großen Basaltbrocken hindurch, auf denen Vogelexkremente blasse Streifen hinterlassen hatten. Zweimal blieb er stehen und beugte sich, die Hände auf die Knie gestützt, nach vorn, um Atem zu schöpfen. Weit unter ihm lag die Brücke, über die er gekommen war, und das silberne Band des Flusses. Er konnte den Damm bei Wanapum erkennen – darüber im Süden die blasse Sonne –, die zerfurchten und zerklüfteten Felswände der Schluchten, die versteinerten Spuren der Strömung im Basalt des Uferhangs. Er sah den Tramp, der immer noch am Straßenrand stand. Im Norden wurde der Fluß wieder schmaler und zwängte sich zwischen nackten

Felsen hindurch, bevor er in einer Biegung verschwand. Die Prärie roch nach Salbei und nach der Feuchtigkeit der Erde. Über ihm erstreckte sich der Himmel so unendlich und blau, daß ihm einen Moment lang schwindlig wurde.

Ben wußte, daß er die Welt hinter sich ließ. Der herbe Wüstengeruch machte ihm Mut, und allmählich verloren sein Leben und sein Sterben an Wichtigkeit, wurden irgendwie – und darauf hatte er gezählt – belanglos.

Er folgte der zerklüfteten Kammlinie in Richtung Norden, westlich von ihm in der Tiefe verlief der Fluß, und die Hunde bewegten sich quer zur milden Oktoberbrise vorwärts. Niedrige Goldaster und Salbeibüschel breiteten sich zwischen Bartgras aus. Immer wieder stöberten die Hunde Spatzen auf, die im letzten Moment hochflatterten und in sicherer Entfernung Deckung suchten. Rex setzte ihnen dann abermals nach, so daß sie zu dritt oder viert, wie Popcorn im Topf, in die Höhe schossen und über die Hügel davonflogen. Der Schatten eines Bussards strich über das Land, der Vogel kam in trägen Kreisen aus der Höhe herab, ließ sich von der Brise tragen und schwebte gemächlich über die Hügel am Fluß in Richtung Süden davon. Ben blieb stehen, ließ den Rucksack von den Schultern gleiten und trank aus seiner Wasserflasche. Er hatte sich eingelaufen und fühlte sich nicht mehr so wund und zermürbt, obwohl ihn nach dem steilen Anstieg eine Sehne hinter der linken Kniescheibe schmerzte und in der linken Hüfte unter dem Querband bei jedem Schritt das Klicken des Gelenks zu hören war. Doch insgesamt spürte er, daß die Luft hier oben ihm guttat und der Duft der Wüste seine Atemwege reinigte. Er ruhte sich aus und befühlte seine Seite, dann erhob er sich und folgte den stöbernden Hunden über die Hügel.

Er stieß auf eine Feuerstelle mit verkohlten Zaunpfählen; eine rostige Kaffeedose voll mit trockenen, porösen Steinen und ein umgedrehter Plastikeimer, der von Schrotkugeln durchsiebt war, lagen da herum. An einem niedrigen rostigen Stück Stacheldrahtzaun lehnten zwei Bierflaschen; danach fand er keine Anzeichen mehr, daß Menschen hier gewesen waren. Er fühlte sich eins mit seiner Einsamkeit. Genau das hatte er gewollt.

An einem ausgebleichten, mit orangefarbenem Moos bewachsenen Felsen entdeckte er Wildlosung. Die Sonne schien jetzt seitlicher aus west-südwestlicher Richtung und wärmte seine linke Gesichtshälfte, und in der Brise fühlten sich seine Hände warm und trocken an. Beim Weitergehen massierte er sein geschwollenes Unterlid unter der Sonnenbrille und versuchte so, seine Sicht zu erhalten, denn durch die Schwellung war der Ausschnitt der Welt, den er sehen konnte, sehr reduziert und sein Gefühl für Entfernungen stark beeinträchtigt. Er wußte, daß er jetzt wie ein Anfänger mit einem geschlossenen Auge schießen mußte. Die Sicht auf den auffliegenden Vogel würde dadurch verkürzt und verzerrt sein, ohne Tiefe.

Gegen Abend machte er eine lange Pause und trank das Wasser aus seiner Flasche in großen Schlucken. Er aß eine Handvoll von den Kürbiskernen, die ihm das Mädchen gegeben hatte, probierte den Karabiner aus und hielt den Kletterhaken in der Hand. Er dachte daran, daß er 1957, bei der Besteigung der Nordwand des Mount Index, solche Ringhaken benutzt hatte. Seine Gedanken schweiften zu Christine Reilly, dann zu Rachel, damals in Italien, im Nachtzug von Mantua. Er und Rachel waren abends eingestiegen, und die Abendsonne füllte ihr Schlafwagenabteil mit warmem, kupferrotem Licht. Rachels Gesicht war ganz darin eingetaucht, als sie an den ockergelben und rotbraunen Mietshäusern am Stadtrand vorbeifuhren.

Alles stand ihm so lebhaft vor Augen: Wie sie beide schweigend auf ihren Plätzen gesessen hatten, während der Zug schneller wurde. Dann war das Ruckeln in ein angenehmes, stetiges Vibrieren übergegangen. Das Land draußen schien mit ihnen zu ziehen, wie auch die Sonne an dem violett gefärbten Himmel, in den schlank und schmal ein Kirchturm aufragte, blaßgelb wie der Mond. Nur die Vögel, die von Baum zu Baum glitten, schienen frei von der Kraft, die ihre Welt in Richtung Norden vorantrieb.

In jener Nacht lagen sie in ihren sich vermengenden Gerüchen, in der Wärme ihres Atems. Gegen Mitternacht tranken sie den letzten Schluck Wein. Er erinnerte sich daran, wie er ihr Gesicht in die Hände genommen hatte. »Rosen«, hatte sie gesagt. »Rot und weiß. Und dann wachsen sie zusammen zu einem Strauch rosafarbener Rosen.«

»Ist gut«, hatte Ben gesagt. »Rosen.«

Sie sagte es zum letzten Mal einen Tag, bevor sie starb.

»Denk dran«, sagte sie zwei Stunden vor der Operation. »Du bist rot, und ich bin weiß.«

»Statistisch gesehen ist das Risiko bei einer Herzklappenoperation für einen Menschen von deiner Konstitution ungefähr eins zu einer Milliarde«, sagte Ben. »Du wirst sehen, bald bist du wieder auf den Beinen.«

»Ich hab nicht vor zu sterben, Ben. Aber wenn ich sterbe, dann denk an die Rosen. Und vergiß nicht, wie sehr ich dich geliebt habe.«

Es war früher Abend, und im verblassenden Licht sichtete er die ersten Chukars. Die Luft hatte sich beim Untergang der Sonne abgekühlt, und die Vögel flogen umher und suchten bei den saftigen Gräsern und den Samen der Grannenhirse, die auf dem Kamm wuchs, nach Nahrung. Sie pickten hier und dort, trennten sich, kamen wieder zusammen, ständig rufend. Ben hörte ihr leises stakkatoartiges Glucksen, bevor die Hunde ihre Witterung mit dem Wind aufnahmen. Er blieb stehen, um die Vögel anhand der Rufe zu orten. Er hielt die Flinte im Arm und rief die Hunde zu sich, während er mit einer Hand hinter dem Ohr in die Landschaft entlang des Horizonts hineinlauschte. Die Chukars waren seiner Meinung nach weiter nördlich auf Nahrungssuche, doch konnte man sich bei ihnen nie sicher sein, weil ihr leiser, hastiger Ruf immer aus allen Richtungen gleichzeitig zu kommen schien.

Er war kaum dreißig Schritte gegangen, als Tristan erregt zu tänzeln begann. Der Hund markierte und lief zwanzig Meter vor, und im gleichen Moment hörten die Chukars auf zu rufen. Rex hielt sich eng an Tristan und folgte der Witterung den Hügel hinunter, wo die Vögel wahrscheinlich den Tag über in der Deckung gelegen hatten, bevor sie die geschützten Stellen verließen und zum Kamm hinaufstrichen. Jetzt war es ganz still. Ben schloß zu den Hunden auf und hielt den Daumen an die Sicherung gepreßt. Tristan revierte jetzt, leicht nach links und rechts pendelnd. Ben wußte, daß ihn die tiefstehende Sonne, wenn die Vögel schließlich aufstiegen und zum Fluß hinunter abstrichen, blenden würde. Er hielt die Flinte mit leichtem Griff. Rex kam etwas unterhalb in sein Blickfeld, Ohren und Widerrist flach. Die Hunde hatten die Nasen dicht am Boden, offenbar auf einer frischen Bodenwitterung, und Ben blieb stehen, damit er aus dem Stand schießen konnte, falls die Kette plötzlich abstrich. Er ging noch ein paar Schritte, stellte sich fest hin und schob die Sonnenbrille hoch. Er hatte gerade seinen Rucksack abgesetzt, als Tristan zwanzig Meter vor ihm stehenblieb, Kopf und Rute wunderschön gestreckt – die klassische Haltung eines Pointers.

Gespannt bewegte Ben sich weiter. »Steh«, sagte er zu Rex, der unablässig durch das Gestrüpp stöberte, als wollte er alle Vögel aufscheuchen. Der Hund gehorchte widerwillig.

Dann war alles still, nichts regte sich. Ben ließ seine Gedanken wandern. Als Teenager hatte er den ersten Schuß auf Chukars immer hinausgezögert. Sie hatten nämlich einen

Wachposten, ähnlich wie die Wachkuh in einem Rudel von äsenden Elchen. Der erste Vogel stieg häufig in großer Entfernung von der Stelle auf, wo das restliche Volk sich außerhalb der Schußweite drückte. Abgesehen von der praktischen Erwägung hatte es auch etwas Ergreifendes, wenn man keinen Schuß abgab und still verharrte, während der Vogel abstrich. Und es war ein wenig gespenstisch.

Als der einzelne Vogel sich schließlich erhob, blieb er dicht über dem Salbei, und in dem schwächer werdenden Licht des Oktobertages sah Ben deutlich seine dunkle streifenartige Markierung, zinnoberroten Füße und die kastanienbraunen Schwanzfedern. Es gab nur den Flügelschlag dieses einzelnen Vogels, der plötzlich den Abhang hinunter zum Fluß strich, bis er über dem Wasser immer kleiner wurde und sich schließlich in der Ferne verlor.

Sofort stoben die Hunde vor, als wäre der Vogel ein Schatten gewesen. Ben schlug einen weiten Bogen nach rechts, damit er den Schuß direkter nehmen konnte und nicht quer auf vorbeifliegende Vögel schießen mußte. Im nächsten Moment richteten beide Hunde die Ohren auf – sie standen nur wenige Meter voneinander getrennt in der hohen Grannenhirse. Rex neigte sich mit erhobener Pfote nach links, Tristan hielt sich niedrig und lang gestreckt. Ben entsicherte die Flinte und versuchte, sein wild schlagendes Herz zu beruhigen.

Jedesmal zögerte er genau in diesem Moment, einen Vogel zu erlegen. So war es schon immer gewesen, seit er acht Jahre alt war und mit seinem Vater Tauben geschossen hatte. Als Teenager hatte er es leichter gefunden – aber selbst da spürte er den Anflug eines Zweifels, war von dem Gefühl verfolgt, daß etwas nicht stimmte –, und natürlich hatte er nach dem Krieg, als das Töten Teil von ihm geworden war, die Jagd ganz aufgegeben. Er hatte auch aufgehört zu angeln. Er wollte mit dem ganzen Töten nichts mehr zu tun haben.

Aber nach Rachels Tod hatte er wieder angefangen. Das Töten war für ihn ein Lebensersatz, und in den vergangenen zwei Jahren war er – wie in seiner Jugend – im Herbst auf die Jagd gegangen und hatte kleine Vögel in Schluchten und auf der Prärie geschossen, hatte Gänse aus Anständen und Stockenten in toten Flußarmen erlegt.

Er wartete darauf, daß die Vögel abstrichen. Ein Chukar stob direkt vor Rex auf, wollte zum Fluß hinunter, und Ben schoß mit dem Chokelauf, als wäre es ein Tontaubenschießen – und plötzlich waren Chukars überall um ihn herum, verließen überstürzt die Deckung, ein Dutzend und mehr Vögel flogen aus der Grannenhirse auf, während Ben vor Überraschung erstarrte, dann aber erst auf einen Vogel zielte, dann auf den nächsten. Schließlich feuerte er aus dem zweiten Lauf einen Fernschuß ab, und ein Vogel stieg höher und höher, als hätte eine Brise ihn erfaßt, und sank dann angeschossen in die Salbeiwüste.

Ben öffnete den Verschluß und legte sich die Flinte über den Arm. Er war überrascht, daß er so gut geschossen hatte, obwohl er nur auf einem Auge sehen konnte. Er empfand es als Ungerechtigkeit, als wäre ein guter Schuß lediglich eine Frage des Glücks. Oder Pech für die Vögel, die auf den dumpfen Knall der Flinte seines Vaters hin aus dem Himmel fielen.

Die restlichen Chukars waren weiter unten am Fuß des Hügels eingefallen. Ben wußte, daß sie dort eine Zeitlang warten und schließlich, in wilder Verzweiflung, sich gegenseitig rufen und wieder abstreichen würden, bis das Volk wieder vereint war. Er wollte sie weiter verfolgen, solange sie sich drückten und darauf warteten, daß er an ihnen vorüberging.

Er schickte Tristan hinter dem angeschossenen Vogel her. Als der Hund ganz nah bei dem Tier war, rannte der, die linke Schwinge durch das Salbeigestrüpp hinter sich herschleppend, aus der Deckung. Ben fühlte sich beschmutzt und sah hilflos zu, wie Tristan dem Vogel nachsetzte, sich auf ihn stürzte und ihn sanft mit den Zähnen packte, während ringsum die Federn aufstoben.

Ben stand auf dem Kamm des Hügels, den erlegten Vogel in der Hand, und sah zu, wie Rex den zweiten Chukar apportierte und sorgsam auf dem flachen Felsen vor ihm ablegte. Er lobte seine Hunde, die hechelnd vor ihm standen, aber nicht zu sehr. Dann steckte er den einen Vogel in die Tasche, nahm den zweiten in die Hand und betrachtete ihn – es war ein männlicher Chukar mit kleinen, runden Sporen. Er steckte ihn zu dem ersten in die Tasche.

Die Sonne lag tief auf den Berghängen, aber das Licht war noch gut genug. Ben nahm die Sonnenbrille ab, betastete den Verband auf der Stirn und setzte sich vorsichtig die Nickelbrille auf. Er trank von seinem Wasser und leerte eine Flasche. Dann stellte er den Rucksack ab und pirschte sich an die vereinzelten Vögel heran. Seinen Hunden befahl er, in seiner Nähe zu bleiben.

Letzter Versuch, sagte er sich.

Er ging etwa einhundert Meter den Hang hinunter. Beim ersten Schuß traf er nicht, aber die weiteren Schüsse waren zufriedenstellend. Einen Vogel, der über ihm talwärts abstrich, traf er mit dem zweiten Schuß. Der nächste Chukar stieg hinter einer turmartigen Felsformation auf und flog anders als die meisten Chukars, die Ben als Junge gesehen hatte, in einem großen Bogen sieben Meter unterhalb Bens quer zu ihm, so daß er die Flinte lange herumschwingen mußte und ihn erst spät, als der Vogel fast weg war, erwischte.

Diesen letzten Vogel hielt er in der Hand. Ein dunkler Streifen zog sich piratenhaft über die Augen, und die schwarzen Streifen auf den Flügeln waren symmetrisch und glatt. Die Schwanzfedern waren kastanienbraun, das restliche Gefieder olivfarben mit dunklen und blaugrauen Flekken. Die Federn lagen in ordentlichen Wellen weich über der Brust. Der kleine Körper war noch warm.

Es war Ben unbegreiflich, warum er beschlossen hatte, unter so grausamen Umständen zu sterben. Seltsam, daß er vorher nicht daran gedacht hatte – sein Tod in der trockenen Salbeiprärie, allein, nachdem er Jagd auf kleine Vögel gemacht hatte. Er konnte nicht verstehen, warum er ein solches Ende für sich gewählt hatte, es sei denn als Akt stoischen Machismos, aber das war nicht genug. Das Schießen und das Land – es war nicht genug. Die Jagd auf Vögel als seine letzte Tat im Diesseits – irgendwie war das unangemessen, unangebracht. Nicht im Einklang mit seinem Leben als Arzt, als Ehemann, als Vater. Doch das gleiche galt, wenn er seinem Leben ein Ende machte, statt das Ende abzuwarten. Es galt, wenn er Selbstmord beging. Sich das Leben zu nehmen stand im Widerspruch zu dem Leben, das er gelebt hatte, im Widerspruch zu allem, was er über sich und die Welt wußte.

Ben steckte den Vogel in die Tasche. Im letzten Tageslicht stieg er den Hang wieder hinauf, während ein stetiger Schmerz in seiner Seite bohrte. Um ihn herum wurde es Nacht. Die Dinge konnten das Licht nicht mehr halten. Er war vom Klettern erschöpft und außer Atem und schenkte seinen weiter jagenden Hunden keine Beachtung. Die Dunkelheit sickerte in und über das Land. Sie drang auch in ihn, als er sah, wie das Land vom Dunkel verschluckt wurde.

Er war zu müde und seine Schmerzen plagten ihn zu sehr, als daß er den langen Weg nach Vantage noch auf sich nehmen wollte. Er setzte sich und wartete, daß der Schmerz nachließ, aber da waren nur das Rauschen des Windes und sein unregelmäßiger Atem. Widerstrebend stieg er den Hügel hinauf, erst ein kleines Stück, dann noch ein kleines Stück, bis er zu seinem Rucksack kam.

Irgendwo in der Nacht heulte ein Kojote, bebend und

hoch wie ein melancholischer Flötenton, lang anhaltend und beharrlich, so daß man nicht sagen konnte, ob es nur ein Tier war oder mehrere, drüben in den Frenchman Hills. Eine Nachtmusik, die zu dieser Landschaft, Bens Heimat, gehörte, ein klagender Ton, als würde das Land um sich selbst trauern. Ben mußte an einen Mann aus Wanapum denken, der vor sechzig Jahren, als sie zusammen Äpfel in Kisten verpackten, gesagt hatte, das Heulen eines einzelnen Kojoten klinge oft wie das mehrerer Tiere.

Ben zerlegte einen Chukar, nahm das Fleisch vom Knochen und gab es seinen Hunden. Die Reste warf er in die freie Landschaft. Dann gab er beiden eine Ration Wasser aus seinem Aluminiumbecher zu trinken. Er aß wieder von den Kürbiskernen, die Christine Reilly ihm gegeben hatte, und trank seine eigene Wasserration. Als er in seinem Rucksack nach der Kopflampe suchte, fand er die Dose mit den drei Marihuanazigaretten. Er nahm eine heraus und roch an ihr. Er rief sich ins Gedächtnis, was er über *Cannabis sativa* wußte: Daß es bei Krebserkrankungen den Schmerz linderte, war eine verbreitete medizinische Erkenntnis. Dennoch lehnte er das Mittel ab. Cannabis und das, was damit assoziiert wurde, war ihm fremd. Andererseits, warum nicht?

Er holte sein Feuerzeug heraus und zündete sich die Zigarette an. Es ging gegen seine Prinzipien, und er überraschte sich selbst damit. Der Rauch kratzte in seiner Lunge und in seiner Luftröhre, so daß er beim Ausatmen husten mußte. Schon bald senkte sich ein Schleier über die Welt. Er nahm den Joint wieder zwischen die Lippen und zog daran, bis die Glut orangefarben leuchtete, dann stieß er den Rauch in einer zweigeteilten Wolke durch die Nase aus.

Ben bemerkte eine gewisse Fremdheit an den Dingen. Nichts Beunruhigendes, aber eine seltsame Andersartigkeit – die Wüste war klarer definiert, wie kristallisiert.

Wieder nahm er einen Zug. Der herbe, grüne Geruch hing

süßlich in der kühlen Luft. Den nächsten Zug behielt er in der Lunge, bis er spürte, wie sein Gesicht rot anlief.

Danach fühlte er sich gegen die Schmerzen gefeit, hatte aber Hunger und Durst. Er aß von den Kürbiskernen und trank die Hälfte seines Wassers. Dann breitete er seinen Seesack und den Regenumhang auf dem Boden aus, steckte die restlichen Chukars in den Rucksack und legte sich, fest in seine Wolldecke gerollt, wie ein Nomade in der Wüste auf den Boden.

Die Hunde scharrten sich in seiner Nähe Kuhlen und legten sich in den Sand. Er holte sie näher zu sich heran, damit sie sich aneinander wärmen konnten. Es war gut, daß sie bei ihm waren, ihm Gesellschaft leisteten. Außerdem beschützten sie ihn in dieser kalten, feindseligen Nacht.

Er bettete den Kopf auf der gefalteten Jagdweste und sah mit seinem gesunden Auge zu den Sternen auf, deren Licht durch das Glas seiner Brille verzerrt war. Die Gedanken rasten in seinem Kopf herum, sie überstürzten sich, seine Erinnerungen waren lebhaft und plastisch. Er hatte das Gefühl, seine Vergangenheit berühren zu können.

4

Am östlichen Ufer des Columbia River hatten Bens Eltern Apfelbäume in langen Reihen angebaut. Die Obstplantagen waren von schützenden Pyramidenpappeln umgeben und fielen in einem makellosen Schwung zum Wasser ab; zwischen den Reihen waren Bewässerungsgräben ausgehoben; die scharfen Halme der Ackerquecke wuchsen zwischen den Bäumen, und Aststützen verhinderten, daß die schwer beladenen Äste abbrachen. Sie hatten dreizehn Hektar mit Golden Delicious, zwei mit Winesap, zwei mit Roman Beauty und acht Hektar mit Kirschen und Aprikosen. Es gab Hütten für die Erntearbeiter, die im Juni kamen, einen alten Schuppen, in dem die Stiegen angefertigt und die Äpfel in Wachspapier gewickelt wurden, eine Scheune, in der das Heu bis unters Dach lagerte, einen Pferdestall, ein Hühnerhaus, einen Geräteschuppen, ein Kühlhaus und ein Pumpenhaus. Das Farmhaus der Givens stand auf einer Erhebung, umgeben von schattenspendenden Ulmen und Weiden. Sogar im Haus roch es nach Salbei, und von den Fenstern an der Vorderseite sah man, wie die untergehende Sonne die Hügellandschaft in ein bronzenes Licht tauchte. Wenn sich der Wind erhob, rauschte es in den Wipfeln der Bäume, so daß im Sommer, wenn die Fenster im Haus offenstanden, das Rauschen der Blätter erstaunlich laut war. Das ganze Jahr über wehte der Wind in den Bäumen und brachte den Salbeigeruch ins Haus.

Ben zimmerte Obststiegen aus Kiefernlatten, jätete im Küchengarten Unkraut, spaltete Klafterholz für den Kamin und melkte zweimal am Tag die Kühe. Im Frühjahr trug er mit seinem Vater und seinem Bruder die Bienenstöcke ins Freie. Wenn die Regenzeit kam, verstopften Unkraut und Schlamm die Schleusengitter, und Ben und Aidan standen in den Gräben und reinigten sie mit den Händen. Außerdem mußten Windbrecher gepflanzt werden und Apfelbäume der Sorte Jonathan für die Pollenbildung. Von April bis Mai war die Zeit, in der neue Bäume gesetzt und alte, die nicht mehr trugen, ausgegraben wurden. Im Frühsommer wurde das Gras zwischen den Reihen gemäht, um die Mäuse fernzuhalten. Im Juli brachten sie die Abstandstützen an den einjährigen Bäumen an und banden die Äste zurück. Im Hochsommer waren Bäume auszudünnen und Äste zu stützen und festzubinden, damit sie unter dem Gewicht der Äpfel nicht abbrachen. Im August fing die Erntezeit an, im Herbst und Winter mußten die Pflaumen eingelegt und Eimer voller Wurzelschößlinge verbrannt werden.

Wo die Obstplantage endete, fing die Wüste an – kahle Hügelkuppen, Täler und namenlose Canyons, trockenes Land von unermeßlicher Weite, sonnenverdörrt, still, einsam. Dort hinaus gingen Ben und Aidan mit den Hunden und jagten Wachteln, Chukars und Steppenhühner, und hin und wieder bekamen sie einen Eselhasen vor die Flinte. Wenn möglich, nahmen sie die Pferde; die Schrotflinten hatten sie sich über den Rücken gehängt, am Sattel klapperte das Eßgeschirr. Manchmal blieben sie über Nacht draußen; dann zerlegten sie die Vögel sorgfältig und steckten sie auf Spieße, füllten das ausgeweidete Innere mit Salbeistengeln und brieten das Fleisch über einem Lagerfeuer. Anschließend lagen sie auf dem Rücken, die Arme unter dem Kopf verschränkt, redeten und sahen in den Himmel hinauf.

Aidan war anderthalb Jahre älter als Ben, er war gedrungen und kräftig, ausgeglichen. Bei der Arbeit kaute er auf einem Kiefernspan, am Hemdausschnitt glänzte der Schweiß, und die Vorderseite seines Hemdes war in einer Linie vom Brustbein bis zum Bauchnabel naßgeschwitzt. Gewöhnlich trug er den Hut tief ins Gesicht gezogen, so daß seine Augen im Schatten der Krempe lagen; doch wenn man ihn ansprach, schob er den Hut nach hinten und hörte mit lebhaft blickenden Augen zu, bevor er antwortete.

Aidan war umgänglich und liebenswürdig. Er hatte braune Haut und blaue Augen. Nach Sonnenuntergang schwamm er gern mit seinem Bruder im Fluß, im stillen Wasser oberhalb eines kleinen Strudels, nicht weit vom Farmhaus. Ben und Aidan entkleideten sich am Ufer und warfen ihre Hosen und Hemden auf die warmen, glatt gespülten Felsen. Sie streckten sich, fuhren sich mit den Händen über die Bäuche und strichen sich durchs Haar, das voller Pollenstaub, Zweige oder Blütenblätter war. Dann sprangen sie in den Fluß. Das Wasser kräuselte sich auf ihren Rücken, und sie schwammen gegen die Strömung, während das letzte Tageslicht die Obstbäume zum Leuchten brachte.

Im Spätherbst ging die ganze Familie wandern. Sie fuhren mit dem Zug zum Stevens Paß und wanderten, einen Rucksack mit Proviant auf dem Rücken, bei jedem Wetter auf den Kammwegen und erklommen namenlose Gipfel. Ihre Eltern machten es sich auf einer Wolldecke bequem, während Ben und Aidan an Felsen gelehnt ihre Blicke über Wälder schweifen ließen, deren Dichte und Ausdehnung ihnen noch unbekannt waren. Ben behauptete, er könne das Salzwasser riechen, dessen Geruch mit den Winden herbeigetragen wurde, obwohl das Meer zweihundert Meilen entfernt war. Im Osten gingen die Berge in die Salbeiwüste über, aber im Westen erstreckten sich undurchdringliche, dunkle Wälder, und die Jungen sprachen davon, daß sie Gebiete, die noch keiner betreten hatte, erforschen wollten. Sie träumten davon, daß sie wochenlang in den Bergen wandern würden, als wären sie Forscher und Pioniere und nicht die Söhne von Obstbauern.

In einem Jahr kauften sie in Leavenworth hölzerne Ski mit Halterungen aus Metall und Lederbindungen und übten das Skifahren am Big Chief Mountain. Bens Mutter brachte ihnen bei, wie man wedelte, eine Telemarkwendung machte und mit einer Kristianiawendung zum Stehen kam. Im Winter nahmen sie ihre Skier mit, fuhren an stillen Nachmittagen im Slalom bergab und versuchten sich auf der Skisprungschanze für Amateure in der Nähe von Leavenworth auf der Ski Hill Road. Ihre Skier waren aus Hickoryholz und einen Meter achtzig lang, was dazu führte, daß sie viele schmerzhafte Stürze hinnehmen mußten. Sie wanderten auf Skiern den Peshastin Creek oder den Chumstick River hinauf, schnallten sich dann die Skier auf den Rücken und kletterten die schneebedeckten Hänge hinauf, um von oben ins Tal abfahren zu können. Oder sie fuhren mit der Eisenbahn zum Stevens Paß und machten von dort die lange Abfahrt bis hinunter ins Tal.

Einmal standen sie auf dem Gipfel des Mission Peak, der Dezemberwind blies ihnen ins Gesicht, und am wolkenlosen Himmel stand die blasse Wintersonne zwischen den Bergen. Als Ben gerade seine Stiefel in die Zehenriemen zwängte, zeigte Aidan auf eine Bergziege, die hinter einer Schneewehe keine zwanzig Schritte vor ihnen aufgetaucht war und ihnen, zur Flucht bereit, den Kopf zugewandt hatte. Blitzschnell drehte sie sich auf den Hinterbeinen herum und verschwand unter aufstiebendem Schnee hinter einem Felsen, und Ben, der gerade seine Bindung befestigte, hatte das Gefühl, auf dem allerhöchsten Punkt der Welt zu stehen, Gott so nahe, wie er es je sein würde, über ihm nur der Himmel, an einem Ort, wo nichts die Wahrhaftigkeit von Wind und Wetter, von Schnee und Wintersonne verschleierte.

Als er zehn Jahre alt war, ging er mit seinem Vater und Aidan zum ersten Mal auf Rotwildjagd. Am frühen Nachmittag ritten sie los, Neuschnee bedeckte den Boden. Bei Coleman's Landing überquerten sie den Fluß und folgten der alten Colockum-Poststraße. Sein Vater hatte eine 270er Weatherby Magnum in einem Lederfutteral am Sattel und eine 22er Pistole am Gürtel. Es war trocken und kalt und winterlich still; das Land vor ihnen lag weiß und erstarrt. Sie sahen keine anderen Menschen und auch keine Wildfährten auf dem unberührten Schnee auf der Straße. Als die Sterne groß und leuchtend am Himmel standen, machten sie an einer Felsbank am Fluß halt. Wright Givens knöpfte sich den Mantel zu und zündete sich im Schutz der Hände eine Zigarette an, und sein Kiefer und der Mund und die Nasenspitze glühten in dem Licht des aufflackernden Streichholzes. »Hier können wir bleiben«, sagte er, und sie trampelten den Schnee flach, bauten das Zelt auf und pflockten die Pferde an. Sie machten ein Feuer aus Kiefernscheiten und kochten Kaffee. Sie aßen luftgetrocknetes Elchfleisch, das sie in einer Ledertasche mitgebracht hatten, und kauten gedörrte Äpfel und Aprikosen.

Wright Givens rauchte, er hatte den Kragen aufgestellt und sich die Mütze ins Gesicht gezogen. Er sagte, daß am Morgen die Chancen gut stünden, da Rotwild nachtaktiv war und in der Abend- und Morgendämmerung aus der Deckung kam. Wenn sie sich zu ihrem Einstand begaben, behielten sie immer ihre Fährte im Blick und bewegten sich gegen den Wind. Da aber im Moment kein Wind ging, komme man wahrscheinlich ganz gut an sie heran. Dann machte er es sich am Feuer bequem, tippte mit dem Stiefel an ein glühendes Scheit und erzählte, daß früher das Leben an der Poststraße, an der sie lagerten, nicht leicht gewesen sei. Die Planwagen wurden mit Seilen den steilen Abhang nach Wenatchee herabgelassen, und manchmal band man Baumstämme an die Achsen, um eine größere Bremswirkung zu erzielen. Eine Schule wurde jeden Sommer auf Kufen von einer Farm zur nächsten gezogen, damit jeder einmal für Feuerholz und die Unterkunft und Verpflegung der Lehrerin aufkommen mußte.

Hatten sie schon mal von den Weizenschütten von Rock Island gehört? Als sie neu waren, hatte sich der Weizen im Rohr wegen der Reibung und der Geschwindigkeit, mit der er durch die Schütte sauste, entzündet und Feuer gefangen. Bevor die Eisenbahn nach Rock Island gebaut wurde, gab es eine Kleinspurbahn zwischen Waterville und Orondo, mit der Jutesäcke mit Weizen zu den Frachtschiffen transportiert und andersherum Kohle in die Berge gebracht wurde. Damals bauten die Indianer am Fuße von Moses Coulee Zucchini und Kürbisse an. Sie zogen in Richtung Osten, als die Schafzucht eingeführt wurde, und noch weiter nach Osten, als die Traktoren kamen. Traktoren, die mit Salbeikraut, Kiefernscheiten und allem, was sonst noch brennbar war, sogar mit Fettholz, gefeuert wurden. Bens Vater hatte auf der Hochebene Hutterer gesehen, die in Erdhöhlen lebten und Schafsdung als Brennmaterial für ihre Herdfeuer benutzten. Er war am Soap Lake gewesen, an dessen schlammigen Ufern ein Sanatorium für Menschen, die an Rheuma und Gicht litten oder die Hautkrankheiten hatten, gebaut worden war. Er war bei dem indianischen Pow-Wow in White Swan bei Yakima gewesen und beim Pferderennen von Yakima im Blaubeerland oben in Indian Heaven. Er hatte beim Frühjahrshochwasser Stämme durch den Yakima Canyon geflößt, an Ellensburg vorbei bis zur Sägemühle bei Selah. Er erzählte, daß bei Walla Walla, wo sein Großvater lebte, afrikanische Kamele als Lastentiere nach Hell Gate benutzt wurden. Dort, auf dem Plateau, wo der Lavaboden von vielen kleinen Rissen durchzogen ist, hielten reiche Schotten, die richtige Schottenröcke trugen, Zehntausende von Schafen und ließen sie von unermüdlichen winzigen Hunden und baskisch sprechenden Männern hüten. Bens Vater war einst mit dem Dampfer bis zur Mündung des Columbia gefahren und hatte den Pazifik gesehen. Er war auch mit der Eisenbahn nach Minneapolis gereist und hatte in den Black Hills von South Dakota Probeschürfungen vorgenommen. Einen Sommer hatte er nördlich von Ketchikan in Alaska nach Gold gesucht. Und er war in Chinatown in San Francisco gewesen, wo er rohen Tintenfisch und jungen Aal gegessen hatte.

Wright Givens erzählte, daß sein Großvater im Jahre 1879 einen Treck von Planwagen auf dem Weg in den Westen angeführt hatte. John Hale Givens war in der Nähe von Marion in Indiana Obstbauer gewesen und hatte in zwei Planwagen Setzkästen mitgeführt, in denen er frisch gekreuzte Obstbäume und Büsche über die Ebene transportieren wollte. Frühäpfel, Birnen, Kirschen, Pflaumen, Johannisbeeren, Stachelbeeren, Pfirsiche. Als Wetterschutz diente eine Plane, die man über die Setzlinge ziehen konnte, aber an warmen Tagen schlug er sie zurück, und die fahrenden Gärten holperten, gezogen von einem Paar Ochsen, im Sonnenschein über die Ebene. Die Indianer, so behauptete Wrights Großvater, hatten den Treck ungehindert passieren lassen, weil sie glaubten, daß die fahrenden Gärten unter dem Schutz des Großen Geistes standen.

Wright Givens erzählte, daß der Großvater der Jungen mütterlicherseits das Patent für den Golden Delicious besaß. James Chandler hatte von einem fahrenden Händler, der durch Wenatchee kam, zwei Dutzend Sämlinge erstanden – es stellte sich heraus, daß es Golden Reinette aus Virginia waren –, und als ein Ableger von einem dieser Bäume, der aus einem Stück Fallobst entstanden war, außergewöhnliche Früchte hervorbrachte, riesige Äpfel von goldgelber Farbe, sicherte Chandler sich die Anbaurechte. Er baute einen eisernen Käfig um seinen Baum, um zu verhindern, daß die Schößlinge gestohlen wurden, und machte tatkräftig Werbung für die neuen Äpfel. Im Jahre 1921 verlieh die Pomological Society James Chandler die Wilder-Medaille, und 1926 wurde eine Wagenladung dieser Äpfel an die Männer der St. Louis Cardinals geschickt, als sie die World Series gewonnen hatten. Ihr Großvater war ein reicher Mann gewesen, hatte aber zu leichtsinnig an der Börse spekuliert, als sie 1929 zusammenbrach.

Während Ben zuhörte, war das Feuer heruntergebrannt. Sein Vater deutete mit dem Kinn auf Aidan, der zusammengerollt, den Kopf auf einem Holzscheit, mit offenem Mund schlief. »Interessiert ihn nicht«, sagte sein Vater und zuckte die Achseln.

»Mich schon«, sagte Ben. »Erzähl weiter.«

»Zeit, schlafen zu gehen«, sagte sein Vater.

Am nächsten Morgen brachen sie in der Dunkelheit das Lager ab und ritten den Stray Horse Canyon hinauf. Ben sah seinem Atem nach, der in Fetzen in der Morgendämmerung verschwand. Dann bedeutete sein Vater ihm, neben ihn zu kommen, und zeigte ihm die tiefe Fährte eines Hirsches: herzförmig und gespalten. Der Hirsch hatte die Zeit der Dunkelheit beim Bach verbracht – nirgendwo sonst gab es frisches Wasser – und war jetzt, im ersten Licht, in Richtung Westen in höher gelegene Gebiete unterwegs. Die Fährten im Schnee deuteten auf einen gemächlichen Gang hin, die Vorderläufe waren sofort erkennbar, und schließlich kamen sie zu einer Losung, als wäre der Hirsch ohne Argwohn stehengeblieben. »Sieht gut aus«, sagte Bens Vater. Eine Viertelmeile weiter oberhalb öffnete sich der Wald, aber sie hielten sich in einiger Entfernung, falls der Hirsch seine Fährte von einem Übersichtspunkt im Auge behielt. Dann kletterten sie mit den Pferden den Hang hinauf, damit die Fährte des Hirsches immer unter ihnen lag.

Als sie den Kamm erreichten, wurde es langsam hell, und während sie in nördlicher Richtung weiterritten, behielten sie das Gebiet um sich herum genau im Blick, falls der Hirsch vor ihnen gewechselt war. Sie kamen zu einem Sattel, wo keine Fährten zu sehen waren. Die Welt war so still, als wäre sie gemalt, und der Schnee lag dick und schwer auf den Ästen der Kiefern. Wright Givens wies seine Söhne an, die Pferde fünfzig Meter unterhalb anzupflocken und dann zu dem Sattel zurückzukehren. Er nahm seine Weatherby aus dem Futteral, stellte den Mantelkragen auf und drückte sich den Hut ins Gesicht. »Sieht gut aus«, sagte er wieder.

Sie setzten sich Rücken an Rücken, so daß sie das Land rundum im Blick hatten. Nachdem sie vierzig Minuten so gewartet hatten, hörte Ben ein Klicken, als sein Vater den Hahn an seiner Büchse spannte. Beim Umdrehen sah er ungefähr siebzig Schritte unter ihnen am Hang einen Hirsch mittlerer Stärke, der sie, alle Sinne gespannt und die glatte linke Flanke ihnen zugewandt, ansah. Ben hatte keine Zeit, über die Dinge nachzudenken oder sich zu wünschen, daß sie anders wären. Die Weatherby seines Vaters brüllte auf, der Hirsch brach auf den Vorderläufen ein, schlug ein paar Sekunden schwach um sich und blieb dann reglos liegen.

Bens Herz klopfte wild. Er lehnte sich an seinen Vater, und der legte ihm eine Hand auf die Schulter. »Sieht so aus, als hätten wir einen«, sagte sein Vater.

Vorsichtig näherten sie sich dem Hirsch. Mit der Spitze eines Stocks berührte Wright Givens die Augen des Tieres. Dann ging er in die Knie, betrachtete es und zeigte seinen Söhnen, wo die Kugel durch die Decke gedrungen war. Er erklärte ihnen, daß seine Kugel das linke Schulterblatt, dann die Wirbelsäule unterhalb des Halses und schließlich das rechte Blatt zersplittert habe. Da war Blut unter dem Hirsch auf dem Schnee, und sein Vater sagte, es sei gut, wenn das Blut ablaufe und das Wildbret sich sofort abkühle. Mit der

Spitze seines Jagdmessers zeigte er ihnen die richtige Stelle auf der weichen Brust des Tieres, und dann stieß er das Messer ohne Warnung hinein und hob das Heft, bis die Arterie durchtrennt war. Die Augen des Hirsches waren die ganze Zeit geöffnet. Noch mehr Blut verfärbte den Schnee.

Bens Vater trat einen Schritt zurück und sah seine Söhne an, dann nahm er die Mütze ab und rieb sich das Kinn. Er hatte ein hageres Gesicht, unrasiert und wettergegerbt, mit einem vollen Schopf schwarzer Haare darüber. Er lehnte die Weatherby an einen Baum, kniete sich hin und legte eine Hand auf die warme Flanke des erlegten Tieres. Dann winkte er die Jungen herbei, damit sie auch niederknieten. »Ich hab's eurer Mutter versprochen«, seufzte er.

Sie machten es ihm nach und nahmen die Mützen ab. Alle drei hatten eine Hand auf das Tier gelegt, und ihr Vater betete: »Lieber Gott, wir danken dir, daß du uns dieses Fleisch gegeben hast. Wir danken dir für deine Güte und deine reichen Gaben, in Jesu Namen. Amen.«

Er stand auf und setzte sich die Mütze wieder auf. Dann schnitt er die Geruchsdrüsen aus den Hinterläufen des Hirsches, trennte die Hoden ab und machte einen Knoten in den Penis, damit kein Urin das Fleisch verdarb. Er erklärte, was er tat und warum er es tat, und Ben und Aidan sahen ihm zu. Dann holten sie die Pferde, banden das zerlegte Tier hinter den Sätteln fest und ließen die Decke, den Kopf und die Eingeweide auf dem blutigen Schnee zurück.

Kurz darauf, als sie den Kamm entlangritten, hielt ihr Vater sein Pferd an. Sein Mantel, eine Wange, die Nase und die Hände waren blutverschmiert.

»So wird es gemacht«, sagte er zu seinen Söhnen. »So müßt ihr es machen, wenn ich nicht mehr da bin.«

Bei der Klassifizierungs- und Verpackungskonferenz im Jahre 1932 sprach sich seine Mutter gegen die Senkung der

Standards aus. Sie war schwarz gekleidet, und mit ihren schwarzen Haaren stand sie groß und selbstbewußt da und sprach in einfachen Worten, ihre tiefblauen Augen blickten klar. Sie vertrat die Ansicht, daß selbst Äpfel der Klasse C nicht wurmstichig, hagelgeschädigt oder mit braunen Flekken in den Handel kommen dürften. Sie sagte, daß Ausschußware, die für drei Dollar pro Tonne verkauft würde, sofort in die Essigherstellung gehen müsse, denn die Händler in Spokane und Portland überfluteten den Markt für C-Äpfel mit hochwertiger Ausschußware und trieben so die Preise in den Keller. Was noch schlimmer sei: die Preise für Winterbananen seien auf 1.25 Dollar pro Kiste gefallen, was nicht reiche, um die Ernte- und Packkosten zu decken, ganz zu schweigen von Fracht- und Auktionskosten. Die Hälfte der Fuhrunternehmer in der Branche, so vermutete sie, sei nach dem Börsenkrach bankrott gegangen, und das stelle eine Bedrohung für alle Obstbauern dar, weil Frachtverträge bei den Banken als wichtige Sicherheit zur Deckung der Herstellungskosten galten. Verstanden das alle? fragte sie. Waren nicht alle auf seiten der Fuhrunternehmer? Sie war dafür, mit Hilfe der Fuhrunternehmer Druck auf die Great Northern zu machen, damit sie sich an den Preis von 1.25 Dollar pro Zentner für den Eisenbahntransport hielten, und sie machte deutlich, daß die Äpfel auch per Schiff von Puget Sound transportiert werden könnten – als Alternative zur Eisenbahn. Sonst, so warnte sie die Anwesenden, würden nach spätestens zwei Sommern viele Obstbauern aus dem Geschäft gedrängt sein. Sie müßten in jedem Fall die Gürtel enger schnallen, ganz gleich, wie es weiterging, aber die Obstbauern würden durchhalten und diese Zeit überleben, und schließlich würde sich die Lage wieder entspannen. Aber für die Zwischenzeit, argumentierte sie, müsse der Erntelohn bei rund 15 Cent festgesetzt werden. Bei der Herstellung der Stiegen dürften nicht mehr als 75 Cent für

100 Stück gezahlt werden, alles andere wäre blanker Unsinn. Sie forderte alle Anwesenden auf, den Plan des Crop Production Loan Office zum Erwerb von Sprühgeräten und Düngemitteln zu erörtern. Sie erklärte, wie die Agricultural Credit Corporation die Aufgaben wahrnehmen könne, die früher zum Aufgabenbereich der Banken gehört hatten. Sie sprach aus dem Publikum, nicht vom Podium, nachdem sie zwei Stunden lang neben ihren Söhnen und ihrem Mann gesessen und zugehört hatte, wie die Männer bitter stritten, und sie stellte sich als die Frau von Wright Givens vor, dessen Großvater die ersten Obstbaumsetzlinge über die Great Plains gebracht hatte, und als die Tochter des Mannes, der den Golden Delicious entwickelt hatte, und die Versammlung hörte ihr still zu und blieb auch hinterher still. Als sie geendet hatte, setzte sie sich, den Blick nach vorn gerichtet, und fächelte sich mit der Zeitung von Yakima Luft zu, und ihr Mann ergriff ruhig ihre rechte Hand, die in ihrem Schoß lag, und umschloß sie mit seiner Linken.

Einmal im Monat nahm sie Ben und Aidan mit auf den Markt in Wenatchee. Die Straßen waren mit dicken Tannenplanken ausgelegt, die im Winter überfroren und sich wellten, was den Pferden das Vorankommen erschwerte. Die Jungen gingen mit ihrer Mutter zur Bank, zum Gericht, zur Post und zum Büro der Stadtwerke, wo sie ihre Rechnungen bezahlte. Sie gingen auf den Markt und kauften Speck, Salz, Mehl, Reis, Bohnen, Pfeffer, Maissirup und Zucker. Sie gingen in die Apotheke und in den Tuchladen in der Miller Street, und zum Schluß gingen sie ins Kaufhaus. Sie kehrten in ein Restaurant in der Kittitas Avenue ein, wo sie an der Theke einen Hamburger und ein Eis bekamen. Die Jungen saßen rechts und links neben ihrer Mutter, die langsam und appetitlich aß. Als sie alles erledigt hatten, gingen sie in die Stadtbibliothek, wo sie in Zeitschriften und Zeitungen aus Seattle, Boston und San Francisco blätterten.

Die Leute in Wenatchee sprachen mit ihrer Mutter über die neue Bewässerungsleitung, die auf der Ostseite des Flusses verlegt wurde, und fragten sie um Rat bei der Preisfestsetzung für Äpfel der Sorten Roman Beauty oder Stayman Winesap. Sie sprach mit allen im gleichen Ton – selbstbewußt, aber ohne eine Spur von Herablassung. Sie war in der Nähe von Boston auf ein Internat gegangen und hatte dort gutes Benehmen gelernt. Zusammen mit ihren Eltern und ihren zwei Schwestern war sie voller Begeisterung und Abenteuerlust in den Westen gekommen. Als die Schwestern erwachsen waren, gingen sie wieder an die Ostküste zurück, aber Lenora Chandler blieb. Jetzt machte sie die Buchhaltung für die Obstplantage und sagte ihrem Mann, wann er neues Land umpflügen mußte oder wann es Zeit war, neue Bäume zu setzen. Fast jeden Abend saß sie nach dem Abendessen eine Stunde lang mit dem Hauptbuch an ihrem Rollpult. Mit einer Hand hielt sie sich die Haare aus dem Gesicht, mit der anderen schrieb sie die Zahlen in sauberen Reihen in das Buch. Während sie arbeitete, hörte sie gewöhnlich eine Schallplatte mit Streichquartettmusik. Geigen, so sagte sie zu ihren Söhnen, stünden mit der Landschaft der Obstplantagen in perfekter Harmonie. Sie liebte es, abends eine halbe Stunde mit ihrer Näharbeit im Sessel zu sitzen und Musik vom Grammophon zu hören. Die Luft von den Obstplantagen drang durch die Fliegengitter, und dann legte sie die Arbeit in den Schoß, schloß die Augen und atmete die Welt ein, und manchmal nickte sie ein, die Füße hochgelegt, während die Musik spielte.

Im Sommer arbeitete sie mit Ben und Aidan im Packschuppen und nagelte Apfelstiegen zusammen. Sie kauften Sperrholz von der Sägemühle in Malaga und brachten es über den Fluß. Sie kauften ein Holzfaß mit hundert Pfund Nägeln zu fünfeinhalb Penny das Stück. Das Sonnenlicht drang zwischen den Planken in den Schuppen und brachte den Kiefernstaub, der in der Luft schwebte, zum Funkeln. Bens Mutter schlug die Nägel ein und summte bei der Arbeit. Sie hatte sich die Ärmel an ihrem Hauskleid aufgerollt, wischte sich den Schweiß mit der Schürze von der Stirn und nahm den Hammer mal in die eine, mal in die andere Hand. Bens Vater schaffte sechzig Stiegen in der Stunde, seine Mutter fünfundsechzig. Sie hielt zehn Nägel auf einmal in der Hand, als wären es Stecknadeln. In der Erntezeit wickelte sie die Äpfel in Wachspapier ein und packte sie in die Stiegen. Dann wurden die Deckel festgenagelt und die Kisten auf Waggons verladen. Auf jede Kiste klebte sie das Schild, das sie selbst entworfen hatte: Ihre Obstplantage beim Fluß, die Bäume voller Früchte und eine Girlande rosafarbener Apfelblüten um den Rand herum.

Einmal saß Ben nach der Arbeit mit ihr zusammen im Schatten der Bäume, sah den Tauben zu, die über den Fluß flogen, und trank aus seiner Feldflasche. Seine Mutter massierte sich das Kreuz und fuhr sich mit der Hand durch das staubige Haar, dann lehnte sie sich wieder an den Baum. »Ich sollte mich ums Abendessen kümmern«, sagte sie, blieb aber sitzen.

»Ich helf dir«, bot Ben an.

»Mir wär's lieber, du würdest ein Buch lesen«, sagte seine Mutter. »Es ist noch Zeit bis zum Abendessen.«

»Wir müssen noch die Gräben saubermachen«, sagte Ben.

Ein paar Minuten lang sah seine Mutter den Tauben zu. »Eines Tages«, sagte sie, »bist du erwachsen und gehst weg. Besser, du gewöhnst dir schon vorher das Lesen an.«

»Ich geh hier nie weg«, sagte Ben.

»Doch, du gehst sicher weg. Irgendwann ist es soweit. Du wirst deine eigene Arbeit haben, irgendwo.«

»Außer Äpfel gibt's für mich nichts.«

»Du wirst tun, was dir bestimmt ist«, sagte seine Mutter einfach. »Das, was Gott für dich vorgesehen hat.«

Ben schwieg. Seine Mutter war überzeugte Presbyterianerin, die lange Vorträge über Calvin halten konnte, über das Sakrament der Taufe oder über Prädestination. Jeden Sonntag ging sie mit ihren Söhnen in die Kirche, wo Pfarrer Joseph Miller darüber predigte, daß Gott sie zum Schweiß ihrer Arbeit verurteilt hatte, als er Adam und Eva aus dem Garten verbannte – wo doch die ganze Gemeinde all der Äpfel, die es zu ernten galt, überdrüssig war: *Verflucht sei der Acker um deinetwillen, mit Kummer sollst du dich darauf nähren dein Leben lang. Dornen und Disteln soll er dir tragen, und sollst das Kraut auf dem Felde essen. Im Schweiße deines Angesichts sollst du dein Brot essen …* Auf der Fahrt nach Hause hatte ihre Mutter die Predigt im Licht ihrer eigenen Deutung des *Westminster Shorter Catechism* umgedeutet: Arbeit sei ein Ausdruck der Liebe zu Gott; durch Arbeit würde man Gott erkennen; wir seien auf der Erde, um Gottes Werk zu tun. Unser Leben sei, sagte sie, voller lohnender Aufgaben, die wir im Einklang mit unserer Bestimmung erfüllen könnten, so daß wir dadurch erhoben würden und durch die Arbeit, die Gott für uns bestimmt hat, zu einer höheren Liebe zu ihm gelangten. Wir erkennen uns selbst durch die Arbeit, die wir tun – davon war Bens Mutter fest überzeugt.

Ben war zwölf Jahre alt – es war kurz nach Weihnachten –, als ihm ein gelber Schimmer in ihren Augen auffiel. Seine Mutter hatte das auch schon bemerkt und sagte, daß sie zu Doktor Williams gehen wolle. Sie ging und erfuhr, daß die festgestellte Gelbsucht verschiedene Ursachen haben könnte. Ein paar Tage lang klammerte sie sich an die Hoffnung, daß das Problem einfach verschwinden würde. Nach Neujahr ging sie wieder zum Arzt, der ihr diesmal eine Blutprobe und Urin abnahm und sich mit ihr einig darüber war, daß die gelbliche Färbung zugenommen und sich auf die Haut um die Augen ausgedehnt hatte. Mitte Januar war ihre Haut grün, und als sie sich versehentlich schnitt – ein harmloser

Schnitt am Zeigefinger –, hörte das Blut, das dünn und dunkel war, nicht auf zu fließen. Als der Februar kam, hatte sie Spezialisten in Spokane aufgesucht, doch trotz deren Bemühungen nahm die grüne Verfärbung ihrer Haut zu, sie magerte ab und bekam hohle Wangen. Eines Nachmittags legte sie sich ins Bett, rollte sich unter der Decke zusammen und konnte nicht aufstehen, um das Abendessen zu machen. Am Tag darauf fuhr sie wieder nach Spokane. Man behielt sie eine Woche lang im Krankenhaus und schickte sie dann mit einem Fläschchen Opiumtropfen nach Hause.

Danach lag sie teilnahmslos im Bett oder saß im Bademantel in einem Sessel, und zweimal in der Woche kam Doktor Williams und verabreichte ihr mehr Opium. Sie hatte keinen Appetit. Allein der Essensgeruch verursachte ihr Übelkeit. Manchmal übergab sie sich frühmorgens, sie hatte Fieber und Schüttelfrost. Ihre Haut war inzwischen orangefarben.

Am zehnten April wurde sie siebenunddreißig. An dem Abend rann ihr Blut aus dem Mund. Dr. Williams kam gegen Mitternacht. Er rollte sich die Ärmel auf, lockerte seine Krawatte und badete Bens Mutter. Er zeigte Bens Vater, wie er sie vorsichtig bewegen und die Laken wechseln konnte. Sie war sehr dünn geworden und stöhnte bei jedem Atemzug. Dr. Williams erhöhte ihre Opiumdosis. Sie beruhigte sich, und die Männer gingen und setzten sich ins Wohnzimmer. Es war nach Mitternacht.

Dr. Williams wärmte sich am Feuer den Rücken, in der Hand hielt er ein Glas Brandy. Er hatte die Ärmel noch aufgerollt, sein Gesicht war müde. Er war groß und trug eine dicke Brille, sein ausgeprägter Kiefer war leicht vorgeschoben. Er hatte Ben und Aidan zur Welt gebracht, hatte ihren Vater behandelt, als der von einer Klapperschlange gebissen worden war, hatte Aidans Hand genäht, die er sich beim Zimmern der Apfelstiegen verletzt hatte. Er nippte an seinem Brandy und seufzte. Dann stellte er das Glas auf dem Kaminsims ab.

Er ging zum Fenster und sah in die Dunkelheit hinaus. Er blieb mit den Händen in den Taschen dort stehen. Er drückte sich die Brillenbügel an die Schläfen, dann nahm er die Brille ab, zog ein Taschentuch aus der Tasche und putzte die Gläser. »Setzt euch, ihr zwei«, sagte er.

Ben und Aidan hockten sich auf das Sofa. Ihr Vater sah sie nicht an.

Dr. Williams ließ sich auf dem Schaukelstuhl nieder und stützte die Ellbogen auf die Knie. Er hielt die Brille gegen das Licht, dann setzte er sie auf. »Euer Vater hat mich gebeten, mit euch zu sprechen«, sagte er. »Es fällt ihm schwer, es selbst zu tun.«

»Ist in Ordnung«, sagte Aidan.

»Eure Mutter kann nicht geheilt werden«, sagte der Arzt. »Das haben wir in Spokane festgestellt. Sie hat einen Tumor, Krebs in der Bauchspeicheldrüse. Wir können sie nicht heilen.«

»Aber Sie sind doch Arzt«, sagte Ben.

Dr. Williams rieb sich das Kinn. »Ein Arzt ist kein Zauberer, weißt du. Ich wünschte mir, ich könnte zaubern, das kannst du mir glauben, Ben. Wenn ich es könnte, würde ich eure Mutter wieder gesund machen.«

»Was soll das heißen, Sie können sie nicht heilen?«

»Das soll heißen, daß ich Arzt bin, daß ich ein paar Dinge weiß und ein paar Arzneimittel in meiner schwarzen Tasche habe. Ich kann Bauchspeicheldrüsenkrebs nicht heilen.«

»Doch, Sie können es. Sie müssen es können.«

Bens Vater hob die Hand. Er sah hager und erschöpft aus. »Es hat keinen Sinn, mit Dr. Williams zu streiten«, sagte er. »Sei jetzt mal still, Ben.«

Ben sah zu Boden. »Ich dachte, Sie wären ein guter Arzt«, flüsterte er.

Dr. Williams nahm Bens Kinn, hob seinen Kopf und sah ihn an. Das Licht brach sich auf seinen Brillengläsern. »Ich bin weder ein guter noch ein schlechter Arzt«, sagte er, so daß Ben seinen warmen Atem spürte. »Ich wünschte, ihr könntet das verstehen.«

»Helfen Sie ihr.«

»Das kann ich nicht, Ben.«

»Sie müssen ihr helfen.«

»Ich kann es nicht.«

Er setzte sich wieder in den Schaukelstuhl. Er zog seine schwarze Tasche zu sich heran und sah schweigend hinein.

»Das Opium«, sagte Bens Vater. »Ab irgendeiner Menge muß es doch zuviel sein.«

»Das müssen Sie selbst entscheiden«, sagte der Arzt. »Das ist eine Frage, wieviel Schmerz sie ertragen kann, und wann es genug ist.«

»Ich weiß nicht, wie weit man gehen kann. Ich weiß nicht, was das bedeutet.«

»Ich verstehe Sie sehr gut«, erwiderte Dr. Williams. »Das macht es ja so höllisch schwer.«

Zuerst kam Mrs. Emery und half aus, dann Mrs. Fisk und Mrs. Elginhurst. Die Frauen vereinbarten den Hilfsplan nach dem Gottesdienst und wechselten sich tagsüber ab. An den Abenden, nach der Arbeit in der Obstplantage, übernahmen Ben, Aidan und ihr Vater die Pflege. Oft lag Bens Mutter auf der Seite und sah auf die dunklen, schattigen Bäume hinaus, die sich bis zum Fluß hinunter erstreckten. Im vergehenden Abendlicht sah die Welt gespenstisch aus, als würde sie im nächsten Moment verschwinden, von der Nacht verschluckt werden.

»Hast du Angst?« fragte Ben seine Mutter einmal.

»Ich glaube an Gott«, sagte sie. »Aber ja, ich habe Angst, wenn ich ehrlich bin.«

Er wußte nicht, was er darauf sagen sollte, deswegen schwieg er und wartete. »Ich habe Angst vor den Schmerzen«, bekannte sie.

Er schwieg, er war hilflos. Nie hatte er sie so sprechen hören.

»Das hier ist kein Leben«, sagte seine Mutter. »Ich vermisse die Welt.«

»Wir könnten dein Bett nach draußen stellen, auf die Veranda, wenn du möchtest.«

»Das mein ich nicht.« Sie sah ihn an. »Ich mein, daß meine Arbeit auf der Erde noch nicht fertig ist. Euch aufzuziehen, damit bin ich noch nicht fertig. Euch beide, Aidan und dich.«

Er wünschte, sie würde nicht so reden. »Mom«, sagte er. Mehr sagte er nicht.

»Ich wollte euch als erwachsene Männer sehen«, sagte sie. »Was aus euch werden würde. Was ihr in der Welt tun würdet.«

»Das weiß ich auch noch nicht«, sagte Ben.

»Mach was Schönes«, sagte seine Mutter. »Etwas Großartiges, Wunderbares. Folge deinem Herzen.«

»Gut«, sagte Ben, »ich versuch's.«

Im Verlauf der Woche wurde ihr Stöhnen zu einem schwachen Wimmern, und sie rollte sich zusammen wie eine Faust, wie ein Blatt, am Schluß lag sie da wie ein Baby und starb am Morgen des 28. Juni 1938 um 6 Uhr 35. Ben, Aidan und ihr Vater saßen auf Küchenstühlen, die sie ins Zimmer gebracht hatten. Ihr Vater hatte die Ellbogen auf die Knie gestützt und die Stirn gesenkt, an ihre heran, dann hörte ihr Wimmern auf, und er legte seine Wange an ihr Herz. »Lenora«, sagte er. »Lenora.«

Sie begruben sie auf einer Hügelkuppe oberhalb des Flusses; ihre Eltern und die Fisks und die Coles kamen, und die Robinsons und Knoxes und Elginhursts, Dr. Williams und die Gilchrists und Cochranes, die Emerys mit ihren vier kleinen Kindern und dreiundzwanzig Mitglieder der Familie Givens, die entlang des Flusses in Kennewick, Wenatchee, Brewster und Kettle Falls lebten – und an dem Abend kam ein Gewitter, und der Regen schlug auf das Grab seiner Mutter.

In dem Sommer war nichts so wie früher. Sie verrichteten ihre Arbeit mit einem hohlen Gefühl, und die Plantage wurde vernachlässigt.

Wright Givens ging in die Berge und jagte in den Canyons Vögel. Stunde um Stunde war er unterwegs, mit übergehängter Winchester folgte er seinen schwarzen Labradors und kam beim Einbruch der Dämmerung zurück, die Taschen voller Wachteln, Chukars und Waldhühner. Er leerte die Taschen ins Becken, setzte sich an den Tisch und rauchte. Geistesabwesend kratzte er sich die unrasierte Wange oder suchte die Hunde nach Kletten ab. Schließlich warf er seine Weste über einen Stuhl, stellte sich ans Becken und bereitete die Vögel zu, als arbeitete er am Fließband: er kniff ihnen die Köpfe ab, entfernte die Flügel, durchtrennte die Sehnen an den Kniegelenken und warf die Klauen in einen Metalleimer. Er wendete das Fleisch in gesalzenem Mehl und briet es in einer gußeisernen Pfanne, die er dann auf den Küchentisch setzte. Sie aßen die Vögel mit Bratkartoffeln, in der Ecke bei der Tür stand die Schrotflinte, die Hunde lagen zusammengerollt zu Füßen ihres Vaters und schliefen, die Köpfe auf die Pfoten gelegt. Den ganzen Juli über ging er auf die Jagd und kam abends mit toten Vögeln wieder.

Die Erntearbeiter kamen. Die meisten waren aus Oklahoma und Arkansas, manche aus Missouri und Texas. Es waren alleinstehende Männer und Tramps, Einzelgänger und Herumtreiber, aber auch Familien mit acht oder neun Kindern – sie fuhren in Pick-ups von Plantage zu Plantage, sprangen auf Güterzüge auf oder zogen auf der Landstraße von einer Farm zur anderen. Im April ernteten sie Erdbeeren in Kalifornien und arbeiteten sich dann nach Norden vor, durch Pflaumen und Birnen, und im Juni kamen sie, um Süßkirschen und Pfirsiche zu ernten, danach wieder Pflaumen und Birnen, und schließlich war die Apfelernte an der Reihe. Sie kamen sonnengebräunt und mager bei den Givens an, ihre Schlafmatten hatten sie sich zusammengerollt mit einer Hanfstrippe über den Rücken gehängt; sie waren unrasiert, trugen breitkrempige Hüte und rauchten selbstgedrehte Zigaretten. Während sie in den Apfelbaumreihen hoch oben auf den Leitern standen und die Leinensäcke, die sie an Hosenträgern oder Gürteln befestigt hatten, mit den reifen Früchten füllten, unterhielten sie Aidan und Ben mit unglaublichen Geschichten: von Staubstürmen, Messerstechereien, Verhaftungen, Schlägereien, Fahrten auf Güterwagen und Abstechern nach Mexiko, wo sie in Cuidad Juarez zu den Huren gingen. Vom Schafehüten in der Sierra Nevada und von Rodeos in Idaho. Von den unermeßlichen Wüstengebieten der Cactus Range, der Amargosa Wüste in Death Valley. Von Dosenmilch, mit der man ein Leck in einem Kühler abdichten konnte, und von einer Kurbelwelle, die jemand mit einer Speckrinde wieder zum Laufen gebracht hatte.

Als Ben fünfzehn Jahre alt war, arbeitete eine Familie bei ihnen, und eines Abends – sie war seit genau einer Woche bei den Givens – küßte Ben die sechzehnjährige Tochter tief in den Reihen der Obstbäume. Ihre Haut roch nach Staub, ihr Mund schmeckte nach Äpfeln, und als er sich gegen das Mädchen drängte, befreite sie sich und rannte weg. Sie hieß Nora Ellerby und kam aus Milfay in Oklahoma. Ihre Haut hatte in der Sonne den Ton von dunklem Kiefernholz angenommen, ihre Haare hingen glatt über ihre Wangen, und die Ränder ihrer Ohren sahen darunter hervor. Ihr Blick war schläfrig, ihr Kinn breit, aber sie hatte lange, braune, glatte

Finger. Ben sah ihr beim Pflücken zu und sprach mit ihr, als niemand in der Nähe war, und an dem Abend traf sie sich mit ihm in der Plantage. Sie küßten sich und drängten sich aneinander. Am nächsten Abend ließen sie sich unter den Apfelbäumen auf den Boden fallen, und er fuhr mit der Hand über ihre Taille und berührte ihre Brüste durch den Stoff ihres Hemds, aber dann besann sie sich und lief fort.

Am nächsten Abend war der aufgehende Mond gelb und verschwommen. Heimlich gingen sie Hand in Hand zum Fluß hinunter und saßen im nächtlichen Schatten eines scharf gezackten Felsvorsprungs, an dessen Fuß der Sand noch warm war. Sie lagen im Sand und hielten sich umschlungen. Der Atem des Mädchens strich warm über sein Gesicht, und sie sprach in einem weichen Singsang. Sie erzählte ihm von einem Jungen in Shingletown in Kalifornien, der nicht halb so gut küssen konnte wie Ben und ihr ein neues Kleid versprochen hatte, wenn sie mit ihm nach Kanada durchbrannte. Sie sagte, daß sie ein bißchen Geld gespart habe und eines Tages in Sacramento oder Chico oder Redding oder in irgendeinem zivilisierten Ort leben würde. Sie würde in die Stadt fahren zum Einkaufen, in einem Haus wohnen und frische Milch im Kühlschrank stehen haben. Sie sei auf der Landwirtschaftsmesse in Klamath Fall und im Zirkus gewesen, als der nach Yakima kam; auf einem Jahrmarkt in Yuba City in Kalifornien habe sie einen Mann mit tätowiertem Bauch gesehen, der ein Schwert verschlucken konnte. Sie habe drei Cent für eine Wahrsagerin ausgegeben, die ihr gesagt hatte, daß sie einmal sieben Kinder haben würde, und sie vor Männern gewarnt hatte, die ihr Geschenke versprachen. Der Junge in Shingleton habe ihr ein Kleid versprochen, aber sonst habe ihr noch niemand ein Geschenk versprochen, was sollte also diese Prophezeiung? Sie habe sich von der Wahrsagerin mehr erhofft.

Eine halbe Stunde lang küßten Ben und Nora sich. Dann

legte er seine Hand zwischen ihre Beine und berührte sie da, wo sie ihn haben wollte, bis sie dreimal in kleinen Erschütterungen atemlos erzitterte. Als eine Art Gegenleistung knöpfte sie ihm die Hose auf und packte ihn, so daß er sich dickflüssig über ihren Arm und ihre Hand ergoß. Am nächsten Tag fuhr Nora ab, um in Okanogan County bei der Ernte zu helfen.

Nach der Erntesaison fing die Schule wieder an. An der Rock Island Road wohnten fünfzehn Kinder, und ihr Schulhaus befand sich auf einer Erhebung am Flußufer eine halbe Meile flußabwärts von der Obstplantage der Fisks, ganz in der Nähe der Palisades-Kreuzung. Es bestand aus einem einzigen Zimmer, das aus Flußsteinen gebaut war und mit Apfelklafterholz geheizt wurde. Die Plantagenbesitzer entlang der Straße sorgten dafür, daß der Holzschuppen mit dem schrägen Dach den Winter über gut gefüllt war, und die älteren Kinder waren für das Heizen verantwortlich, sie schürten die Glut und regulierten die Lüftungsschlitze. Eine Stromleitung war zum Schulhaus gelegt worden, und Glühbirnen hingen über den Tischen der Kinder an einem durch den Raum gespannten Kabel, damit die Schüler ihre Aufgaben machen und ihre Landkarten und Lesebücher lesen konnten. Das Schulhaus war sauber, es roch nach Holzfeuer, Tinte und nassen Wollsachen.

Die Lehrerin hieß Ruth Dietrich und lebte bei den Cochranes, einem älteren Ehepaar, dessen Kinder längst erwachsen waren und die deshalb ein Zimmer zu vermieten hatten. Sie war eine stämmige, lebhafte Frau mit einer Brille, die an einer Kette hing. Sie musterte ihre Zöglinge über den Brillenrand, senkte dann den Blick und las ihnen durch die dicken Gläser aus *Ivanhoe* oder *Alice im Wunderland* vor. Miss Dietrich trug ihr graues Haar mit Nadeln am Kopf festgesteckt, und der beigefarbene Spitzenschal um ihre Schultern war über der Brust mit einer Brosche befestigt. Ihr volles Gesicht hatte grobe Züge und war faltig; auf der linken Kinnseite hatte sie ein Muttermal, aus dem zwei lange Haare sprossen. Miss Dietrich sammelte Pfeilspitzen der Wanapum, versteinertes Holz und Opale. Sie kannte sich in der Geschichte des Mittelalters gut aus und konnte aus dem Kopf »Frost um Mitternacht«, »Der leidenschaftliche Schäfer an seine Geliebte« und »Die Antwort der Nymphe an den Schäfer« aufsagen. Sie hatte zu jeder Gelegenheit ein Gedicht bereit, rezitierte bei einem aufkommenden Wind die »Ode an den Westwind« und fühlte sich beim Anblick von Äpfeln verschiedener Schattierungen auf ihrem Tisch dazu animiert, »Gefleckte Schönheit« zu deklamieren. Als einer der Schüler eines Tages verkündete, daß der Rock Island-Damm fertiggestellt sei, sagte sie »Ozymandias« aus dem Gedächtnis auf und hielt ihnen dann einen kurzen Vortrag über die Sünde der Hybris. Miss Dietrich konnte Wissenswertes über die Landwirtschaft in Mesopotamien, die Sitten und Gebräuche der ägyptischen Pharaonen und die wissenschaftlichen Ideen der Griechen sagen. Sie wußte über die Religion der Inkas Bescheid, über Charles Darwins Reise zu den Galapagos-Inseln, über den Boxeraufstand, die Potala in Lhasa und die Feldzüge der Mongolen-Khane.

Ben hörte ihr gern zu. Mit großem Eifer las er *Macbeth, Die Canterbury Erzählungen, David Copperfield, Die Pickwickier* und *Herz der Dunkelheit* – alles Bücher, die Miss Dietrich ihm lieh. Er lernte die Tafel der chemischen Elemente, die Grundsätze der Geometrie sowie die lateinischen Namen für Pflanzen und Tiere nach dem Linnéschen System. Er erfuhr etwas über die Entdeckung der Pole und die Entstehung von Kristallen, über Sedimentgestein und die Lichtgeschwindigkeit.

Miss Dietrich war im Land der Apfelplantagen zu Hause und hatte ein großes Wissen über Äpfel zusammengetragen. Der Name des Apfels – *Pyrus malus* –, sagte sie, stamme von Aphrodites Priester, der nach der Pfählung des Adonis in einen Apfelbaum verwandelt wurde. Als ihre Schüler im Herbst Apfelschnappen machten, erklärte sie ihnen, die sie mit nassen Gesichtern ansahen, daß die Druiden einst genau das gleiche gemacht hätten – mit Apfelschnappen hätten sie versucht, das Schicksal zu ergründen. Der Apfelbaum, so erklärte sie ihnen eines Tages, sei sowohl dem Apollo als auch der Venus heilig gewesen und trug die Frucht der Zwietracht, die den Trojanischen Krieg ausgelöst hatte. Doch nicht nur die Heiden und Pantheisten verehrten den Apfel – in Bulgarien gebe es Gemälde, auf denen die Jungfrau Maria in einem Arm das Jesuskind hielt und in der anderen Hand einen Apfel. Wenn ein Schüler sich schlecht betrug, zitierte sie mit strengem Gesicht Chaucer – *der verdorbene Apfel verdirbt seinen Nachbarn* –, oder sie griff auf Shakespeare zurück – *Ein Apfel ist dem anderen nicht so gleich wie diese zwei Geschöpfe* –, um einen Streit zwischen den Schwestern Gilchrist zu schlichten. Ein Schüler, der sich über die Menge der Hausaufgaben beklagte, wurde an Herkules erinnert, der für seine elfte Aufgabe bis an das westliche Ende der Erde ging, um die goldenen Äpfel, die von den Hesperiden geraubt worden waren, zurückzuholen, der dafür einen Marsch von tausend Meilen bewältigte und auf dem Weg einen Drachen erschlug, und wenn Herkules all dies tun konnte, warum konnten sie dann nicht einmal zehn Seiten in *Huckleberry Finn* lesen? Einmal fragte eine Schülerin Miss Dietrich, ob es stimme, daß ihr Ehemann in der Schlacht von Gettysburg gefallen sei. Darauf lachte Miss Dietrich so herzlich, daß ihr die Tränen in die Augen traten, und sagte etwas von Asgard und den Äpfeln der Unsterblichkeit. Ein anderes Mädchen erzählte ihr eines Tages, daß eine Frau, die ihr Gesicht und ihre Hände in Wasser wusch, das mit dem Saft eines Apfels vermischt war, gewiß sein könne, daß sie Kinder bekomme, worauf Miss Dietrich lächelnd nickte und sagte, daß ein Mädchen, das einen Ehemann finden wolle, zwischen ihren

Fingern Apfelkerne zerdrücken solle, und wenn einer an die Decke spränge, so würde sie mit ihrer Suche Glück haben, denn der Apfel sei die Frucht der Liebe.

In einem Frühjahr machte Miss Dietrich eine Exkursion, bei der Pflanzen bestimmt werden sollten, und nahm Ben, Aidan, Billy Lawrence, Willy Griffin, Owen und Clare Goodall, Caitlin und Amelia Burns und Hannah und Gillon Crichton mit. Die Schüler machten sich mit ihren Taschenmessern auf den Weg und schnitten Schneebeeren-, Sandröschen- und Buchsbaumzweige ab und legten sie auf einem Tuch aus, das sie auf einer Felsplatte ausgebreitet hatten. Miss Dietrich zeigte ihnen den Roten Hartriegelbusch, aus denen die Shuswap-Indianer Fischreusen und Pfeifen machten; sie selbst bevorzuge jedoch Pfeifen aus Holunderholz, das sich, so erklärte sie, auch für Elchrufpfeifen, Erbsenblasrohre und Trinkhalme eigne. Sie zog die Rinde der Blasenspiere in Schichten ab und erläuterte, daß man dort, wo sie wuchs, auch die Scheinspiere finden könne, und die Indianer Speere für das Fischen daraus machten.

Gegen Mittag kletterten sie den Berg hinauf und machten auf einer Wiese Rast, wo Miss Dietrich zwischen Bissen von ihrem Tomatenbrot die Tugenden der umstehenden Lärchen pries: sie seien robuster als Kiefern oder Tannen und überlebten auch in strengen Wintern, und ihre Nadeln färbten sich im Herbst leuchtend gelb. Die Lärchen, sagte sie, seien uralt und stürben stückchenweise, in jedem Frühjahr bildeten sie neue Nadeln, und sie gediehen in verdörrten, unwirtlichen Gegenden, wo sich kein anderer Baum wohlfühle. Der Blick auf die Lärchen rührte an Miss Dietrichs poetische Ader, und sie deklamierte »Schönster der Bäume« und »Fern in einem Land der Bäche« von Housman.

Eines Tages hielt sie Ben nach der Schule zurück und sagte, in ihren siebenundzwanzig Jahren im Schuldienst auf den Ebenen des Westens sei er ihre größte Hoffnung und ein

Kandidat für eine gute Universität, sollte er diesen Weg einschlagen – und sie ermutige ihn sehr, sich dazu zu entschließen. Er brauche keine Angst vor diesem Weg zu haben und könne ihn voller Selbstvertrauen beschreiten. Ben antwortete, daß sein Vater ihn auf der Obstplantage brauche. Könne er das nicht auch noch später machen? fragte Miss Dietrich ihn. Wäre es nicht ein Abenteuer und eine Prüfung? Sei er sich das nicht schuldig? Gebe es nicht eine Welt da draußen, die auf ihn warte?

Er dankte ihr und ging hinaus, wo sein Bruder, an die Wand gelehnt und auf einem Grashalm kauend, auf ihn wartete. Der Januarwind kam hart und kalt vom Fluß herauf, und Aidan hatte ihm den Rücken zugekehrt.

»Was wollte sie?«

»Sie hat gesagt, ich soll aufs College gehen.«

»Willst du das?«

»Ich weiß nicht.«

»Wahrscheinlich bist du schlau genug.«

»Vielleicht, mal sehen.«

»Mach es doch, Ben.«

Aidan zog sich die Krempe ins Gesicht und richtete sich auf, den Grashalm immer noch im Mund. »Komm«, sagte er, »wir müssen los. Die Pferde müssen gefüttert werden.«

Drei Monate nach Pearl Harbor wurde Aidan zur Marine einberufen. Drei Tage, bevor er fahren mußte, packte er seine Tasche und sagte, er wolle ein letztes Mal ins Colockum-Gebiet reiten.

Im Morgengrauen sattelten Ben und Aidan die Pferde und überquerten den Fluß bei Coleman's Landing. Sie ritten bis neun Uhr, dann machten sie bei einer Quelle halt und aßen im ersten Sonnenschein das Frühstück, das sie in ihren Satteltaschen mitgebracht hatten. Sie bogen in den Dry Springs Canyon ein und ritten bis zum Nachmittag in südöstlicher

Richtung: manchmal galoppierten sie über Wiesen, manchmal trabten sie nebeneinander den Kamm eines Hügels entlang. Bei Sonnenuntergang schoß Aidan ein paar Birkhühner, die von den Pferden aufgeschreckt worden waren und sich auf den unteren Ästen einer Baumgruppe niedergelassen hatten. Nördlich von Spring Gulch schlugen sie bei einer Gruppe Silberweiden ihr Lager auf. Sie saßen in ihre Decken gehüllt, während die Birkhühner über dem Feuer brieten, und der Wind lag ihnen hart im Rücken und blies den Rauch in langen Streifen von ihnen weg. Es war ein kalter Abend. Man sah keine Sterne am Himmel. Die Nachtluft hatte einen süßlichen Geruch und versprach Regen. Aidan sagte, er könne ihn deutlich riechen, so deutlich, als würden dunkle Wolken auf sie zutreiben oder als sähe er den Regen in der Ferne schon fallen.

Sie aßen und schichteten das Feuer so hoch, daß die Hitze ihnen den Schweiß aus den Poren trieb. Gegen Mitternacht brach ein Gewitter los. Sie lagen in ihrem Zelt und hatten die Taschenlampen ausgeschaltet, um das Flackern der Blitze sehen zu können. Der Regen ging mit solcher Wucht nieder, daß die Welt um sie herum zu versinken schien.

An dem schwächer werdenden Trommeln auf dem Zeltdach erkannten sie, daß der Regen nachließ, und schließlich war es still. Sie gingen hinaus und traten unter dem Dach der triefenden Weiden hervor, um die Sterne und die Sichel des Mondes zu betrachten, die still und bleich am Himmel standen, als hätte es nie ein Unwetter gegeben. »Ich will hier nicht weg«, sagte Aidan. »Du bist der einzige, dem ich das sagen kann. Ich hab doch bei der Marine nichts verloren. Ich möchte lieber hierbleiben.«

»Ich wünschte, du könntest bleiben«, sagte Ben.

Sie standen da, in ihre Decken gewickelt, umgeben von der Dunkelheit der Berge. »Wovon versteh ich denn schon was, außer von Äpfeln?« sagte Aidan und trat heftig gegen einen losen Stein auf dem Boden. »Was wollen die denn von mir? Ich bin nichts weiter als ein Apfelbauer.«

»Trotzdem mußt du gehen.«

»Es muß mir aber nicht gefallen«, sagte Aidan.

Am Morgen aßen sie die getrockneten Aprikosen auf. Sie ritten zum Kamm hinauf, um einen freien Blick über den Fluß zur Salbeiebene hinüber zu haben. Das Hochland war winterlich kalt, der Morgen klar, das Gestrüpp naß. Die Pferde warfen wiehernd die Köpfe zurück, als die Reiter mit ihnen auf dem Gipfel inmitten von Heidelbeergestrüpp stehenblieben. Dampfender Atem trat aus ihren Nüstern. Im Südwesten sah man die hohen Berge mit ihren schneebedeckten Gipfeln, im Südosten schlängelte sich der Fluß. »Die da drüben hätten wir mal besteigen sollen«, sagte Ben. »Komisch, daß wir das nie gemacht haben.«

»Sie sind zu weit weg«, sagte Aidan. »Das ist eine lange Tour dahin.«

»Aber von hier sehen sie aus, als könnte man sie anfassen.«

»Sie sind zu weit weg«, wiederholte Aidan.

Sie brauchten den ganzen Tag, um wieder zum Columbia River zu kommen, und überquerten ihn auf der Colockum-Fähre. Bei Anbruch der Dämmerung erreichten sie ihre Obstplantage, müde und hungrig, die Hüte in den Nacken geschoben. Wie in einer stillen Prozession schritten sie zwischen den Bäumen hindurch, und Aidan strich im Vorbeigehen über die Äste, die leicht zitterten, als er das Pferd hinter sich herführte und es zum Stall brachte.

Im Mai bekam Ben einen Brief von Willard Anderson, dem Vorsitzenden des Skiclubs von Leavenworth. Mr. Anderson erinnerte sich an Ben aus der Zeit, als er häufig zu der Schanze am Ski Hill gekommen war, und legte ihm jetzt in seinem Brief nahe, sich der Truppe der Gebirgsjäger anzuschließen, die von der Armee zusammengestellt wurde. Das 87. Gebirgsjägerregiment sei am Tag nach dem Angriff auf Pearl Harbor aktiviert worden. Am Mount Rainier habe man bereits trainiert, und man habe eine gute Truppe aufgebaut. Nach dem 87. Regiment sei nun auch die 10. Gebirgsjägerdivision entstanden, und diese Division rekrutiere jetzt, mit Unterstützung der National Ski Patrol, neue Soldaten. Als deren Vorsitzender für Washington State schreibe er, Anderson, an die jungen Männer im Rekrutierungsalter, die eine Vorliebe für die Berge hätten, in der Hoffnung, daß sie es als Ehre und Privileg auffassen würden, wenn sie sich in einer Zeit, da ihr Land sie so dringend brauche, den Gebirgsjägern der Armee anschließen könnten.

Die Alternative für Ben bestehe darin, schrieb Mr. Anderson weiter, dorthin zu gehen, wo er sich laut seines Einberufungsbefehls einzufinden habe. Ob es da nicht vorzuziehen sei, wenn er die Sache selbst in die Hand nehme und »sich dem Krieg auf seine Art stelle, nämlich mit untergeschnallten Skiern«.

Bens Vater sagte, wenn Ben gehen müsse, könne er ebensogut als Gebirgsjäger gehen. »Aber ich möchte nicht, daß du gehst«, sagte er. »Ich möchte, daß du bleibst. Ich brauch dich.«

»Du kommst schon zurecht.«

»Das glaub ich nicht.«

»Du kannst ja jemanden einstellen.«

»So mein ich das gar nicht.«

»Aber ich muß gehen.«

»Mir wär's lieber, du könntest bleiben.«

In diesem Jahr wurden die Kirschen früh reif, und Wright Givens setzte den elften Juni für den Erntebeginn fest. Im ersten Morgengrauen trafen sich die Pflücker in der Plantage: Ben, sein Vater, neun Wanderarbeiter, die Emerys mit ihren vier Kindern und schließlich Mrs. Emerys Nichte, Rachel Lake aus Waterville in Maine, die, wie Mrs. Emery erklärte, für die Erntesaison bei ihnen wohnen würde. Anscheinend war sie nicht richtig vorbereitet, denn sie trug Mrs. Emerys Arbeitskleidung: Jeans und ein Flanellhemd, das ihr mehrere Nummern zu groß war.

Bens Vater verteilte die Pflücker auf die Baumreihen und gab ihnen Eimer und Leitern. Es dauerte nicht lange, und man hörte das Geräusch der Kirschen, die wie Hagelkörner auf die Eimerböden schlugen, und die Stimmen der Pflükkenden in den Baumkronen. Ben kletterte in den Baum, an den kahlen Aststümpfen vorbei, leerte die abgefallenen Blätter aus dem Eimer und achtete beim Pflücken darauf, daß er die Früchte zu mehreren und immer mit den Stielen abbrach. Die Erntesaison lag vor ihm, reihenweise Obstbäume, Zehntausende von Bäumen, die abgeerntet werden mußten, Tage, Wochen, Monate voller Obst, bis man nachts von Kirschen, Äpfeln und Birnen träumte, die man vom Baum pflückte, von Händen zwischen Zweigen und Blättern, von raschelndem Laub.

Als die Sonne aufgegangen und der Tau weggetrocknet war, streckte Ben sich im Gras aus und frühstückte – drei Eier, die er sich am Morgen gekocht hatte – und blickte die Reihe entlang zu den aufgestapelten Kisten am Ende, die darauf warteten, mit Kirschen gefüllt zu werden. Ganz in der Nähe sah er Mrs. Emerys Nichte, die oben auf der Leiter stand und pflückte. Der obere Teil von Rachel Lake war im Laub verschwunden, aber er bemerkte, daß sie sich Mrs. Emerys Jeans mit einem Hanfband, das durch die Gürtelschlaufen gezogen war, um die Taille festgebunden hatte. Sie stand in ihren Stiefeln auf Zehenspitzen, um an die ganz oben hängenden Früchte heranzureichen. Dann kletterte sie eine Sprosse höher, und ihr improvisierter Gürtel verschwand.

Am Nachmittag war es so warm, daß die Kirschen weich wurden und sich von den Stielen lösten. Bens Vater beendete das Pflücken für den Tag, und die Erntearbeiter luden das Obst auf die Ladefläche des Lastwagens, trugen ihre Leitern und Eimer zu den Stichstraßen und stellten die Kisten ordentlich für die Consolidated Cherry Packing Company auf, die sie abholen würde. Ben war dabei, die Blätter aus den Kisten zu entfernen, als Rachel aus dem Schatten der Bäume trat. Das Hemd war ihr aus der Hose gerutscht, und sie nahm den Zipfel und wischte sich damit das Gesicht ab. Für den Bruchteil einer Sekunde sah er einen dunklen Streifen von ihrem Bauch. Sie stopfte sich das Hemd in die Hose und fuhr sich mit der Hand durch das Haar – es war kinnlang, glatt gekämmt und hatte die Farbe von Walnußschalen. Sie legte den Kopf zurück und trank mit geschlossenen Augen in regelmäßigen Zügen aus einem Wasserkrug, dann wischte sie sich mit dem Handrücken den Mund ab und trank wieder, und bei jedem Schluck bewegte sich ihr Kehlkopf unter der Haut. Unwillkürlich bemerkte er die Form ihres Kopfes, von Nase, Mund und Kinn. Ihr Gesicht war fein geschnitten und glänzte vor Schweiß. Wie sie da stand in ihren viel zu großen Arbeitskleidern, war es schwer, sie nicht anzusehen.

Einmal ritten sie mit ein paar anderen Pflückern im Flußbett aus. Das Orangerot der untergehenden Sonne glühte auf Rachels Haut, und ihre Haare flatterten in der Brise. Ein andermal pflückte er in dem Baum neben ihrem. Sie war schnell, nicht, weil ihre Finger so geschickt waren, sondern weil sie sich nicht ablenken ließ. Ihre Unterarme kamen heil und ohne jeden Kratzer aus dem Laub hervor; die Handgelenke waren schmal, die Ellbogen spitz, die langen, braunen Arme leuchteten in der Sonne, und in ihren Haaren hatten sich ein paar Blätter verfangen. Immer wieder warf er kurze Blicke auf sie – wenn sie die Kirschen in der Kiste glattstrich, wenn sie ganz oben auf der Leiter im Baumwipfel pflückte, wenn sie aus dem Wasserhahn trank und sich mit einer Hand das Haar zurückhielt. Eines Abends sah er sie am Fluß. Sie trug einen einteiligen Badeanzug aus Wolle, die nassen Haare klebten ihr am Kopf, und sie sprang immer wieder von einem Felsen am Ufer ins Wasser. Ein andermal sah er sie mit einer ihrer Kusinen unter einem Birnbaum sitzen, wo sie aus Löwenzahn eine Kette flochten und sie als Girlande in den schwer tragenden Baum hängten. Einmal sah er sie in der Mittagspause, wie sie mit anderen auf der Plantage versuchte, Kirschkerne so weit wie möglich zu spucken. Voller Freude über ihren Sieg, reckte sie die Faust in die Sonne. Er sah, wie sie im Hof ein Pferd striegelte, wie sie es auf der Straße am Fluß entlangführte, wie sie in der Abenddämmerung – allein, aber zufrieden – über die mit Salbei bewachsenen Hügel ritt. Ohne Kopfbedeckung galoppierte sie unter dem aufgehenden Mond, saß entspannt und ruhig im Sattel.

Gegen Ende des Monats gab es Regenschauer. Sie mußten einen ganzen Tag warten, bis die Kirschen wieder getrocknet waren. Ben ging mit den schwarzen Labradors zu Fuß in eine der Weidenschluchten, um dort zwischen Sandröschen und Sumach Wachteln zu schießen. Den ganzen Morgen über hatte es geregnet, aber inzwischen war es Mittag, die Luft war frisch, und die Sonne schien so kräftig, daß den Hunden die Zunge aus dem Maul hing und sie gierig das Wasser in den Pfützen schleckten. Eine Rotwildfährte zog sich durch das enge Tal. Die Hunde folgten ihr beharrlich und verschwanden hin und wieder im Gebüsch, ohne daß Ben sie zur Ordnung rief.

Nach einer Stunde stöberten sie in einem Brombeergestrüpp ein paar Wachteln auf. Die Hunde jagten hinter den einzelnen Vögeln her, die zur Salbeiebene hinaufstrichen, dann jedoch kehrtmachten und in der Schlucht und dem Schatten der Weiden Schutz suchten. Im Laufe einer halben

Stunde erlegte Ben vier Vögel. In der Mittagshitze machte er an einer Quelle Rast; unter ihm erstreckten sich die Obstplantagen, der Fluß zog sich silbern dahin, das Sonnenlicht brach sich glitzernd auf dem Wasser, und auf den Nordhängen der Berge lag immer noch Schnee. Ben lehnte sich zurück und nahm das Bild in sich auf, wie er es schon viele Male getan hatte. Aidan und er hatten hier oft gerastet. Er erkannte die verkohlten Reste eines ihrer Lagerfeuer wieder, wo sie die erlegten Vögel am Spieß gebraten hatten.

So lag er eine ganze Weile im Schatten neben der Quelle, die Hände hinter dem Kopf verschränkt. Seine Glieder schmerzten von dem Aufstieg, aber auch von der Pflückarbeit, und es tat gut, in der Kühle der Weiden auszuruhen, umgeben von dem feuchten Geruch der Erde, der etwas bitter war, lebendig. Er schloß die Augen und lauschte dem Rauschen des Windes. Eine Weile döste er vor sich hin, dann drehte er sich auf die Seite und sah den Hang hinunter.

Da sah er Rachel, in der Ferne, sie ritt zur Hochebene hinauf. Ein Mädchen, das sich frei unter der Sonne bewegte und im Salbeigestrüpp ihren Weg fand. Sie paßte sich den Bewegungen des Pferdes an. Als sie oben ankam, hielt sie an und sah zu den Bergen hinüber. Das Pferd unter ihr drehte sich herum, und sie richtete es wieder aus. Dann verschwand sie in östlicher Richtung.

Die Kirschernte war schon ziemlich weit vorangeschritten, als er endlich dazu kam, mit ihr zu sprechen. Er war gerade dabei, an einer der Stichstraßen die Kirschen aus den Eimern zu leeren, als sie dazukam und anfing, die Blätter aus den Kisten zu lesen. Ihre Hände fuhren mit leichter Berührung durch die Früchte. Der Wind vom Fluß wehte über ihre Gesichter. Nach zehn Tagen in den Kirschen war sie sonnengebräunt, und in Wenatchee hatte sie sich mit passenden Arbeitskleidern ausgestattet, einer Jeans und einem weißen

T-Shirt. Beides war inzwischen, wie auch ihre Zähne und Lippen, von den Kirschen rot gefärbt.

Rachel sagte: »Was ist heute nur mit den Bienen los? Sie sind überall.«

»Ich weiß auch nicht. Komisch.«

Er sah sie nicht an, sah nur ihre Hände, die schnell durch die Kirschen gingen.

»Hier, die ist perfekt«, sagte sie und steckte sich eine Kirsche in den Mund.

»Hast du sie noch nicht über?«

»Kein bißchen.«

»Ich auch nicht.«

»Die hier sind die besten.«

Sie aß noch eine, und noch eine. Er sah zu, wie sie die Kerne ausspuckte.

»Ich hab dich reiten sehen«, sagte Ben, »da drüben, zur Hochebene rauf.«

»Da gefällt's mir«, sagte Rachel. »Aber am Fluß auch und in den kleinen Schluchten mit den Weiden.«

»In den Schluchten gibt's Klapperschlangen«, sagte Ben.

»Ich hab keine Angst vor Schlangen«, sagte sie.

»Um diese Jahreszeit sind sie schlimm«, sagte Ben.

»Ich hab trotzdem keine Angst«, sagte sie zu ihm.

Sie ging zur nächsten Kiste, und das Gespräch war beendet. Er war überzeugt, daß er einen schlechten Eindruck gemacht hatte. Ein Junge von der Obstplantage, der seine Kenntnisse über Klapperschlangen zum besten gab.

Die Aprikosen wurden reif, bevor die Kirschen alle gepflückt waren, so daß beide Obstsorten gleichzeitig geerntet werden mußten. Dreizehn Erntearbeiter waren auf der Plantage, und im Morgengrauen gingen sie, die Eimer und Trinkflaschen über die Schultern gehängt, zu ihren Leitern. Die Kinder der Emerys und Rachel waren immer mit dabei. Sie fingen an zu pflücken, bevor die Hitze kam, und hörten auf, wenn das Obst weich wurde. Ben stand immer vor allen anderen auf, zog sich an und ging in die Dunkelheit hinaus. Er stellte die Kisten für das Obst zurecht. Er setzte Aststützen in die Apfelbäume, mähte das Bartgras zwischen den Baumreihen und schnitt Sommersprieße aus den Baumwipfeln heraus. Dann mußte der Apfelwickler bekämpft werden. Kevin Lawrence aus Wenatchee, der beim staatlichen Landwirtschaftsamt arbeitete, hatte Bens Vater davon überzeugt, daß er Zeit und Geld sparen könne, wenn er ein festes Sprühsystem installierte, statt mit dem tropfenden Pumpensprüher zu arbeiten, der auf einem Wagen montiert und von zwei Mauleseln gezogen wurde und mit dem sie bisher ganz gut zurechtgekommen waren. Obwohl die Ernte inzwischen schon in vollem Gange war, hatten sie immer noch nicht die zwei Zentimeter dicke Hauptleitung und die dünneren Nebenleitungen verlegt, die Standrohre mußten noch aufgestellt und die richtigen Ventile an den Schläuchen montiert werden, der Tank mußte einbetoniert und die Pumpe installiert werden. Dann galt es, die Pferde und Maultiere zu füttern, bei der Hitze brauchten die Windbrecherpappeln Wasser, neue Stiegen mußten gefertigt werden, und in der südlichen Plantage hatten sich die Drahtverbindungen der hölzernen Wasserleitungen gelockert und mußten erneuert werden. An einer Stelle hatten Maulwürfe das Wasser umgeleitet, aber es blieb keine Zeit, sich darum zu kümmern, und an den Abenden mußte die Buchhaltung gemacht werden.

Am letzten Junitag sprach er wieder mit Rachel. Er stand knietief in einem Bewässerungsgraben und reinigte ein Seitengitter von Unkraut, als sie mit ihrem Eimer an ihm vorbeikam. Er hielt in seiner Arbeit inne und sah zu ihr hoch, schlammiges Grünzeug in der Hand. »He, da unten«, sagte sie.

»He, da oben«, sagte Ben.

»Sind das Algen?«

»Wir nennen es Grabenkraut.«

»Das ist doch kein richtiger Name.«

»Den richtigen Namen weiß ich nicht. Den lateinischen oder so.«

»Vielleicht weißt du, was das für Beeren sind«, sagte sie, »die da oben in den Weidenschluchten wachsen. Kleine rote Beeren, man findet sie an feuchten Stellen. Nicht richtig rot, eher orange. In Büscheln. Ganz klein.«

»Das sind Johannisbeeren«, sagte Ben.

»Johannisbeeren«, wiederholte sie. »Ich hab sie gegessen.«

»Wir haben manchmal Gelee daraus gemacht.«

»Ich hab auch schon Johannisbeergelee gegessen. Schmeckt ein bißchen wie Stachelbeeren.«

»Stachelbeeren gibt's hier nicht«, sagte Ben. »Aber da oben in den Schluchten wächst noch was, das heißt Felsenbirne. Sie sehen ein bißchen aus wie kleine dunkelrote Äpfel. Die hast du wahrscheinlich auch gesehen.«

»Sie sind mir nicht aufgefallen.« Sie strich sich das Haar zurück, das seit ihrem letzten Gespräch über den Ohren heller geworden war. »Ich laß dich mal mit deinem Grabenkraut weitermachen«, sagte sie. »Oder wie es heißt.«

»Vielleicht sind's ja Algen«, sagte Ben.

Am Vierten Juli war Feiertag. Die Pflücker vertrödelten den Tag und hielten sich möglichst im Schatten auf. Nach Sonnenuntergang holten sie ihre Gitarren und das Akkordeon hervor und riefen laut in die Berge hinein, um das Echo ihrer Stimmen zu hören. Zum Spaß stießen sie Flüche aus und schrien sinnlose Beleidigungen in die Gegend. Ben und sein Vater saßen auf der Veranda, hinter ihnen standen die Türen und Fenster offen, und vom Grammophon ertönten Geigenklänge, die sich mit den Stimmen aus dem Pflückercamp vermischten. Es war eine von Lenora Givens' Schallplatten, ein langsames, sehr eindringliches Stück, das sein Vater gelegentlich hörte, aber Ben fand, daß die Musik nicht unbedingt passend war für den Unabhängigkeitstag. Dennoch hörten sie beide zu. Langsam wurde es dunkel, und die Schatten verloren ihre Konturen. Im Flußbecken wich die Schwüle des Tages der milden Abendluft, nach der sich die Menschen im Plantagenland den ganzen Tag über sehnten.

»Du solltest nicht die ganze Zeit hier bei mir rumsitzen«, sagte Wright Givens nach einer Weile. »Warum gehst du nicht mal zu den Emerys rüber und besuchst ihre Nichte?«

»Warum sollte ich?« sagte Ben.

Bens Vater nickte und grinste. »Du darfst nicht so lange warten, sonst ist sie weg«, warnte er ihn. »Ein Mädchen wie sie ist das Pflücken bald leid, und dann fährt sie weg.«

»Meinetwegen«, sagte Ben. »Mir doch egal.«

Von der Veranda konnten sie die Plantage der Emerys sehen. Im Haus waren die Lichter an: Ein heller Fleck in der Dunkelheit, die sich über die Salbeihügel legte.

»Ist doch gar nicht weit.« Bens Vater zeigte zu dem Haus hinüber. »Kaum mehr als zehn Minuten zu Fuß. Und wahrscheinlich denkt sie an dich, ein Mädchen wie sie, in deinem Alter.«

»Laß mich doch«, sagte Ben.

»Heute ist der Vierte Juli. Ein Abend zum Feiern. Spricht nichts dagegen, da mal rüberzugehen.«

»Sie ist mir egal, klar? Sie läßt mich kalt, so oder so.«

»Meinetwegen. Du kannst auch den ganzen Abend mit deinem alten Vater hier rumsitzen, wenn du das lieber willst, Ben. Du bist doch ein Dummkopf, ein Grünschnabel, noch ein bißchen feucht hinter den Ohren.«

Ben ging zum Pflückercamp hinunter. Auf dem staubigen Platz vor den Hütten brannten ein paar Petroleumlampen, und in ihrem Schein spielten der Mann auf dem Akkordeon und die Gitarristen ihre Melodien, dabei stampften sie mit den Füßen, hüpften wie Marionetten und warfen ihre Schatten herum, und rings um sie herum tanzten und drehten sich die wettergegerbten Männer, manche schwerfällig, manche anmutig. Andere fluchten, knufften und beschimpften sich, spielten Karten, warfen Würfel auf den staubigen Boden und heulten den Mond an wie Kojoten. Ben ging um sie herum zu der Hügelkuppe, wo er mit Nora Ellerby gelegen hatte, die Hand zwischen ihren Beinen. Der Sand war noch warm von der Tagessonne. Das Mondlicht beschien die Felsen. Ben sah den Pflückern zu, die den Jahrestag der Geburt der Nation feierten, und im Hintergrund hörte er die Geigenmusik seiner Mutter.

Als er zurückkam, hatte sein Vater eine Flasche Bourbon auf dem Boden neben seinem Stuhl stehen. Er hatte die Stiefel aufs Geländer gelegt, den Hut ins Gesicht gezogen und die Hände hinter dem Kopf verschränkt. »Kein Glück, Matrose?«

»Ich war nicht bei ihnen.«

Er setzte sich neben seinen Vater und legte auch die Füße auf das Geländer. Sein Vater griff nach der Flasche auf dem Boden neben sich und nahm einen Schluck Bourbon. »Weißt du, wie alt ich bin?« fragte er.

»Neunundvierzig«, sagte Ben.

»Neunundvierzig, stimmt genau.«

»Und?«

»Nichts und.«

»Du solltest das Zeug nicht trinken«, sagte Ben. »Es macht dich nur wirr im Kopf.«

Sein Vater nahm wieder einen Schluck. »Heute ist Feiertag«, gab er zurück.

Das Rufen und Schreien der Pflücker drang zu ihnen. Wolfsgeheul, Kriegsgeschrei, betrunkenes Johlen. »Die amüsieren sich ja prächtig«, sagte Bens Vater. »Hoffentlich machen sie nicht die ganze Nacht so weiter und stecken noch die Hütten in Brand.«

Ben sagte nichts. Er sah zum Mond hinauf: dreiviertel voll und hell leuchtend stand er am Himmel, als wäre er in Flammen.

»Wenn die Männer Familien hätten, wär das ganz anders«, sagte Bens Vater. »Dann würden sie nicht so über die Stränge schlagen. Sie hätten eine Verantwortung.«

»Wahrscheinlich«, antwortete Ben.

Er hörte sie noch lange nach Mitternacht, als er im Bett lag, wie sie in ihrem Rausch grölten und johlten – eine Schar von Wanderarbeitern, die so lange hier haltmachten, bis die Plantage leergepflückt war. Dann war es still, bis auf das Kratzen der Grammophonnadel. Er stand auf und stellte das Gerät aus. Die Welt lag im Mondschein. Auf der Veranda saß sein Vater, er war in seinem Schaukelstuhl fest eingeschlafen, hatte den Kopf zurückgelehnt und den Mund geöffnet, die Flasche stak zwischen seinen Beinen. Ben sah, daß er voll ergraut war – graue Haare, graue Koteletten –, und sein Gesicht war von tiefen Falten durchzogen.

Mitte Juli waren die Aprikosen geerntet, aber die Birnen noch nicht reif genug. Sie waren hart und grün und nicht so schwer, daß man die Äste abstützen mußte. Mr. Emery teilte die Pflücker zur Herstellung von Stiegen, zum Beschneiden der Sommertriebe in den Apfelbäumen und zum Mähen ein. Ben und sein Vater bauten das Sprühsystem weiter auf. Die Abende waren warm und windstill. Die Grillen zirpten, die Fledermäuse zuckten über der Plantage. Morgens, wenn der Tau verdunstet war, machten sich die Nymphalidenlarven über die Pappelblätter her. Ein Rotschwanzbussard ließ sich von der Nachmittagsbrise tragen und kreiste am wolkenlosen Himmel. Stare und Wanderdrosseln hielten sich am Obst schadlos. Die Kojoten kamen in der Dunkelheit von den Bergen. Ihr Heulen schickte ein Echo unter der weiten Sternenpalette durch das Tal.

Es ergab sich eine dritte Gelegenheit, bei der Ben mit Mrs. Emerys Nichte sprach. Als er mit den Hunden und seiner Flinte in die Weidenschlucht hinaufstieg, traf er sie an einer Quelle. Sie kniete am Rand, als wollte sie beten, und trank aus ihren zu einer Schale geformten Händen. Das Pferd hatte sie angebunden. Es war früh am Morgen. Das Wasser rann zwischen ihren Fingern hindurch, und die Haare fielen ihr über das gesenkte Gesicht. Sie trug Schlangenchaps. Ben trat zwischen den Weiden hervor und sah als erstes ihren gebeugten Rücken. Die Chaps waren an den Gürtelschlaufen ihrer Jeans festgeknöpft. Die Hunde blieben einen Moment lang stehen und schnüffelten um das Pferd herum, dann kamen sie an Rachels Seite und tranken auch. »Ach, du bist es«, sagte sie und drehte sich um. »Erschieß mich bitte nicht.«

»Es ist nicht geladen.«

»Und wenn, würdest du dann auf mich schießen?«

»Natürlich nicht.«

»Puh, da bin ich aber erleichtert.«

Ben rief die Hunde zurück, aber sie hörten nicht auf ihn und schlabberten das Wasser mit ihren dicken rosafarbenen Zungen. »Zu Hause hatten wir einen Goldenen Labrador«, sagte Rachel. »Eine Hündin. Sie ist gestorben, als ich vierzehn war.«

Ben nickte. »Sie haben immer Durst.«

»Das Wasser ist aber auch gut. Es kommt ganz tief aus der Erde.«

»Ich mag diese Quelle«, sagte Ben.

Rachel trank aus den hohlen Händen. Sie erhob sich, wischte sich die Lippen ab und schien ihn zu mustern, wie er mit den abgekippten Läufen der Schrotflinte über dem Arm dastand. Er lehnte sie an einen Stamm und betrachtete ihr Pferd, als wäre es das, was ihn wirklich interessierte. Es war eine Stute, die schon in die Jahre kam – der Rücken hing etwas durch, das Fell voller Kratzer und Narben –, aber ihre Beine waren immer noch kräftig, Mähne und Schweif gepflegt. »Das ist die Stute von deinem Onkel«, sagte Ben.

»Er läßt sie mich reiten«, sagte Rachel.

»Im letzten Frühjahr wollte er sie verkaufen, aber dann hat er's sich im letzten Moment anders überlegt.«

Ben hockte sich an die Quelle, wie sie es getan hatte, setzte aber nur ein Knie auf den Boden, auf das andere legte er den Unterarm, während er mit der freien Hand immer wieder Wasser schöpfte und trank. »Du bist schon früh draußen«, sagte er.

»So früh ist es doch gar nicht.«

»Du trägst Schlangenchaps.«

»Das sind Reitchaps.«

»Worin besteht der Unterschied?«

»Die hier sind länger.«

»Trägst du sie immer?«

»Sie sind schick.«

»Wahrscheinlich hast du recht«, sagte Ben.

Rachel ging an die Satteltaschen. Die Chaps reichten ihr vorn bis zu den Oberschenkeln und wurden hinten an den Waden mit Schnallen verschlossen. Der Hosenboden ihrer Jeans war abgetragen und staubig. Sie sah ihn über die Schulter an, so daß er ihr Gesicht und den Hals und die Linie ihres Kinns im Profil sah, und sagte: »Ich hab ein paar Kuchen dabei. Hilfst du mir, sie zu essen?«

»Da sag ich nicht nein.«

»Ich hab auch Kirschen, wenn du sie nicht leid bist.«

»Nein, überhaupt nicht«, sagte Ben.

Sie setzten sich auf den Boden, dahin, wo die wärmende Sonne sie erreichen konnte. Die Hunde schnüffelten hier und dort zwischen den Weiden, kamen zurück und streunten weiter. Rachel schnallte die Chaps los und legte sie ab. Sie klopfte sich den Staub vom Hosenboden, faltete die Chaps und setzte sich im Schneidersitz darauf; dann überlegte sie es sich anders und schlug die Beine seitlich unter.

Sie aßen die Kuchen. Ben wies auf die Stelle in der Schlucht, wo die Felsenbirnen wuchsen. »Sie haben weiße Blütenblätter«, erklärte er.

»Anscheinend erinnerst du dich noch an unser letztes Gespräch. Als du im Graben gestanden hast, weißt du noch? Da hast du von den Felsenbirnen erzählt.«

»Genau«, sagte Ben. »Und von Algen haben wir auch gesprochen.«

Rachel nickte und lächelte. »Du hast ein ziemlich gutes Gedächtnis.«

»Mein Gedächtnis ist schlecht. Ich erinnere mich nie an etwas. Du bist die mit dem guten Gedächtnis.«

»Es geht so. Dinge, die noch nicht lange her sind, vergeß ich leicht, aber wenn etwas weit zurückliegt, dann weiß ich es noch. Ich war drei, als meine Mutter starb, aber ich kann mich noch an sie erinnern.«

»So weit zurück habe ich keine Erinnerung«, sagte Ben. »Ich weiß nicht mehr, was wann passiert ist.«

Rachel legte sich hin, die Hüfte auf den Chaps, und stützte den Kopf in die Hand.

»Meine Mom ist auch gestorben«, sagte Ben. »Aber ich war zwölf, deswegen erinnere ich mich an sie.«

»Es ist schlimmer, wenn man zwölf ist. Ich kann mich ja nicht richtig an meine Mom erinnern, deswegen ist es für mich auch nicht so schlimm. Aber ich vermute das nur.«

»Für mich war es schlimm«, sagte Ben.

Eine Weile waren sie still. Ben aß den letzten Kuchen. Rachel setzte sich auf und kratzte sich mit einer Hand am Rücken.

»Ich frage mich«, sagte Ben. »Warum bist du hergekommen?«

»Wie meinst du das?«

»Ich meine, zu deinen Kusinen.«

»Um bei der Ernte zu helfen.«

»Aber du bist aus Maine, das ist an der Ostküste. Ein ziemlich weiter Weg, um Obst zu pflücken.«

»Im September fang ich mit einer Schwesternausbildung an. In San Francisco.«

»Eine Schwesternausbildung?«

»Im Cadet Nurse Corps.«

»Du willst Krankenschwester werden?«

»Ja, das hab ich vor.«

Sie hatte die Füße in den Stiefeln übereinandergeschlagen und trommelte einen kleinen Rhythmus auf den Boden, ihre freie Hand lag auf der Hüfte. Die Finger der anderen Hand verschwanden in ihren Haaren, und ihr langer Oberkörper unter dem T-Shirt hob und senkte sich bei jedem Atemzug.

»Dann kommst du in den Krieg«, sagte Ben. »Sie schicken die Krankenschwestern in den Krieg.«

»So ist das ja auch gedacht«, sagte Rachel.

Beim Abstieg von den Salbeihügeln benutzten sie einen Kuhpfad – Rachel führte ihr Pferd am Halfter, Bens Hunde liefen frei neben ihnen her –, und er zeigte ihr die Stellen, wo Mauerpfeffer und Klettenkraut wuchsen. Im Westen, weit weg, lagen die Berge, blau gegen den Horizont. »Da oben würd ich gern mal reiten«, sagte Rachel.

»Dazu braucht man Zeit. Nach der Ernte. Vielleicht Ende Oktober.«

»Ich bin wahrscheinlich vorher schon weg.«

Es war schon zehn Uhr vorbei, als sie die Plantage erreichten. Sie gingen mit dem Pferd und den Hunden zwischen den Bäumen hindurch, über ihnen hingen die Äpfel. Mildes, diffuses Licht fiel durch die Äste, und in der Luft lag der Geruch von reifendem Obst. »Ich find es hier so unglaublich schön«, sagte Rachel. »Es bringt mich um.«

»Mir geht's genauso«, sagte Ben.

Eines Nachmittags bekam Ben einen Brief vom Büro des Generaladjutanten – eine Aufforderung, sich zum aktiven Dienst bei der 10. Gebirgsjägerdivision zu melden. Ben las den Brief einmal, dann ein zweites Mal, und sein Herz fing an zu klopfen. Dann machte er sich auf die Suche nach seinem Vater, der im südlichen Teil der Plantage neue Bewässerungsleitungen legte.

Bens Vater las den Brief, kniff die Augen zusammen und kratzte sich die wettergegerbte Stirn. Es war ein klarer Tag, windstill und heiß. In der gleißenden Nachmittagssonne waren die Schatten scharf umrissen. Sein Vater hatte bei laufendem Motor in dem Farmall-Jeep gesessen, mit dem er Rohre transportiert hatte, aber jetzt stellte er ihn ab und kam dann hinter dem Steuerrad hervor. »Soso«, sagte er. Weiter nichts.

»Sie haben mich genommen«, sagte Ben.

»So sieht's aus«, sagte sein Vater.

Sie standen nebeneinander und lehnten sich mit dem Rücken an den Farmall, sein Vater stemmte einen Fuß gegen den Reifen und las den Brief noch einmal. »Mir gefällt das nicht«, sagte er schließlich. »Ich will nicht, daß du gehst.«

»Ich muß aber.«

»Das weiß ich.«

»Die meiste Zeit werden wir Ski laufen.«

»Das glaub ich nicht.« Langsam strich sein Vater sich über die Bartstoppeln. »Ich glaub nicht, daß du da die meiste Zeit Ski laufen wirst, aber ich hoffe es, deinetwegen.«

»Ich hoffe es auch«, sagte Ben.

Sein Vater seufzte, gab ihm den Brief und stieß die Ferse ins Gras.

»Und außerdem«, sagte Ben, »wohin können sie mich schicken? Norwegen oder so. Finnland oder Schweden vielleicht.«

»Egal, wohin sie dich schicken, Ben, da ist auch Krieg.«

»Da hast du sicherlich recht.«

»Bestimmt habe ich recht.«

Er legte Ben eine Hand auf die Schulter und drückte sie. »Ich finde, so dürfte es nicht sein – daß du in den Krieg ziehen mußt.«

»Aber ich muß trotzdem gehen«, sagte Ben.

»Ich wünschte, du könntest bleiben«, sagte sein Vater.

Bald darauf war die Birnensaison da, zu einem Zeitpunkt im August, da eigentlich nichts außer einer Ahnung darauf hindeutete, daß das Ende des Sommers nahte. Beim Pflücken entfernten sie die Stützen unter den Ästen und lehnten sie in die Astgabeln, sie pflückten die Bartlett-Birnen mit gleichförmigen Bewegungen und leerten sie so sorgfältig aus den Säcken, als wären sie zerbrechlich wie Eier. Überall in den Reihen standen die Pflücker auf den Leitern und legten eine Birne nach der anderen in ihre Säcke, und während die Säcke langsam anschwollen, zog das Gewicht der Birnen die Menschen nach vorn, so daß sie in der Silhouette schwangeren Frauen glichen.

Am dritten Tag der Birnenernte ging Ben, einen Grashalm zwischen den Zähnen, zu Rachels Baum und stellte sich unter ihre Leiter. Er konnte sie zwischen den Blättern sehen. Sie schien ganz auf ihre stille Arbeit konzentriert zu sein. »He«, rief er, »ich bin's.«

»He«, sagte sie und hörte auf zu arbeiten. Sie drehte sich auf der Leiter um und sah ihn an, der Sack mit Birnen ruhte an ihrem Bauch. »Was machst du hier?« fragte sie.

Ben nahm den Grashalm aus dem Mund. »Ich weiß auch nicht«, sagte er. »Ich wollte einfach nur guten Tag sagen.«

»Ja, also dann, he.«

»He.«

Sie kletterte von der Leiter und ging an ihm vorbei. Sie löste den Sack von ihrem Gurt und leerte die Birnen langsam und vorsichtig, damit sie keine Druckstellen bekamen, in die Kiste. »Heiß heute«, sagte sie.

»Kann man sagen«, sagte er. »An Tagen wie heute gehe ich abends manchmal am Fluß schwimmen. Gleich da unten, wo die Strudel sind.«

»Ich kenn die Stelle.«

Sie schnallte den Sack wieder um und stellte die Leiter so um, daß sie jetzt Äste erreichen konnte, die noch nicht abgeerntet waren.

»Wann gehst du dahin?«

»In der Dämmerung. Wenn es dunkel wird.«

»Hört sich gut an«, sagte Rachel.

Sie trafen sich an der Flußbiegung im weichen Sand unter dem Felsvorsprung, von wo sie die Augustsonne hinter den Colockum Hills untergehen sahen. Als es dunkel war, gingen sie zum Wasser hinunter – über ihnen wölbte sich der Sternenhimmel – und standen nebeneinander auf den Felsen. Sie zogen sich aus. Ben trug Shorts und Rachel den Wollbadeanzug, in dem er sie schon einmal gesehen hatte. Sie hatte die Arme über der Brust verschränkt, die zu Fäusten geballten Hände auf die Schlüsselbeine gelegt, und streckte zögernd einen Zeh in das Wasser. »Ein ganz schön starker Strudel«, sagte sie.

»Mein Bruder und ich sind immer hierhergekommen«, sagte Ben. »Fast jeden Tag, nach der Arbeit.«

»Was für ein Bruder?«

»Er ist in der Navy.«

»Und was ist mit dir?«

»Ich hab mich zur Army gemeldet.«

»Wann mußt du weg?«

»Ende Oktober.«

»Dann hast du nicht mehr viel Zeit.«

»Mehr als du.«

Sie standen mit einigem Abstand zwischen sich im Wasser, das ihre Beine umspülte. »Weißt du was?« sagte Rachel und zupfte mit zwei Fingern an dem Stoff ihres Badeanzugs. »Es ist mir peinlich, in dem Ding hier zu schwimmen.«

»Das macht doch nichts«, sagte Ben. »Wir brauchen auch nicht zu schwimmen. Wie du willst.«

»Das ist es ja gerade. Ich weiß nicht, was ich will.«

»Dann warte doch, bis du es weißt.«

»Und wann ist das?«

»Das weiß ich genausowenig wie du.«

Sie sah ihn lange an und nahm dann die Arme herunter. Er wandte sich ab, hockte sich bei den Felsen am Ufer hin und blickte über den Fluß, um sie nicht noch mehr in Verlegenheit zu bringen.

»Ich geh rein«, sagte sie.

Er sah zu, wie sie ins Wasser ging. Die Strömung war kräftig für August, und da, wo ihre Beine sich trafen, brach sich das Licht in einem phosphoreszierenden Schimmer. Als sie bis zu den Oberschenkeln im Wasser war, tauchte sie, schwamm unter Wasser und stellte sich ein kurzes Stück flußabwärts wieder hin. Sie strich sich das Haar zurück und rieb sich die Augen. Der Wollanzug lag jetzt eng an ihrem Körper. »Das Wasser ist wunderbar«, verkündete sie.

Er ging auch hinein, und sie schwammen gegen die Strömung. Das Wasser teilte sich und floß um Rachel herum, es glänzte auf ihrer Haut und auf ihrem Gesicht.

Anschließend – sie hatten die nassen Sachen noch an – trugen sie Treibholz zusammen und machten Feuer. Es brannte hell und fast ohne Rauch, so daß sie sich nah an die Flammen setzen konnten und wie in einer warmen Hülle saßen. Die Welt um sie herum verschwand, jenseits der Flammen war die Dunkelheit. Die Sterne waren Tupfer in blassem Äther. In der Ferne hörten sie das Heulen eines Hundes. Die Venus stand tief am westlichen Himmel, hell wie der Mond.

Ben schob einen Ast tiefer ins Feuer. »Warum willst du Krankenschwester werden?«

»Ich glaub, das ist etwas, was ich gut kann. Etwas Handfestes.«

»Ich versteh dich nicht ganz.«

»Wie Florence Nightingale. Oder Clara Barton. Ich weiß auch nicht, vielleicht ist es dumm. Ich stell es mir einfach so vor.«

»Aber vielleicht ist das gar nicht so.«

»Wahrscheinlich nicht. Ich weiß es nicht.«

Sie hatte die Hände und Füße zum Feuer gestreckt. Der Schein der Flammen spielte auf ihrem Gesicht.

»Wie lange dauert die Ausbildung?«

»Neun Monate. Sie haben die Kurse verkürzt.«

»Und dann?«

»Geh ich zur Army.«

»Wohin genau?«

»Das weiß ich nicht.«

»Sie können dich überall hinschicken.«

»Das stimmt.«

»Mich auch.«

Ben wandte sich ihr zu, um ihr Gesicht genau zu betrachten. Es leuchtete hell im Feuerschein, und sie hob die Hände, um sich das Wasser aus den Haaren im Nacken zu wringen.

»Du gehst also Ende Oktober«, sagte sie. »Du hast doch Oktober gesagt, oder?«

»Am siebenundzwanzigsten«, antwortete Ben.

»Warum gehst du? Warum willst du kämpfen?«

»Ich will gar nicht kämpfen«, sagte er. »Aber ich will auch nicht einberufen werden und dann Kartoffeln schälen.«

»Du solltest dich nicht freiwillig melden, wenn du nicht kämpfen willst. Du solltest eine Ausbildung zum Sanitäter machen oder so.«

»Zum Sanitäter?«

»Ja.«

»Erste Hilfe, meinst du?«

»Ja.«

»Und wenn das alle machen wollten?«

»Dann gäbe es keinen Krieg«, sagte Rachel.

Ben legte ein Stück Treibholz nach und schob es tiefer ins Feuer.

»Du könntest sterben«, sagte Rachel. »Du setzt dein Leben aufs Spiel.«

»Ich versuch, nicht daran zu denken.«

»Das solltest du aber.«

»Ich will es aber nicht.«

Er dachte daran, daß er sterben könnte und sie nicht wiedersehen würde. »Ich will später nichts bereuen«, sagte er. »Deswegen sollte ich es ruhig sagen.«

»Was meinst du? Was solltest du ruhig sagen?«

»Daß ich dich mag, Rachel. Das ist alles.«

»Ich mag dich auch«, antwortete sie.

Sie küßten sich bei der Hitze des Feuers. Er war überrascht, wie menschlich ihre Haut roch, und ihr Mund. Damit hatte er nicht gerechnet, weil er sich so lange vorgestellt hatte, daß sie süßlich duften würde – aber hier war sie, neben ihm, und roch geheimnisvoll menschlich, so daß er, als seine Lippen auf ihren lagen, das Gefühl hatte, ihre Sterblichkeit zu erahnen. »Ich weiß nicht«, flüsterte er ihr ins Ohr. »Vielleicht ist das ein Fehler.«

»Das glaub ich nicht«, sagte Rachel.

»Wir sollten es uns genau überlegen«, sagte Ben.

»Das hab ich schon«, sagte Rachel.

Sie verbrachten die Abende zusammen in den Apfelplantagen unter den üppig beladenen Bäumen. Die Äpfel hingen reif in der Abendsonne, die Blätter bewegten sich im Wind.

Die grünen Obstplantagen waren kühl und einladend gegen die dumpffarbene Salbeiwüste. Tausende von Apfelbäumen nahmen Licht und Wärme auf, jeder Ast hing übervoll mit Äpfeln, so viele Äpfel reiften dort, daß es fast eine Unmöglichkeit schien, ein Wunder der Natur, dem man zu Recht mit Staunen und Ehrfurcht begegnete. Ben und Rachel trugen einen Picknickkorb in die schattigsten Reihen und lagerten zwischen Bäumen, Bartgras und dem Himmel. Die Sonne stand tief am Himmel, die Strahlen drangen zwischen den Ästen hindurch und schienen auf Rachels Gesicht, ihre Arme, ihren Hals, während sie mit untergeschlagenen Beinen auf der Decke saß und den Inhalt des Picknickkorbs untersuchte – Tomatenbrote, Pfefferminztee, Selleriestangen mit Erdnußbutter, Kirschkompott, Walnüsse. Im schwächer werdenden Licht verwischten sich die Konturen der Schatten. Die Spätsommerluft in der Obstplantage kühlte sich ab. Sie lagen auf der Wolldecke, die Hände hinter den Köpfen verschränkt, und sahen in die Baumwipfel hinauf. Sie bemerkten, daß die Dunkelheit schneller hereinbrach als noch vor einem Monat und daß die Abenddämmerung rascher in die Nacht überging. Sie sahen die Fledermäuse. Über ihnen in den Bäumen hingen dunkel und still die Äpfel.

In der Dunkelheit redete Rachel leicht und frei. Ihr Vater, erzählte sie, war Farmarbeiter und Maschinenbauer. Sie hatte zwei Schwestern, eine ältere und eine jüngere. Sie waren südlich von Waterville im Staate Maine aufgewachsen, in einem Haus mit fünf Zimmern, das im Winter mit einem Kanonenofen geheizt wurde und auf dem Besitz eines einbeinigen Milchfarmers stand. Die Mutter ihres Vaters sorgte für sie und ihre Schwestern, sie war streng und verlangte Disziplin. Jeden Morgen melkten sie sechs Kühe und fütterten die Hühner, Gänse und Enten. Ihr Vater war Stallmeister; jeden Tag striegelten und fütterten Rachel und ihre Schwestern die Pferde und reinigten die Ställe. Ihre ältere Schwester hatte im Jahr zuvor einen Mann geheiratet, der in der Stadt eine Bäckerei besaß; sie arbeitete nachts, rührte und knetete Teig und brachte ihnen einen Tag altes Brot. Im letzten Schuljahr hatte der Sohn des Farmers Rachel umworben. Sie war aber nicht interessiert. Für sie stand fest, daß sie Krankenschwester werden wollte. Ein Mädchen, das mit ihr zur Schule ging, hatte sich beim Cadet Nurse Corps gemeldet – dort würde sie Ausbildung, Uniform, Unterkunft und Verpflegung umsonst bekommen, hatte sie Rachel erzählt, und dazu fünfzehn Dollar im Monat. Daraufhin hatte Rachel sich auch gemeldet.

Sie sparte das Geld für die Zugfahrt und kam in den Westen, ihr Hab und Gut in einem abgestoßenen Lederkoffer. Sie schlief im Zug auf einer Holzbank und sah das Land an sich vorüberziehen. Alles war fremd und schön. Bis dahin war sie nie richtig verreist gewesen, außer zweimal in Boston. Während der Zugfahrt kam sie zu dem Schluß, daß der Beruf der Krankenschwester – die Pflege von kranken Menschen – eine gute Sache war, und nicht nur eine Entschuldigung, um aus Waterville herauszukommen. Sie fing an, sich auf ihre Ausbildung in San Francisco zu freuen. Sie fühlte sich befreit.

Im Zug hatte ein Soldat mit ihr geflirtet, und sie hatte sich mit ihm zum Mittagessen im Speisewagen verabredet, aber weiter war nichts passiert. Später saß sie mit zwei anderen Mädchen zusammen in einem Abteil, die gehört hatten, daß es in Seattle Arbeit gab. Zu dritt tranken sie aus einer Flasche Gin, während der Zug den Osten Montanas durchquerte. Rachel mußte sich zweimal auf der Zugtoilette übergeben. Sie schlief ein, und als sie aufwachte, fuhren sie durch die Rocky Mountains. Der Zug durchquerte die Weizenhochebene und kam schließlich in die Flußniederung hinunter, wo die Apfelplantagen in der Frühlingsblüte standen, ein leuchtendes Weiß. Bei dem Anblick wußte sie, daß sie nichts bereute und nirgendwo anders sein wollte. Sie glaubte fest daran, daß nun ein besseres Leben für sie anfing.

Am Abend vor Rachels Abschied gingen sie am Fluß knietief ins Wasser und umarmten sich in der Strömung. Ihre Haut fühlte sich unter seiner Hand glatt und kühl an. »Du wirst mir fehlen«, sagte sie.

Ihr Onkel saß im Auto, der Motor lief. Im Schutz der Apfelbäume küßten sie sich, und sie versprach, ihm aus San Francisco zu schreiben. Im Schlaftrakt gebe es sogar ein Telefon, und sie schrieb ihm die Nummer auf. »Ich muß gehen«, sagte sie fest. »Wünsch mir Glück, Ben.«

»Das tu ich«, sagte er. »Viel Glück, Rachel.«

»Dir auch. Viel Glück.«

Sie fuhr mit den Fingern zart über sein Gesicht. »Ich versuche, mir dein Gesicht einzuprägen«, sagte sie. »Ich will mich an dich erinnern können.«

»Sag das nicht«, bat Ben sie. »Das klingt ja, als wäre ich schon tot.«

»Mach du das auch«, sagte Rachel. »Präg dir mein Gesicht ein.«

Ben brach auf, als die Ernte vorbei war – die Kisten und Leitern waren verstaut, die Leinensäcke weggepackt. Die letzten Äpfel waren abgeerntet, Ruhe legte sich über die Plantage. Die Wanderarbeiter waren weitergezogen, auf der Straße am Fluß verschwunden, und ließen das Land einsam und verstummt zurück: selbst der Wind schwieg.

Sein Vater brachte ihn zur Busstation in Wenatchee. Er gab Ben sechs Fünf-Dollar-Scheine und ein neues Taschenmesser. Eine Weile gingen sie schweigend auf und ab, dann saßen sie nebeneinander auf einer Bank draußen in der Haltebucht und hielten die Hüte auf den Knien.

»Ich werd mir Sorgen machen«, sagte sein Vater. »So wie ich mir über Aidan Sorgen mache.«

»Das nützt weder ihm noch mir was.«

»Trotzdem, ich werd mir Sorgen machen.«

»Es gibt genug anderes zu tun, du solltest die Zeit nicht damit verschwenden.«

»Die Ernte ist vorbei«, sagte der Vater. »Zeit hab ich jetzt genug.«

Als der Bus einfuhr, hörten sie auf zu sprechen. Er kam vor ihnen zum Stehen. »Paß auf dich auf«, sagte Ben.

»Um mich geht's doch nicht«, sagte sein Vater.

»Und laß die Finger von dem Zeug.«

»Ich trink doch kaum.«

»Du trinkst zuviel.«

Sein Vater stieß den Stiefelabsatz auf den Boden. »Tu ich nicht.«

Vor der offenen Bustür umarmte Ben seinen Vater und nahm den Geruch von seinen Haaren wahr. »Danke«, sagte Ben. »Für alles.«

Sein Vater drückte ihn zur Antwort noch fester. »Ich will nicht, daß du fährst«, murmelte er. »Himmel, Ben, fahr nicht weg.«

Ben fuhr mit dem Bus bis nach Cashmere, dort stieg er aus. Er wollte per Anhalter weiterreisen und das Geld für die Busfahrt sparen. Er stand am Straßenrand und hatte sein ganzes Leben vor sich. Er streckte den Daumen aus, sein Seesack lag neben ihm auf dem Boden, und ein paar trockene Schneeflocken fielen aus einem seltsamen, wolkenlosen Himmel. Ein Laster hielt an und nahm ihn bis Peshastin mit, wo um die Mittagszeit Blitze über die Plantagen zuckten. Er setzte sich unter einen Apfelbaum und wartete das Unwetter ab, der Regen pladderte auf die Blätter um ihn herum. Er hielt sich die Leinenjacke am Hals fest zu und zog sich den Hut in die Stirn. Als die Sonne wieder herauskam, stellte er sich an die Straße und fuhr mit einem Farmer aus Omak weiter, der Heu nach Gold Bar brachte.

Er verbrachte die Nacht in einem feuchten Tannenwald in der Nähe des Skykomish River. Dort war es dunkel und still, naß und unangenehm. Aber als er früh am Morgen aufstand, war der Fluß fahl und schön, und Dunst stand über der Oberfläche, das jenseitige Ufer lag im Nebel. Im kalten Morgenlicht ging er die Böschung hinunter und wusch sich an einer seichten Stelle das Gesicht, ein Eisvogel zuckte an ihm vorbei. Dann packte er seine Sachen zusammen und kletterte wieder zur Straße hinauf, wo ihn ein Holztransporter, der nach Monroe unterwegs war, mitnahm. Der Fahrer sah ihn prüfend an, klappte dann seine Proviantdose auf und gab Ben ein Stück Schokoladenkuchen, den seine Frau am Abend zuvor gebacken hatte.

Gegen Mittag erreichte Ben Seattle. Mit dem Seesack über der Schulter ging er die Occidental Avenue entlang, bis er einen Diner fand, der ihm billig genug schien. Er bestellte sich Spiegeleier und Toast und trank ein Glas Milch. Als er fertig war, beobachtete er zwei Männer, die in Hüten und städtischen Tuchmänteln mit krummen Rücken an der Theke saßen. In tiefem Schweigen tranken sie ihren Kaffee und rauchten. Die Kellnerin lehnte an der Wand, sie hatte einen Lappen in der Hand und unterhielt sich mit dem Koch an der Durchreiche unter dem Strahl der Wärmelampen. Er hörte den leisen Singsang ihrer Städterstimme, müde und abgeklärt.

Nach dem Frühstück ging er, bis er an der Meeresküste war. Er stellte seinen Seesack an einer hölzernen Spundwand ab, die eine Kruste von Muscheln und Meeresgetier trug, und kletterte auf einer Leiter zum Salzwasser hinunter, um das Meer zu berühren. Er leckte sich die Finger ab, während er an der vom Wasser ausgebleichten Leiter hing wie ein Matrose in der Takelage. Dann bespritzte er sich das Gesicht in einer Art Taufe und ließ den Blick nach Westen über das Wasser schweifen.

Im ersten Stock einer billigen Pension am Pioneer Square nahm Ben sich ein Zimmer. In dem armseligen Raum mit den schmutzstarrenden Fenstern fühlte er sich einsam und niedergeschlagen. Die ganze Nacht lang brannten draußen auf der Straße die Laternen. Am Morgen machte er sich müde auf den Weg zum Busbahnhof und kaufte sich eine Fahrkarte nach Fort Lewis. Er hatte noch etwas Zeit, während er auf den Bus wartete, und so benutzte er zum ersten Mal in seinem Leben ein öffentliches Telefon, steckte Münzen in den Schlitz und brachte mit Hilfe der Telefonistin eine Verbindung zustande. Er mußte am Schalter um Wechselgeld bitten und versuchte es dann ein zweites Mal. Als er Rachel schließlich am Apparat hatte, sagte er einfach, daß er sie liebe. Es war leichter, das am Telefon zu sagen. Sie sagte, daß sie dasselbe für ihn empfinde. Die Zeit, die er mit seinem Wechselgeld gekauft hatte, war zu Ende, und er hängte den Hörer ein und setzte sich in der Halle des Busbahnhofs von Seattle auf seinen Seesack und wartete, zusammen mit anderen Reisenden – am Beginn eines fremden, neuen Lebens.

5

Tristan stupste immer wieder mit der warmen Nase an Bens Ohr, ein Winseln tief in seiner Kehle. Ben rührte sich – über ihm stand der wabernde Mond riesig groß, als wäre er, während Ben schlief, näher an die Erde herangetrieben –, aber er wollte seine Träume nicht verlassen. Die friedliche Gelöstheit, zu der ihm das Marihuana verholfen hatte, war angenehmer als der Wachzustand, die halluzinatorischen Tiefen hatten ihn aus einer Gegenwart entrückt, in der er in der Salbeiwüste lag, die tödliche Krankheit in ihm. Gegen seinen Willen wurde er wach, und der Schmerz, den er für ein paar Stunden betäubt hatte, war wieder da.

Ben überdachte seine Lage. Er war in der Wüste, allein, nur seine Hunde waren bei ihm, und es war tiefe Nacht. Die Kälte war in seine Gelenke gedrungen, und er spürte Druck auf der Blase. Sein Rücken war so steif, als wären die Wirbel miteinander verschmolzen, sein linkes Auge war zugeschwollen, und seine Finger waren starr vor Kälte. Damit nicht genug, er konnte das linke Knie nicht beugen, und sein arthritischer Knöchel pochte schmerzhaft. Er stützte sich mühsam auf einen Ellbogen, legte die Hand auf Tristans Kopf und schalt ihn, weil er ihn geweckt hatte.

Er sah, daß Rex sich gut dreißig Schritt in die Wüste hinausgewagt hatte. Mit hochgerecktem Kopf tänzelte er noch ein paar Meter vor, blieb stehen, witterte und stellte die Ohren auf, dann drehte er sich zu Ben um, blickte ihn an und jaulte.

Ben wußte nicht, was die Hunde so erregte. Er hatte erlebt, daß Tristan und Rex angesichts von Stachelschweinen, Maulwürfen, Stinktieren, Eulen, Wühlmäusen und Klapperschlangen unruhig wurden, aber es war ihm nicht klar, was sie hier draußen, in der stillen Salbeiebene, störte. Hier gab es nur die Sterne und den riesigen Mond mit der von enormen Kratern und Schatten gebrochenen Oberfläche. Und das Silber des Mondlichts über allem.

Auf den Ellbogen gestützt sah sich Ben zweifelnd um. Nichts wollte er lieber tun, als sich wieder hinlegen und die Decke um sich ziehen. Sollten sie mit dem, was sie so beunruhigte, allein fertig werden. Er erinnerte sich, gehört zu haben, daß Kojoten manchmal in Rudeln Hunde anfielen und töteten. Einen Moment lang war er überzeugt, daß Kojoten in der Nähe waren, und er versuchte mit kurzsichtigem Blick, das Salbeigestrüpp zu durchdringen, als könnte er dort einen erspähen. Dann ärgerte er sich über seine Schreckhaftigkeit angesichts ein paar dunkler Schatten, die doch nichts weiter waren als eingebildete, von seinem Marihuana-umnebelten Verstand erzeugte Formen, und trank einen Schluck aus seiner Wasserflasche. Er hoffte inständig, daß er nicht aufstehen mußte. Er könnte sicher weiterschlafen, dachte er, wenn sich nur seine Hunde beruhigen ließen. »Legt euch hin«, sagte er. »Jetzt reicht's.«

Tristan winselte zur Antwort nur noch lauter und stieß ihn noch heftiger an.

Erbittert erhob sich Ben und leerte seine Blase in einem langen, harten Strahl. Es verschaffte ihm Befriedigung, daß er hier, am Ende seiner Tage, mit soviel Kraft Wasser lassen konnte. Es war lächerlich, diese Genugtuung zu empfinden, aber so war es. Der Strahl klatschte auf den Boden. Ben streckte sich und machte kreisende Bewegungen mit dem Kopf, so daß die Nackenwirbel knirschten. Er säuberte seine Brille mit dem Taschentuch, und als er sie wieder aufsetzte, erschien ihm der Mond vor seinem heilen Auge wie eine auf Hochglanz polierte Murmel. Alles, was er anstrahlte, verschmolz mit den Schatten und war von einer weichen, dunklen Schönheit.

Er preßte den Handteller an die Schläfe und spuckte aus. Als er, in seine Decke gehüllt, neben Tristan stand und nach Norden blickte, meinte er, Hundegebell zu hören, ein hektisches Lärmen in ziemlicher Entfernung, ein Chor von Hundestimmen, der nur schwach vernehmbar war, und er hielt die Hand an das Ohr, mit dem er besser hören konnte, und lauschte. Es schienen in der Tat Jagdhunde zu sein, dachte er, und sie schienen näherzukommen, auf ihn zu, obwohl sie noch nicht zu sehen waren, weder als Form noch als Bewegung, sondern nur der wilde Gesang in der Nacht, ein langgezogener, frenetischer Tumult. »Fuß«, rief er Rex zu. »Hierher.«

Er wiederholte den Befehl mit Nachdruck, bis Rex widerwillig mit leisem Winseln an Tristans Seite kam. Er wollte immer wieder nach Norden ausbrechen, drehte sich im Kreis und winselte. Das Gebell war immer noch schwach und fern, aber es war kein Chor mehr, sondern eine Anzahl von Jagdhunden, die heiß auf einer Fährte waren. »Bleibt hier«, sagte Ben. »Hiergeblieben. Wir lassen sie einfach an uns vorbei.«

Er bedauerte zutiefst, daß er die Marihuanazigarette geraucht hatte. Die Welt war ein zähflüssiger Traum. Er war von einer Langsamkeit, die für das, was vielleicht nötig war, sehr hinderlich sein würde. Er war steif, völlig ausgekühlt, zerschlagen und zermürbt. Kein guter Zustand, wenn ein Rudel Jagdhunde aus dem Nichts auftauchte. Ben hoffte, daß sie die Richtung änderten. Er hoffte, sie würden an ihm vorbeiziehen – ein nächtliches Bild, ein Schauspiel, bei dem er nur Zuschauer bleiben konnte. Er hoffte, Rex und Tristan würden sich von ihnen fernhalten. Aber da schossen seine

Hunde auch schon mit wütendem Gebell in die Nacht hinaus.

Mit drohender, wütender Stimme rief er sie, aber sie waren auf und davon. Er wollte wieder rufen, aber dann sah er den Schatten eines Kojoten über die Wüste gleiten, im gestreckten Lauf, und seine Hunde hinter ihm.

Ben sah ihn nur einen Augenblick lang: den dunklen Kojoten in jagender Flucht, die Rute gestreckt, die Ohren angelegt. Wie ein Phantom schoß er durch den Salbei, etwa so groß wie seine Brittanies, nur daß die Rute buschiger und die Schnauze länger war; der Schatten einer Bewegung, der an ihm vorüberstrich und unvermittelt in einer Senke des Geländes aus seinem Blickfeld verschwand. Ein Gespenst, das lautlos die Wüste durchquerte, und seine Hunde in lärmender Verfolgung. Ben stand still da und war sich nicht sicher, ob das, was er gesehen hatte, real oder nur eine nächtliche Sinnestäuschung gewesen war.

Er ließ die Decke in den Sand fallen und griff nach seiner Flinte. Aus den Schlaufen seiner Weste nahm er zwei Patronen, spannte die Flinte und lud sie, dann ließ er sie wieder zuschnappen. Die Flinte erschien ihm, wie die ganze Welt, Teil eines Drogentraums, von silbrigem Mondlicht übergossen. Es war die Flinte seines Vaters, die Waffe, deren Lauf er sich am Morgen in den Mund gesteckt hatte. Einen Moment lang bedauerte er es, daß er überhaupt je ein Gewehr in der Hand gehalten hatte, aber er schüttelte den Gedanken ab, rollte die Decke zusammen, faltete seinen Poncho und schnürte beides mit dem leeren Seesack unter seinem Rucksack fest. Dann zwängte er die Arme durch die Tragriemen und machte sich auf den Weg, seinen Hunden nach.

Im Osten der Uferberge ging das Land in eine sanfte, ungebrochene Prärielandschaft über. Im Licht des Mondes und der Sterne fand Ben leicht seinen Weg zwischen den Salbeiinseln. Er trug die Flinte, wie er als Infanterist in Italien vor dreiundfünfzig Jahren sein Gewehr getragen hatte. Das Gebell kam näher, seine eigenen Hunde hörte er weiter entfernt. Er bemühte sich, schneller voranzukommen, aber sein linkes Knie tat so weh, daß er stehenbleiben und es massieren mußte.

Er stieß auf eine Wagenspur, die durch den Salbei führte. Wahrscheinlich stammte sie von einem Viehwagen, mit dem die Kühe zum Weiden hergebracht wurden, aber irgendwie schien sie fehl am Platz, wie die meisten Anzeichen menschlicher Existenz in der Wüste. Er folgte ihr, weil sie ihm das Gehen erleichterte und weil sie, wie er vermutete, in die richtige Richtung führte – nach Südosten, wohin seine Hunde verschwunden waren, auch wenn er sich nicht ganz sicher sein konnte. Die Spur machte eine Kehre, und er folgte ihr weiter. Bei der nächsten Kehre blieb er stehen, um seine Hunde zu orten, aber das Geheul des Rudels war jetzt so nah, daß sich seine Laute mit denen seiner Hunde vermischten. Er horchte angestrengt, konnte aber die Richtung nicht bestimmen. Wieder ärgerte er sich über die Marihuanazigarette und ihre benebelnde Wirkung.

Mit der gleichen Konzentration, mit der er sonst darauf wartete, daß ein Schwarm Vögel aufflog, beobachtete er jetzt die Kammlinie eine halbe Meile weiter nördlich, wo die Sterne hinter zinnenartigen Felsen verschwanden, denn es schien ihm, daß das Hundegebell aus dieser Richtung kam. Eine Sternschnuppe fiel durch den ganzen Himmel, und dann stürzte sich ein in sich bewegender Schatten über die Hügelkuppe und jagte in einer aufwirbelnden Staubwolke bergab, ein Rudel Hunde in wilder Hatz, eine wütende, tobende Meute, die den Hang herunterraste. Sie waren zu weit entfernt, als daß Ben sie genau erkennen konnte, aber er vermutete, daß es ein halbes Dutzend oder mehr waren, und aus ihren weichen, springenden Bewegungen – graziöse Geschwindigkeit, wie Cheetahs oder Antilopen – schloß er, daß es irische Wolfshunde waren, die Kojotenjäger seiner Jugend.

Damals hatte ein Kartoffelfarmer weiter oben am Fluß, ein Mann namens Dale Saunders Junior, ein Rudel Wolfshunde gehalten, mit dem er auftauchte, wenn andere Farmer ihn riefen, weil ihre Lämmer oder Kälber verschwanden. Saunders war bei den Plantagenfarmern bekannt als Fallensteller, Jäger und Schürfer, aber auch als Kopfjäger für die Regierung, der dafür bezahlt wurde, daß er Kojoten vergiftete und Kojotenjunge in ihren Bauten vergaste. Zu seinem Arsenal gehörten mit Sprungfedern versehene Zyanidkanister, Schnappfallen und Strychnin. Ben hatte sich damals auf der Landwirtschaftsmesse Saunders Erläuterungen, wie man Kojoten tötete, angehört. Saunders verkaufte selbstgemachte Kojotenlockgeräte, selbstgebastelte Kojotenfallen und ein Gerät, das er Kojotenkiller nannte und das einem Kojoten eine tödliche Ladung Zyanid in Nase und Augen sprühte, sobald das Tier einen Federmechanismus auslöste. Saunders gab eine Demonstration seines Lockgeräts, von dem er behauptete, es imitiere den Ruf eines im Stacheldraht verfangenen Eselhasen. Wenn ein Kojote auf diesen Ruf hin auftauchte, erledige er, Saunders, ihn mit der Schrotflinte, aus größerer Distanz schieße er ihn mit seiner .22-250 Remington, von deren Präzision er schwärmte. Dennoch, sagte er, gebe es keine Methode, die seine irischen Wolfshunde übertreffe. Außerdem sei das viel aufregender. Den Messebesuchern führte er sie im Maschendrahtkäfig auf der Ladefläche seines Pickups vor. Es waren riesige, furchtlose, ausdauernde Tiere, die, so behauptete Saunders, Sprünge von annähernd sieben Metern vollführen könnten. Sie seien viermal so schnell wie ein Kojote und in der Lage, Cougars auf Bäume zu hetzen und Bären zu verbellen.

Es war fünfzig Jahre her, daß er Dale Saunders' irische Wolfshunde gesehen hatte, dennoch erinnerte er sich vage an ihre furchterregende Größe, ihre Kraft, ihre Nervosität und Wendigkeit, und hier, in der Wüste, hatte er den Eindruck, daß diese schattenhaften, unter dem Mond durch die Nacht rasenden Wesen tatsächlich pferdähnliche Größe und Schnelligkeit besaßen. Durch nichts behindert, jagten sie über das Gelände. Sie töteten, soweit Ben wußte, aus reiner Mordlust. Von manchen wurden sie als tapfere Hunde, gute Wachhunde und kluge, vertrauenswürdige Begleiter geschätzt, sie galten als kinderfreundlich und gutmütig, aber Ben hatte kein Vertrauen in ihre guten Eigenschaften und zählte sich nicht zu ihren Bewunderern. Dazu töteten sie zu gern.

Sie glitten auf ihn zu – ein Rudel irischer Wolfshunde – und passierten ihn so knapp, daß er sie aus nächster Nähe zählen sowie ihren Wuchs und ihre Gangart registrieren konnte. Von den sechs Tieren, die er sah, waren wenigstens zwei so groß wie wilde einjährige Fohlen, und das Rudel insgesamt erinnerte ihn an eine Herde vorbeirasender Mustangs. Panikerfüllt hob er die doppelläufige Flinte, den Daumen an der Sicherung, bereit, den Leithund zu erschießen, sollte das Rudel plötzlich voll auf ihn zuhalten. Er hatte keinen Grund, das zu befürchten, es war ein reiner, unbestimmter Instinkt.

Die Zeit schien merkwürdig fragmentiert und der Abstand zwischen den Augenblicken größer als normal, so daß er ein einzelnes Detail – den Schaum am Maul des Leithundes, den silbrig glitzernden Speichel, der ihm in Fetzen von den gebleckten Zähnen flog – besonders deutlich wahrnahm, als die Wolfshunde an ihm vorbeischossen. Dann verwischte sich alles, bis sich das Spektakel der vorbeipreschenden Meute in einen kristallklaren Fries auflöste: die Hinterläufe des letzten Tieres im Rudel, festgehalten in der Bewegung, der leichte, schwerelose Sprung, die akrobatische Fähigkeit, den Boden für einen kurzen Moment mit nur einer Pfote – eigentlich unmöglich – zu berühren. Noch während Ben diese Eindrücke in sich aufnahm, hatten die Hunde ihn passiert, als wäre er nichts als eine körperlose Silhouette in der Wüste. Er ließ die Flinte sinken.

Dann verschwanden sie, verloren sich in südlicher Richtung, und ihr heulendes Kläffen hing ihnen nach. Ben stand bewegungslos und sah ihnen nach, dann zwang er sich, die Starre abzuschütteln, und begann, sie mit aller Energie, die er aufbringen konnte, zu verfolgen.

Es war wie bei einem Gewaltmarsch. Er konnte nichts hören, außer den eigenen Atem, aber er wollte auch nicht stehenbleiben, bis er ruhiger atmete, weil Eile, das war ihm klar, unbedingt geboten war, denn seine Hunde waren zwischen die Wolfshunde und ihre Beute geraten. Getrieben von dem Gedanken an das, was ihnen zustoßen könnte, hastete er voran, und die Anstrengung machte seine Schmerzen deutlicher. Humpelnd durchquerte er die Wüste beim Licht des Mondes, so schnell er konnte, während seine Blicke die Dunkelheit zu durchdringen versuchten.

Ihm kam der Gedanke, daß seine fieberhafte Sorge völlig unangemessen war. Welche Bedeutung konnte es für ihn in der nächsten Welt schon haben, ob er aufgab oder noch einmal versuchte, den Lauf der Dinge zu ändern? Er hatte gute Gründe, tatenlos zuzusehen. Es war nicht seine Pflicht, seine Hunde zu retten. Bald würde er sie ohnehin sich selbst überlassen müssen. Sollten sie doch ziehen, wohin es sie zog; danach würden sie ihn schon wiederfinden. Und wenn nicht, dann war das auch gut.

Aber aus langer Gewohnheit ging er weiter. Es waren weniger die Hunde als sein Gewissen, das ihn daran hinderte aufzugeben. Er wollte nicht fahrlässig handeln oder seine Pflichten vernachlässigen, er wollte sich selbst treu bleiben, sich selbst als Arzt, der sich um jede Einzelheit kümmerte, ein Mann, der seine Verantwortung im Leben ernst nimmt –

und er stellte fest, daß es selbst im Schatten des Todes nicht leicht war, anders zu sein. Mit diesen Gedanken und in dem Wunsch nach Klarheit mühte er sich durch das Salbeigestrüpp voran. Weil sein zugeschwollenes Auge ihm ein falsches Gefühl für Entfernungen vermittelte, stolperte er über eine Unebenheit, ging in die Knie und verrenkte sich dabei schmerzhaft das Kreuz. Er senkte den Kopf auf die Brust, setzte die Flinte mit dem Kolben auf den Boden und stützte sich darauf. Eine Weile rieb er sich den Rücken, dann, aus Gewohnheit, die Seite. Langsam wurde sein Atem ruhiger. Wieder hörte er Hundegebell. Mühsam richtete er sich auf und ging weiter durch die Nacht.

Nach fünfzehn – oder waren es fünfzig? – Minuten hatte er sich in eine enge Talsohle vorgearbeitet, die von Sumach und Weiden überwuchert war. Das Hundegebell kam jetzt aus allen Richtungen, mit kehliger Wut und Verzweiflung, und als er sich durch das Gesträuch kämpfte, hatte er den Eindruck, als wäre er mitten unter ihnen. Obwohl der volle Mond alles in sein Licht tauchte und jedes Detail deutlich hervorhob, konnte er die Tiere nicht sehen – nur hören. Ben war überzeugt, daß der gejagte Kojote hier, wo Gerissenheit über Schnelligkeit triumphieren konnte, Deckung gesucht hatte. In dem wilden Bemühen, ihn aufzustöbern, zerrten und wühlten die Wolfshunde wie rasend in dem Gestrüpp herum, wo sie seinen Unterschlupf vermuteten. Wie jedes in die Enge getriebene Tier, hatte der Kojote nichts zu verlieren, wenn er wartete. Er würde sich dicht an den Boden schmiegen, tief im Dickicht verborgen – nur seine geringe Körpergröße konnte ihn jetzt noch retten –, während seine Feinde auf der anderen Seite der Dornen wüteten.

Ben kämpfte sich den Hang der kleinen Schlucht hinauf und stand am Rand der Salbeiebene, wo er sich müde auf ein Knie sinken ließ und mit eindringlich beschwörender Stimme nach Tristan und Rex rief. Er hatte die beiden noch nicht entdecken können. Seine Sorge wuchs. Beim Klang seiner Stimme hätten sie reagieren müssen. Er mißtraute den Wolfshunden zutiefst; ihr Geheul, das aus dem Gestrüpp unten zu ihm heraufdrang, war wie ein Blutrausch.

Eine dunkle Form schoß aus dem Sumachdickicht kaum zwanzig Schritt vor ihm, ein geräuschloser Schatten dicht am Boden und kaum erkennbar, so schnell bewegte er sich, obwohl Ben den buschigen, nach links geneigten Schwanz sah, der wie ein Steuerruder benutzt wurde. Im gleichen Moment bemerkte das Tier ihn und änderte die Richtung; es schlug einen Haken – Staub wirbelte auf – und verschwand im Salbei. Dahinter sprang ein Wolfshund, dreimal so groß wie der Kojote, mit schmalen Lenden und langgestreckter Schnauze, aus dem Sumach heraus, wobei er so viel Lärm machte wie ein mit dem Lasso gefangenes Pferd, und setzte dem Kojoten nach. Dahinter jagten vier weitere Hunde heran, und in ihrer Mitte sah er Rex.

Ben ging ein Stück in die Ebene hinaus, wo die hetzenden Hunde vom Mondlicht erfaßt wurden, ihre Flanken schimmerten, als sie die Entfernung geradezu zu fressen schienen. Rex konnte nicht mithalten, aber die Distanz zwischen den Wolfshunden und dem Kojoten verringerte sich mit erstaunlicher Geschwindigkeit. Der Leithund war schon dran, der Kojote wollte ihn mit einem Haken ausmanövrieren, aber der Wolfshund fand ihn mit einer einzigen glatten Bewegung. Der Kojote warf sich herum und stellte sich mit gebleckten Zähnen.

Zwei Hunde packten den Kojoten an den Hinterläufen, ein dritter zwischen den Schulterblättern, während der Leithund in einem flachen Satz auf die Kehle ging. Die ganze Gruppe drehte sich einen Moment lang in einer Staubwolke. Die Wolfshunde ließen nicht los, es war, als wollten sie den Kojoten in Stücke zerreißen. Sie drückten ihn in den staubigen Boden. Dann stürzte Rex sich in den Tumult.

Ben streifte sich den Rucksack ab und stolperte mit der Flinte in der Hand den Hang hinunter auf die Szene zu. Im selben Augenblick bemerkte er im Osten ein Licht auf dem Kamm – den Scheinwerfer eines Fahrzeugs –, dann erkannte er die Umrisse eines Geländemotorrads, das, von einer geraden Staubfahne gefolgt, auf ihn zukam.

Er sah die Welt mit nur einem Auge, und durch die Nikkelbrille aus einer anderen Zeit war alles verschwommen, wie unter Wasser. Er stolperte auf die wildbewegte Hundemeute zu, während sich von der anderen Seite das Motorrad näherte. Es blieb keine Zeit für lange Überlegungen. Die Wolfshunde hatten den Kojoten erledigt und wandten sich jetzt gegen Rex.

Bens Hund schien überrascht über diese Wendung und wich zähnefletschend und knurrend vor der Meute zurück. Die Wolfshunde rannten ihn einfach über den Haufen. Dann grub einer die Zähne in seine Seite, ein anderer biß sich in seinem Rücken fest, und ein dritter packte ihn an der Kehle.

Ben stürzte sich zwischen sie und brüllte, er riß die Flinte hoch und gab einen ohrenbetäubenden Warnschuß ab. Sofort ließen die Hunde von Rex ab und wichen winselnd und mit hängender Zunge zurück. Nur der, der Rex an der Kehle hatte, machte weiter, warf ihn wütend hin und her.

Ben fuhr dazwischen und rammte dem Wolfshund den Kolben in die Rippen. Er sah, wie verzweifelt die Lage für Rex war, der zu Boden gedrückt wurde und hohl röchelnd atmete. Ben bearbeitete den Wolfshund mit heftigen Fußtritten, trat ihm fluchend in die Rippen, dann gegen den Kopf, aber es hatte keine Wirkung. Rex würde sterben, das sah er, und er mußte handeln, kompromißlos und in einer Weise, wie er seit Ende des Krieges nicht mehr gehandelt hatte. Er biß die Zähne zusammen, preßte den Lauf in die Rippen des Wolfshundes und drückte ab.

Er hatte keine Zeit, sich anzugucken, was die Schrotladung anrichtete, er kniete sich hin, um nach Rex zu sehen.

Rex lag auf der Seite und wand sich in dem Bemühen aufzustehen wie ein Betrunkener auf dem sandigen Boden. Wie sehr er sich auch mühte, er kam nicht hoch und jaulte, wie Ben noch nie einen Hund hatte jaulen hören. Es lag etwas Menschliches in dem hohen, durchdringenden Schmerzensschrei. Die Hinterläufe gehorchten ihm nicht, und Ben befürchtete, daß die Wirbelsäule gebrochen sein könnte. »Tut mir leid, Rex«, sagte er leise.

Er wollte Rex eine Hand auf die Flanke legen, aber der Hund bäumte sich wie im Krampf auf. Die Wolfshunde sahen mit hängenden Lefzen unsicher zu, hielten sich aber in angemessener Entfernung. Ben schrie einen wütend an, und er trollte sich.

Das Motorrad bremste vor ihm, Sand spritzte auf, und der Fahrer, den Ben im blendenden Licht des Scheinwerfers nicht sehen konnte, stellte den Motor ab. Ben sah lediglich einen schweren Stiefel, mit dem sich der Mann auf dem Boden abstützte, an der Stiefelspitze war die Stahlkappe erkennbar. Er legte den Arm zum Schutz gegen das Licht an die Stirn, um einen Blick auf das Gesicht des Fahrers zu werfen, aber es war nicht möglich. Er war geblendet und stand bewegungslos wie ein Reh im Kegel eines Autoscheinwerfers.

»Wie wär's, wenn Sie das Licht abschalten?« sagte er. »Es blendet mich.«

»Das ist mein Suchscheinwerfer«, rief der Mann herüber.

Das Licht blieb an und blendete ihn weiter. »Ihr Hund da sieht übel aus«, sagte der Mann, »aber meiner da drüben sieht glatt tot aus.«

Rex heulte auf, aber diesmal klang es anders, als hätte er sich mit seinem Zustand abgefunden.

»Ich mußte ihn erschießen«, erklärte Ben. »Er war dabei, meinen Hund zu zerreißen.«

»Warum haben Sie ihm nicht einfach einen Tritt gegeben?«

»Das hab ich versucht. Es hat nichts genützt.«

»Bei mir klappt das jedesmal«, sagte der Mann. »Warum sollte es bei Ihnen nicht klappen?«

»Ihr Hund hatte meinen an der Kehle«, sagte Ben. »Er brachte ihn um. Mir blieb nichts anderes übrig.«

»Sie sind schnell mit dem Gewehr bei der Sache«, sagte der Mann. »Ich mach das immer so. Wenn man ihnen 'nen kräftigen Tritt gibt, dann hören sie.«

»In Ordnung«, sagte Ben. »Und jetzt machen Sie das Licht aus.«

»He«, sagte der Mann verärgert. »Sie haben überhaupt kein Recht, hier zu sein. Sie haben hier nichts zu suchen. Sagen Sie mir also nicht, was ich zu tun hab. Sie sind hier auf Privatbesitz, verdammt noch mal.«

Seine Stimme war wie das Land, auf dem sie sich befanden, flach, voller Gewißheit, unbeirrbar. Ben fühlte sich an den Tonfall der Männer – der Farmer und Rancher in der Flußebene – erinnert, die er in seiner Kindheit gekannt hatte, und wußte, daß sie nicht mit sich reden ließen.

»Tut mir leid«, sagte Ben. »Es hätte nicht passieren dürfen. Aber wie gesagt, mir blieb nichts anderes übrig.«

Der Mann schien sich das durch den Kopf gehen zu lassen. »Verdammt«, sagte er. »Hören Sie zu. Nehmen Sie jetzt Ihr Gewehr, aber vorsichtig.«

Ben befolgte die Anweisung und hielt die Flinte am Lauf weg von sich.

»Es ist eine doppelläufige Flinte«, sagte der Mann. »Das seh ich von hier.«

»Stimmt«, erwiderte Ben.

»Sie haben zwei Schuß abgegeben«, sagte der Mann. »Wenn Sie also nicht nachgeladen haben, nachdem Sie meinen Hund erschossen haben, dann sind die Läufe jetzt leer.«

»Ich hab nicht nachgeladen«, sagte Ben. »Ich könnte die Läufe abkippen.«

»Nein«, sagte der andere. »Das will ich nicht. Werfen Sie sie weg. Mit einer Hand, soweit Sie können. Jetzt.«

Ben zögerte. Die Winchester hatte seinem Vater gehört.

»Hören Sie«, sagte er. »Das könnte sie beschädigen. Was, wenn ich sie einfach hinlege?«

Wieder war es still hinter dem Scheinwerferlicht, die körperlose Stimme war verstummt. »Also gut«, sagte der Mann schließlich. »Legen Sie sie vor sich auf den Boden. Ich hab Sie im Blick. Machen Sie schon.«

Vorsichtig legte Ben die Flinte hin. »So«, sagte er. »Das wär das. Jetzt muß ich mich um meinen Hund kümmern.«

»Moment«, sagte der Mann. »Gehn Sie erst mal zu dem Hund da drüben, den Sie erschossen haben, und gucken Sie ihn sich an.«

»Was?«

»Gehen Sie rüber und sehen Sie ihn sich an. Machen Sie schon. Los.«

»Hören Sie«, sagte Ben. »Es tut mir leid, daß er tot ist. Aber mein Hund braucht jetzt Hilfe …«

»Ihr Hund kommt schon durch. Tun Sie, was ich sag.«

»Hören Sie«, sagte Ben, »ich …«

»Passen Sie auf«, sagte der Mann mit Nachdruck. »Tun Sie, was ich sage. Mein Gewehr ist auf Ihren Kopf gerichtet, und Sie gehen jetzt zu dem Hund.«

»In Ordnung«, sagte Ben. »Ich geh schon.«

Er stolperte zu dem toten Wolfshund hinüber. Er lag auf der Seite, die Wucht des Schusses hatte ihn anderthalb Schritte weggeschleudert. Am Rumpf des Tieres, am Widerrist und an den Flanken lagen Eingeweide und Knochen frei, und sein Kopf hing in einem unnatürlichen Winkel, als wäre er abgetrennt und falsch wieder angenäht worden. »Gut«, sagte Ben. »Und jetzt?«

Der Mann bewegte das Motorrad, damit der Lichtkegel Ben voll erfaßte. »Lesen Sie sein Namensschild«, verlangte er. »Da, am Halsband. Lesen Sie schon.«

Ben ließ sich steif auf die Knie sinken und griff nach dem Halsband des toten Hundes. Er drehte es solange weiter, bis er das Namensschild gefunden hatte, und versuchte es zu entziffern. »Jim«, sagte er. »Ich glaub, Jim. Ich kann es nicht genau lesen. Meine Augen sind nicht so gut.«

»Jim«, sagte der Mann. »Verdammt.«

»Es tut mir leid«, sagte Ben. »Wirklich.«

Der Mann schwieg. Dann sagte er wieder: »Jim.«

»Er hatte meinen Hund an der Kehle«, erklärte Ben noch einmal.

»Sie hätten das nicht machen dürfen«, sagte der Mann. »Ich will nichts davon hören.«

»Gut«, sagte Ben. »Dann eben nicht.«

»Verdammt«, sagte der Mann. »Kommen Sie hier rüber. Und halten Sie die Hände hoch.«

Ben stand auf und ging um den Hund herum. Er hatte das Gesicht vom Licht abgewendet.

»Auf den Boden. Legen Sie sich mit dem Gesicht auf den Boden. Und strecken Sie die Hände aus.«

»Warum?«

»Tun Sie, was ich Ihnen sage.«

»Ich muß mich um meinen Hund kümmern.«

»Der kann sich um sich selbst kümmern, verdammt. Legen Sie sich hin.«

Ben legte sich auf den Bauch und drehte den Kopf zur Seite.

»In Ordnung«, sagte der Mann. »Drehen Sie den Kopf andersrum. In die andere Richtung.«

Ben gehorchte.

»Nur damit Sie nicht nervös werden«, sagte der Mann. »Ich steig jetzt ab und hol Ihre Flinte.«

»Immerzu«, sagte Ben.

»Und von dem Kojoten hier«, sagte der Mann, »nehm ich die Rute mit.«

»In Ordnung«, sagte Ben. »Immerzu.«

Er wartete, während der Mann tat, was er gesagt hatte. Einer der Wolfshunde saß in Bens Blickfeld; er wirkte gelangweilt. Ben hörte Rex' Winseln und die Schritte des Mannes, dann wurden die Läufe der Flinte abgekippt.

»Nicht schlecht«, sagte der Mann. »Eine echte Antiquität. Und 'ne Gravur, verdammt edel.«

»Es ist eine Winchester 21«, sagte Ben.

»Was meinen Sie, was die wert ist?« fragte der Mann. »Ich muß Jim ersetzen, das wird mich was kosten. So 'n Hund ist nicht billig.«

»Ich hab keine Ahnung«, sagte Ben.

»Egal«, sagte der Mann. »Ich kann die Flinte nicht gut hier lassen, sonst schießen Sie mir noch in den Rücken. Ich werd sie verkaufen und mir dafür 'nen neuen Hund besorgen.«

»Moment mal«, sagte Ben. »Das ist Straßenraub.«

»Halten Sie das Maul«, sagte der Mann. »Halten Sie mal schön das Maul.« Er ließ den Verschluß wieder zuschnappen. »Sauber«, sagte er. »Sie bleiben ganz ruhig liegen. Keine Bewegung.«

Ben antwortete nicht.

Der Mann pfiff nach seinen Hunden. Ben hörte ihre Pfoten weich auf dem Boden. »Eigentlich sollte ich Sie zwingen, Jim zu begraben«, sagte der Mann bitter. »Ich sollte Sie ein Loch buddeln lassen, damit Jim ein anständiges Grab bekommt.«

»Mir blieb nichts anderes übrig«, sagte Ben wieder. »Er war dabei, meinen Hund umzubringen.«

Er rappelte sich hoch und klopfte sich den Staub von der Jacke.

»Erschießen Sie mich, wenn Sie wollen«, sagte er zu dem Mann, »aber ich kümmer mich jetzt um meinen Hund.«

»Sie zu erschießen, wär nur noch mehr Ärger«, sagte der Mann. »Wenn ich dadurch Jim wiederkriegen würde, würd ich Sie auf der Stelle umlegen.«

»Ich kann's nicht ändern«, sagte Ben. »Er war dabei, meinen Hund umzubringen, das hab ich Ihnen gesagt. Mir blieb nichts anderes übrig.«

»Na, jetzt haben Sie kein Gewehr mehr«, sagte der Mann. »Sie können es also nicht noch mal tun.«

»Gehen Sie zum Teufel«, sagte Ben.

Die anderen Wolfshunde bewegten sich hinter dem Scheinwerfer um den Mann. Ben sah ihre Schattenrisse, ihre rastlosen Bewegungen.

»Ich sag Ihnen, was mir Sorgen macht«, sagte der Mann. »Sie könnten mir 'ne Kugel von hinten verpassen, wenn ich hier abhaue.«

»Womit denn?« sagte Ben. »Sie haben mir doch meine Flinte weggenommen.«

»Vielleicht haben Sie ja noch was dabei«, sagte der Mann. »Im Stiefel.«

Er startete sein Motorrad mit einem harten Tritt, der das Licht erzittern ließ. »Wissen Sie was«, brüllte er, um den Lärm zu übertönen. »Wenn Sie so schnell ziehen und ein bewegliches Ziel treffen können, wo Sie auch noch geblendet sind, dann haben Sie's verdient, daß Sie Ihre Flinte wiederkriegen.«

Er riß das Motorrad herum, das Hinterrad rutschte und warf Sand in Bens Richtung. Dann wurde es schneller und beschrieb einen Schlangenkurs zwischen den Salbeibüscheln. Die Meute folgte ihm, als wäre dies ein gewöhnlicher Trainingslauf. Der Mann fuhr weiter Schlangenlinien, um den Kugeln auszuweichen, die Ben in seiner Vorstellung auf ihn abfeuerte. Aber diese Kugeln gab es natürlich nicht. Ben hatte sich schon abgewandt und war, Arzt, der er war, neben seinem Hund niedergekniet.

6

Rex hatte aufgehört zu kämpfen. Seine apathische Haltung deutete auf Schock, aber sein Atem war weder hastig und flach, noch hatte er einen jagenden Puls. Er wirkte auch nicht teilnahmslos, sondern schien sich einfach geduldig damit abzufinden, wie die Dinge nun einmal waren.

Ben erhob sich und holte seinen Rucksack, den er weiter oben im Salbei gelassen hatte. Dann ging er zurück und kniete sich neben seinen Hund auf den Boden, und nachdem er den Verbandskasten aufgeklappt und die Kopflampe befestigt hatte, besah er sich Rex' Wunden.

»Tut mir leid, Rex«, flüsterte er.

Er öffnete eine Packung feuchter Papiertücher und reinigte sich damit die Hände. Dann entrollte er eine Mullbinde und legte sie sich über die Schulter. Sanft setzte er ein Knie auf den Kopf des Hundes und das andere auf den Brustkorb. Rex leistete leichten Widerstand und knurrte, dann sank er wieder zurück. Ben machte aus der Mullbinde eine Schlinge und legte sie über Rex' Schnauze. »Es tut mir leid«, sagte er. »Ich weiß, das ist nicht angenehm.« Dann zog er die Schlaufe ziemlich fest, kreuzte sie unter dem Kinn, führte sie hinter den Ohren entlang und verknotete sie auf dem Kopf, so daß Rex wie ein Soldat mit einer Kopfwunde aussah, die auf dem Schlachtfeld verbunden worden war. »Siehst du«, sagte Ben, »das haben wir.«

Er nahm sein Gewicht von dem Hund und streichelte ihm sanft die Flanke. »Wird wieder gut«, sagte er. Der Hund winselte unter dem improvisierten Maulkorb. Er schien nicht völlig ergeben, ein Anflug von Aufbegehren lag in seiner Stimme.

»Es wird schon wieder gut«, sagte Ben noch einmal. »Ich will nur mal gucken.«

Unter dem Licht der Kopflampe tastete er sich durch das Fell, folgte den verkrusteten Blutspuren und untersuchte Rex' Verletzungen: Die linke Sehne des Hinterlaufs zwischen Hüfte und Kniegelenk war verletzt und von einem Bluterguß geschwollen; über die Schulterblätter, unterhalb des Widerrists, hatte Rex eine große Fleischwunde, in der Ben, wenn er das Fell auseinanderzog, das transparente Querband, die stumpfen Wirbelknochen und das glatte Schulterblatt sehen konnte; und schließlich war da ein breiter Riß des Fells an Rex' Kehle, der eine Schlagader freilegte.

Viele Jahre lang hatte Ben die Rolle des Bergarztes bei Klettertouren gespielt, und sein Verbandskasten war entsprechend ausgerüstet mit Prochlorperazin, Erythromyzin, Tupfern, Verbandsmull, Rollbinden und Pflasterverband. Außerdem hatte er ein Skalpell mit verschiedenen Klingen und Nadel und Faden. Ben hatte Schnittwunden und durch Eispickel zugefügte Verletzungen unter freiem Himmel versorgt. Er hatte einen gebrochenen Arm geschient und ein ausgekugeltes Schultergelenk wieder eingerenkt, er hatte Krankenliegen, Transportschlingen und Krücken konstruiert. Nie jedoch hatte er einen verletzten Hund auf freiem Feld genäht, und genau das wurde jetzt von ihm verlangt. Rex hatte einen langen Weg durch die Wüste vor sich, und vorher mußten seine Wunden geschlossen werden.

In der Talsohle lag reichlich Weidengeäst, und Ben trug in zehn Minuten einen großen Haufen zusammen und schnitt die Zweige mit seinem Jagdmesser zurecht. Sein Feuerzeug wollte nicht zünden, und er schob es in die Achselhöhle, um es zu wärmen. Er benutzte einen Paraffin-Feueranzünder, und bald darauf loderten die Flammen auf. Das trockene Weidenholz brannte heiß und sauber. Ben häufte lange Äste darauf, dann setzte er sich neben seinen Hund und legte ihm eine Hand auf die Flanke. Er hoffte, daß Tristan den Rauch wittern und unverletzt den Weg zum Feuer finden würde.

Ben trank einen Schluck aus seiner Wasserflasche. Seit dem Angriff auf die Tunnel am Gardasee und den Gegenangriffen der zurückweichenden deutschen Truppen auf die Stadt Torbole hatte er keine körperlich so anstrengende Nacht mehr erlebt. Er rückte näher ans Feuer, während sein Körper ein Gleichgewicht zwischen der Wirkung des Marihuanas und dem Adrenalin, das seit einigen Stunden in seinem Blut kreiste, herzustellen versuchte. Die Anstrengungen und die Aufregung der Begegnung mit dem Flintendieb standen im Krieg mit der Traumwelt der Droge. Aber allmählich hatte er das Gefühl, daß er sich aus seiner Benommenheit löste und zu einer müden Klarheit fand. Trotz seiner Erschöpfung und Übermüdung war er hellwach, ähnlich wie man sich nach einem Fieber matt fühlt, obwohl alle Sinne gespannt sind.

Nach einer Weile, als der Hund sich beruhigt zu haben schien, wusch er sich die Hände ein zweites Mal und nahm eine Nadel aus der Packung. Er machte ein Päckchen mit Nylonfaden der Stärke zwei auf – einen anderen hatte er nicht dabei – und reinigte die Nadel in Antiseptikum.

»Jetzt ist es soweit«, sagte er. »Es tut ein bißchen weh. Aber viel weniger als das, was du schon durchgemacht hast. Wir machen das ganz vorsichtig.«

Er streifte die Jackenärmel hoch und richtete den Schein der Lampe aus. Er drückte Rex mit den Knien auf den Boden und hielt ihn mit der linken Hand fest. Das schien die einzige Position, in der er die Wunde nähen konnte. Er würde einhändig nähen müssen, in einer fortlaufenden Naht, wie eine Schneiderin. »Los geht's«, flüsterte er.

Rex bäumte sich auf, als Ben den ersten Stich machte und den Faden verknotete, aber dann ließ der Hund die Dinge mit sich geschehen. Er war tapferer, als Ben erwartet hatte, und geduldiger angesichts der Schmerzen. Rex war immer so vorlaut, so ungestüm und leichtsinnig gewesen, aber jetzt fügte er sich mit großer Disziplin und ertrug die Schmerzen mit Würde. Ben empfand eine widerwillige Bewunderung.

Als die Wunden am Hals und auf dem Rücken genäht waren, schlief der Hund so tief, als wollte er das Geschehen der letzten Stunden auslöschen. Ben löste die Schnauze aus der Bandagierung und streichelte Rex über die Flanken, und dabei betrachtete er sein Werk. Die Stiche waren gar nicht so übel, wenn man bedachte, unter welchen Umständen er sie hatte machen müssen. Er empfand eine seltsame Befriedigung.

Er schichtete das Feuer auf. Er war hungrig, so hungrig wie schon lange nicht mehr, also nahm er die Chukars aus dem Rucksack und rupfte sie im Licht seiner Lampe; er schnitt die Eingeweide heraus, löste das Fleisch von der Wirbelsäule und trennte Beine und Flügel ab. Er steckte das Brustfleisch und das dunkle Fleisch auf Weidenspieße, den Abfall vergrub er im Sand. Dann rückte er näher ans Feuer heran, in den Rauch und das Licht und die Wärme, und briet das Fleisch langsam, damit es nicht anbrannte, so wie er es vor langer Zeit mit Aidan gemacht hatte, wenn sie über Nacht in den Bergen blieben.

Er aß mit großem Appetit und nagte das Fleisch bis zum Knochen ab. Es schmeckte besser als alles, was er seit Wochen gegessen hatte, seit vielen Wochen. Er trank von dem Wasser, aber nur wenig, weil er seinen Vorrat strecken wollte. Rex würde auch Wasser brauchen. Er hatte noch von den Kürbiskernen, die ihm das blonde Mädchen gegeben hatte, und er aß davon und dachte mit einem leichten Schmerz und einer schwachen Spur Sehnsucht an sie. Es war weniger sie selbst, als der Gedanke an sie, der Gedanke an seine eigene Jugend, an Rachels Haut auf seiner, an den Geruch von Rachels Mund und Hals – all die Dinge, die er nicht mehr hatte und die er nicht loslassen konnte. Warum konnte er sich nicht von diesem verrückten irdischen Sehnen freimachen? Warum begehrte er noch immer eine Frau, die nicht mehr auf der Welt war? Sie gab ihn nicht frei, sein Verlangen nach ihr war tief in ihm verwurzelt. Sterben bedeutete, der Leidenschaft zu entkommen, dachte er, aber das war nicht das, was er wollte. Im Gegenteil, er wollte von der Leidenschaft ergriffen werden, gefesselt sein, er konnte sich nicht vorstellen, daß es ohne Leidenschaft eine wirklich glückliche Existenz geben konnte.

Ben hob einen Teil des Fleisches für Rex auf und humpelte wieder in die Talsohle, um mehr trockenes Weidenholz zu holen. Er ließ sich Zeit. Er mußte mit seinen Kräften haushalten. Vor ihm lag ein langer Weg.

Er stieß auf den toten Kojoten: Die Wolfshunde hatten ihm das Genick gebrochen; der Motorradfahrer, der mit der Flinte seines Vaters davongefahren war, hatte ihm die Rute abgehackt. Dann fiel ihm der tote Wolfshund wieder ein, und er ging zu ihm und betrachtete ihn im Licht seiner Lampe, die das Tier wie ein gespenstischer Suchscheinwerfer anstrahlte. Bei dem Anblick hielt er inne und verspürte ein tiefes Bedauern. Der Torso des Hundes war ein Brei von rohem Muskelfleisch, zerborstenen Knochen und feucht glänzender Eingeweide, von denen der Geruch nach Halbverdautem aufstieg. Es war ein abstoßender Anblick, aber schlimmer war der Gedanke, daß er der Urheber dieser Zerstörung war. Wie ein Büßer ließ Ben sich auf ein Knie sinken.

Er nahm dem Hund das Halsband ab und las die Aufschrift auf dem Namensschild. Der Name, JIM, war in Großbuchstaben eingraviert, und darunter stand in kleineren

Buchstaben der Name seines Besitzers: William C. Harden. Er hatte eine Farm außerhalb von Malaga auf der Joe Miller Road. Ben schloß die Hand um den Anhänger und blickte nach Osten; dort verfärbte sich der Himmel schon, ein leichter Schimmer zeigte sich am Horizont, und die Sterne verblaßten allmählich. Die Morgendämmerung brach an, er hatte überlebt und sah sie.

Mit zunehmendem Tageslicht wurde ihm klar, daß er nach Tristan suchen mußte. Er ging am Rand des kleinen Weidentals entlang, stapfte durch eine mit Quecken bewachsene Senke, so daß seine Stiefel taufeucht wurden, und suchte auch die gegenüberliegende Seite des Tals ab, während ihm der Atem wie Dampf vor dem Mund stand. Zweimal blieb er stehen, rief in die Stille hinein und lauschte in das gesteigerte Schweigen, das folgte. Aus keiner Richtung kam eine Antwort, und eigentlich erwartete er auch keine. Seit Stunden ahnte er das Schicksal seines Hundes, und der Gedanke daran erfüllte ihn mit Zorn: daß sein Hund, den er zehn Jahre lang als ruhigen, vernünftigen Begleiter gekannt hatte und den er als sieben Wochen alten Welpen nach Hause gebracht hatte, nicht, um zu jagen – damals jagte er nicht –, sondern um einen Hund um sich zu haben, als eine Erinnerung an seine Kindheit, so enden sollte. Er hatte Tristan versorgt, als er Würmer, eine eiternde Bindehautentzündung, Kokzidiose und Mittelohrentzündung hatte; er hatte ihm bei ein paar altersbedingten Krankheiten wie Gastroenteritis, einem Leistenbruch und einem verletzten Knie geholfen; er hatte miterlebt, wie Tristan älter und träger wurde und sich immer häufiger setzen und hinlegen mußte; wie der Hund zunehmend zögerte, in dichtes Gestrüpp einzudringen, um die Vögel aufzuscheuchen; wie er durch Gründlichkeit seine Langsamkeit auszugleichen trachtete. Damals hatte er Rex mit nach Hause gebracht, weil er hoffte, daß der junge Hund von Tristan vor dessen Ende noch etwas lernen könnte.

Es vergingen weitere zwanzig Minuten, bis er Tristan am Fuß einer Weide fand, so ausgestreckt, wie er auch beim Schlafen lag, so daß Ben schon hoffte, es sei nur Schlaf, doch dann sah er das gebrochene Genick. Der Kopf war verdreht, die Kehle aufgerissen, beide Halsschlagadern waren durchgebissen. Um Tristans Kopf hatte sich der Boden dunkel verfärbt von Blut. Schon hatte sich ein Schleier über seine offenen Augen gelegt, so daß die Pupillen nicht mehr zu sehen waren.

Ben trug Tristan in die Salbeiebene hinauf; mit dem Klappspaten, den er in seinem Rucksack mit sich trug, grub er in einiger Entfernung von dem Weidenfeuer ein Loch. Das Grab war flach, behelfsmäßig, aber er hatte nicht die Kraft, mehr für Tristan zu tun, und er bettete ihn nicht ganz so sorgfältig zur Ruhe, wie er es in besseren Zeiten getan hätte. Wenigstens hatte er ihn begraben, und das war das mindeste, was der Hund verdient hatte. Ben kniete einen Augenblick neben ihm, dann drückte er Tristan die Augen zu und schaufelte den Sand wieder über ihn.

Es war eine dieser seltsamen Morgenstunden, in der nach einer klaren Herbstnacht Wolken aufziehen und sich für eine Stunde über der Salbeiwüste abregnen, bevor sie nach Osten zu den Selkirk Mountains weiterziehen. Ben, der noch an seinem Lagerfeuer saß, nahm sie zunächst als eine Veränderung in der Luft wahr, als eine Dämpfung des Morgenlichts, das etwas unmittelbar Bevorstehendes anzeigte – ein Gefühl, das er aus seiner Kindheit kannte. Er betrachtete den Himmel, dann legte er den Finger auf Rex' Oberschenkelarterie, um – zum dritten Mal – den Puls zu messen: er ging regelmäßig. Den Rücken den wärmenden Flammen zugewandt, beobachtete er die aufziehenden Wolken. Es waren hohe, dunkle Gebilde, zu senkrechten Säulen zusammengeballt wie Türme von Schlachtschiffen, am unteren Rand dunkel von Regen. Ben stand auf und begann seinen Rucksack zu packen.

Er stand mit dem Kompaß in der Hand da und schätzte, daß er auf eine Stichstraße oder vielleicht auf den westlichen Kanal des Bewässerungsprojekts stoßen würde, wenn er drei Meilen in nordöstlicher Richtung ging, und dann konnte er der Straße oder dem Kanal folgen und würde nach weiteren fünf Meilen die Ortschaft George erreichen. Das war kürzer, glaubte er, als nach Vantage zurückzugehen, und obwohl er dem Regen nicht davonlaufen konnte, hatte er immerhin einen Vorsprung, wenn er sofort losging. Mit etwas Glück würde ihn sogar jemand mitnehmen, obwohl die Chance nicht groß war, denn in den Frenchman Hills gab es nicht viel Verkehr. George war um die zehn Meilen entfernt, und da er selbst geschwächt war und den verletzten Hund tragen mußte, würde er fast den ganzen Tag brauchen. Seine Aufgabe stand klar vor ihm.

Er breitete die Decke auf dem Sand aus, zögerte einen Moment und legte Rex eine Hand auf den Kopf. Der Hund bewegte sich nicht, hob nur ein wenig den Kopf, als träumte er davon, Vögel zu jagen, und blieb auch ganz ruhig, als Ben ihn bei den Vorderbeinen und dem rechten Hinterbein faßte und ihn sanft auf die Decke zog. Ben nahm die vier Zipfel der Decke, legte sie zu einer improvisierten Schlinge zusammen und knüpfte sie zu einem Knoten, den er gut umfassen konnte.

Er trank den Rest des Wassers. Er würde bald Wasser finden müssen. Dann hob er den Rucksack auf den Rücken und hängte sich die Decke mit Rex über eine Schulter, wobei er versuchte, den Hund so zu lagern, daß ihm keine Schmerzen entstanden. Ben spürte die Last und bezweifelte, daß er sie lange würde tragen können. Dennoch setzte er sich in Bewegung, ein alter, zerschundener Mann in der Wüste, der sich an einem kalten Herbstmorgen, während die Regenwolken von Westen her heraufzogen, mit schleppendem Schritt und gekrümmtem Rücken aufmachte. Auf seinem Kinn sprossen graue Bartstoppeln, sein linkes Auge war zugeschwollen. Er hatte das Gefühl, daß alle Mühsal auf ihm lastete, alles Leiden sich in ihm verdichtete. Er kannte das Gefühl aus dem Krieg vor langer Zeit oder vom Bergsteigen, wo das unaufhörliche Kreisen der Gedanken um die Schmerzen beim Besteigen harter, steiler, windumtoster Gletscher die Qualen nur noch schlimmer machte. In dem beständigen Wunsch, Leiden zu vermeiden, verstärkte man es nur. Deswegen wandte er jetzt den Bergsteigertrick an, der auch der Trick des Infanteristen auf einem langen Marsch war, und versuchte, seine Gedanken von seinem Körper zu lösen, sich so gut es ging von außen zu betrachten und seinen mühevollen, quälerischen Marsch zu beobachten statt ihn zu erleiden. Aber das brachte ihm, in seinem Alter, keine Erleichterung. Er war zu erschöpft, zu zerschlagen. Beim nächsten Taleinschnitt blieb er stehen, setzte den Hund vorsichtig im Sand ab und ließ sich daneben fallen, am Ende seiner Kräfte.

Er starrte in den Himmel hinauf und nestelte an dem italienischen Karabinerhaken. Ziellos klappte er ihn auf und zu. Er überlegte lange, dann hatte er eine Lösung. Mit seiner zusammenklappbaren Säge ging er in die Senke und sägte zwei dünne Weidenstämme ab. Er kam mit ihnen zurück und glättete sie geduldig; dann legte er sie der Länge nach rechts und links neben den Hund, führte sie an einem Ende V-förmig übereinander und band sie zusammen. Es dauerte eine Weile, bis er die Vorrichtung zu seiner Zufriedenheit gestaltet hatte, doch schließlich befestigte er die Decke, in der Rex lag, mit dem Knoten, den er zuvor geknüpft hatte, an der Spitze des V's. Dann machte er aus einem Wolldeckenzipfel eine Schlaufe um die Enden der Stecken, hängte den Karabiner ein und schlang sich den Gurt wie ein improvisiertes Geschirr über die Schulter.

Es war eine Art »Travois«, wie sie vor langer Zeit von den Indianern benutzt worden waren, um Lasten über die Ebene zu transportieren. Als Ben sich in Bewegung setzte, schwang Rex in seiner Decke hin und her, aber es funktionierte recht gut. Die Schlaufen hielten. Der Kletterhaken, der an dem Karabiner hing, hüpfte auf und ab, während Ben seinen Hund über die Wüste zog und der Travois durch den Sand schleifte.

Von hinten spürte er einen feuchten Wind aufkommen, und gleich darauf fielen die ersten großen Regentropfen auf seine Schultern. Er überlegte, ob er sich seinen Regenponcho anziehen sollte, aber darunter würde er bei der Anstrengung noch mehr ins Schwitzen geraten. Auch so lief ihm der Schweiß und kühlte sich sofort ab, wenn er stehenblieb. Also schleppte er sich unter dem Regen weiter voran. Immer wieder hielt er an und stützte die Hände auf die Knie, um Atem zu schöpfen. Sein Haar klebte ihm naß am Kopf, und die kalten Tropfen rannen ihm in den Nacken.

Manchmal wanderten seine Gedanken, während er sich weiterschleppte, aber die meiste Zeit waren sie auf seine gegenwärtigen Qualen gerichtet. Er war am Ende, völlig erschöpft, und manchmal verließ ihn der letzte Rest Disziplin, und er spürte, daß er einzubrechen begann. Der Regen zog nach Osten ab, und der Morgen war trüb, der Wüstensand nach dem Guß dunkel, die Salbeisträucher triefnaß. Die Pausen, die Ben machte, wurden immer länger. Während er einen Fuß vor den anderen setzte, folgten seine Gedanken einem bestimmten Rhythmus – Panik wechselte mit seinem verstärkten Bemühen um innere Distanz. Einmal rastete er, ausgestreckt am Boden, so lange, daß er den Drang, für immer liegenzubleiben, nur mit Mühe abschütteln konnte. Dann setzte er seinen Weg fort.

Nach zwei Stunden Fußmarsch hatte Ben die Salbeiebene hinter sich gelassen und erreichte ein riesiges, trostloses

Stück Land, das für die Winterbrache umgepflügt war. Er überquerte die eintönige lehmige Weite und hielt auf eine Kette von Strommasten zu, während er die Talhänge am Fluß im Südwesten sorgfältig hinter seiner linken Schulter hielt. Unterhalb eines Hangs sah er einen riesigen Heuhaufen, der fünfmal so groß war wie jedes Farmhaus und den man mit schwarzer Plastikplane abgedeckt hatte. Er stieß auf eine Wagenspur und ein Schild mit der Aufschrift: JAGEN NUR MIT LIZENZ, das an einem Zaunpfosten festgenagelt war, und ein zweites, auf dem stand: PACHTLAND. JAGEN VERBOTEN. Am Straßenrand war das Unkraut abgebrannt worden. Ihm wurde klar, daß er sich am Abend zuvor tatsächlich auf Privatgrund befunden hatte, wie der Mann mit dem Motorrad behauptet hatte. Er kam auf eine Anhöhe, von der aus er im Süden, zum Royal Slope hinüber, das braune, trockene Gras auf den Wiesen sah, während sich nach Norden hin, wo die Caliche Lakes lagen, Apfelplantagen in geometrischer Anordnung über die Ebene erstreckten.

Gequält von seiner Bürde, ließ er die Frenchman Hills hinter sich. Unter ihm breiteten sich große Felder aus, manche waren abgeerntet und gepflügt, auf anderen stand noch das Getreide. Auf den Hügeln wuchsen Gala-Äpfel, Spalierbäume, und auf einem langen Stück Land standen Red Delicious, die aussahen wie geöffnete Schirme. Am Eingang der Plantage waren Aststützen aufgestapelt. Er sah keine Kisten.

Endlich kam er zu einem Bewässerungskanal, dessen Wasser, das wußte er, mit Krankheitserregern und Viehexkrementen belastet war und das er nie, außer in einer verzweifelten Lage, trinken würde. Jetzt füllte er seine Flaschen damit, warf Jodtabletten hinein und wartete, bis sie sich auflösten. Dann trank er mit nicht nachlassender Gier in vollen Zügen. Der Geschmack war widerlich, zum Schluß spuckte er aus. Er knotete Rex' Hängematte auf, gab ihm Wasser aus der Hand zu trinken und das restliche Chukarfleisch zu fressen.

Sanft streichelte er dem Hund über das Fell. Rex saß auf der Decke, sah sich um und streckte zögernd die Pfoten aus. Schließlich stemmte er sich hoch und humpelte auf drei Beinen vorwärts, das vierte angezogen.

»Sieht gut aus«, rief Ben ihm hinterher. »Das sieht schon viel besser aus, Rex.«

Der Hund hinkte ungefähr zwanzig Meter weit, hockte sich hin und kotete unter offensichtlichen Schmerzen und leisem Winseln. Eine Weile versuchte er, seine Wunden zu lecken. Er drehte sich um die eigene Achse, hüpfte unbeholfen und fuhr sich mit der Zunge über das Hinterbein, dann preßte er sich mehrfach die Nase ins Fell, humpelte noch einmal zehn Meter weiter und urinierte. Beim Wasserlassen stolperte er. Wieder leckte er sich die Wunden und kam dann zur Decke zurück, wo Ben schon dabei war, den Travois auseinanderzunehmen. »Sieht aus, als könntest du laufen«, sagte er.

Er legte sich den Gurt wieder um den Nacken, so daß der Haken ihm beim Gehen ans Brustbein schlug.

Gemeinsam schleppten sie sich weiter, zwei Invaliden, zwei versehrte Wanderer in der Wüste. Sie trotteten über die Hochebene, und um die Mittagszeit erreichten sie eine Straße. Sie kamen an einem Graben voller Schutt vorbei – Geröll, Backsteine, Betonbrocken –, dann an einem Abhang, der als Müllkippe benutzt wurde für alte Autoreifen und Kühlschränke, Gefriertruhen und Trockner, die hier vor sich hin rosteten. Seitlich zweigten unbefestigte Wege ab, am Straßenrand standen Bewässerungspumpen, und das Kanalwasser floß träge in seinem betonierten Bett. An einem Metallpfosten hing ein Schild: BLUTWEIDERICH SCHADET WASSERWEGEN UND FEUCHTGEBIETEN, und wo das Wasser aus den Bewässerungsanlagen übergelaufen war, wuchs vereinzelt Schilfrohr. Das war Farmland hier. Es gab große Wohnwagen mit Satellitenschüsseln, Pappelreihen, bewässerte Felder und neu angelegte Obstplantagen. Sie kamen zu einer Kreuzung mit einer asphaltierten zweispurigen Straße, und Ben nahm an, daß dies die Beverly Burke Road war, die vom Norden über den Low Gap Path kam und in die Frenchman Hills führte.

Weiter wanderten sie über die Hochebene und kamen an Briefkästen, Zeitungsröhren und großen Aluminiumsilos vorbei. Sie schreckten drei Bläßhühner an einem Tümpel auf, die, als Ben und Rex sich näherten, sofort ins Wasser flüchteten und lautlos um eine Biegung paddelten. Die Ebene erstreckte sich weit nach Osten, gebrochen nur von schattenspendenden Bäumen und vereinzelten Farmhäusern. Nirgendwo waren Autos zu sehen. Es war schon nach zwei Uhr, als sie an dem vorbeikamen, was früher einmal der Laden für landwirtschaftliche Produkte von George gewesen war, in den Fensterrahmen waren keine Scheiben mehr. Sie kamen an einem Wohnwagenpark hinter einer Reihe von Pappeln vorbei und an einem kiesbestreuten Platz, auf dem lauter Bewässerungspumpen standen. Schließlich erreichten sie eine Straße mit ärmlichen Häusern und ungepflegten Vorgärten. Der Weg führte sie an einer Church of the Assembly of God und der George Community Hall vorbei. Sie sahen ein Schild mit englischer und spanischer Aufschrift: WARNUNG NACHBARSCHAFTSPATROUILLE / ALERTA SE ESTA VIGILANDO LE VECINDAD. Und weiter humpelten sie, nach George hinein, der Arzt vorneweg, gefolgt von seinem Hund. Endlich sahen sie einen Menschen, einen jungen Mann im Mechaniker-Overall, dürr wie ein Stecken, mit langen Haaren und einer Zigarette zwischen den Lippen, der hinter einem Maschendrahtzaun einen hydraulischen Schlauch austauschte, und Ben fragte ihn mit erschöpfter Stimme, ob es in der Stadt einen Tierarzt gebe. Mit einem kurzen Blick auf die beiden antwortete der junge Mann, er wisse es nicht, schob die Zigarette in den anderen Mundwinkel und fuhr mit seiner Arbeit fort.

Im Colonial Market kaufte Ben eine Dose Hundefutter, einen Vier-Liter-Kanister Quellwasser, eine Packung Pflaumensaft, fünf Tüten gesalzene Erdnüsse, eine Banane und einen Winesap-Apfel. In dem Laden war es warm, und so hielt er sich eine Weile darin auf. Er war der einzige Kunde. Es gab eine Kassiererin und eine Bedienung an der Video-Theke. Die Regale schienen nur zu einem Viertel gefüllt, als stünde das Geschäft kurz vor dem Bankrott. Es gab hauptsächlich Konserven und nur wenig Frischgemüse – zwei Kopf Eisbergsalat, ein Bund Bananen, ein paar Tomaten, ein paar Äpfel und Birnen. In einer Glasvitrine waren billige Souvenirs ausgestellt: Löffel, Becher, Postkarten, amerikanische Flaggen, bemalte Teller.

Das junge Mädchen an der Kasse war auf neutrale Art unfreundlich und stumm, als er mit seinen Waren zur Kasse kam, aber sie starrte auf sein geschwollenes Auge.

»Gibt's in der Stadt einen Tierarzt?« fragte er.

»In Quincy«, antwortete sie. »Elf Meilen von hier.«

»Ich weiß nicht, wie ich nach Quincy kommen soll«, erklärte Ben. »Gibt es nicht jemanden hier in der Stadt, einen Tierarzt?«

»Nur dienstags«, erwiderte das Mädchen. »Der Tierarzt hat immer dienstags Sprechstunde.«

Er bezahlte mit einem Zwanzig-Dollar-Schein, und sie entspannte sich etwas. »Sie brauchen einen Arzt, keinen Tierarzt«, sagte sie. »Nur daß wir auch keinen Arzt haben. Der nächste ist auch in Quincy.«

»Ich brauch keinen Arzt«, sagte Ben.

Rex lag erschöpft an der Stelle vor dem Geschäft, wo Ben ihn zurückgelassen hatte. Sie gingen zu einem kleinen Stand

Weiden, wo Ben hinter einem Baumstumpf zwei Radkappen fand, die zwischen zerschlagenen Dachziegeln und einigen vermodernden Spanholzplatten lagen. Ben machte die Dose mit dem Hundefutter auf und füllte den Inhalt mit Hilfe seines Taschenmessers in eine der Radkappen.

Der Hund schlang das Futter sofort herunter. Ben gab ihm Wasser zu trinken und mußte an Tristan denken, den er in der Salbeiwüste begraben hatte. Die vergangene Nacht kam ihm unwirklich vor. Wenn nicht Tristan und die Flinte gefehlt hätten, hätte man das Ganze auch für einen Alptraum halten können.

Er untersuchte Rex' Wunden und fand, daß die Nähte den Marsch nach George ganz gut überstanden hatten. Er säuberte sie mit etwas Wasser aus dem Kanister, dann setzte er sich seufzend mit dem Rücken an den Baumstumpf und trank in langen Zügen.

Ben aß eine der Tüten mit Erdnüssen. Der salzige und ölige Geschmack tat ihm gut, und er aß noch eine zweite Tüte. Er trank die Hälfte von dem Pflaumensaft, aber das stillte seinen Durst nicht, also setzte er wieder den Wasserkanister an.

Er aß die Banane und den Winesap-Apfel. Dafür, daß es ein Apfel aus dem Supermarkt war, schmeckte er ganz gut: süß und aromatisch. Er aß ihn mit Genuß bis zum Stiel auf und wünschte sich, er hätte noch einen zweiten.

Ein Farmer in einem schlammverspritzten Pick-up fuhr vorbei und starrte ihn durch das Seitenfenster an. Ein zweiter Wagen kam vorbei, und das junge Pärchen, das darin saß, beugte sich vor und sah ihn an. Ben begriff, daß er in seinem verwilderten Zustand eine auffällige Gestalt war – ein vorbeiziehender Obdachloser, ein graubärtiger Landstreicher, ein Asozialer, ein Tramp. Er war ein entwurzelter alter Penner, der in die Stadt gekommen war, um in einer Ecke zu sterben oder in einer Scheune zu schlafen, der an einen

Autoreifen pißte und sich auf den Boden hockte, um einen Apfel zu essen, und der seinem Hund aus einer weggeworfenen Radkappe zu fressen gab. Beinahe hätte er gelacht, als ihm klar wurde, was für eine Figur er abgab.

Während er an dem Baumstumpf saß, mit dem Wasserkanister auf den Knien, mußte er an einen Dokumentarfilm über hinduistische Bettelmönche denken, den er einmal gesehen hatte. Die Mönche zogen, in Lumpen gekleidet und auf einen Stab gestützt, mit ihren Almosenschalen umher, sie entsagten aller weltlichen Besitztümer und gingen frei durch die Welt, um nach – wie nannten sie das? – »atman«, dem Selbst, Gott zu streben. Dazu mußten sie sich aus allen Bindungen lösen und frei durchs Leben gehen. So wurden sie nicht abgelenkt, alles war auf das Wesentliche reduziert: Essen, Trinken, Denken. Diese Lebensform war ihm fremd gewesen, aber sie schien ihm, während er auf der Erde saß und aufgrund seiner großen Erschöpfung für die einfachsten Dinge dankbar war, jetzt viel verständlicher. Er erinnerte sich gelesen zu haben, daß Hindus das Leben in vier Stadien unterteilten: zwanzig Jahre der Jugend, zwanzig Jahre als Kämpfer – dabei war es nicht nötig, Soldat zu werden –, zwanzig Jahre als Familienoberhaupt und zwanzig Jahre, um den Geist zu kultivieren. Ein Teil dieses letzten Stadiums würde ihm versagt bleiben, weil er an Darmkrebs starb – als bräche man den letzten Satz einer Sinfonie ab, wodurch alles Vorangegangene sinnlos und seiner eigentlichen Bedeutung beraubt würde, statt in vollendeter Harmonie zum Abschluß zu gelangen. Noch ein paar Jahre der Abenddämmerung, möglicherweise voller Melancholie, aber wunderschön.

Ben und Rex machten sich wieder auf den Weg. Sie gingen den Montmorency Boulevard mit seinem grünen Mittelstreifen und den Pappeln am Rand entlang und kamen an einem Schild der lutherischen Kirche vorbei, die darauf ihre Mitgliedschaft in der Synode von Missouri erklärte. Überall waren die Blätter abgefallen, und der Wind hatte sie in den Rinnstein geweht, wo sie zu einer rotbraunen Masse zerfielen.

In der Nähe des Interstate Highway stand auf dem Parkplatz vor Martha's Inn, wo sich in den dunklen Pfützen das Wasser im Wind kräuselte, ein Viehtransporter. Unter einem riesigen Schild mit der Aufschrift: MARTHA'S INN/CAFÉ/WARME SPEISEN/KREDITKARTEN AKZEPT. standen zwei weitere grellbunte Sattelschlepper. Der eine trug die Aufschrift *Glory*, der andere war lackschwarz gestrichen und hatte eine lilafarbene Dachumrandung. Ben ging an den Lastwagen vorbei, band Rex beim Eingang fest und breitete die Decke für ihn aus. »Warte hier«, sagte er leise. »Ich bring dich jetzt zum Arzt.«

Er betrat den Vorraum, in dem Cola-Automaten und Videospiele standen. Er ging weiter – es war warm, eine angenehme Küchenwärme – und blieb mit seinem Rucksack in der Hand vor dem Glasfenster an der Kasse stehen, wo ein Gemälde von einem schwarzen Labrador, ein zweites von drei Elchen auf einer Wiese und ein drittes von einem irisierenden Wasserfall zum Verkauf angeboten wurden.

Dann nahm er die Mütze ab und trat in den Gastraum. An einem Tisch saßen Mutter und Tochter. Sie spielten Karten und aßen Zwiebelringe von einem Teller. Ein Mann mit grauem vollem Haar musterte Ben mit einer Feindseligkeit, mit der er möglicherweise jedem Fremden begegnete. Ein wettergegerbter Farmer in einem Flanellhemd saß über einer Kaffeetasse und vertilgte ein Stück Gebäck. An einem anderen Tisch saß eine Gruppe junger Leute bei Hamburger und Pommes frites. Eine der jungen Frauen war hochschwanger. Sie trank einen Schluck von der Limonade und nahm einen Zug von ihrer Zigarette. Auf ihrer Schulter war ein Name tätowiert.

Ben ging zur Toilette und wusch sich. In einem Automaten, der wie ein Tresor aussah, wurden Kondome, die im Dunkeln leuchteten, angeboten; die Bedienung des Automaten war auf englisch und auf spanisch erklärt. Ben kämmte sich die Haare, putzte sich die Zähne und machte die Brille sauber. Er trocknete Gesicht und Hände an Papiertüchern ab und betrachtete sein Spiegelbild. Sein Auge hatte sich inzwischen schwarz verfärbt und sah grotesk aus. Er fand, er sah entsetzlich alt aus und zerschlagen wie ein Boxer.

Es fiel ihm schwer zu akzeptieren, daß das Gesicht im Spiegel seines war und die Spuren der Zeit darin nie wieder getilgt werden konnten. Aber er riß sich zusammen, strich sich die Haare glatt und gab sich alle Mühe, einen einigermaßen anständigen Eindruck zu machen. Er rieb sich den Hals mit einem Papiertuch trocken und musterte sein Gesicht von der Seite. Nach dem Regen am Morgen waren seine Sachen immer noch feucht, und in dem warmen Toilettenraum fröstelte ihn.

Er ging in den Gastraum, stellte seinen Rucksack neben sich auf den Fußboden und zog sein Portemonnaie aus der Hosentasche. Er bemühte sich um Festigkeit in der Stimme und sagte, während er drei Zwanzig-Dollar-Scheine hochhielt, daß sein Hund, der draußen wartete, verletzt sei und unbedingt von einem Tierarzt behandelt werden müsse, und wer sich bereit erklärte, ihn nach Quincy zu bringen, könne sechzig Dollar verdienen.

Ein Mann stand auf. Er war groß und dünn und hatte tiefliegende Augen und spitz zulaufende schwarze Koteletten. Beim Aufstehen wischte er sich den Mund mit einer Serviette ab, die er dann auf den Tisch fallen ließ. »Ich mach das«, sagte er. »Gehn wir.«

Er hieß Stu Robinson. Mit den schlaksigen Bewegungen eines sehr großen Mannes schüttelte er Ben die Hand. Er trug Cowboystiefel und eine eng sitzende rote Windjacke; auf dem Rücken war in weißen Buchstaben der Name eines Saloons in Arizona aufgedruckt. »Was haben Sie mit Ihrem Auge gemacht?« fragte er.

»Ich hab meinen Wagen an einen Baum gesetzt«, erklärte Ben. »Am Snoqualmie Paß.«

»Himmel.« Stu Robinson verzog das Gesicht. »Erzählen Sie mir lieber nichts.«

Sie gingen hinaus. Es war inzwischen später Nachmittag, und das Licht wurde schwächer.

Robinson war aber an Rex' Verletzungen und dem Hundekampf interessiert. Er hörte sich Bens knappe, farblose Schilderung an und stellte trotz der offensichtlichen Auslassungen keine Fragen. Anscheinend akzeptierte er die Geschichte von der Chukarjagd in der Dämmerung, von dem Lager unter freiem Himmel und der Hundemeute, ohne sie anzuzweifeln. Dann beugte er sich auf seinen Storchenbeinen über Rex und sah sich die Stiche genauer an. »Ich hatte mal einen Weimaraner, der ist von den Klippen gefallen und hat sich ein Hinterbein gebrochen. Bei der Wachteljagd.«

»Wo war das?«

»Westtexas.«

»Sind Sie von da?«

»Montana.«

»Rex ist ziemlich gut bei Wachteln, und annehmbar bei Fasanen.«

»Ich hatte immer Weimaraner«, sagte Robinson. »Aber Brittanies sind gute Hunde, das weiß ich. Ich mochte einfach die Weimaraner.«

Er blieb neben Rex hocken und strich sich über das vernarbte Kinn. Robinsons Gesicht war über und über mit großen, kraterförmigen Aknenarben bedeckt, die eine wilde rot-purpur-violettfarbene Landschaft schufen. »Das ist mein Sattelschlepper«, erklärte er. »Wir können ihn in die Schlafkoje tun. Da liegt er bequem.«

»Nett von Ihnen«, sagte Ben.

Die Kühlung des Wagens lief, die Kompressoren summten laut. »Gastronomiebedarf«, sagte Robinson. »Zwanzig-Pfund-Säcke Kartoffelsalat, ich fahr sie nach Calgary.«

Er hatte seinen Wagen *Sweet Dreams Express* getauft und in leuchtendem Blau mit grellen Rallyestreifen an den Seiten angemalt. Alles war makellos und blitzsauber.

Robinson kletterte die Stufen an der Beifahrertür hoch und öffnete die Tür zu der Schlafkoje. Erst stellte er Bens Rucksack hinein, dann hob er das Bündel mit Rex in der Wolldecke hoch. Rex wehrte sich nicht.

Sie kletterten in die Fahrerkabine, in der es schwach nach Diesel roch, und Robinson drückte ein paarmal auf die Bremse, um den Luftdruck aufzubauen. In der Kabine sah es aus wie in einem Sarkophag aus grauem Plastik, und so fühlte es sich auch an. Man saß darin hoch über der Straße, alles war auf engstem Raum untergebracht, wie im Cockpit eines Flugzeugs. Der Himmel und die Seitenwände waren mit grauem Stoff ausgeschlagen, alles war peinlich sauber und ordentlich, nur die Windschutzscheibe war von Insektenflecken übersät, was für Spätherbst eher ungewöhnlich war.

Ben drehte sich zu Rex um. Der Hund sah ihn durchdringend an, als wäre diese neue Situation fragwürdig und überaus bedenklich. Die Schlafkoje war wie ein Motelzimmer: sauber, steril, klaustrophobisch. Ein ordentlich gemachtes Bett, ein Kühlschrank, ein kleiner Kleiderschrank und ein Fernseher, der in der Ecke montiert war. Auf dem prallen Kissen in der Mitte des Bettes lag die Fernbedienung. »Allerhand«, sagte Ben. »So was hab ich noch nie gesehen.«

Robinson schüttelte den Kopf, rieb sich die Wange und zupfte an der Kotelette. »Was Sie da sehen, ist mein Zuhause«, sagte er. »Da wohn ich.«

»Das ganze Jahr über?«

»Sozusagen.«

»Sie haben kein Haus?«

»Das ist mein Haus.«

»Sie haben keine Familie irgendwo?«

»Nein. Das hier ist alles.«

»Also«, sagte Ben. »So was hab ich noch nie gesehen.«

»Ist 'n guter Wagen«, sagte Robinson.

Ben stieß das geradezu ab. Das karge, einfache Leben eines Wanderers, das noch vor knapp einer Stunde einen gewissen Reiz für ihn gehabt hatte, erschien ihm jetzt nicht mehr verlockend. Es war Zeit, sich auf den Weg nach Hause zu machen, dachte er, und sich geschlagen zu geben. Was um alles in der Welt trieb er hier, so zerschunden wie er war? Er versuchte, sich einen anderen Tod vorzustellen, als den, der ihm vorgeschwebt hatte, einen langsamen Tod in einem Krankenhauszimmer, ein Siechtum. Ben sagte nichts weiter und sah aus dem Fenster. Auf die wichtigen Fragen gab es keine guten Antworten. Er versuchte sich vorzustellen, wie Stu Robinsons Lebensende aussehen würde, aber er fand nicht einmal einen Ansatz.

Robinson legte den Gang ein, ließ die Kupplung kommen und setzte den Zug langsam in Bewegung. Er bog nach links ab und beugte sich dann rechts hinüber, um die Stellung des Rückspiegels zu überprüfen. Der *Sweet Dreams Express* holperte durch tiefe Schlaglöcher zur Frontage Road. Sie kamen an einem Feld mit windgepeitschtem Mais vorbei, hinter dem die Autos über den Highway jagten – nach Vantage und Seattle in die eine Richtung, nach Moses Lake und Spokane in die andere. Robinson arbeitete sich geduldig durch die Gänge, fuhr über die Interstate-Brücke und die Auffahrt hinauf und schwenkte in nördlicher Richtung nach Quincy auf den Highway 281 ein.

Die Straße beschrieb eine Kurve und führte dann in gerader Linie durch Felder mit Saaterbsen, Kartoffeln, Alfalfa,

Pfefferminze und Weizen. Sie kamen an einer Gruppe kahler Walnußbäume vorbei und einem Futtertrog, vor dem sich Kühe drängten. Er erkannte die Landschaft seiner Kindheit kaum wieder, so sehr war sie durch das Bewässerungssystem verändert worden. Wo früher die Einöde mit Salbeigestrüpp, die felsigen Hügel und Taleinschnitte mit Weiden gewesen waren, gab es jetzt Felder und Obstplantagen. Der Fluß, den er in seiner Jugend gekannt hatte, war vielfach umgeleitet und weit ins Land hineingebracht worden, damit sein Wasser durch die Erde sickerte und die Wurzeln der Feldfrüchte erreichte, statt im Flußbett vorbeizufließen. Der Fluß war kein Fluß mehr, und die Wüste war keine Wüste mehr. Nichts war mehr so, wie es einmal gewesen war.

Er wußte, was mit der Salbeiwüste geschehen war. Er selbst hatte geholfen, sie abzubrennen. Männer wie sein Vater hatten sich arglos und ihrer selbst sicher, aber in Unwissenheit, des Flusses bemächtigt. Sie waren Kinder ihrer Zeit und hatten keine andere Richtschnur. Als Bewässerungsexperten und Obstbauern waren sie der Ansicht, daß der Fluß für sie da war. Bens eigenes Leben umspannte sowohl die vergangene als auch die neue Zeit, und er wollte den alten, schnell fließenden Fluß ebenso wie die Obstplantagen, aber er wußte auch, daß nicht beides möglich war und der Fluß zerstört werden mußte, wenn Apfelbäume noch in Royal Slope gedeihen sollten. Den Fluß zu lieben und ihn dann zugrunde zu richten, indem man Apfelplantagen anlegte, machte genausowenig Sinn, wie kleine Vögel zu lieben und sie abzuschießen. Aber er stammte aus einer anderen Zeit, einer Zeit, die gegen diese Widersprüche immun gewesen war, und letztlich konnte er die alten Gewohnheiten genausowenig abschütteln wie seinen Namen.

Jetzt kamen sie in die Gegend, in die ihn seine Reise eigentlich hatte führen sollen. Von Quincy waren es sechs Meilen bis zum Columbia River. Man mußte den Kamm der

Babcock Ridge und das Ende des Lynch Coulee überqueren, passierte Trinidad und erreichte ein Stück weiter flußaufwärts Rock Island, das nordwestlich von Baird und Willow Springs und südwestlich des Moses Coulee lag; südwestlich auch von der Eisenbahnlinie der Burlington Northern Line und der Straße nach Palisades. Das war der Ort, an dem Ben seinem Leben ein Ende machen wollte, wenn er nur dorthin gelangen konnte. Das Ende seines Lebens da, wo es begonnen hatte. Ein sauberes, unkompliziertes Ende.

7

Kurz vor Einbruch der Dunkelheit erreichten sie Quincy an der Kreuzung mit dem Highway 28, der Ephrata-Wenatchee-Straße. An einer Tankstelle fragte Stu Robinson einen Jungen, wo man einen Tierarzt finden könne, und der Junge gab ihnen aus dem Stand eine genaue Wegbeschreibung. Sie fuhren auf dem Highway 28 in westlicher Richtung, bis sie den Friedhof von Quincy auf der gegenüberliegenden Straßenseite sahen, nicht weit von einem Kühlhaus, einem Klotz so breit und hoch wie ein Flugzeughangar. Robinson bog in den Parkplatz vor einem niedrigen Gebäude aus Betonsteinen ein. Das war die Quincy Veterinary Clinic. Alles war dunkel, es war Sonntagnachmittag, aber an dem Fenster neben der Tür hing ein Zettel mit einer Telefonnummer für Notfälle, die Robinson aufschrieb. »Wär doch gelacht«, sagte er.

Beim Supermarkt fanden sie eine Telefonzelle. Ben kletterte die Stufen aus der Fahrerkabine hinunter, während Robinson bei laufendem Motor hinter dem Steuerrad saß und sich Kinn und Wangen kratzte. Draußen auf dem Parkplatz zog Ben seine Jagdjacke fest um sich, sah zum Kühlhaus hinüber und dann zum Friedhofstor. Der Oktoberwind fegte über die Grabsteine. Es wurde dunkel.

Er wählte die Notfallnummer, bekam aber nur eine automatische Ansage, die ihm eine Mobiltelefonnummer mitteilte sowie eine andere Nummer, von der er annahm, daß es der Privatanschluß des Tierarztes war. Diese wählte er, und eine Frau meldete sich. Er fragte nach dem Tierarzt, worauf sie mit unbewegter Stimme sagte: »Das bin ich. Handelt es sich um einen Notfall?« Ben sagte, das sei es, und erklärte, er stehe vor dem Supermarkt, sein Hund sei schwer verletzt. »Wie schwer ist schwer verletzt?« fragte die Tierärztin, worauf er sagte, daß er Arzt sei. Er beschrieb ihr die Verletzungen des Hundes und seine bisherige Behandlung und sagte, daß er mit dem Hund einen weiten Weg zu Fuß zurückgelegt habe, von Vantage nach George. »Gehen Sie wieder zu meiner Praxis und warten Sie da auf mich«, sagte die Tierärztin. »In einer Viertelstunde bin ich da.«

»In Ordnung«, sagte Ben. »Vielen Dank.«

»Fünfzehn Minuten«, sagte die Tierärztin.

Stu Robinson fuhr mit Ben zur Praxis zurück und blieb bei laufendem Motor im Wagen sitzen, während draußen die Dunkelheit dichter wurde. Der *Sweet Dream Express* summte extravagant, in der Fahrerkabine war es gemütlich und warm. Ben gab Robinson die sechzig Dollar, und Robinson sagte, damit könne er sich genug Diesel für die nächsten fünf Meilen kaufen, vielleicht sogar zehn, falls der Preis in den letzten drei Minuten nicht gestiegen sei. Sie lachten und tranken Robinsons Kaffee, der sehr schwarz und stark gezuckert war. Mit den Plastikbechern in der Hand drehten sie sich zu Rex um, der sich einigermaßen wohl zu fühlen schien und auf dem Boden ausgestreckt schlief. Robinson schaltete den Verkehrsfunk ein und zündete sich eine Zigarette an. Er erzählte, er sei auf dem Highway 97 in nördlicher Richtung aus The Dalles gekommen und in Ellensburg nach Osten abgebogen, um den Swauk Paß zu umfahren. Ihm war es gleichgültig, ob er in Wenatchee wieder auf den Highway 97 kam, oder bis Soap Lake auf dem Highway 28 blieb und dann den Highway 17 nach Brewster nahm. Er könne die Nacht entweder in Wenatchee oder in Ephrata verbringen, oder aber er könne bis ins Okanogan County fahren und in Omak Pause machen. Wo er die Fahrt unterbreche, sei nicht wichtig. Er habe sein Bett in der Kabine und ausreichend zu essen – genug Kartoffelsalat für zwei Armeen. Hier zu warten, mache ihm nichts aus. Ob zwanzig Minuten oder dreißig.

»Haben Sie keine festen Zeiten?«

»Da ist immer Spielraum drin.«

»Seit wann arbeiten Sie so?«

»Seit sechzehn Jahren. Einmal hab ich für zwei Jahre aufgehört.«

»Was haben Sie da gemacht?«

»Ich hab's mit 'nem regulären Job versucht. In Texas.«

»Wie war das?«

»Nicht besonders.«

»Es hat Ihnen nicht gefallen?«

»Ich weiß auch nicht. An dem Job hat's nicht unbedingt gelegen. Die Ehe hat mir zu schaffen gemacht. Deswegen hab ich wieder mit dem Fahren angefangen.«

Ben sah ihn an. »Die Ehe?«

»Keine sieben Monate hab ich's ausgehalten. Wenn man das Ehe nennen kann.«

»Ich weiß nicht«, sagte Ben.

Robinson zupfte sich an der rechten Kotelette. Er stellte die Heizung ein.

»Ich bin fünfzig Jahre verheiratet gewesen«, sagte Ben. Aber er wußte nicht, was er weiter sagen sollte. Er wußte nicht einmal, warum er es überhaupt gesagt hatte.

»Sie *waren* verheiratet. Sie meinen, jetzt haben Sie sich getrennt?« fragte Stu Robinson.

»Nein«, sagte Ben. »Meine Frau ist vor anderthalb Jahren gestorben.«

Robinson nickte und schwieg, um seine Achtung vor der Toten zu bekunden. Schließlich fragte er: »Was macht Ihr Auge?«

»Ist nicht so schlimm.«

»Dem Hund scheint's soweit ganz gut zu gehen.«

»Trotzdem wär's gut, wenn die Tierärztin bald käme. Er muß versorgt werden.«

»Wir warten«, versicherte Robinson ihm. »So lange, wie es dauert.«

»Sie müssen nicht«, sagte Ben.

Als die Tierärztin kam, half Robinson ihm. Er ließ die Decke mit dem Hund aus der Tür der Schlafkoje hinab, als säße er hoch in der Luft in einem Hubschrauber. Dann sah er zu Ben und dem Hund hinunter und rieb sich sein zernarbtes Gesicht. »Also«, rief er und zog sozusagen einen Schlußstrich unter ihre Begegnung. »Viel Glück mit allem.« Und er richtete den Blick in die Ferne, als hätte dort etwas seine Aufmerksamkeit erregt.

»Wie weit ist es bis Calgary?« fragte Ben.

»Nicht sehr weit. So an die fünfhundert Meilen.«

»Also gut«, sagte Ben. »Alles Gute dann.«

»In Ordnung«, sagte Robinson. »Ihnen auch.«

Die Tierärztin war eine stämmige junge Frau mit zupackenden Händen und dem Gesicht eines Mädchens vom Lande. Sie trug eine Brille mit dicken, runden Gläsern. Ihre entschiedene und direkte Sprache war typisch für diesen Landstrich und spiegelte die Selbstsicherheit und die tatkräftige, praktische Art wider, mit der die Menschen hier die Salbeiwüste in fruchtbares Land verwandelt hatten. Sie kniete sich auf dem Parkplatz hin, um Rex zu untersuchen. Ben schätzte sie auf unter dreißig, obwohl ihre professionelle Art auf langjährige Erfahrung hindeutete. Sie hatte etwas Jugendliches an sich, das sich nicht unterdrücken ließ, ein winziger Bruch in ihrer ärztlichen Haltung, durch den etwas von ihrer Privatperson hervordrang, als sie sich als Dr. Peterson vorstellte und sein blau geschwollenes Auge registrierte, ohne ein Wort darüber zu verlieren. Er vermutete, daß sie ein höfliches Gespräch auf später verschob, wenn der kritische Moment gebannt und der Hund behandelt war. Er wußte, daß hier auf dem Plateau viele Petersons lebten, von Manson im Norden bis Royal Slope im Süden – mehr Peter*sons* als Peter*sens* –, und nahm an, daß sie zu diesem Clan gehörte und in der Flußebene geboren und aufgewachsen war, unter den Menschen, die Dämme errichteten, Farmen betrieben und Obst und Kartoffeln anbauten. Er stellte sich vor, daß sie als Kind geritten war und sich damals schon vorgenommen hatte, Tierärztin zu werden, und daß sie an ihrem Mädchentraum auch dann hartnäckig festgehalten hatte, als das Romantische an der Idee verflogen war und sie feststellte, daß harte Arbeit auf sie zukam. Sicherlich war sie für ihre Ausdauer bewundert worden, und ihre Großeltern und anderen Verwandten, der Pfarrer und der Religionslehrer – sie alle hatten sie möglicherweise gelobt und stolz gelächelt, weil sie einen Beruf ergreifen wollte, der ehrenwert und nützlich war. Jetzt war keine Unsicherheit zu spüren, als sie die Tür aufschloß und weit aufhielt, damit er Rex hineintragen konnte. Er merkte, daß er ihr trotz ihrer Jugend vertraute. Sie war genau der Typ, der Rex guttun würde. Sie strahlte Kompetenz aus – wie es alle guten Ärzte taten.

»Am Aufnahmeschalter finden Sie ein Anmeldeformular«, sagte sie. »Füllen Sie es bitte aus, ich fang schon mal an.«

Sie ging. Ben sackte auf eine Bank und massierte sich einen Moment lang die Seite, bevor er das Formular ausfüllte. Rex lag zu seinen Füßen.

Am Aufnahmeschalter lag auch ihre Karte: *Ilse Peterson, DVM. Sorgfältig und liebevoll.* Im Warteraum gab es ein Aquarium mit Engelbarschen, einen orangefarbenen Kanarienvogel in einem geräumigen Käfig, Informationsblätter über Brucellose bei Hunden und Septikämie bei Schafen lagen aus, ebenso einige Exemplare des Magazins *Cat Fancy*. Der Raum war ordentlich, praktisch eingerichtet und gut beleuchtet. Hinter dem Aufnahmeschalter befand sich ein Medizinschrank, an den Wänden hingen gedruckte Hinweise: *Riecht ihr Haustier aus dem Maul? Erkundigen Sie sich nach unserer Zahnbehandlung. – Sie sind es leid, gekratzt zu werden? Wir haben sichere Tragekörbe. – Mitglied der Handelskammer von Quincy Valley. Das Verheißene Land im Tal des Columbia. – Bitte halten Sie Ihren Hund an der Leine.*

Ilse Peterson eilte um eine Ecke und zog einen Aktenschrank auf. »Sie können ihn jetzt reinbringen«, rief sie.

Ben nahm Rex in seiner Decke hoch und folgte ihr durch einige Räume: durch ein Büro mit einem Bücherregal voller tiermedizinischer Nachschlagewerke und an einem winzigen Operationsraum vorbei in ein Untersuchungszimmer, ausgestattet mit einem Anästhesiegerät auf Rollen, einem Stahltisch, der ein Abflußloch hatte und einen Eimer darunter, einer hellen, verstellbaren Lampe, die von der Decke herabhing, und einem elektrischen Rasierer an einem ausziehbaren Kabel.

»Gut«, sagte Ilse Peterson. »Dann wollen wir ihn uns mal ansehen.«

Ben setzte Rex auf dem Stahltisch ab und ließ einen prüfenden Blick über die Ausrüstung gleiten: ein Blutzellzähler, ein Blutuntersuchungsgerät, ein Gewebemikroskop, ein Röntgenapparat mit zusammengeklappten Bleischürzen, zwei verschließbare Abfalleimer aus Plastik. »Ganz ruhig«, sagte die Tierärztin zu Rex, strich ihm mit der einen Hand über den Kopf und klopfte ihm mit der anderen auf die staubige Flanke. »Wollen mal sehen, was wir für dich tun können.«

Ihre Stimme klang nicht herablassend; sie behandelte den Hund nicht, als wäre er ein Kind oder ein schwieriger Erwachsener. Mit dem Handrücken schob sie sich die Brille auf der Nase hoch und zog die Lampe näher zu sich. Sie überprüfte seine Pfoten auf Wärme, drückte auf sein Zahnfleisch, zwickte ihn an der Stirn, klopfte ihm auf die Brust und streichelte ihn.

»Sie sind also Arzt«, sagte sie.

»Ich war Arzt«, erklärte Ben. »Ich bin seit einiger Zeit im Ruhestand.«

»Und wo?«

»In Seattle.«

»Als praktischer Arzt?«

»Als Herzchirurg.«

Sie nickte verwundert. »Vielleicht ist es unhöflich«, sagte sie über die Schulter hinweg, »aber im Moment sehen Sie nicht so aus, wie man sich einen Herzchirurgen vorstellt.«

»Das ist eine lange Geschichte«, sagte Ben. »Ich hatte gestern einen Autounfall.«

»Erzählen Sie mir später davon«, sagte Ilse Peterson. »Jetzt könnten Sie mir helfen. Ich muß die Nähte neu machen. Dazu werde ich ihn betäuben und an den Tropf hängen. Sie müssen auf dem Formular Ihr Einverständnis erteilen. Das wird zwei bis drei Stunden bedeuten – macht einhundertfünfzig bis dreihundert Dollar.«

»Ich bleibe«, sagte Ben. »Ich möchte gern dabei sein.«

»Um so schneller hat er's überstanden.«

»Sie sagen mir, was ich tun soll«, sagte Ben.

Er knöpfte die Jagdjacke auf, zog sie aus und legte sie in einer Ecke auf den Boden. Es war über anderthalb Jahre her, daß er die letzte Operation durchgeführt hatte – an einem menschlichen Herzen. Noch nie hatte er einem Tierarzt geholfen, einen Hund zusammenzuflicken. Dennoch spürte er eine gewisse Erregung. Er krempelte sich die Ärmel hoch und wusch sich die Hände. Das hatte er nicht erwartet. Seltsam, daß er sich zu einem Zeitpunkt, da er eigentlich hatte tot sein wollen – in der Salbeiwüste vermodernd, von Fliegen umschwirrt –, die Hände wusch und sich auf eine Operation vorbereitete, wie er das Tausende von Malen getan hatte.

Ilse Peterson bat Ben, Rex zu halten, während sie ihm Ketamin und Valium verabreichte. Anschließend ließ sie die Nadel in der Vene und klebte den Katheter am Vorderbein fest. Sie beobachteten den Hund: das Valium wirkte schnell, und Rex lag mit weit geöffneten Augen und sichtlich benommen da. Dr. Peterson bereitete die Infusion vor. Während Ben das Maul des Hundes sanft aufhielt, schob sie den Tubus in seinen Rachen, pumpte Luft in die Manschette und befestigte den Tubus. Sie zog das Anästhesiegerät heran, öffnete die Ventile zu den Sauerstoff- und Isofluranbehältern und schloß Rex' Tubus an. Sie überprüfte die Anzeige, schob sich die Brille zurecht und stellte die Ventile genau ein. Rex verlor rasch das Bewußtsein und sank schwer auf den Tisch, seine geschlossenen Augenlider zitterten. Dr. Peterson überprüfte erneut die Ventile. »In Ordnung«, sagte sie. »Jetzt fünfhundert Milligramm Cephalosporin langsam durch die Infusionsnadel, wenn Sie das machen wollen.«

»Kann ich machen«, sagte Ben.

Während er das Antibiotikum verabreichte, spritzte Dr. Peterson Stadol, ein Schmerzmittel, unter das Fell. Dann richtete sie die Lampe aus und fing mit einer gründlichen Untersuchung an. Als erstes schnitt sie die provisorischen Stiche mit der Schere auf.

»Nicht schlecht«, sagte sie. »Dadurch ist nicht so viel Schmutz in der Wunde.«

»Ich mußte mit einer Hand arbeiten«, sagte Ben. »Sonst wären sie besser.«

»Sie sind gut«, sagte sie. »Sie sind hervorragend.«

Sie betastete die Sehnen und Bänder am linken Unterschenkel, dann zog sie den Rasierer an dem ausziehbaren Kabel zu sich herüber und rasierte die Haare ab. Ben saugte mit dem Handsauger hinterher. Die Haut war schlimm zerfetzt und blutig. Dr. Peterson betastete die Verletzung erneut. »Ich möchte mich vergewissern, daß das Gelenk nicht steif wird«, erklärte sie. »Aber es scheint in Ordnung zu sein. Fühlt sich recht gut an. Ich glaub nicht, daß etwas ernstlich in Mitleidenschaft gezogen ist.«

»Das ist gut«, sagte Ben.

Ben fegte die Fäden in den Abfluß. Auf Anweisung der Tierärztin zog er vorsichtig die Decke unter dem Hund heraus und schob ihm statt dessen eine dicke, mit Styroporkügelchen gefüllte Matratze unter. Dr. Peterson spülte die Wunde mit einer Kochsalzlösung aus und rieb sie mit Jodlösung ein, so daß sich der ganze Bereich grell orange verfärbte. Sie öffnete die größte der Wunden – eher ein Riß als ein Loch – und sah blinzelnd hinein.

»Ich sag Ihnen, wie's aussieht«, sagte sie. »Der Semitendinosus ist ziemlich zerfetzt, aber die Achillessehne ist unverletzt. Da hat er noch mal Glück gehabt. Das verheilt wieder.«

»Welcher Muskel?«

»Der Semitendinosus.«

»Und die Sehne ist unverletzt?«

»Sieht so aus.«

Dr. Peterson reinigte die Wunde noch einmal mit Kochsalzlösung und legte ein Stück feuchter, steriler Gaze darauf. Dann wandte sie sich den anderen Wunden zu. »Alles Fleischwunden«, sagte sie zu Ben. »Es gibt überhaupt keine Komplikationen. Es muß genäht werden, und das ist alles.«

Sie bat Ben, das Fell für den Eingriff vorzubereiten. Er reinigte alle Wunden erneut mit Kochsalzlösung und rieb die Wundflächen mit Jodlösung ein, bis sie orangefarben leuchteten. Dr. Peterson prüfte den Puls des Hundes und hörte auf seinen Atem. »Wir sind soweit«, sagte sie. »Wir tragen ihn jetzt in den Operationsraum. Wenn Sie den Hund mit der Matratze nehmen, dann schiebe ich das Anästhesiegerät und bringe die Infusionsbeutel mit.«

Sie legten Rex auf den Operationstisch und schlossen ihn an den Monitor an. Dr. Peterson trug noch einmal Betaisodona auf und füllte eine Schale mit Kochsalzlösung. Dann rissen sie die sterilen Verpackungen auf und legten das Tablett mit dem Operationsbesteck zurecht; sie wuschen sich und zogen sich die Operationskleidung an – Hauben, Kittel, Gesichtsschutz, Handschuhe. Dr. Peterson deckte den Hund rund um die Beinwunde mit blauen Tüchern ab und nahm eine Metzenbaumschere von dem Tablett. Dann begann sie, die Haut um die Wunde herum wegzuschneiden und die Wunde freizulegen.

Ben assistierte mit den Wundhaken. In der Wunde hatten sich Sand und Haare angesammelt, die sie nun sorgfältig entfernte, zunächst mit den Fingern, dann mit einer Pinzette; dabei atmete sie geräuschvoll durch die Nase. »Gleich spül ich hier«, sagte sie. »Sechzig Kubikzentimeter werden reichen. Und eine vierzehner Nadel.«

»Ich leg alles zurecht«, sagte Ben.

Er stellte die Dinge für sie bereit. Sie vergewisserte sich, daß er keinen Fehler gemacht hatte, und danach schien sie ihm zu vertrauen. Sie spülte und prüfte, ob noch Schmutz in der Wunde war, dann spülte sie abermals. »Scheint sauber zu sein«, sagte sie schließlich. »Ich glaube, jetzt haben wir den ganzen Straßendreck zwischen hier und Vantage raus.«

»Sieht gut aus«, stimmte Ben zu.

Dr. Peterson nahm eine Packung mit einem Faden der Stärke eins-null. Sie besprachen das Für und Wider zweier verschiedener Stiche und entschieden sich für den Kreuzstich. Dann sah er ihr zu, wie sie die Stiche machte, und bewunderte ihre präzise und energische Art zu arbeiten. Sie stach die Nadel mit einer runden Drehung des Handgelenks ein und zog den Faden glatt durch. Sie arbeitete mit unprätentiösem Geschick; ihre Finger waren kräftig und erstaunlich flink. Sie ermüdete nicht und konzentrierte sich auf jeden einzelnen Stich, so daß weder Falten noch gespannte Stellen entstanden.

Ben ging ihr beim Anlegen der Penrose-Drainage zur Hand. Sie spülte die Wunde gründlich aus, während er eine Packung mit Faden der Stärke drei-null für die subkutanen Stiche zurechtlegte. Sie richtete sich auf und überprüfte die Anzeigen an dem Anästhesiegerät. »Der schwierigste Teil ist geschafft«, sagte sie.

»Sie sind eine gute Ärztin.«

»Das hier ist ja keine Herzoperation.«

»So groß ist der Unterschied nicht.«

»Was das technische Können angeht, vielleicht nicht.« Aus Gewohnheit schob sie sich die Brille hoch. »Aber vermutlich war es schwieriger für Sie, den Angehörigen gegenüberzutreten, wenn Sie schlechte Nachrichten zu überbringen hatten.«

»Das kann man wohl sagen.«

»Einfach ist das hier auch nicht«, sagte Dr. Peterson. »Aber es ist natürlich für einen Arzt schwieriger als für einen Veterinär. Auch wenn die Menschen ihre Hunde noch so sehr lieben.«

Dr. Peterson verschloß die Wunde subkutan mit dem Faden und klammerte die oberste Hautschicht mit einer Klammerpinzette. Dann wandte sie sich der Schulter zu. Auch dort trug sie Jod auf, öffnete die Wunde und reinigte die Ränder, spülte mit Kochsalzlösung. Sie schloß die Wunde an der Schulter und dann die an der Kehle, während er danebenstand und sich die Seite rieb.

Er bewunderte, wie geduldig und ordentlich sie arbeitete. Nachdem alles säuberlich geschlossen war, betrachtete Dr. Peterson kritisch ihr Werk. Sie gab Rex einen halben Kubikzentimeter Stadol und eine Dosis Acepromazin, drehte die Ventile des Anästhesiegeräts zu und zog, als Rex sich regte und blinzelte, den Tubus aus seinem Schlund. Sie schob ein Augenlid zurück und blickte in die Pupille. »Wacht gleich auf«, sagte sie.

Sie warfen die Hauben und Kittel in einen Korb, und Dr. Peterson gab Ben ein Antibiotikum, das für zehn Tage reichte, und ein Schmerzmittel. Dann wuschen sie sich die Hände und gingen in Dr. Petersons Büro. Sie setzte sich an ihren Schreibtisch, machte ausführliche Notizen und sprach nebenbei und etwas abgelenkt mit ihm. Ihre Brille war auf der Nase ganz nach vorn gerutscht. Der Hund sollte über Nacht in der Praxis bleiben. Sie empfahl Ruhe für das Bein. Die Klammern sollten von seinem Tierarzt in Seattle entfernt werden, wenn sie wieder zu Hause waren. Nach zehn Tagen leichtes Bewegungstraining. Die Wundwasserdrainage müßte in achtundvierzig Stunden gezogen werden; er könne das selbst machen, könne aber auch zu seinem Tierarzt gehen. Er solle das Antibiotikum bis zum Ende verabreichen und nicht vorher abbrechen. Rex könne fressen und trinken wie immer, aber er müsse sich eine Weile schonen und dürfe nicht jagen. Vielleicht, mit ein bißchen Glück, könne er zu Thanksgiving wieder raus.

»Der Hund lebt für die Jagd«, sagte Ben. »Etwas anderes interessiert ihn nicht.«

»Na, in sechs Wochen ist er wieder dabei. Aber vielleicht übertragen Sie Ihre menschlichen Gefühle auf den Hund. Vielleicht leben Sie für die Jagd.«

»Das glaub ich nicht«, sagte Ben.

Dr. Peterson nahm die Brille ab, rieb sich die Augen mit den Handflächen und massierte sich mit den Fingerspitzen die Augenlider, wobei sie den Stift noch in der Hand hielt. »Und was ist mit Ihnen?« fragte sie.

»Ich hätte mich beinahe umgebracht. Am Snoqualmie Paß.«

»Sie haben was gemacht?«

»Ich bin gegen einen Baum gefahren. Auf dem Paß. Ein junges Paar in einem VW-Bus kam vorbei und hat mich nach Vantage mitgenommen.«

»Sie und den Hund.«

»Mich und zwei Hunde. Den anderen hab ich verloren. Ich hab in den Hügeln am Fluß Chukars gejagt. Meine Hunde sind mit einer Meute Wolfshunde durchgebrannt; den einen haben die Wolfshunde umgebracht.«

»Wolfshunde?«

»Irische Wolfshunde, ein ganzes Rudel. Sie haben in den Bergen Kojoten gehetzt.«

»Irische Wolfshunde«, sagte Dr. Peterson. »Das können eigentlich nur die von Bill Harden sein. Er ist der einzige hier in der Gegend, der irische Wolfshunde hat.«

»Bill Harden. Hat der ein Geländemotorrad?«

»Das weiß ich nicht. Könnte sein. Aber auf jeden Fall hat er ein Rudel Wolfshunde. Die hab ich auf Hundeschauen gesehen.«

»Er hat eine Zucht?«

»Das weiß ich nicht genau. Früher ja, glaub ich. Die Hardens haben eine ziemlich große Obstplantage, draußen hinter Malaga. Sie heißt Wolfhound Orchard.«

»Wolfhound Orchard«, sagte Ben.

Sie setzte sich die Brille wieder auf und legte den Stift hin. »Wolfshunde«, sagte sie. »Das macht Sinn. So wie Ihr Hund zugerichtet ist – genau das würde ich von einer Begegnung mit Wolfshunden erwarten. Das oder ein gebrochenes Genick.«

»Das ist meinem anderen Hund passiert«, sagte Ben. »Wahrscheinlich war er zu alt, um sich zu wehren. Vielleicht ist es auch besser so.«

»Ich weiß nicht«, erwiderte Dr. Peterson. »Besser alt als tot.«

»Vielleicht«, sagte Ben. »Gute Frage.«

Dr. Peterson lehnte sich in ihrem Schreibtischstuhl zurück. »Und dann sind Sie bis hierher gelaufen?«

»Ich hab Rex zusammengeflickt und ihn nach George getragen. Den größten Teil des Weges. Ein bißchen ist er auchgelaufen.«

»Das ist ein langer Weg.«

»Was hätte ich sonst tun sollen?«

»Das Ganze klingt verrückt.«

»Es ist verrückt.«

»Das haben Sie davon, daß Sie kleine Vögel umbringen. Vielleicht sollten Sie's mal mit Golf versuchen.«

»Da muß man auch viel laufen, hab ich gehört.«

Dr. Peterson lächelte. »Stimmt. Das macht die Sache schwierig«, sagte sie. »Was haben Sie jetzt vor?«

»Schlafen«, sagte Ben. »Ich hab vor, zu schlafen wie ein Toter.«

»Schlafen«, wiederholte sie. »Da gehen Sie am besten ins Motel. In dieser Straße, zwei Häuser weiter« – sie zeigte auf die Wand, als würde ihm das etwas erklären – »einfach rechtsrum, und schon sind Sie da.«

»Klingt wunderbar«, sagte Ben.

»Kommen Sie wieder vorbei, wenn Sie ausgeschlafen haben. Ich berechne zweihundertundfünfzig Dollar. Kreditkarten nehm ich nicht.«

»In Ordnung«, sagte Ben. »Zweihundertundfünfzig.«

»Zwei Minuten am offenen Herzen ist soviel wert wie eine zweistündige Operation an einem Hund«, erklärte Ilse Peterson. »Das ist ein Unterschied zwischen Hund und Mensch, den wir noch nicht erwähnt haben.«

»Es wird auch mehr Pfusch getrieben«, sagte Ben.

Sie nickte lächelnd. »Ich fahr Sie zum Motel«, sagte sie. »Sie sehen aus, als würden Sie gleich umfallen.«

Sie setzte Ben vor dem Motel ab, und er bedankte sich bei ihr. Als Antwort gab sie ihm den Rat, sich auszuruhen und unbesorgt zu sein, was den Hund anging. Als er aus dem Auto stieg, fuhr ihm der trockene Wind von den Bergen ins

Gesicht und brachte den Geruch von Äpfeln und Alfalfafeldern mit, die vor dem Winter abgeerntet worden waren. Ein Geruch, den Ben aus seiner Kindheit kannte.

Er ging hinein und setzte den Rucksack auf dem Fußboden ab. Der Mann an der Rezeption begrüßte ihn begeistert. Er war sehr jung und ziemlich pummelig und sehr gepflegt; so schwungvoll, wie er mit den Formularen hantierte, konnte man denken, die Registrierung eines Gastes sei ein vergnüglicher Vorgang. Er setzte den Hefter in einem sorgfältig gewählten Winkel an und legte die perforierten Ränder des Computerpapiers ordentlich in den Papierkorb. »Kaffee gibt's gratis«, erklärte er Ben. »Gleich hinter Ihnen. Sie können sich jederzeit bedienen.«

Er legte den Zimmerschlüssel auf die Theke. »Was haben Sie mit Ihrem Auge gemacht?« fragte er.

»Ich bin Boxer«, sagte Ben. »Seniorenklasse. Wir hatten ein Turnier in Moses Lake. Der andere Typ sieht noch schlimmer aus.«

»Noch nie davon gehört«, sagte der Junge. »Seniorenklasse.«

»Ist auch ganz neu«, sagte Ben. »Gibt's erst seit zwei Jahren. Die das machen, haben alle eine Macke.«

»Kann man wohl sagen«, stimmte der Junge zu.

Im Zimmer ging der Wecker eine Stunde nach, als hätte jemand vergessen, ihn auf die Winterzeit umzustellen. Auf dem Nachttisch lag eine Bibel neben einem Faltblatt, in dem die Kirchen im Ort und die Gottesdienste verzeichnet waren. An der Wand über dem Bett hing ein Ölgemälde: Seemöwen, Muscheln, Treibholz und Dünen – ein Motiv von der anderen Seite der Berge.

Ben drehte die Heizung voll auf und setzte sich davor aufs Bett. Sie schepperte und klapperte, und blies dann kalte Luft in den Raum. Er hatte seine Jagdjacke noch fest um sich gezogen, aber die Kälte saß ihm in den Knochen. Er beugte sich vor, um die Stiefel auszuziehen, an deren Schnürsenkeln sich Kletten aus der Wüste verhakt hatten; dabei merkte er, wie sehr ihm die Füße weh taten und wie dringend er die Stiefel loswerden wollte, und er zog sie sich mit beträchtlicher Anstrengung von den Füßen, dann streifte er sich die nassen Socken ab. Seine Füße waren gespenstisch weiß, der Spann wundgerieben und die Fersen, wo die Stiefel gescheuert hatten, gerötet. Seine Zehennägel sahen verrottet aus.

Die Heizung stieß jetzt warme Luft aus. Ben nahm die Brille ab und rieb sich die Augen, dann massierte er sich die Seite. Er knetete sein kaputtes Knie und seinen arthritischen Fußknöchel, spürte dem Schmerz in der Hüfte nach und betastete die Verletzung über dem Auge. Jeder Muskel in ihm schien verspannt, er glaubte, sich kaum noch bewegen zu können, und einen Moment lang überlegte er, ob er sich einfach, ohne zu essen oder zu duschen, ins Bett fallen lassen sollte. Doch dann holte er die restlichen Erdnußtüten und die Flasche Pflaumensaft, die noch halb voll war, aus dem Rucksack, setzte sich vor die Heizung und aß und trank. Als er fertig war, untersuchte er den Wandschrank, die Schubladen und den Kühlschrank mit den zwei Fächern, aber er fand nichts außer einer kleinen Packung Backpulver und einer fast leeren Flasche Essig.

Ben drehte den Hahn in der Dusche auf, stellte die Heizlampe an und quälte sich aus seinen Kleidern. Er nahm den Gurt mit dem italienischen Karabinerhaken vom Hals und legte ihn auf den Nachttisch. Ohne es zu wollen, sah er sich im Spiegel. Sein nackter Körper, dreiundsiebzig Jahre alt, bot keinen erfreulichen Anblick. Das linke Auge war dunkel geschwollen, das untere Lid hing herab. Als er den Verband von der Stirn abnahm, sah die Wunde über dem Auge fast noch genauso frisch aus wie am Anfang: man sah den Bluterguß, und die Haut ringsherum war von einem kränklichen Grau. Er war alt und kalkweiß, eine gespenstische Erscheinung. Kopfhaar und Bartstoppeln waren grau und borstig. Auf seinen hängenden Schultern sprossen ein paar einzelne zipflige Haare. Seine Gestalt war gebeugt, die Haut über dem Brustkorb erschlafft. Die zahlreichen Muttermale hoben sich dunkel von seiner Blässe ab. Die Muskeln hatten ihre Straffheit verloren.

Er trat unter die Dusche. Das Wasser war so heiß, daß es ihm einen Moment lang den Atem verschlug. Dann gab er sich der Wärme hin, schloß die Augen und ließ den heißen Strahl über sich hinweggehen. Eine kleine, ganz gewöhnliche Freude. Dann seifte er sich langsam und gründlich ab, genoß es, und wusch sich die Haare.

Es lag etwas Erlösendes in der Körperreinigung, das hatte Ben schon früher manchmal gedacht. Als er fertig war, sich abgetrocknet und die Zähne geputzt hatte, setzte er sich auf die Toilette, den Kopf zwischen den Knien, und trug die Hämorrhoidensalbe auf. Anschließend behandelte er seine Wunde mit Neosporin. Um Wadenkrämpfen vorzubeugen, nahm er von den Kalziumglukonat-Tabletten. Dann zog er sich die lange Unterwäsche an, machte alle Lichter außer der Lampe auf dem Nachttisch aus und legte sich mit einem Seufzer ins Bett.

Es war gut, so zu liegen, er fühlte sich sauber und belebt, aber tief drinnen war ihm immer noch kalt. Und er fluchte leise vor sich hin, weil ihm seine Seite weh tat – ein brennender, bohrender Schmerz. Er zog die Knie hoch, um ihn zu lindern, und steckte die Hände zum Wärmen zwischen die Oberschenkel, aber der Schmerz ließ nicht nach, und kurz darauf erhob er sich. Er ging zur Toilette und rieb sich die Haare mit einem frischen Handtuch ab. Auf einmal mußte er an seine Tochter denken, daran, wie sie die Nachricht von seinem Tod auf der trockenen Seite der Berge aufnehmen würde. Er stellte sich vor, wie sie die Abbuchungen von seinem Kreditkartenkonto durchging. Sie würde feststellen, daß sein Wagen am Samstag, den 18. Oktober, abgeschleppt worden war und er den Auftrag von North Bend im Staat Washington aus erteilt hatte, und daß er sich am folgenden Tag in Quincy, 125 Meilen weiter östlich, ein Motelzimmer genommen hatte. Sie würde sich fragen, wie er diese Entfernung zurückgelegt hatte. Sie würde wissen wollen, was mit seinen Hunden geschehen war. Sie würde sich mit dem Gerichtsmediziner und dem Sheriff von Grant County in Verbindung setzen, und mit dem Mann, der seinen Wagen abgeschleppt hatte. Renee würde die Geschichte seiner letzten Stunden rekonstruieren und so erfahren, wie er sie verbracht hatte. Sie würde von seinem geschwollenen Auge erfahren und Dr. Ilse Peterson Fragen stellen. Die Tierärztin würde ihr von den Wolfshunden, von Tristans Tod und Rex' Rettung erzählen – eine höchst merkwürdige Geschichte. Und schließlich würde Renee die Stelle sehen wollen, wo ihr Vater sich im Maschendraht verfangen hatte, und vielleicht würde sie sogar William Harden aufsuchen, um seine Version der Dinge zu hören. Alle würden ihr ein ähnliches Bild vermitteln, das Bild von einem Mann in staubverkrusteter Jagdkleidung, verdreckt, mit einem vollgepackten Rucksack auf den Schultern, zerschlagen und zerschunden wie ein Tramp oder ein Boxer, nach Schweiß und Salbei stinkend. Renee würde darauf sehr besorgt reagieren. An der ganzen Geschichte war etwas Unerklärliches. Vielleicht würde sie den Sheriff einschalten, und auf Harden könnte ein gewisser Verdacht fallen. Sie würden Bill Ward Fragen stellen. Auf die Weise könnte die Wahrheit über seine Krebserkrankung herauskommen.

Also war es das Beste, wenn er sie gleich anrief und ihr erzählte, was sich ereignet hatte. Daß alles wieder in Ordnung und er in einem Motelzimmer sei, daß die lange Nacht, in der Tristan den Tod gefunden hatte, hinter ihm liege und sein zu Schrott gefahrener Wagen versorgt sei. Daß er vorhabe, auf der Westseite des Flusses Birkhühner zu jagen, wozu er keinen Hund brauche, so daß Rex sich erholen könne. Er habe vor – so würde er Renee erklären –, in zwei, drei Tagen zusammen mit Rex in einem Mietwagen zurückzukommen. Dienstag oder Mittwoch wären sie wieder da. Er könnte ihr auch von seinem verletzten Auge erzählen, daß es zugeschwollen sei, und das würde dann in den Obduktionsbericht als möglicher Grund dafür eingehen, daß er die Entfernung nicht richtig eingeschätzt und sich so in dem Stacheldraht verfangen hatte. Seine Sicht war eingeschränkt, sein räumliches Sehen beeinträchtigt, infolgedessen war es beim Überklettern des Zaunes zu dem Unfall gekommen.

Unehrlichkeit war jetzt seine Devise. Aber Unehrlichkeit um der Lebenden willen, nicht zu seinem eigenen Vorteil. Er log, um diese Welt ohne großes Aufsehen verlassen zu können. Doch im Moment hatte er – und das war ein ernsthaftes Hindernis – keine Flinte, mit der er sich das Leben nehmen konnte. Er erwog den Gedanken, in Wenatchee eine zu kaufen, aber das würde seiner Tochter seltsam vorkommen: Ihr Vater tot, neben sich eine neue Flinte, während die alte Winchester verschwunden war. Das würde ihr ebenso wie dem County-Sheriff Rätsel aufgeben, man würde weitere Nachforschungen über seinen Tod anstellen und möglicherweise Bill Ward befragen. Ihm wurde klar, daß er die Winchester brauchte, hauptsächlich als Requisit für seinen Selbstmord. Aber auch, weil sie seinem Vater gehört hatte. Er fühlte sich nicht wohl dabei, daß er sie nicht mehr hatte.

Er wählte Renees Nummer, und nachdem es einmal geklingelt hatte, nahm sein Enkel ab. Darauf war er nicht vorbereitet. »Chris«, sagte er. »Du bist es.«

»Ich arbeite hier. In meiner Wohnung geht das nicht. Da hören die anderen die ganze Zeit Musik.«

»Wie geht's dir?«

»Wir haben jede Menge Hausarbeit.«

»Gnadenlose Pedanten.«

»So schlimm ist es gar nicht«, sagte Chris.

Ben dachte an den Grund seines Anrufs, aber er wollte das Gespräch mit seinem Enkel noch nicht beenden. »Ich erinner mich gut an den Anfang meines dritten Studienjahres«, sagte er. »Viel Zeit zum Schlafen hatte ich da nicht.«

»Wenn ich keinen Nachtdienst hab, krieg ich vier oder fünf Stunden Schlaf.«

»Das reicht nicht.«

»Es geht mir ganz gut.«

»Aber du kommst nicht raus in die frische Luft.«

»Nicht wie du.«

»Was hast du für Pläne?«

»Du und ich. Silver Peak.«

»Ein Spaziergang für dich, Chris.«

»Für dich auch. Zum Aufwärmen.«

Ben saß mit geschlossenen Augen auf der Bettkante und rieb sich die Schläfe. »Du solltest was ohne mich machen. Die Stuarts vielleicht. Wie wär's mit dem Mount Stuart?«

»Warum kommst du nicht mit?«

»Ist mir zu anstrengend.«

»Na und?«

»Ich bin nicht mehr in Form, Chris.«

»Dann trainier.«

»Meine Beine wollen nicht mehr.«

»Und ob die wollen.«

»Mach den Stuart ohne mich.«

»Da war ich schon.«

»Dann einen andern Berg.«

»Laß uns Silver Peak zusammen machen.«

»Also gut«, sagte Ben.

Damit konnte er das Gespräch beenden. Ein Austausch von Höflichkeiten sollte nicht am Ende stehen. »Ist deine Mutter da?« fragte er.

»Die ist bei einer Konferenz.«

»Sag ihr, daß ich angerufen habe.«

»Soll ich ihr was ausrichten?«

»Ich ruf sie morgen früh an.«

»Wo bist du überhaupt?«

»Östlich der Berge.«

»Gibt's da Vögel?«

»Ein paar Chukars.«

»Das schaffen deine Beine wohl noch, was, Pop?«

»Hier geht's nicht bergauf.«

»Na und?« sagte Chris. »Du bist doch gut drauf.«

Nach dem Gespräch saß Ben in seinen langen Unterhosen auf der Bettkante. Er rieb sich das heile Auge mit der Fingerspitze, aber aus dem verletzten Auge rann Wasser über seine Wange. Er trocknete es mit dem Zipfel des Bettuchs ab.

8

Ben machte die Nachttischlampe aus und massierte sich gedankenverloren die Seite, als wollte er die Krebsgeschwulst wegkneten. Außer dem leisen Klappern der Heizung war alles still. Um die Vorhänge herum war ein Lichtschimmer zu sehen. Die Wärme und die Dunkelheit waren genau das, wonach er sich gesehnt hatte. Aber der stechende Schmerz in seinem Darm war so stark, daß er, obwohl er völlig erschöpft war, nicht einschlafen konnte. Schließlich gab er auf, schaltete das Licht wieder an und durchwühlte seinen Rucksack nach den Marihuanazigaretten, die der Tramp ihm gegeben hatte. Er dachte an die vorangegangene Nacht und daran, daß sein Verstand nach der Zigarette nicht klar funktioniert hatte, und es schien ihm leichtsinnig, diesen umnebelten Zustand erneut zu riskieren. Aber was konnte hier, in seinem Motelbett, schon passieren? Wozu brauchte er hier einen klaren Kopf? Was er brauchte, war etwas, das ihm die Schmerzen nahm.

Er steckte sich die Zigarette zwischen die Lippen und setzte sich mit den Kissen im Rücken ins Bett, das Feuerzeug in der Hand. Nach dem dritten Zug erging es ihm wie am Abend zuvor: Eine wilde Flut von Gedanken, die Bedeutung der Dinge verwirrte sich, und nach dem fünften Zug stellte sich ein Gefühl der Paranoia ein. Als er die Zigarette aufgeraucht hatte, war er besorgt, daß der süßliche grüne Geruch der Zigarette nach außen dringen und ihn als Gesetzesbrecher brandmarken könnte. Vielleicht hatte ein Gast in einem der Nebenzimmer den Marihuanageruch schon wahrgenommen und würde die Polizei rufen. Er konnte nicht einschätzen, ob seine Sorge berechtigt war – wie sollte er es wissen, und außerdem war es jetzt ohnehin zu spät –, also beschloß er, das Fenster zu öffnen und den Ventilator im Badezimmer anzustellen. Dann fiel ihm die Schachtel mit den Räucherstäbchen ein, die die jungen Leute im VW-Bus ihm gegeben hatten.

In seinen langen Unterhosen stand er schwer atmend auf. Er zündete einen seiner Paraffin-Feueranzünder an und blies ihn wieder aus, als das Stearin weich geworden war. Er stellte den Würfel auf den Rand des Waschbeckens im Bad und steckte ein glimmendes Räucherstäbchen hinein. Von der Spitze stieg eine dünne, wohlriechende Rauchspirale auf. Der Geruch – er hielt ihn für Safran – vermischte sich mit dem starken Marihuanaduft, und in Gedanken reiste er zum Himalaja, zu den Gipfeln, die er nie gesehen hatte. Die Vorstellung, daß die Räucherstäbchen von den tibetischen Mönchen an der Grenze von Sikkim zu ihm in ein Motelzimmer in der Salbeiwüste gefunden hatten, beeindruckte ihn tief. Ihre umständliche Reise hierher schien ein Beweis dafür zu sein, wie weit Gottes Arm reichte.

Konfus und benommen kroch er wieder ins Bett und schaltete die Nachttischlampe aus. Der Schmerz in seiner Seite schien jetzt erträglich, aber seine Gedanken wanderten rastlos, und sein Tod schien deutlicher, unausweichlicher vor ihm zu stehen als je zuvor, noch realer und beängstigender. Seine Glieder zitterten. Er war nicht richtig wach, schlief aber auch nicht, sondern befand sich in einem seltsamen, unruhigen Zustand, einer Art dritter Bewußtseinsform. Seine Gedanken kreisten um den Krieg. Er versuchte, die Erinnerung abzuwehren, aber da war sie wieder. Jahrelang hatte er dagegen angekämpft und sich gewünscht, er könne endlich damit abschließen, aber da war sie wieder, von dem Marihuana ausgelöst, an der Schwelle zum Schlaf stieg sie in ihm auf.

In Camp Hale in Colorado wurde er zum Infanteriesoldaten ausgebildet. Draußen tobte ein Schneesturm, als er mit einem Zug der Denver and Rio Grande Western Line ankam und sich mit sechs Dollar Tagegeld in der Tasche, den Seesack auf der Schulter, um halb drei Uhr morgens bei dem diensthabenden Feldwebel am Bahnhof meldete. Der Feldwebel hatte ihn der L-Kompanie des Dritten Bataillons des 86. Gebirgsjägerregiments zugeteilt, und Ben verbrachte seine erste Nacht in der Kaserne schlaflos; in voller Bekleidung lag er unter zwei Wolldecken, hatte die Hände in den Achselhöhlen vergraben und dachte an Rachel Lake.

An jenem ersten Morgen versammelte sich die Kompanie auf dem Exerzierplatz. Ein kalter Herbstwind fegte von den Bergen herab, Schneematsch bedeckte den Platz. Ben spürte die beißende Kälte im Gesicht und an den Händen, sie kroch ihm durch die Stiefel in den Körper. Der Ausbilder verkündete den neuen Rekruten, daß hier jeder sein Bestes geben müßte, und dann fingen sie mit Gymnastik an. Um sieben Uhr morgens zogen sie unter freiem Himmel auf dem schneebedeckten Platz ihre Hemden aus und machten Streckübungen, Kniebeugen und Liegestütze. Sie machten einen dreistündigen Marsch in einer Höhe von 3500 Metern, nördlich von Leadville, entlang der kontinentalen Wasserscheide. Im Kohlenrauch, der von ihren Kasernen aufstieg, marschierten sie über den Tennessee Paß, und noch am Vormittag fing es an zu schneien. Es war ein eisiger Schnee, hart wie Hagel. Die neuen Rekruten waren erschöpft. Drei brachen zusammen und wurden einfach am Boden liegengelassen, während die L-Kompanie weitermarschierte.

Ben verspürte eine dumpfe Übelkeit, seine Hände und Füße wurden gefühllos. Er marschierte wie in Trance, bekam nicht genug Luft; aus seiner Nase tropfte Blut. Am Abend wurde er ins Lazarett geschickt. Er wurde nicht warm, das Nasenbluten wollte nicht aufhören, und seine Temperatur stieg über Nacht auf 39 Grad. Im Lazarett lag er auf einer Pritsche und überlegte, ob er sich, sobald er wieder aufstehen konnte, nach Denver absetzen sollte – unerlaubtes Entfernen von der Truppe nannte man das –, aber noch steckten Tampons in seinen Nasenlöchern, und er hatte einen heiseren, schleimigen Husten. Der Arzt versicherte ihm, daß er bald wieder auf den Beinen sein werde, und erklärte, daß Dutzende von Männern vor ihm die Höhenkrankheit durchgemacht hätten, mit Asthmaanfällen, Kurzatmigkeit, rheumatischem Fieber und Übelkeit. »Könnte schlimmer sein«, sagte der Arzt. »Stellen Sie sich vor, Sie wären in Europa an der Front.«

Nach drei Tagen klangen die Symptome ab, und Ben kehrte in die Ausbildung zurück. Er war einfacher Soldat und gehörte dem zweiten Zug der L-Kompanie an. Wie alle anderen in Camp Hall hatte er aufgesprungene Lippen, brennende Augen und einen keuchenden Atem. Überall im Lager hing Kohlenrauch, der nicht nur aus den Kasernenschornsteinen kam, sondern auch von den Lokomotiven, die sich die steile Strecke zum Tennessee Paß hinaufquälten, in dicken schwarzen Rußwolken in die Luft gestoßen wurde. In den Waschräumen verspritzten die Männer Wasser auf dem Fußboden, um die Luftfeuchtigkeit zu erhöhen. Beim Morgengrauen, wenn sie geweckt wurden, war das Wasser auf den Dielenböden gefroren, und an den Fensterscheiben hatte sich von ihrem Atem eine dünne Eisschicht gebildet. Unter dem Sternenhimmel versammelten sie sich schweigend auf dem Exerzierplatz, wo sie mit freiem Oberkörper ihre Gymnastikübungen absolvierten, während ihnen der Wind ins Gesicht fuhr.

Aus einem ihm nicht ersichtlichen Grund wurde Ben zur

N-Kompanie versetzt und dem Waffenzug zugeteilt, vielleicht, weil er bei den Schießübungen mit dem leichten Maschinengewehr gut abgeschnitten hatte. Der Feldwebel ordnete ihn erst dem Maschinengewehrzug zu, aber dann versetzte ihn der Kompaniechef, und Ben bekam eine BAR, eine schwere automatische Browning. Als Munitionsträger wurden ihm Bill Stackhouse und Kelly Lastenpole zugeteilt, deren Aufgabe es war, die zusätzliche Munition zu tragen. Als er beim Training außer seinem Sturmgepäck das schwere Gewehr und die Munition tragen mußte, strauchelte er im Schnee.

Nach zwei Monaten Grundausbildung brach das Regiment zu einem Wintermanöver auf. Bei Dunkelheit marschierten sie los, ihr Sturmgepäck wog vierzig Kilogramm, und um die Skier hatten sie Felle gebunden. In der kalten Luft stieg ihr Atem in weißen Fahnen von ihren Mündern auf. Im Grätenschritt erstiegen sie den Tennessee Paß und setzten ihren Marsch zum Ptarmigan Peak fort. Sie gingen im Gänsemarsch schräg den Hang hinauf, die Mörser auf Schlitten festgezurrt, Maultiere zogen die Artillerie. Bens Gepäck bestand aus einem Zelt mit Zeltstangen, weißen Filzstiefeln, Tarnzeug, Felljacke und einem doppelwandigen Schlafsack. Bei Einbruch der Dunkelheit schlug die Kompanie in 4000 Meter Höhe ihr Lager im Windschutz eines Felskamms auf. Sie aßen ihre K-Rationen, die in Kisten mitgeführt wurden: Kalbshackbraten aus der Dose, den sie über einem Gaskocher erwärmten, Bouillon und Pulverkaffee. In der Nacht nahm Ben Socken, Einlegesohlen und Wasserflasche mit in den Schlafsack, um sie warm zu halten. Auch seine Stiefel und Bindungen hatte er zwischen den Schichten seines Schlafsacks verstaut.

Am Morgen waren es fast dreißig Grad unter Null. Sie aßen jeder einen gefrorenen Zwieback und brachen das Lager ab. Sie trugen Gesichtsmasken, und die kalte Luft stach ihnen in die Lungen. Niemand konnte sich daran erinnern, je eine solche Kälte erlebt zu haben – sie hatte mythische Ausmaße erreicht. Als einer der Gefreiten die Brille aus dem Etui nahm, zerbrach ihm der Rahmen in der Hand. Einem anderen Mann froren die Augenwimpern zusammen, so daß sie sich in weißen Splittern abziehen ließen. Die Batterien in den Funkgeräten vereisten. Die M1-Gewehre versagten.

Am dritten Tag sanken die Temperaturen noch weiter, und diejenigen, die zu schwach waren, um den Marsch fortzusetzen, wurden wie erfrorene Leichen auf Schlitten festgebunden und zum Basislager zurückgebracht. In dieser Nacht hörte Ben in seinem Zelt, wie rings um ihn her die Äste an den vereisten Bergbirken krachten. Am nächsten Morgen waren die Zelte in Neuschnee versunken wie in Sanddünen. Ein Funker verbarrikadierte sich mit zwei Gaskochern in seinem Zelt und brachte für kurze Zeit das Funkgerät in Gang. Er forderte Raupenfahrzeuge an, Snow Weasels. Kein einziges kam zu ihnen durch.

Ein Schneesturm tobte in den Bergen, aber keiner der hochrangigen Offiziere war gewillt, das Manöver abzublasen, und die Kompanie schleppte sich mit leeren Mägen und übermüdet weiter zum Ptarmigan Peak. Bens Füße hatten sich an der Metallversteifung seiner Überschuhe und den einschneidenden Riemen seiner Schneeschuhe blutig gerieben. In den Handschuhen platzte die Haut an den Fingern auf, und das Blut gefror unter den Nägeln. Am Rücken hatte er Druckstellen von den Riemen seines Sturmgepäcks. Dennoch marschierte er weiter, unter eisverkrusteten Bäumen, und der Schnee wirbelte unter seinen Skiern auf wie weißer Staub. In jener Nacht, hoch oben am Ptarmigan Peak, breitete sich in dem Zelt, das er mit Bill Stackhouse teilte, der Reif wie Schimmel aus. Ihr Atem brachte ihn zum Schmelzen.

Kurz vor Morgengrauen wurden sie vom »Feind« überrascht – die Wache hatte sich im Schnee eingegraben und schlief – und gefangengenommen. Ben lag vermummt in seinem Schlafsack, die Kapuze fest um den Kopf gezogen, als sie in der stillen Stunde vor der Morgendämmerung überrannt wurden. Jemand riß das Zelt auf, richtete kniend seine M1 auf ihn und forderte ihn auf, sich langsam aufzusetzen und nichts zu tun, was den Finger am Abzug reizen könnte. Ben war nicht in der Stimmung für Kriegsspiele. Seine Browning war eingefroren, und die Pistole, die er normalerweise nachts zwischen die Oberschenkel steckte, hatte er in seinem Rucksack gelassen.

Tags darauf stiegen die Temperaturen auf knapp über Null, und als der Schnee schmolz, wurde ihre Kleidung feucht. Mit der Dunkelheit kam die Kälte zurück, so daß Hemd und Hose steif wie Bretter am Körper lagen. Bei Einbruch der Nacht setzte wieder heftiger Schneefall ein; sie hatten weder zu essen noch zu trinken, nur Schnee, den sie mit den Handschuhen zusammenscharrten, und es gab keine Gaspatronen mehr für die Kocher. Am Morgen befolgten sie den Befehl, das Lager abzubrechen; sie schnallten sich ihre Ausrüstung auf den Rücken und setzten den Marsch unter Bewachung fort. Auf ihren mit Seehundfellen umwickelten Skiern kletterten sie mühsam bergan.

Auf einem ungeschützten Hang im Neuschnee mit einem eisigen Wind, der vom Gipfel herunterfegte, so daß man nur nach unten auf die eigenen, immer wieder verschwindenden Skier sehen konnte, begriff Ben, was es bedeutete zu erfrieren. Man mußte nur stehenbleiben und warten, und ihm wurde klar, daß er den Leiden der vergangenen, nicht endenwollenden Tage entkommen konnte, einfach, indem er nichts tat. Er hielt inne, um sich mit diesem Gedanken vertraut zu machen, Tod durch Nichtstun; die Verführung, sich einfach zu ergeben. Doch dann schüttelte er den Reiz dieser Vorstellung ab und kämpfte sich grimmig weiter, mit einer neuen und verzweifelten Entschlossenheit.

Leben bedeutete, daß ein Feuer in einem brannte, dachte Ben, damit man nicht zu Eis wurde.

Im Sommer kamen sie von den Bergen herunter und wurden in das flache Land von Texas nach Camp Swift verlegt – das Land der Sandflöhe und Klapperschlangen, wo es Giftsumach, Kakerlaken, Staub und Skorpione in Mengen gab. Niemand gab ihnen eine Erklärung, warum sie als Gebirgsjäger ausgerechnet hier, in dieser trockenen Landschaft, stationiert wurden. Ben schrieb Rachel und berichtete ihr über das Leben in der Armee. Er gestand ihr, daß er jetzt, da sie bald in das Kriegsgeschehen eingreifen würden, Angst vor dem Tod hatte oder, schlimmer noch, vor schweren Verletzungen. Sie antwortete ihm, daß sie bei ihrer Ausbildung vieles gesehen habe, was schrecklich und bedrückend sei. Sie habe Männer gesehen, die Arme oder Beine oder ihr Augenlicht verloren hatten, Männer, deren Gesichter durch Brandwunden völlig entstellt waren, deren Rücken von Granatsplittern zerfetzt und deren Füße von Landminen abgerissen worden waren. Sie wolle, wenn sie ihm von diesen Verletzungen schrieb, seine Angst nicht noch verstärken, aber sie könne ihm die Wahrheit nicht verschweigen. Und sie forderte ihn auf, es sich noch einmal zu überlegen – ob er nicht doch lieber als Sanitäter dienen wolle? Ob er wirklich am Töten beteiligt sein wolle? Ben schrieb ihr, man habe ihn zum Infanteristen gemacht, und da gebe es kein Zurück. Rachel beharrte darauf, daß es in jedem Fall besser sei, sich dem Heilen zu widmen als dem Töten, und Ben erwiderte, daß sein Gewissen ihn dazu verpflichte zu kämpfen.

Mitte Juni hatte Rachel ihre Ausbildung beendet und wurde in das Army Nurse Corps aufgenommen. Sie meldete sich freiwillig für den Dienst in Europa und wurde, obwohl sie keinerlei Erfahrung vorweisen konnte, angenommen. Sie schrieb Ben aus Fort Devens in Massachusetts, wohin sie zu einem achtwöchigen Einführungskurs in die militärische Krankenpflege geschickt worden war. Einmal schrieb sie aus Waterville, wo sie ihre Familie besuchte, und als ihre Einheit auf den Einschiffungsbefehl wartete, schickte sie ihm eine Postkarte aus Manhattan. Mitte August war sie auf einem Truppentransporter, der sie nach Frankreich bringen würde.

Im Herbst erhielt auch Ben seinen Stellungsbefehl, und Ende November, nach Thanksgiving, wurde das Dritte Bataillon des 86. Regiments mit der Eisenbahn quer durch den Süden befördert. Drei Tage lang lebten sie in den Pullman-Waggons, nahmen ihre Mahlzeiten stehend im Kantinenwaggon ein und wuschen ihr Eßgeschirr in Blechtrögen, in denen das Wasser hin- und herschwappte, wenn der Zug sich in die Kurve legte. Sie kamen durch Arkansas und Mississippi, und Ben starrte teilnahmslos auf die brachliegenden Felder und die trostlosen, düsteren Kiefernwälder.

Sie fuhren durch Norfolk, Virginia. In Camp Patrick Henry schliefen sie in Kasernen, die mit Teerpappe gedeckt waren, spielten 17 und 4 und lasen die zerfledderten Bücher, die sie in der Bibliothek des Camps ausleihen konnten. Deutsche Kriegsgefangene arbeiteten in der Kantine, und in einem abgetrennten Teil des Lagers, hinter einem hohen Doppelzaun, wurden die Einberufenen festgehalten, die den Befehl zur Einschiffung nach Europa verweigert hatten.

Ben überquerte den Atlantik auf der *SS Argentina*, einem umgebauten Luxusdampfer. Das Schiff fuhr in einem Konvoi von Truppentransportern, die von Zerstörern durch die Hampton Roads und die aufgewühlte winterliche See vor der Küste von Virginia begleitet wurden. Die Zerstörer führten Schießübungen durch und schossen mit ihren Fliegerabwehrkanonen am Heck auf riesige gasgefüllte Ballons, die in den winterlichen Himmel aufstiegen – der Lärm war so unerträglich, daß Ben danach tagelang ein Klingeln in den Ohren hatte. Nach wenigen Stunden waren die ersten Männer, die das Rollen des Schiffes nicht ertrugen, seekrank. Die Nacht verbrachten sie in ihren Hängematten, die in Sechserreihen im Bauch des Schiffes aufgehängt waren: Tausende von Männern, und vielen war hundeelend. Die Fußböden waren glitschig von Erbrochenem. Auch Ben wurde übel, und er stellte sich für Tabletten gegen die Seekrankheit an, aber sie halfen ihm nicht. Er zog sich eine Schwimmweste über und verbrachte die Nacht an Deck, würgend über die Reling gebeugt, wo ihm die salzige Gischt ins Gesicht spritzte. Mehrmals gab es U-Boot-Alarm und Übungen, bei denen jeder seinen Platz in dem ihm zugewiesenen Rettungsboot finden mußte, und bei Tagesanbruch ertönte wieder ohrenbetäubender Kanonendonner, während der Konvoi durch drei Meter tiefe Wellentäler und schaumgekrönte Wellenberge pflügte. Es war eine neblige Überfahrt, fast ohne Sonne. Auf Treppenstufen und unter Niedergängen tief im Bauch des Schiffes spielten die Soldaten Karten oder würfelten. Viele lagen apathisch in den Hängematten und hingen ihren trüben Gedanken nach.

Es hieß, sie würden in Neapel an Land gehen, und am siebten Tag sahen sie in der Ferne die grüne Küste Afrikas. Vor der Straße von Gibraltar mußten sie eine Weile warten, während sich eine Eskorte von vier Zerstörern einfand und dazu ein Dutzend Schnellboote mit einer Schnellfeuerkanone am Bug und einem schweren Maschinengewehr am Heck. Bei der Einfahrt ins Mittelmeer standen die Soldaten an Deck in der Brise, die von Afrika herüberwehte. Das Wasser lag glatt und tiefblau vor dem Bug, und es erinnerte Ben an den Himmel in seiner Heimat, der an manchen Nachmittagen im Hochsommer eine ganz ähnliche Textur hatte. Er lehnte sich über die Reling. Bill Stackhouse stellte sich zu ihm und sagte, daß er beim Würfeln fast fünfhundert Dollar gewonnen hatte.

»Das hau ich auf den Kopf, sobald wir an Land sind«, sagte Stackhouse.

»Das ist 'ne Menge Geld«, sagte Ben.

»Ich kauf mir italienische Frauen«, sagte Stackhouse. »Vielleicht ist das meine einzige Gelegenheit.«

»Wohl kaum.«

»Wer weiß.«

»Du wirst schon nicht sterben.«

»Vielleicht sterben wir alle, Givens.«

Sie kamen dicht an Capri vorbei und fuhren am neunten Tag bei trübem Wetter in die Bucht von Neapel ein. Sie bekamen Befehl, an der Südseite des Hafens vor Anker zu gehen und zu warten, bis sie an der Reihe waren, von Bord zu gehen. Von ihrem Ankerplatz aus sahen sie die Wracks deutscher Schiffe, die im Schlamm des Hafenbeckens lagen und deren Aufbauten und Oberdecks wie Riffe aus dem Wasser ragten. Einige der Hafengebäude waren zerschossen, die fensterlosen Fassaden und eingestürzten Wände waren vom Schiff aus zu sehen, davor türmte sich der Schutt. Zwischen den Regengüssen frischte die Luft auf. Jenseits der Stadt erhob sich der Vesuv. Am Hafen liefen viele junge Frauen herum, die Stackhouse alle für Huren hielt. Kelly Lastenpole erklärte ihm, wie passend es sei, daß die Sirenen hier die Seefahrer der Antike in den Tod an fernen Gestaden gelockt hatten.

Die *Empress of Australia* ging neben ihnen vor Anker und versperrte ihnen die Aussicht auf die Stadt – jetzt sahen sie nur noch die Wölbung ihres Schiffsrumpfs. In dieser Nacht fand Ben keinen Schlaf, so daß er am nächsten Morgen, als er sein Gepäck fertigmachte und den Seesack an Deck brachte, todmüde war. Hier begrüßte sie keine Militärkapelle wie in Virginia, wo bei ihrer Einschiffung »Over There« gespielt worden war. Statt dessen wurden sie von Regen, einer Horde Bettler und einigen Rot-Kreuz-Schwestern in Wollmänteln begrüßt, die vergnügt Doughnuts vom Vortag verteilten; und auf der Straße wurden sie von einer langen Schlange von

Militärlastwagen erwartet, die sie weiß der Himmel wohin transportieren würden.

Ben ging die schmale Gangway hinunter und trat auf italienischen Boden. Es war Dezember 1944, der Tag vor Weihnachten. Pionierbrücken waren über die Bombenkrater auf dem Pier gelegt, der Hafen von Neapel war ein riesiger Brückenkopf, der fast an neu ankommenden Soldaten erstickte. Ben stieg in einen Versorgungslaster, der für Truppentransporte umgerüstet worden war. Auf der Fahrt sah er das zerstörte Neapel, die herausgebrochenen und verbogenen Straßenbahnschienen, die zerbombten Häuserfassaden. Ein Mädchen hockte an der Straße, um sich im notdürftigen Schutz ihres Mantels zu erleichtern. Stackhouse warf ihr einen Schokoladenriegel zu, der vor ihren Füßen landete.

Am Heiligabend waren sie in Bagnoli in den Resten eines zerbombten Waisenhauses stationiert, das zuvor von den Deutschen besetzt gewesen war. Bens Kompanie wurde im Schulhaus untergebracht, einem riesigen, kalten Gebäude ohne Licht und Möbel, wo der Regen schräg durch die zerborstenen Fenster fiel und auf den Steinfußboden klatschte. Ben trug seinen Trenchcoat und darunter seine Armeejacke; er wickelte die Decken um sich und versuchte, in einer Ecke sitzend zu schlafen – wie die Pflücker, die in manchen Nächten, wenn der Boden zu kalt oder das Gras zu naß war, an die Baumstämme gelehnt schliefen. Schlaflos, mißmutig und zitternd vor Kälte hockte er da und dachte an zu Hause und an Rachel Lake.

Das Weihnachtsessen am nächsten Tag, das sie aus ihrem Feldgeschirr aßen, bestand aus Truthahn und Kartoffeln. Am nächsten Tag gingen sie an Bord der *SS Sestriere* und landeten, als es schon dunkel war, in Livorno. Im Konvoi fuhren sie in nordöstlicher Richtung nach Pisa, wo sie auf einem schlammigen Feld kampierten. In der Ferne hörten sie das Grummeln von Artilleriefeuer und sahen das Aufblitzen des

Mündungsfeuers am Himmel. Ihr Lager war in Tenuta di San Rossore, einem ehemaligen Vergnügungspark und Jagdgrund des Königs, wo einst Wildschweinjagden veranstaltet worden waren. Jetzt spielten hier Soldaten unter prächtigen Pappeln Karten. Er teilte sich mit Lastenpole, der aus Syracuse kam, ein Einmannzelt. Ben erzählte ihm von den Obstplantagen zu Hause, Lastenpole erinnerte sich an die Apfelernte am Lake Ontario. Sein Vater machte jedes Jahr Apfelwein.

Sie füllten Sand in eine Konservendose, gossen Benzin darauf und warfen ein brennendes Streichholz hinein. So hatten sie eine Art Laterne. Dann machten sie es sich in ihrem Zelt bequem und unterhielten sich. Draußen goß es in Strömen. Lastenpole lag auf dem Rücken, eine Hand unter dem Kopf, rauchte eine selbstgedrehte Zigarette und blies den Rauch an die Zeltdecke. Seiner Meinung nach fanden die eigentlichen Gefechte in Belgien und Frankreich statt; mit den Operationen in Italien wolle man die Deutschen nur dazu zwingen, Teile ihrer Truppen nach Süden zu verlegen. In *Stars and Stripes* habe er gelesen, daß die deutsche Offensive in Luxemburg zum Stehen gebracht worden sei, daß die Russen auf Warschau und Budapest vorrückten und daß die 101. Luftlandedivision in Bastogne der Fünften Deutschen Armee gegenüberstehe – aber von den Bergdörfern im Apennin oder gar von Italien im allgemeinen sei da überhaupt nicht die Rede. Der Krieg, so behauptete Lastenpole, sei in dem Moment entschieden, wenn die Alliierten den Rhein überquerten und die Russen Berlin erreichten. Am klügsten sei es bis dahin, sich soweit wie möglich aus allem rauszuhalten.

Sie verließen Pisa Richtung Süden im Konvoi und errichteten ein neues Lager in Quercianella. Ihre Zelte standen dicht an der Küstenstraße am Ligurischen Meer. In der ersten Ausgabe von *Stars and Stripes* im neuen Jahr wurde berichtet, daß die deutsche Offensive in den Ardennen gestoppt und zurückgeworfen worden sei. Da waren Fotos von den Generälen Montgomery und Patton und eins von Eisenhower, das ihn in Paris zeigte. Laut Lastenpole war der Krieg so gut wie vorbei; alles, was jetzt noch geschehe, sagte er, sei nur ein Hinauszögern des Endes. Montgomery stehe kurz davor, den Rhein zu überqueren.

Ein Sack Post war eingetroffen, die Briefe waren mehrere Wochen alt und voller Weihnachtsgrüße. Rachel schrieb aus Revigny, wo sie in einer Scheune untergebracht war. Mit fünfundzwanzig anderen Krankenschwestern hause sie auf engstem Raum in den ehemaligen Gesinderäumen, schrieb sie. Sie hätten eine Kohlenpfanne und viele Kerzen aufgestellt und bastelten Laternen für Weihnachten, indem sie Sternen- und Schneeflockenmuster in Dosen schnitten. Sie zögen rote Vogelbeeren zu Ketten auf, schnitten Engel aus buntem Papier und machten Girlanden für die Kinder, die im Krankenhaus lagen. Sie planten eine kleine Weihnachtsfeier, vielleicht sogar mit einer Talentschau. Sie hatten Stanniolpapier gesammelt und machten Lametta daraus, und zu Weihnachten würde es Truthahn und Früchtebrot geben.

Als sie im Sommer in der Normandie angekommen seien, berichtete sie, seien sie zuerst in einem Lager bei einem Apfelbauern einquartiert gewesen, wo die Misteln die Bäume erstickten und überall Hornissenschwärme waren. Ihr Lager erstreckte sich über eine Fläche von sechzig Hektar, eine Zeltstadt, die in Reihen auf schlammigem Boden aufgebaut war. Deutsche Kriegsgefangene hätten hinter einem Stacheldrahtzaun gestanden und ihnen zugesehen. Es habe keine Fußböden gegeben, und sie hätten auf flohverseuchtem Stroh geschlafen. Sie hätten die Feldmäuse mit ihren Stiefeln totgetreten und sich von C- und K-Rationen ernährt, Dosenfleisch, Schiffszwieback, Streichkäse, kandierte Früchte, Rosinen und Dosenmais. Ihr Gepäck sei auf dem Weg über

England verlorengegangen, so daß sie keine Kleidung zum Wechseln hätten. Ihre Umhängetaschen mit Inhalt und die Arbeitsanzüge hätten sie gerettet, nicht aber ihre Uniformen. Sie hatten den Schnaps gekostet, der aus Äpfeln gemacht wurde und Calvados hieß. Rachel mochte ihn nicht, aber die anderen Krankenschwestern tranken ihn gern.

Die Beleuchtung im Krankenhaus bestehe aus Petroleumlampen. Ihre ersten Patienten seien zwei Kinder aus dem Dorf gewesen, die beim Spielen auf Minen getreten waren. Frauen kamen zu ihnen, wenn eine schwierige Geburt bevorstand, Landarbeiter ließen Blasen an den Füßen behandeln, andere kamen wegen Gelbsucht und Tuberkulose. Bald darauf seien die ersten Frontsoldaten eingetroffen. Sie habe Fälle von Schützengrabenfuß, Hepatitis, Lungenentzündung und Wundbrand gesehen. Manche hätten furchtbare Verbrennungen. Nachts höre man dumpfes Stöhnen aus den Krankenzelten, und sie komme sich dann immer ganz hilflos vor. Sie habe bei Operationen assistieren müssen und gelernt, Bluttransfusionen durchzuführen, eine Infusionsnadel zu setzen, Wasser aus der Lunge abzusaugen und Fleischwunden zu nähen. Sie habe auch gelernt, ein Schützenloch zu graben und mit einem Karabiner zu schießen.

Noch während sie in der Normandie stationiert war, wurde Paris befreit. Es setzten schwere Regenfälle ein, ihre Zelte stürzten ein, und alle waren ständig durchweicht. Sie hatten ihre Helme als Waschbecken benutzt und in Doppelschichten gearbeitet. Sie hatten ihr Trinkwasser mit Listerin gechlort und ihm Zitronenkristalle zugesetzt. Bald darauf war es so kalt geworden, daß ihre Zelte mit einer Eisschicht überzogen waren. Sie hatten sich an Kanonenöfen gewärmt. Die Zeitschrift *Stars and Stripes* bekamen sie nicht mehr, aber sie konnten die BBC empfangen; außerdem gab es ein Kinozelt, wo es allerdings auch durchregnete.

Im Spätherbst seien sie versetzt worden. Näher an den

Krieg heran. Als bei Bastogne Kämpfe stattfanden, sei Rachels Einheit evakuiert worden. Der Ambulanzwagen, in dem sie Platz gefunden hatte, sei im Schlamm steckengeblieben, und sie habe die Strecke nach Malmedy, ihrem neuen Feldlazarett, hinten auf einem Schützenpanzerwagen zurücklegen müssen. Jetzt seien sie in Revigny stationiert und würden dort auch auf absehbare Zeit bleiben. Das Krankenhaus sei überfüllt, überall lagen die Männer in Decken gewickelt auf dem Fußboden, in den Fluren, ja sogar im Heizungsraum. Es sei so kalt, daß das Morphium und das Blutplasma einfroren. Auf der Station lagen Männer, die sich die Wirbelsäule gebrochen hatten, Männer, die Arme und Beine verloren hatten, Männer, deren Köpfe bandagiert waren, ohne Löcher für die Augen. Rachel sollte auf der Operationsstation bleiben. Sie gestand Ben, daß sie die ganze Zeit an ihn denke. Sie denke oft an den Sommer in den Obstplantagen. Die Zeit damals komme ihr jetzt wie ein Traum vor. Sie vermisse ihn sehr. Sie liebe ihn.

Bens Kompanie übte das Graben von Schützenlöchern, obwohl kaum einen halben Meter unter der Oberfläche eine Schicht undurchdringlichen Marmorgesteins lag. Sie erhielten den Befehl, ihre Rangabzeichen zu entfernen und draußen nicht zu grüßen, um so die Gefahr zu vermindern, daß die Offiziere ein Ziel von Heckenschützen wurden. Laut Lastenpole war das ein schlechtes Zeichen. Es bedeutete, daß Kampfhandlungen dicht bevorstünden.

Am 8. Januar, als sie in Truppentransportern und Versorgungslastern an die Front gefahren wurden, regnete es in Strömen. Zuerst fuhren sie in nordöstlicher Richtung durch eine Hügellandschaft in den Apennin hinein. Der Regen ging in Schnee über und deckte nach und nach die Felder zu; das sanft gewellte Land mit dem brachliegenden Ackerland hier und da lag kalt und still. Als sie in höhere Lagen kamen, machte der schwere, nasse Schnee das Vorankommen auf den Straßen schwer. Aus dem gleichförmig grauen Himmel fiel unablässig der Schnee, so schwer und schnell wie ein Frühlingsregen. Bis zum Nachmittag lagen die Hügel unter einer dichten weißen Decke, jede Fernsicht war unmöglich. Dumpfes Artilleriefeuer war die ganze Zeit zu hören, während sie auf der Straße, die sich durch verschneite Wälder in scharfen Kehren den Berg hinaufwand, durch Felder und stille Bergdörfer fuhren.

Sie erreichten das Dorf San Marcello. Bens Zug wurde in einer verlassenen Mädchengrundschule einquartiert. Sie schliefen in den Klassenzimmern auf Steinfußboden und machten unter dem Vordach ein Feuer aus Kiefernholzscheiten. In der Nacht schneite es wieder, und am nächsten Morgen lag das Tal vor ihnen unter einem halben Meter Schnee, aus dem die Weinspaliere herausragten. Kinder warteten mit hölzernen Eimern bei der Feldküche, die auf dem Dorfplatz aufgebaut worden war. Das dumpfe Artilleriefeuer hatte aufgehört. Die Welt lag in angespannter Stille.

Drei Nächte lang machten sie Patrouillen in den Bergen. Stackhouse stöhnte über das Gewicht der BAR-Munition, zumal noch kein einziger Schuß abgefeuert worden war. Lastenpole rauchte seine selbstgedrehten Zigaretten und schrieb in sein Tagebuch. Ben und Stackhouse gingen in eine Taverne und tranken Grappa. Stackhouse hatte, wie angekündigt, sein ganzes Geld für Huren ausgegeben, deswegen bezahlte Ben die Getränke und kaufte außerdem noch eine Tüte Feigen. Sie aßen die Feigen und sahen dabei schweigend ins Land hinaus, die Helme auf den Knien. Stackhouse kam aus Baltimore. Er war ohne Abschluß von der Highschool abgegangen. Er hatte eine Mechanikerlehre begonnen und daneben hatte er, um Geld zu verdienen, Eis ausgefahren. Er machte keinen Hehl daraus, daß er die Armee haßte. Er hatte Grappa getrunken, und jetzt wollte er nach Hause. Die Huren waren eine Enttäuschung gewesen. In Pisa hatte er eine gefunden, die einigermaßen Englisch sprach, und er hatte sie dafür bezahlt, daß sie sich die ganze Nacht hindurch mit ihm unterhielt.

Sie erhielten neue Befehle und marschierten nach Norden, erst nach Lizzano in Belvedere, dann auf die Stadt Querciola zu. Sie marschierten nur bei Dunkelheit und unter schweren Lasten. Der Weg führte bergauf an schneeverwehten Weinbergen, Feldern und Apfelgärten vorbei. Die kleine Stadt Querciola war von ihren Bewohnern verlassen worden, weil sie in Reichweite der deutschen Geschütze lag. Die Kompanie schickte Spähtrupps aus und erkundete die Gegend. In der fünften Nacht in Querciola gelang es einer deutschen Patrouille in weißen Tarnanzügen, die Linien zu durchbrechen. Ben und einige andere Männer standen in ihren Schützenlöchern, während der Funker Verstärkung anforderte, und nach zehn Minuten stieß eine Einheit von Stellungen weiter südlich zu ihnen. Auch sie gingen in Stellung, und der Funker forderte Artillerie an. Aber der Feldwebel der nachgerückten Einheit wurde ungeduldig und gab der ganzen Truppe den Befehl zum Angriff. Sie bewegten sich auf das deutsche Feuer zu, und einer von ihnen, der Soldat Zwikkert, wurde durch einen Schuß in den Rücken getötet, weil ein Schütze einer anderen Einheit nichts von dem Angriff gehört hatte und annahm, daß Zwickert ein Deutscher sei. Das war der erste Mann aus Bens Kompanie, der in Italien fiel.

Danach hielt der Feldwebel ihnen eine wütende Ansprache. Mit lauter Stimme rief er den Namen des Toten und erklärte, daß sie John Zwickert aufgrund ihrer Feigheit und Dummheit umgebracht hätten. Dann wurde es im Bereich ihrer Vorpostenlinie wieder still. Sie legten Stolperdraht, der Leuchtsignale auslösen würde, falls die Deutschen einen zweiten Vorstoß wagten, und bemannten die Nacht hindurch alle ihre Schützenlöcher. Beim Morgengrauen kamen sie unter Beschuß von 88er Granaten, die wie Sicheln durch die Bäume schnitten. Als das Feuer vorübergehend abflaute, wurden sie abgelöst und traten den Rückzug nach Vidiciatico an, wo sie die Stunden in Räumen, in denen Kohleöfen für Wärme sorgten, verschliefen oder vertrödelten. In Vidiciatico war es feucht, der Wind blies vom Rivakamm herunter; mittags schmolz der Schnee zu Matsch, so daß die Straßen aufweichten und die Jeeps bis zu den Achsen im Schlamm versanken. Die nachrückenden Soldaten berichteten, daß im Süden bereits der Frühling Einzug halte – in der Ebene liege der Duft blühender Zitronen in der Luft.

Ben ließ sich von einem italienischen Barbier mit großen, schwieligen Händen rasieren. Er bekam neue wollene Unterwäsche und neues Helmfutter ausgehändigt. Zusammen mit Lastenpole und Stackhouse ging er in eine Trattoria, wo sie Polenta und Kastanienmus aßen und den Wein der Gegend tranken. Ein zwölfjähriger Junge in einem Schafswollpullover ging den ganzen Weg bis zu ihrem Quartier hinter ihnen her, bis Stackhouse ihm ein paar Zigaretten gab. Auf Bens Frage hin nannte der Junge die Namen einiger Bäume: *abete, pino* und *castagno* – Ben erkannte das Wort für Kastanie. In gebrochenem Englisch erklärte der Junge, daß sich die Tonerde der Gegend ausgezeichnet zur Herstellung von Steinguttellern eigne, daß die wilden Birnen sauer schmeckten und daß die Beeren, die im Sommer am *ginepro* wuchsen, sehr gut für die Verdauung seien. Stackhouse gab ihm noch ein paar Zigaretten, und der Junge zeigte ihnen einen Busch, *biancospino,* dessen Beeren, wie er mit dramatischen Gesten vermittelte, mühsam zu pflücken seien, aber köstlich schmeckten.

Das Wetter schlug um, und es wurde sehr kalt. Es schneite die ganze Nacht. Pulverschnee füllte die Felsritzen und Mulden, und die Steilhänge vereisten. Wenn sie auf Patrouille geschickt wurden, gingen sie in weißen Umhängen, die aus Bettbezügen genäht waren, und in Überschuhen aus dichtgeknüpftem Hanfseil. In tiefer Dunkelheit durchquerten sie den Gebirgsbach der Dardagna und kletterten durch Wasserläufe und Felsenschluchten und über Geröllhalden, immer auf der Suche nach einem Pfad zum Cappelbusso hinauf, den sie als Nachschubroute nutzen konnten. Lastenpole klagte, daß seine Finger erfroren seien. Immer wieder sagte er, daß das alles doch völlig sinnlos sei, bis der Feldwebel ihm befahl, den Mund zu halten.

In der zweiten Februarwoche setzte die Schneeschmelze ein. Die Südhänge waren zum Teil schon schneefrei, und die Luft war angenehm mild. Nachts kam dichter Nebel auf und verbarg alle Truppenbewegungen. Überall entlang der Straße, in Wegbiegungen und unter Böschungen, lagerte jetzt Nachschub: Proviantkisten, Benzinkanister und Munitionskisten. Ben und Bill Stackhouse wurden zurückgeschickt, um Leuchtspurmunition, Rucksäcke, K-Rationen und Bergjacken heranzuschaffen. Auf der sich windenden Straße oberhalb von Lizzano in Belvedere kamen ihnen Lastwagen und Männer entgegen, die auf dem Weg in die Berge waren. Die Maulesel wurden von italienischen Alpenjägern mit feschen Tirolerhüten geführt, schwere Geschütze wurden zur Front transportiert, und Traktoren planierten die schlammigen Wege. Weiter hinten bildeten die am Straßenrand gestapelten Kisten – Proviant, Drahtrollen, Munition, Trinkwasserkanister – eine Art Hecke, über die man kaum hinweggucken konnte. Auf den Feldern im Tal befanden sich die Lager der Pioniere und der Fernmeldetruppe, der Versorgungskompanien und der Panzergrenadiere. Bis zum folgenden Abend trafen immer mehr Soldaten und weiterer Nachschub in Vidiciatico ein; neue Geschützstände wurden versteckt in den Hügeln errichtet, wo sie den schon lange dort eingegrabenen deutschen Stellungen auf dem Kamm zwischen Spigolino und Monte Belvedere im Norden gegenüberlagen. Ben und Bill Stackhouse saßen über eine Infanterie-Landkarte gebeugt und versuchten, sich die Namen der Gipfel einzuprägen: Mancinello, Serrasiccia, Cappelbusso und schließlich Campiano, unterhalb dessen Rocca Corneta lag, ein von den Deutschen besetztes Dorf. Durch ihre Feldstecher sahen sie sich das Dorf an: Mörtel bröckelte von den Mauern einer Scheune, Weidenzweige hingen über die Straße, rote Ziegel waren vom Dach eines Hauses gefallen, ein Fensterladen hing an nur einem Scharnier und schlug gegen die Hauswand, von der der Putz in Placken abfiel. Flecken brauner Erde zeigten sich da, wo die Schneedecke schon geschmolzen war, und an den Hängen standen kahle Kastanien. Auf der Hauptstraße, die sich den Berg hinunter nach Vergato schlängelte, sah man dort, wo der Schnee weggetaut war, den feinen weißen Sand vom letzten Jahr.

An einem nebelkalten Abend wurde Bens Kompanie in umgerüsteten Versorgungslastern von Vidiciatico zum Fuß des Monte Belvedere verlegt. Von dort marschierten sie zu ihrer Ausgangsstellung und hoben im Dunkeln Gräben aus, während die Strahlen der Suchscheinwerfer über den Rivakamm strichen. Am Tag war in den felsigen Höhenlagen Neuschnee gefallen. Das Tal lag in tiefer Dunkelheit. Vom Kamm fegte der Wind zu ihnen herunter.

Nach ein Uhr nachts hörte Ben das ferne Knattern von Gewehrfeuer und die Detonationen der Granatwerfer. Er war dabei, Mercurochrom auf eine Blase am linken Fuß aufzutragen, die ihn plagte; er verband den Fuß und zog den Stiefel wieder an, schnürte ihn aber nicht zu fest zu. Er setzte seine Feldflasche an und trank. Stackhouse knabberte an den Fingernägeln, guckte immer wieder auf die Uhr und hockte sich hin, um sich zu erleichtern.

Beim ersten Morgengrauen bekamen sie die Nachricht, daß der Rivakamm eingenommen sei. Aber sie blieben den ganzen Tag in ihren frisch ausgehobenen Gräben, froren unter dem eisigen Februarhimmel und hörten im Norden das deutsche Maschinengewehrfeuer und Artillerie. Erst gegen Abend wurde es stiller. Ben zerlegte und reinigte seine BAR, dann aß er Maisbrot und Pfirsiche aus der Dose, die er in seinem Rucksack hatte. Gegen Mitternacht entleerte er sich auf dem Blatt seines Spatens und beförderte die Ladung in hohem Bogen in die Nacht hinaus. Eine Weile später machte Stackhouse es ihm nach.

In der folgenden Nacht wurde der Himmel plötzlich von Leuchtkugeln erhellt, und die deutsche Artillerie begann zu feuern. Stackhouse richtete den Schein seiner Kopflampe auf seine Uhr und stellte den Abstand fest, in dem die Mörser der Deutschen von Monte Belvedere herunter abgefeuert wurden. Es war regelmäßig, sagte er, sechs Einschläge in anderthalb Minuten, und später in der Nacht verkündete er fluchend, daß die Deutschen jetzt 88er Granaten abfeuerten, die eine Reichweite von zwölf Meilen hatten und zwanzig Pfund wogen.

Sie blieben in ihren Gräben, während hinter ihnen Leuchtspurgeschosse abgefeuert wurden und die Hänge gegenüber erleuchteten. Die 88er kamen ohne jede Warnung, und ihr Rauschen war erst zu hören, wenn sie unmittelbar über ihnen waren, während das gellende Kreischen der Mörsergranaten – kreischende Mimis nannte Stackhouse sie – Ben den Atem nahm. Kurz darauf regnete es heiße Granatsplitter aus dem taghell erleuchteten Himmel auf sie nieder, und jenseits der dunklen Silhouette der Äste stürzten Bäume um, manche wurden im Fall in den Astgabeln anderer Bäume aufgehalten. Ben blies auf seine tauben Finger und spürte, wie verkrampft sein Körper war, während Stackhouse unter seinem Helm still dasaß, aber immer wenn das lange, tiefe Stöhnen der Granaten lauter wurde und auf sie zukam, fluchte er unterdrückt.

Im Morgengrauen dröhnten P-47-Bomber über sie hinweg, mit schattenhaften Bomben unter den Tragflächen, die über dem Gipfel des Monte Belvedere abgeworfen wurden. Kurz darauf erhielt Bens Kompanie den Befehl, den Hang hinauf vorzurücken und sich hinter der Front zu verschanzen. Sie befolgten den Befehl und suchten oben hinter Kastanienbäumen Deckung. Um sieben Uhr gab der Kompaniechef die Meldung durch, daß das 85. Regiment Monte Belvedere eingenommen habe und kurz darauf Monte Gorgolesco, und daß das Dritte und Fünfte Bataillon des 85. Regiments von General Hays den Befehl erhalten habe, das gewonnene Gelände um jeden Preis zu halten. Das Dritte Bataillon des 86. Regiments – das war Bens Einheit – sollte durch die vordersten Linien vorstoßen und Monte Della Torraccia einnehmen.

Sie rückten hintereinander gehend vor, ließen den Kiefernwald hinter sich und bewegten sich auf Mazzancana zu. Auf dem Pfad kam ihnen eine Karawane von Maultieren entgegen, auf deren Rücken tote GIs festgebunden waren. Die Tiere wurden von italienischen Alpini geführt. Bei jedem Schritt, den die Maultiere auf dem unebenen, felsigen Weg machten, wippten und schaukelten die Leichen. Die Männer auf dem Weg zur Front verlangsamten die Schritte und ließen die Prozession passieren. Die Toten auf den Rücken der stummen Tiere waren unnatürlich verrenkt und verdreht.

Bens Herz klopfte heftiger. Während er weiter bergauf stieg, kam er an Bäumen vorbei, deren Wipfel von Granaten wegrasiert worden waren, und an Kastanien, unter denen verletzte Männer lagen – manche rauchend und teilnahmslos vor sich hin stierend, andere ausgestreckt, den Kopf auf dem Helm – und darauf warteten, daß Sanitäter kamen und sie zum Feldlazarett im Tal transportierten. Später sahen sie einen toten Deutschen; er saß aufrecht an einen Baum gelehnt, eine sauber gedrehte Zigarette im Mundwinkel. Dann stießen sie auf einen GI, dessen linker Fuß vom Körper abgetrennt war und noch im Stiefel steckte. Als jemand ihn umdrehte, stellten sie fest, daß es Gavin Neiderhoff war. Ganz offensichtlich war er auf eine Mine getreten, denn er lag in einer kleinen, kreisrunden Kuhle; sein Helm war ihm vom Kopf gerollt und lag neben ihm. Gegen Mittag fanden sie Leonard Campbell, den Ben vom Schachspielen in Camp Hale kannte. Mörserfeuer hatte ihn in Brust und Kehle getroffen, die Schneedecke um ihn herum war von Granatsplittern durchlöchert und mit Kiefernzweigen übersät. Er streckte die entblößte Brust zum Himmel, und seine Erkennungsmarke war verdreht.

Sie marschierten zwischen Buchen hindurch, die vom Granatenhagel zerrissen worden waren: sie waren geborsten, gespalten, umgestürzt, dicke Äste waren heruntergebrochen und staken wie Spieße im Boden. Über eine schneebedeckte Lichtung stiegen sie weiter bergauf. Im Wald vor ihnen gruben sich andere Soldaten ein, und die Kompanie machte hinter ihnen halt, während über die Feldtelefonleitung, die bereits den Berg hinauf verlegt worden war, die neuesten Befehle eingeholt wurden. Sie saßen wartend unter triefenden Bäumen, und Ben wechselte den Verband an seinem Fuß. Die Blase hatte sich geöffnet und sonderte Wundwasser ab. Er legte einen neuen Verband an, schnürte sich den Stiefel wieder zu und prüfte den Abzug an seiner BAR.

Leutnant Daniels, der Zugführer, sagte, sie würden bei Einbruch der Dunkelheit in nordöstlicher Richtung über die Schulter des Berges 1018 weiter nach Della Torraccia vorstoßen, wo sie in einem Kiefernwald bis zum Tagesanbruch stehenbleiben würden. Die Frontlinie liege dann unmittelbar vor ihnen, zwischen ihnen und dem Feind befänden sich dort keine weiteren Truppen mehr. Am frühen Morgen würden sie angreifen, aber erst nachdem Artilleriefeuer ihnen den Weg bereitet habe. Das Zweite Bataillon des 85. Regiments, das bisher das Terrain vor ihnen gehalten hatte, habe beträchtliche Verluste hinnehmen müssen; jetzt würde ihre Einheit Teil der zweiten Angriffswelle auf den vom Feind gehaltenen Kamm sein. Sie würden bei Einbruch der Dämmerung vorrücken und sich bis zum Morgen bereithalten. Sie sollten sich möglichst tief eingraben. Die Männer mit den automatischen Brownings müßten darauf vorbereitet sein, mit Sperrfeuer einen Frontalangriff zu unterstützen, und die Munitionsträger hätten sich in ihrer Nähe zu halten, da die BARs ohne sie nutzlos seien.

Ben saß an einen Baum gelehnt und beobachtete, wie die Dämmerung hereinbrach. Im schwindenden Tageslicht sahen die Kiefern aus wie Scherenschnitte. Kelly Lastenpole setzte sich neben ihn und schob den Helm in den Nacken. Sein düsterer Humor hatte ihn verlassen. Er rauchte, die Hand um die Zigarette gelegt.

»Ist doch Scheiße, das hier«, sagte er.

»Hast du Bill gesehen?«

»Der ist da drüben.«

»Er sollte hier bei uns sein.«

»Laß ihn doch.«

»Ach, komm schon, Kelly.«

»Ist doch Scheiße«, sagte Lastenpole und schnippte seine Zigarette weg. »Ich geh nicht da raus.«

Spät am Abend übernahmen sie die Schützenlöcher der Männer des 85. Regiments. Als beim Morgengrauen Mörserfeuer über sie mit Ziel auf die deutschen Stellungen hinwegging, hielt Lastenpole die Augen fest geschlossen. Als der Befehl zum Angriff kam, ging er in die Knie und übergab sich, und der Schleim hing ihm in Fetzen aus dem Mund.

Ben hörte den eigenen Atem, als er sich aus dem Schützenloch hievte, das Sturmgepäck auf den Rücken warf und die Browning aufnahm. Noch während er das Sturmgepäck zurechtrückte, heulte eine Granate links an ihm vorbei, so nah, daß er den Zugwind im Gesicht spürte.

Einen Moment lang stellte er sich hinter einen Baum, während Lastenpole neben ihm auf Knien lag. Dann trat er aus dem Schutz des Baumes hervor und hastete mit den anderen Männern seiner Kompanie bergauf. Lastenpole rührte sich nicht vom Fleck, bis Ben ihn rief und sagte, er brauche die zusätzliche Munition. Da erst riß Lastenpole sich zusammen und stolperte hinter ihm her.

Sie bahnten sich den Weg an toten Soldaten vorbei – einige waren aus dem Zweiten Bataillon des 85. Regiments, andere in deutscher Uniform –, aber es blieb keine Zeit, sich ihre Verletzungen anzusehen oder sich darüber Gedanken zu machen, wie sie gestorben waren, da immer mehr Granaten um sie herum einschlugen. Manche der Soldaten krallten sich in den Boden und blieben liegen, andere krochen auf allen vieren. Ben bewegte sich gedankenlos weiter, weil andere Männer sich auch bewegten. Er erstieg den Kamm, wo ihm Maschinengewehrfeuer entgegenschlug. Neben ihm lag ein Fernmelder flach ausgestreckt auf dem Boden und gab ihre Position an, konnte aber offensichtlich nicht durchkommen, denn er fluchte unablässig, die Wange an den Boden gepreßt. Granaten regneten zu ihrer Linken herein und ertränkten jedes andere Geräusch. Als eine Feuerpause eintrat, schob Ben die schwere Automatik in Position und begann zu feuern, auf nichts Bestimmtes, einfach nach vorne.

P-47 kamen tief herein und versuchten, ihnen mit Splitterbomben den Weg freizumachen. Männer liefen ungeordnet den Abhang hinunter, während die Flugzeuge dicht über sie hinwegjagten, und Ben folgte ihnen, das Gewehr in den Händen, auf ein nach Norden blickendes Heufeld, auf dem noch knöcheltief Schnee lag. Er brachte sich hinter Kiefern am Rand des Feldes in Deckung – hier, im Schatten, war der Schnee noch fest – und rückte in ihrem Schutz vor. Wieder feuerte er mit seiner BAR in die Bäume hinauf. Auch diesmal hatte er kein Ziel – er schoß einfach nur so. Keiner von seiner Einheit war in der Nähe. Die Munitionsträger, Lastenpole und Stackhouse, waren nirgendwo zu sehen. Auch Leutnant Daniels nicht.

Im Schutz der Bäume hielt er die Position, bis ein Stabsfeldwebel kam und die Kompanie zu einem Angriff auf die deutschen Stellungen sammelte. Speichel hing ihm im Mundwinkel, er hatte seinen Helm und die Pistole verloren. Ben lief hinter anderen Männern her, einen Maultierpfad entlang, der sich den Hang schräg hinaufzog, und als er langsam höher stieg, wurden zwei Männer vor ihm von einer Granate getroffen, sie verschwanden in einer Rauchwolke. Ben verließ den Pfad und kletterte den Abhang in direkter Linie hinauf. Oben stieß er auf Lastenpole und Stackhouse, die von einem wirren Netz von Stolperdraht aufgehalten worden waren. Unter Feuer gingen sie hindurch und liefen in den Schutz einiger Buchen hinunter, wo sie sich keuchend auf den Boden warfen und sich von ihrem Sturmgepäck befreiten.

Ben hörte nur das Klingeln in seinen Ohren. Stackhouse rollte sich auf den Rücken und hob seine Feldflasche an den Mund. Das Wasser rann ihm über das Gesicht und in sein Hemd. Er wischte sich ein paarmal über die Stirn, rollte sich wieder auf den Bauch und drückte den Kopf an den Boden. »Gottverdammt«, keuchte er.

»Wo sind die andern?« fragte Lastenpole. »Was soll der Scheiß?«

Er robbte zwischen den Bäumen hindurch, als wollte er sich einen Überblick verschaffen. Beim ersten Schuß fiel ihm ein Kiefernzweig auf den Rücken. Der nächste Schuß traf ihn in die Schulter – er preßte die Hand darauf und drehte sich auf die Seite –, und der dritte drang in seinen Hinterkopf und trat unterhalb der Augen wieder aus. Lastenpole hob die Hand an die Wange und rollte sich auf den Rücken, den Blick in die Baumwipfel gerichtet. Blut rann ihm über die Finger. »Verdammt«, sagte er.

Er starb schnell, ein Zittern ging durch seinen Körper, Blut sickerte ihm aus dem Mund.

Stackhouse blieb mit weit aufgerissenen Augen am Boden liegen. Ben kroch zu einem Baum und blieb über eine Stunde lang zwischen zwei Wurzelsträngen liegen. Drei Deutsche kamen bergab an ihnen vorbei: einer trug einen Zweig mit einem weißen Lappen vor sich her, der zweite stützte einen dritten, dessen Gedärme aus einer Bauchwunde heraushingen. Er hielt sie fest, so gut es ging, aber purpurfarbene Schlingen schlüpften immer wieder zwischen seinen Fingern hindurch und schleiften durch den Schnee. Ben dachte einen Moment daran, alle drei zu erschießen, als Rache für Lastenpole, aber Stackhouse schrie ihn wütend an. Als einer der deutschen Soldaten sie ansah, winkte Stackhouse ihnen zu, an ihnen vorbei weiter nach hinten zu gehen.

Eine Weile darauf kam wieder ein Deutscher. Ohne Helm, mit einem blutigen Verband um die Stirn humpelte er durch den Wald. Er war groß und schlaksig, trug eine Brille und schien völlig orientierungslos. Er preßte die Hand an die Stirn, verzog das Gesicht und schloß erschöpft die Augen, dann stolperte er ein paar Schritte weiter und kam dicht vor ihnen zum Stehen. Er trug fingerlose Handschuhe und eine schmutzige, zerrissene Uniformjacke. Er mochte Mitte Dreißig sein, vielleicht Anfang Vierzig, die Bartstoppeln auf seinem Kinn waren grau. Er hatte die Uniformhose in die Stiefel gestopft, und seine Brille war beschlagen und mit nassen Kiefernnadeln verklebt. Der Verschluß der Feldflasche an seinem Gürtel fehlte, daneben steckte in einem lehmverschmierten Halfter eine Pistole.

Ben legte den Finger an den Abzug seiner BAR und wartete darauf, daß Stackhouse eine Entscheidung traf. Er war wie gelähmt, unfähig, etwas zu tun. Der Deutsche blieb vornübergebeugt an einem Baum stehen und stützte sich mit der Hand am Stamm ab. Mit gesenktem Kopf schöpfte er Atem und spuckte aus. Dann drehte er sich nach links und versuchte, während sich sein Verband am Kopf löste, mit seinem Blick das Dickicht zu durchdringen, wo Stackhouse umständlich dabei war, sein Gewehr in Anschlag zu bringen. Der Deutsche bemerkte die Bewegung im Gestrüpp, sagte etwas auf deutsch und griff nach seiner Pistole. Während er sie zog, schrie Stackhouse Ben an, er solle schießen – *Schieß doch, schieß doch! Verdammt noch mal, schieß doch!* –, und während Ben immer noch wie gelähmt zusah, hob der Deutsche die Pistole und feuerte dreimal ins Unterholz. Stackhouse stöhnte auf und Ben schoß, den Finger fest am Abzug der BAR. Er schickte einen ganzen Feuerstoß durch den Körper des Deutschen, durchtrennte ihn in der Taille.

Die Beine des Deutschen rutschten nach vorn, der Oberkörper fiel rückwärts und sackte zuckend zu Boden. Ben hörte auf zu feuern. Der Deutsche lebte noch. Die Augen hinter der Brille trafen Bens. Er machte eine krampfartige Bewegung, ein Pfeifen kam aus seiner Kehle. Die Beine zitterten, ein Fuß zuckte. »Mein Gott«, schrie Bill Stackhouse. »Mich hat's erwischt. Gott noch mal.«

Ben zog Stackhouses Uniformjacke hoch, riß ihm die Hose an der Hüfte auf und fand eine klaffende Wunde voller Knochensplitter, dunkles Blut strömte daraus hervor. »Tut mir leid«, sagte Ben. »Gott.«

»Verdammt noch mal«, preßte Stackhouse zwischen zusammengebissenen Zähnen hervor und atmete keuchend. »Und an der Schulter«, sagte er.

»Wir brauchen Sanitäter«, sagte Ben.

»Der Kerl hat mich erwischt.«

Ben zog seinen Verbandskasten aus dem Rucksack und

öffnete ihn. Dann zögerte er. Granaten heulten über sie hinweg und schlugen in den Hang hinter ihnen. Er legte eine Kompresse auf die Wunde, steckte Bill eine Sulfonamidtablette in den Mund und versuchte, ihm Wasser einzuflößen. Bill konnte nicht schlucken, und das Wasser rann ihm über das Kinn. »Tut mir leid«, sagte Ben wieder. »Mein Gott.«

Er drückte die Kompresse auf die Wunde an der Hüfte und schrie immer wieder nach einem Sanitäter, ohne sich viel davon zu erhoffen. Er wickelte eine Binde um die Kompresse und sah zu, wie sie von Blut getränkt wurde. Aber er durfte hier nicht untätig herumsitzen. Damit half er keinem. Er verließ den Schutz der Bäume und rief wieder nach einem Sanitäter.

Er sah sich selbst wie aus großer Ferne oder als wäre er unter Wasser. In seinem Kopf war ein lautes Summen, das nicht weggehen wollte. Auf distanzierte Weise merkte er, daß seine Schultern zitterten. Er konnte es nicht unterdrükken. Eine Granate zog über seinen Kopf hinweg. Dann noch eine, und noch eine, und die ganze Zeit schrie er nach einem Sanitäter und hörte seine eigene angestrengte schrille Stimme, die aus einer anderen Richtung zu kommen schien. In der Luft hing der Geruch von Pulver.

Schließlich lud er sich Stackhouse über die Schulter und trug ihn hinter die Frontlinie. Stackhouse stöhnte bei jedem Schritt, während Ben mühsam durch die Kiefern stolperte und unter seiner Last schwitzte. Andere Soldaten kamen in beiden Richtungen an ihm vorbei, und als er einen mit einer Rot-Kreuz-Binde sah, legte er ihm Stackhouse vor die Füße.

Der Sanitäter schnitt Jacke, Hemd und Unterhemd des Verwundeten auf. Dann gab er ihm Morphiumtropfen und streute Sulfonamidpulver in die Wunde. Er legte eine Kompresse an und band die Schulter – mit der Jacke – ab, um den Blutfluß zu stoppen. Er riß den Stoff von Stackhouses Uniformhose weiter auf, warf den blutgetränkten Verband beiseite, streute auch in diese Wunde Sulfonamidpulver und legte eine Kompresse an.

»He«, sagte er. »Kannst du mich hören?«

»Nnn«, sagte Stackhouse; er war aschfahl. Schweiß stand ihm auf dem Gesicht.

»Nicht aufgeben«, sagte der Sanitäter. »Wir bringen dich hier raus.«

Nirgendwo waren Sanitäter mit einer Bahre zu sehen, und warten konnten sie nicht. Der Sanitäter hängte Stackhouse eine Verwundetenmarke um das Fußgelenk. Sie knoteten eine Decke an zwei Kiefernästen fest und trugen Stackhouse wie in einer Hängematte den Berg hinunter. Der Sanitäter ging voran, und Stackhouse schwang in der Decke zwischen ihnen hin und her wie ein Opfertier, ein Schwein, das über dem Feuer gebraten werden sollte.

Das Feldlazarett des Bataillons befand sich in einem Ort namens Carge, der nicht mehr als ein alleinstehendes Bauernhaus am Rand einer baumbestandenen Wiese war. Die Kastanien auf der Wiese standen kahl, und das Feld war übersät mit den Hinterlassenschaften von Soldaten: Munitionskisten, Dosen und Kartons, eine Gewehrhülle, eine vergessene Munitionstasche, ein leerer Verbandskasten, ein paar aufeinandergestapelte Tragbahren, ein Spaten, ein paar schmutzige Blechtassen. Ein Helm mit Netz, nassem Innenfutter und einem zerschlissenen Riemen lag im Schnee, daneben ein Schießhandschuh.

Krankenträger lagen erschöpft in der Nähe des Lazaretts, die genagelten Stiefel auf Felsen gelegt. Eine Spur von Stiefelabdrücken führte durch den matsch- und blutgefärbten Schnee zu ihrem Ruheplatz. Neben dem Bauernhaus mit dem roten Ziegeldach stand eine Kastanie dunkel gegen den Himmel, an dem Zirruswolken entlangzogen, dahinter die Berge im Süden, deren Kuppen mit kleinen Kappen von

Neuschnee bedeckt waren. In den Stallungen lagerte Heu, so dunkel und fest wie Torf. Der obere Teil des Hauses war von Granaten getroffen worden, aber die dicken Steinmauern hatten standgehalten, und die Fenster waren mit Teerpappe verdunkelt.

Im Inneren des Hauses saßen die Verwundeten mit gesenkten Köpfen an Wände gelehnt, andere lagen ausgestreckt auf dem gestampften Boden. Drei Männer waren mit ihrer Versorgung beschäftigt, sie trugen Taschenlampen und Petroleumlampen, und keiner schenkte Ben und dem Sanitäter Beachtung, als sie Stackhouse hereintrugen und ihn auf eine leere Trage legten. Während der Sanitäter noch Atem schöpfte, schnitt Ben die Wolldecke um Stackhouse herum weg. Dann hoben sie die Trage mit Stackhouse auf einige Kisten, die als Operationstisch dienten. Darüber hing eine Gaslampe.

Der helle Schein der Lampe warf ein hartes, grelles Licht auf den Bataillonsarzt, einen Mann mit breitem Gesicht und einem schwarzgrauen Schnauzbart; an seinen Händen klebte frisches Blut. Er beugte sich über einen Soldaten und machte sich an dessen Adamsapfel zu schaffen. Der Soldat hustete hellrotes Blut.

Dann drehte sich der Arzt um und sah Stackhouse an. Der Sanitäter zeigte ihm die verletzte Schulter und legte die Wunde am Bein frei. Die Hose, die Decke und die Schulter – alles war blutgetränkt. Stackhouse hatte die Augen geöffnet, aber sie waren glasig, und er bewegte sich nicht. »Ich hab ihm Morphium gegeben«, erklärte der Sanitäter. »Der macht's nicht mehr lange.«

»Puls?«

»Ich glaub ja.«

»Glauben nützt nichts, man muß es wissen«, sagte der Arzt. »Legen Sie ihm 'ne Manschette an. Und Sie«, sagte er quer durch den Raum, »geben Sie ihm Kochsalzlösung. Legen Sie 'ne Infusion, und zwar schnell. Und bereiten Sie das Plasma auf.«

Er sah Ben an und wandte sich wieder ab. Er schien wütend und müde zugleich. Er beugte sich wieder über die Kehle des anderen Soldaten. Ein Sanitäter, den Ben von Camp Hale her kannte, hielt den Kopf des Verwundeten. »Legen sie einen Druckverband an der Hüfte an«, sagte der Arzt, ohne sich umzudrehen. »Oder verschwinden Sie. Es sind zu viele Leute hier.«

»Meinen Sie mich?« fragte Ben.

»Legen Sie einen Druckverband an, Soldat. Nun machen Sie schon.«

»In Ordnung«, sagte Ben. »Sofort.«

Sie schnitten Stackhouse aus seiner Uniform und aus seinem Hemd heraus. Dann trennten sie die Hose auf, so daß Stackhouse nur noch die verschmutzten Unterhosen und lehmverkrustete Stiefel und Socken anhatte. Der Assistent konnte die Infusionsnadel nicht in Stackhouses Vene einführen, weil sie wegen des hohen Blutverlusts kollabiert war. Der Blutdruck war zu schwach. Der Arzt wandte sich ihnen wieder zu und machte mit dem Skalpell einen Schnitt durch die Haut und die Gewebeschichten an der Innenseite von Stackhouses Ellbogen. Während der Assistent die Haut mit einem Wundhaken zurückhielt, isolierte der Chirurg die Vene mit einer Aderklemme und schlang einen Faden um sie herum. Dann stach er die flache Vene auf, führte eine große Nadel ein und zog den Faden stramm. »So«, sagte er. »Jetzt binden Sie die Vene ab. Und wenn Sie Zeit haben, nähen Sie den Arm wieder zu.« Dann wandte er sich abrupt wieder dem Soldaten mit der Halsverwundung zu, eine Klemme in der Hand.

Der Arzt schob sich die Brille hoch. »Hören Sie«, sagte er zu einem der Assistenten in dem gleichen direkten und bestimmten Ton, in dem er mit jedem im Raum sprach. »Ich muß mich um den Neuen hier kümmern. Der stirbt mir sonst. Und solange passen Sie auf, daß sich diese Klemme nicht lockert. Ich mach später hier weiter.«

Der Assistent hielt die Klemme fest. »Ich hab sie«, sagte er.

Der Arzt wandte sich wieder Stackhouse zu. »Also los«, sagte er. »Fangen wir an. Ist das Plasma soweit? Ich brauch's in etwa zwei Sekunden.«

Der Assistent hatte den Hahn an der Kochsalzlösung ganz aufgedreht und hielt einen zweiten Beutel bereit. »Es rauscht einfach so durch ihn durch«, sagte er.

»Ich mach noch 'ne zweite Vene auf«, sagte der Arzt. »Messen Sie seinen Puls. Und den Blutdruck.«

Er setzte auch an Stackhouses linken Arm einen Schnitt an, hielt die Vene mit einer Aderklemme fest und führte eine Infusionsnadel auf die gleiche Art ein wie bei dem anderen Arm. Er befestigte die Nadel und band die Vene ab.

»Ich hab keinen Puls«, sagte der Assistent. »Ich glaub, es ist keiner mehr da. Ich kann ihn nicht finden.« Der Arzt machte unbeeindruckt weiter. Ben beobachtete seine schnellen Handbewegungen. Die eigene Hand hatte er auf Bills Hüfte gepreßt – das Weiß der Haut stach unter dem grellen Licht der zischenden Gaslampe über ihnen scharf ab. »Plasma«, rief der Arzt. »Die Nadel ist an Ort und Stelle. Geben Sie dem armen Kerl ordentlich Plasma.«

Der Assistent schloß den Schlauch mit dem Plasma an, das ein Sanitäter an einem anderen Tisch aufbereitet hatte, wo noch größere Mengen zur Verarbeitung standen. Der Assistent öffnete das Ventil bis zum Anschlag. Der Arzt legte Stackhouse zwei Finger an den Hals. Er tastete einen Moment lang, hielt still, bewegte dann die Finger wieder. »Ich bin auf der Halsschlagader«, sagte er. »Nichts. Rein gar nichts.«

»Oh Gott«, sagte Ben schwach.

Der Arzt beachtete ihn nicht. »Sie da«, rief er dem zweiten Assistenten zu, »gucken Sie in dem Kasten nach und suchen Sie das Adrenalin.« Er beugte sich über Stackhouse, dessen Brust und Bauch blau angelaufen waren. Das Gesicht war ohne Ausdruck, die Augen weit geöffnet, die Pupillen enorm geweitet. »Der Kerl hier ist tot«, sagte er.

Er schlug Stackhouse ziemlich heftig auf die Brust. Nichts geschah, und er schlug noch einmal zu. Als er ihm den dritten Schlag versetzte, hüpfte Stackhouse ein bißchen. Der Sanitäter reichte dem Arzt das Adrenalin, und der zog es auf eine Ampulle. Er setzte die Nadel gezielt zwischen zwei Rippen und stieß sie Stackhouse ohne zu zögern mit der Kraft von Arm und Schulter ins Herz.

»Nichts«, sagte der Arzt.

Noch zweimal schlug der Arzt Stackhouse auf die Brust, als wäre sie aus Holz. »Null«, sagte er, den Finger an der Halsschlagader. »Es kommt nichts.«

»Nein«, sagte Ben. »Bitte.«

Der Arzt beachtete ihn nicht. »Sergeant«, sagte er. »Waterman soll sich um die Infusion kümmern, und Sie beatmen den Patienten. Können Sie das, egal was passiert?«

»Ja, Sir«, sagte der Assistent.

»Einfach immer weiter beatmen«, befahl der Arzt.

Der Assistent kippte Stackhouses Kopf am Kinn nach hinten. Er steckte ihm einen Gummipfropfen in den Mund, damit die Zunge nicht nach hinten rutschte. Er legte Stackhouse eine Narkosemaske über Mund und Nase, nahm das Mundstück zwischen die Lippen, beugte sich vor und fing an zu blasen, kräftig und gleichmäßig.

Dann sagte der Arzt zu Ben: »Hinter Ihnen liegt eine Pakkung mit sterilen Handschuhen. Geben Sie sie mir.«

»In Ordnung«, sagte Ben.

»Machen Sie schon«, sagte der Arzt.

Ben fand die Packung und machte sie auf. Während der

Arzt sich die Handschuhe überstreifte, erteilte er weitere Anweisungen. Er ließ die Retraktoren mit Alkohol reinigen und zum Operationstisch bringen. Zu Ben und dem Sanitäter sagte er, sie sollten sich bereithalten, er würde ihnen sagen, was zu tun sei. Er erklärte, daß er den Mann aufmachen würde und sie brauchte, um die Wundhaken zu halten.

Ben spürte wieder das Zittern in den Schultern. Die Vorstellung, daß sie Stackhouse, der tot vor ihnen lag, mit trüben Augen und blau angelaufenem Gesicht, aufschneiden würden, war ein schrecklicher Gedanke. Aber der Sanitäter holte die Wundhaken herbei, und der Arzt zählte die Zwischenräume in Stackhouses Brustkorb und setzte das Skalpell an. Schwungvoll fuhr er damit an der Rippe entlang und machte fünf Zentimeter unterhalb der linken Brustwarze einen etwas mehr als handbreiten Schnitt. Im Gegensatz zu Bens Erwartungen kam kaum Blut, nur ein paar perlenförmige Tropfen. Der Arzt gab dem Sanitäter das Skalpell. »Geben Sie mir die Retraktoren«, sagte er.

Er schob sie in die Schnittstelle vor der freiliegenden Rippe. Ben sah das Rosa eines Lungenflügels, der in sich zusammensackte und wieder anschwoll und glitzerte, als der Sergeant in den Tubus blies. Der Sanitäter nahm einen Retraktor in die Hand, Ben den anderen. »Ziehen Sie kräftig«, sagte der Arzt. »Machen Sie ihn auf.«

Sie zogen, und der Arzt drehte sich so, daß er Stackhouse genau ins Gesicht blickte. Er steckte die linke Hand bis zum Handgelenk in den Spalt zwischen den Rippen. Ben kam das wie eine Art Zaubertrick vor, der Unterarm eines Mannes verschwindet im Brustkorb eines anderen. Der Arzt drehte seinen Arm ein wenig nach links, bis er ihn etwas tiefer hineinschieben konnte, dann bewegte er ihn zurück und beugte sich tiefer. »Ich bin dran«, verkündete er. »Jetzt hab ich's. Lassen Sie das Plasma kommen, durch beide Arme, hängen Sie die Kochsalzlösung ab. Immer weiter beatmen, Sergeant.«

Der Arzt wandte sich an Ben, während sein Arm sich rhythmisch bewegte. »Ziehen Sie ruhig etwas kräftiger«, sagte er. »Es kneift mich in den Arm.« Er nickte ermutigend, als Ben den Retraktor neu ansetzte und Stackhouses Rippen zurückbog. »Für einen Linkshänder wär das leichter«, sagte der Arzt. »Ich hab nicht das gleiche Fingerspitzengefühl.«

»Ist er tot?« fragte Ben.

»Er ist erst 'ne Minute weg«, sagte der Arzt. »Ich versuch, sein Herz zusammenzudrücken, damit es wieder anspringt.«

»Sie machen was?« fragte Ben.

»Ich hab sein Herz in der Hand«, sagte der Arzt. »So großartig ist der Trick nun auch nicht. Man muß nur darauf achten, daß man es richtig in die Hand bekommt. Man darf es vor allem nicht zwischen den Fingern und dem Daumen kneten, was sehr verlockend ist und richtig scheint. Man muß es so machen: Man nimmt es in die ganze Hand und drückt fest zu, so, als würde man einen Schwamm ausdrükken.«

»Dann ist er also nicht tot«, sagte Ben.

»Er war tot«, sagte der Arzt. »Im Moment kann ich's nicht so genau sagen.«

»Das ist verrückt«, sagte der Sanitäter. »So was hab ich noch nie gesehen.«

»Es ist der letzte Ausweg«, sagte der Arzt, während sein Unterarm da, wo er zwischen den Retraktoren verschwand, unermüdlich weiterarbeitete. »Eigentlich ist es ganz einfach. Ich mach die Arbeit, die sonst sein Herz allein macht.«

»Ja ... trotzdem«, sagte der Sanitäter.

»Manchmal«, sagte der Arzt, »manchmal funktioniert es sogar. Wenn alles richtig klappt.«

Und er behielt recht. Stackhouses Herz fing an zu schlagen, zuerst ziemlich unregelmäßig, dann aber rasch und rhythmisch, so daß der Arzt die Hand aus dem Brustkorb zog und sie hart auf den Schnitt drückte. Mit der anderen

Hand prüfte er den Puls an der Halsschlagader. Der war noch schwach und hektisch, aber der Blutdruck stieg. Der Sergeant stellte die Beatmung ein, und alle sahen gebannt auf Stackhouses Augen. Die Pupillen hatten sich wieder zusammengezogen, und der Arzt ließ ihm eine weitere Dosis Morphium geben, damit der Patient nicht das Bewußtsein wiedererlangte, während er mit geöffnetem Brustkorb auf einer Trage in einem italienischen Bauernhaus lag.

Der Arzt arbeitete in unvermindertem Tempo weiter. Die Hand auf den Schnitt gepreßt, lobte er den Assistenten für die Beatmung und bat ihn, sie fortzusetzen, bis er den Mann zugenäht hatte. Er verlangte nach einem Urinkatheter und wies den Assistenten an, Öffnungen hineinzuschneiden und den Katheter mit reichlich Alkohol zu reinigen. Den Sanitäter forderte er auf, einen Eimer herbeizuholen und ihn halb mit Wasser zu füllen. Ohne Unterbrechung gab er weitere Anweisungen: Er bat Ben, das Skalpell zu säubern, und als er es wieder entgegennahm, schnitt er Stackhouse ein Loch in den Brustkorb und schob eine Aderklemme hinein. Der Assistent übernahm es, die Wunde zusammenzudrücken, während der Arzt den Katheter durch das Loch im Brustkorb führte und in der Aderklemme verankerte, damit er ihn später wieder herausziehen konnte. Er befestigte ihn mit einem Zapfenstich und schloß einen Infusionsschlauch an, den er bis zu dem Wassereimer führte. »Kleben Sie ihn da drin fest«, sagte er zu Ben und zeigte auf den Eimer. »In der Kiste da drüben ist Klebeband. Kleben Sie den Schlauch an der Innenseite fest, daß das Ende ins Wasser hängt.«

Er atmete tief durch und maß wieder Stackhouses Puls – er ging immer noch flach und unregelmäßig –, dann ermunterte er den Assistenten, die Wunde gut zusammenzudrükken. »Nur noch für einen Moment«, sagte er. »Dann machen wir ihn wieder zu.«

Er beugte sich über Stackhouses Hüfte und entfernte den Verband, den der Sanitäter angelegt hatte. »Es hat ihn in der Hauptschlagader erwischt«, sagte er und schob sich die Brille zurecht. »Bis in den Knochen – das Knochenmark liegt frei.«

Dann wandte er sich der Schulter zu, nahm auch hier den Verband ab. »Auch nicht besser«, sagte er. »Die Unterschlüsselbeinarterie ist verletzt.«

Sanitäter hasteten herein und setzten einen Verwundeten auf den Kisten hinter dem Arzt ab. Das linke Bein des Soldaten war unter dem Knie abgerissen. Eine Aderpresse war angelegt worden, sie war blutgetränkt. Der Arzt drehte sich um und untersuchte kurz die Wunde. Dann wies er den Sanitäter an, die Aderpresse fester zu drehen, und wandte sich wieder Stackhouse zu.

»Also«, sagte er. »Wir müssen ihn auf die Seite legen und uns um die Wunde hier kümmern.«

Sie zogen Stackhouses rechten Arm hoch, so daß sein Kopf auf seinem Oberarm lag, und trugen den Infusionsbeutel um den Assistenten herum, der mit rotem Gesicht, auf den Knien liegend, die Beatmung fortführte. Auf Anweisung des Arztes legten sie Stackhouse eine zusammengerollte Decke unter den Kopf, damit das Plasma ungehindert in den rechten Arm fließen konnte. Der Arzt säuberte die Wunde an der Hüfte. Sofort füllte sie sich wieder mit Blut. »Der Kerl hat keine Gerinnungsfaktoren mehr«, sagte der Arzt und drückte die Wunde zusammen. »Das hier ist das reine Plasma. Das kann nicht gerinnen. Er hat zuviel von dem guten Stoff verloren.«

Mit dem Skalpell öffnete er die Wunde ein bißchen weiter, damit das aufgestaute Blut abfließen konnte. Er sah sich das Innere genau an, machte aus einer Mullbinde eine Tamponade, preßte sie fest auf die Wunde und befestigte eine Kompresse darüber. Den Vorgang wiederholte er an der Schulter. »Als würde man den Finger in ein Loch in einem Damm stecken«, sagte er. »Das müßte 'ne Weile halten.«

Er wandte sich zu dem jungen Soldaten hinter sich, dem das Bein weggerissen worden war. Er zog die Kompresse fester und drehte sich wieder um. »Gut«, sagte er. »Wir machen das jetzt so. Der Mann hier« – er zeigte auf Ben – »wäscht sich da hinten die Hände, dann kann er den Schnitt hier zudrücken, und Sie« – er zeigte auf den Assistenten – »legen dem neuen Patienten eine Infusion an.«

»In Ordnung«, sagte der Assistent.

»Sie bringen den Soldaten in Form«, sagte der Arzt. »Besorgen Sie Plasma, messen Sie Puls und Blutdruck.«

»Mach ich, Sir«, sagte der Assistent. »Das Problem ist nur, ich kann hier nicht weg, bis der da« – er deutete auf Ben – »seinen Arsch in Bewegung setzt. Du stehst einfach nur rum, Mann.«

Ben wusch sich die Hände und übernahm von dem Assistenten die Aufgabe, Stackhouses Schnittwunde zuzudrükken. Jedesmal, wenn der Assistent Luft in das Mundstück blies, spürte Ben den Druck der anschwellenden Lunge unter den Rippen. »Wie geht's ihm?« fragte Ben. »Kommt er durch?«

»Sein Herz schlägt«, sagte der Arzt, »aber das Blut kann nicht gerinnen. Er braucht richtiges Blut, und zwar schnell.«

»Ich bin sein Freund«, sagte Ben. »Vielleicht kann ich ihm was von meinem geben.«

»Sind Sie Null-positiv?«

»Ja.«

»In Ordnung«, sagte der Arzt. »Jetzt sollten wir ihn erst mal zumachen. Dann nehmen wir Ihnen einen halben Liter ab und pumpen das in ihn rein.«

»Nehmen Sie ruhig mehr«, sagte Ben.

Der Arzt benutzte einen dicken schwarzen Seidenfaden und arbeitete schnell. Er stach durch die Haut und führte den Faden um die Rippen, damit sich die Wunde zusammenzog. »Das ist riskant«, erklärte er dem Assistenten. »Wenn man die Wunde nicht richtig zunäht, hat man hinterher ein Luftloch.«

»He«, sagte der Assistent und zog die Narkosemaske zur Seite. »Er atmet wieder.«

Der Arzt vertäute den Katheter mit drei Stichen. »Luftdicht abgeschlossen«, verkündete er. Er verlangte nach einer Fünfzig-Milliliter-Spritze, befestigte sie an dem Katheter und saugte die Luft in Stackhouses Brustkorb an. Dann nahm er die Spritze wieder ab und verband den Katheter mit dem Infusionsschlauch, der zum Eimer führte. »Gucken Sie mal genau hin«, sagte er zu dem Assistenten und rieb sich mit dem Handrücken über die Wange. »Jetzt wird Luft abgesaugt. Sehen Sie die Bläschen im Wasser?«

»Himmel«, sagte der Assistent. »Ein Wunder.«

Er zog Stackhouse eine Decke über und stopfte sie an den Ecken fest. »Wirklich«, sagte er. »Ein Wunder. Eine verdammte Wiederauferstehung.«

»Nennen Sie's, wie Sie wollen«, sagte der Arzt, rieb sich wieder über die Wange und fuhr sich mit dem behaarten Handrücken über die Nase. »Aber Sie können das auch lernen. Das ist keine Geschichte aus der Bibel. Studieren Sie Medizin, dann lernen Sie das.«

»Guck dir das an«, sagte der Assistent. »Der Kerl war schon tot, und jetzt ist er wieder da.«

»Ein Wunder, wirklich«, sagte Ben.

»Darüber unterhalten wir uns nach dem Krieg«, sagte der Arzt und wandte sich dem Soldaten mit der Aderpresse am Bein zu. Mit zwei Fingern am Hals prüfte er den Puls des Verwundeten. »Aber vorher brauch ich Plasma für diesen armen Teufel hier, Sergeant.«

Sie nahmen Ben zweimal einen halben Liter Blut ab, und er saß benommen daneben, während der Assistent die Plasmazufuhr bei Stackhouse unterbrach und die Transfusion von

Bens Blut einleitete. Wieder wurde ein Soldat auf einer Trage hereingebracht, aber Ben sah gar nicht hin. Statt dessen vergrub er den Kopf in den Händen und saß stumm da, bis er in die Obhut von Pater Carr, dem Kaplan des Dritten Bataillons gegeben wurde. Pater Carr sprach ihm ein wenig Trost zu, wirkte aber selbst ziemlich verloren. Dann gingen sie mit anderen Soldaten in die Nacht hinaus, bergab, hinter die Front, weg.

Drei Tage lang blieb Ben hinter der Front und lag in Decken gewickelt auf einer Pritsche. Der Psychologe der Division sprach zweimal mit ihm, um herauszufinden, ob Ben wieder einsatzfähig war, und schließlich wurde er mit nachrückenden Rekruten wieder an die Front geschickt. Ben sprach mit keinem von ihnen. Es war besser, sie blieben namenlos – dann war es nicht so schlimm.

Als sie durch die Poebene vorstießen und nacheinander Bomporto, San Benedetto Po, Villafranca und Verona befreiten, tat er nicht einmal so, als würde er kämpfen. Zum Glück wurde auch nicht viel von ihm verlangt, außer bei der Befreiung von Torbole, und da hockte er sich hinter eine Mauer und beteiligte sich nicht. Als die Kapitulation kam, wurde er nach Bozen geschickt, wo die Soldaten seiner Kompanie Schrotflinten und Pistolen aus der Beretta-Fabrik konfiszierten und ein Lagergebäude bewachten, in dem die Deutschen Bilder versteckt hatten, die sie zuvor aus den Museen in Florenz geholt hatten. In der Ferne erhoben sich die Dolomiten.

Im Zug nach Livorno blieb er stumm, während die anderen Soldaten um ihn herum bei dem Gedanken, nach Hause zu kommen, ausgelassen und laut feierten. In Güterzügen ratterten sie auf dem Rückgrat Italiens entlang in Richtung Süden; die Soldaten tranken Wein, lehnten sich aus den Fenstern und winkten den Bauern auf den Feldern zu. Die Julihitze war drückend, aber niemanden schien das zu stören. Sie kamen an Schlachtfeldern, zerschossenen Städten und eingestürzten Bauernhäusern vorbei, auf der Ebene standen hier und da ausgebrannte Panzer.

Ben schrieb Rachel einen Brief nach Marseille, und sie nahm ihren Urlaub und kam mit einem Sanitätsschiff für drei Wochen nach Livorno. Er suchte sie in einem improvisierten Zeltlager an der ligurischen Küste nördlich der Stadt. Es war Nachmittag, in der stehenden Hitze trug er Armeehosen und ein Armeeunterhemd, er war unrasiert, verschwitzt, schmutzig, und seine Haut war von der italienischen Sonne gebräunt, seine Lippen vom Wind aufgesprungen. Er fragte nach ihr, und eine Krankenschwester sagte ihm, daß Rachel zum Schwimmen an den Strand gegangen sei.

Dort fand er sie. Sie war naß, das Haar hing ihr in Strähnen herunter, und sie trug einen dunkelblauen Badeanzug: eine schlanke Frau mit bernsteinfarbener Haut, älter, als er sie in Erinnerung hatte. Aber der Geruch ihres Mundes war derselbe wie früher. Sie weinte ein wenig, als sie ihn sah. Auch sie war härter geworden, dunkler. Sie hielt ihn im Arm und strich ihm über das Haar. »Jetzt wird alles gut«, flüsterte sie. »Alles wird wieder gut, Ben.«

An dem Abend nahmen sie sich ein Zimmer über einer Bäckerei. Die Toilette war zwei Stockwerke tiefer. Es gab Mäuse, und von der Straße hörten sie nachts die Betrunkenen. Es war heiß, und sie machten das Fenster weit auf, aber die Hitze stand in dem Raum, und die Laken auf dem Bett waren feucht. Der Geruch von Abwässern stieg zu ihnen auf, der Benzingeruch der Autos, der Brotgeruch aus der Bäckerei. Sie sahen den Lichtschein aus den Häusern auf der anderen Seite der schmalen Gasse und hörten das Knattern der Motorräder auf dem uralten Kopfsteinpflaster. Sie zogen die Matratze auf den Boden. Ben lag auf dem Rücken und sah in ihr Gesicht über sich, das er sanft in den Händen hielt. Sie war ganz nah bei ihm, das Mädchen, das er von der Obstplantage kannte, nun eine Frau in einem fremden Land, und ihre langen Arme lagen rechts und links von seinem Kopf – Rachel, die um fünf Uhr in der Morgendämmerung warm und schweißnaß auf ihm lag.

Am nächsten Tag wurden sie von einem Militärgeistlichen getraut. Eine Blutuntersuchung war nicht erforderlich, sagte er, und es kümmerte ihn auch nicht, daß die Braut Offizier und der Mann ein einfacher Soldat war. Anscheinend gab es viele Eheschließungen dieser Art, und der Geistliche führte die Trauung mit der den Umständen angemessenen Großzügigkeit durch. Das Ende der Kampfhandlungen, erklärte er, habe bei vielen Paaren die Liebe geweckt, und wieso sollte er ihnen im Weg stehen? Gott wirke auf wundersame Weise, fuhr er fort, aus der Asche von zehn Millionen Toten entstand der Same der Ehe. Und wie solle man das erklären, wenn nicht als Gottes Willen, der sich so unter den Menschen zeigte? Darin sei die göttliche Hand zu erkennen, Gott nutze die Liebe zweier Menschen, um seine Absichten zu verwirklichen. Der Geistliche gab ihnen seine besten Wünsche mit auf den Weg, bat sie, feierlich zu geloben, sich in guten wie in schlechten Zeiten – was immer die Jahre ihnen bringen mochten – beizustehen, zeigte ihnen, wo sie unterschreiben mußten, und schickte sie wieder davon. Als Ben und Rachel auf die Straße kamen, beschlagnahmten sie den Jeep des Geistlichen, in dem er die Schlüssel steckengelassen hatte.

Sie kauften zwei Flaschen Chianti und fuhren in Richtung Florenz. Die Nacht verbrachten sie in Pontedera. In Florenz stellten sie den Jeep bei einer Sammelstelle vor dem Palazzo Strozzi ab. Sie nahmen den Zug nach Norden, in die bewaldeten Täler. Im Zug nach Bressanone dachte sich Rachel die Sache mit den Rosen aus: Ihrer beider Asche, sagte sie, solle nebeneinander liegen, und auf ihrer solle ein roter, auf seiner ein weißer Rosenstock wachsen, bis sich die Blüten mit der

Zeit zu einem zarten Rosa vermischen würden. Sie hatte das irgendwo gelesen, die Geschichte zweier Liebender, ein letztes Aufblühen ihrer Leidenschaft. Sie konnte sich an die Namen nicht mehr erinnern, es war eine Geschichte aus fernen Zeiten, die sie in einem illustrierten Sagenbuch aus der Bibliothek gelesen hatte; damals war sie vielleicht zehn gewesen. Ben hatte scherzend eingewandt, ob das überhaupt möglich sei – verbanden sich die beiden Rosen zu einer, oder würde jeder Stock seine eigenen Blüten hervorbringen, die dann umeinander rankten und sich für alle Ewigkeit umschlangen? Sie kamen zu dem Schluß, daß es für die rosafarbene Blüte keine Garantie gab. Wer konnte schon wissen, wie das alles vor sich ging? Sie würden ihre Asche nebeneinander begraben und den Rest dem Lauf der Welt überlassen.

Sie stiegen aus dem Zug, ließen sich ein Stück von einem Lastwagen mitnehmen und gingen schließlich zu Fuß weiter, in die Berge. Er erzählte ihr von dem Deutschen, den er erschossen hatte – die Augen des Mannes, seine Beine vor ihm, das Zucken und Keuchen im Sterben. »Ich habe nicht nachgedacht«, gestand er.

»Das ist auch schwer, in so einer Situation.«

»Es hätte nicht sein müssen.«

»Es ist nun mal passiert«, sagte Rachel.

Sie rasteten in einer Hütte aus Naturstein mit einem Holzdach, an der Wand hing das Bild eines gütigen Christus. Ben lehnte sich zurück, Rachel neben sich, und sah zu den Eisenleitern hinaus, die in eine Steilwand geschraubt waren.

»Ich frag mich, wer er war.«

»Das macht's nur schlimmer.«

»Ich muß immer wieder an ihn denken.«

»Versuch, ihn zu vergessen, Ben.«

»Vielleicht hatte er eine Frau. Kinder.«

»Es ist Vergangenheit«, sagte Rachel.

Am Nachmittag erreichten sie ein Dorf mit niedrigen ladinischen Bauernhäusern und Scheunen. Sie stiegen den Hügel hinauf, an einem Kartoffelfeld vorbei, und machten unter einem Pflaumenbaum Rast. Ein Bauernhaus bot Gästezimmer an, und sie gingen zu der Bäuerin, die eine grüne Schürze und einen großen Strohhut trug und Heu über einen Hocken breitete. Sie ging ihnen voran durch eine niedrige Tür in ein Zimmer mit Dielenboden und holzgetäfelten Wänden. Das gemalte Blumenmuster auf dem Fußboden war abgetreten. Sie setzten sich beim Fenster auf handgezimmerte Stühle an einen Tisch, der mit Ringelblumen und Edelweiß bemalt war, und blickten über die nach Süden hin abfallenden gemähten Felder hinaus. Die Frau brachte gekühlten Wein, der mit Quellwasser verdünnt war. Dann stellte sie Schnittlauchknödel, Polenta und Rehgulasch auf den Tisch.

Ben erzählte Rachel von dem Feldarzt, der Bill Stackhouse das Leben gerettet hatte. »Du hattest recht«, sagte er. »Ich hätte Sanitäter werden sollen. Ich hätte auf dich hören sollen.«

»Es ist so wunderschön hier«, sagte Rachel. »Wie im Märchen, oder wie im Traum.«

»Du hast mich gewarnt. Du hast versucht, mich zu warnen.«

»In den Knödeln ist auch grüne Zwiebel, nicht nur Schnittlauch.«

»Ich möchte wie dieser Feldarzt sein«, sagte Ben. »Ein Mensch wie er, ein Arzt.«

»Ich bin ganz dafür«, sagte Rachel.

9

Als Ben sein gesundes Auge öffnete, fand er sich in einem Motelzimmer in Quincy im Staate Washington wieder. Es war ein leerer, stiller Morgen im Oktober. Ein Lichtschimmer zeichnete einen grauen Kreis, einen Heiligenschein auf die Vorhänge. Der Heizungsventilator machte ein schreckliches Getöse, und draußen auf dem Parkplatz ließ jemand seinen Wagen warmlaufen, indem er immer wieder im Leerlauf Gas gab. In der Luft lag der Duft von Safran, und vom Badezimmer hörte er das leise Laufen der Toilettenspülung. Ben fühlte sich von der Marihuanazigarette umnebelt, seine Glieder schienen unbeweglich. Er konnte nicht aufstehen, solange seine Kriegserinnerungen noch in ihm wach waren. Sie quälten ihn, so wie sie ihn seit vierundfünfzig Jahren quälten. Als er aus Italien zurückgekehrt war, erfuhr er, daß Aidan vor Okinawa ertrunken war. Sein Schiff war von einem Kamikazepiloten gerammt worden. In dem Herbst blieben die Äpfel auf dem Boden liegen und verfaulten. Vor Weihnachten verkaufte Bens Vater zehn Hektar an die Fisks. Im Frühjahr verkaufte er den Rest an einen Mann aus Wenatchee – einen jungen Mann, der als Obstbauer ganz am Anfang stand – und zog in ein kleines Haus am Stadtrand. Er machte Aushilfsarbeiten, ging dann eine Zeitlang zur Eisenbahn. Er zog nach Spokane, später nach Yakima.

Ben dachte an das Wunder von Stackhouses Herz: Bill hatte von seinen Verletzungen ein Humpeln zurückbehalten und ein Ziehen in der Schulter, das sich bei kaltem Wetter bemerkbar machte. Er hatte im Vertrieb einer Büromaterialfirma in Bethlehem im Staate Pennsylvania gearbeitet und war jetzt Rentner. Bisher hatte er elf Enkelkinder, deren Fotos er Ben im Laufe der Jahre geschickt hatte. Dreimal hatten sie sich bei Veteranentreffen der 10. Bergjägerdivision gesehen und ausführlich über ihre Kriegserlebnisse gesprochen. Stackhouse hatte angefangen, seine Erinnerungen aufzuschreiben, damit seine Nachkommen davon erfuhren.

Ben dachte an die Herzen all der anderen Männer und Frauen in ihrer nackten, offen daliegenden Wahrheit – Muskeln von der Größe einer Faust, die im Zentrum eines lebendigen Körpers pulsierten. Es war dasselbe Herz, das für Dichter und Priester der Sitz alles Schönen war, in dem die Liebe wohnte, in das man Gott einließ, die Quelle von Trauer und Zorn, Zwietracht und Neid, Freude und Verzweiflung. Ben kannte das Herz in erster Linie als Muskel, der dazu da war, Blut durch den Körper zu pumpen, und der nicht so kompliziert war, daß man ihn nicht nachbauen konnte. Teile davon waren austauschbar: einen Herzschließmuskel konnte man aus Titanium bauen oder durch den eines Schweins ersetzen. Die kalte Analyse des Herzens hatte ihn an der poetischen Deutung des Organs zweifeln lassen. Nicht, daß er nicht an die Liebe glaubte. Aber in erster Linie war er Wissenschaftler, er war Arzt, ein Mann der Vernunft. Er hatte die Herzen von Menschen in der Hand gehalten, und er glaubte begriffen zu haben, daß wir, wenn wir von der Liebe sprechen, etwas Vergängliches meinen, etwas, das mit unserem Sterben aus der Welt scheidet. Für Ben war das Herz etwas Faßbares – und alles Faßbare verging.

Er konnte sich kaum etwas Deprimierenderes vorstellen, als allein im Alter von dreiundsiebzig Jahren in einem billigen Motelzimmer zu liegen und an Krebs zu sterben. Draußen der Geruch der umgepflügten Felder und rauhe Stimmen auf dem Parkplatz. In ihm wuchs eine Trostlosigkeit, vor der er zurückwich. Er konnte sie nicht ertragen, konnte sie nicht annehmen. Er erhob sich vom Bett und humpelte ins Badezimmer. Dort setzte er sich auf die Toilette. Sein Blick fiel auf seine dünnen, schlaffen Oberschenkel; nichts kam aus seinen verstopften Gedärmen als ein Strahl fauligen Wassers, das seinen Hämorrhoiden Höllenqualen bereitete. Ein alter Mann, auf den Tod krank, tief gedemütigt auf der Toilette. Ein alter, von Gott verlassener Mann.

Hunger trieb ihn gegen elf Uhr auf die Straße, und er machte sich, die Mütze tief in die Stirn gezogen und die Hände in den Jackentaschen vergraben, auf den Weg in die Stadt. Die blasse Sonne stand im Osten hoch am Himmel, aber von den Bergen wehte ein bitterer, böiger Wind. Ein Zug pfiff, fuhr schneller und ratterte in Richtung Rock Island. Jedesmal, wenn ein Lastwagen vorbeidonnerte, wurde der Sand im Rinnstein aufgewirbelt, und als ein Laster neben ihm in die Central Bean Company einbog, schreckte ihn das Zischen der Bremsen auf. In Richtung Süden stand eine lange Reihe von Wohnwagen. An manchen waren die Fensterscheiben zerbrochen und mit Klebeband und Pappe repariert. Vor einem von Unkraut überwucherten Garten hielt ein Schulbus, und Kinder von Plantagenarbeitern, so vermutete Ben, stiegen aus und wirbelten auf dem Weg zu ihrem Kindergarten Staub auf. Ein struppiger, dürrer Hund mit gelbem Fell kam hinter Ben her und wollte ihn verjagen, blieb dann in einiger Entfernung vorsichtig stehen und ließ die Zunge aus dem Maul hängen.

Ben hatte keine Lust, der Welt zu begegnen. Er wünschte sich ins Bett zurück, wo er die Decken um sich ziehen, den Kopf auf die Kissen betten und die Heizung aufdrehen konnte. Doch der Hunger trieb ihn voran. Er schleppte sich in den Ort, rechter Hand lagen leere Felder; er kam am Friedhof, einer Scheune, einer Baumschule mit jungen Apfelbäumen, einem Graben voller Schilf vorbei. Die Nacht hatte den Schmerz seiner Wunden beruhigt, aber ein allgemeines Unwohlsein hinterlassen. In seinen Knochen spürte er beim Gehen jede einzelne Meile, die er am Tag zuvor zurückgelegt hatte.

Vor Akins Foods sollte ein Maschendrahtzaun verhindern, daß Diebe sich an dem Feuerholz vergriffen. Unmittelbar vor den Glastüren zum Supermarkt parkte ein gutes Dutzend Autos, doch die große Fläche des Parkplatzes war leer, nur ein paar Bierdosen, Papierfetzen, Flaschenscherben, zwei umgestürzte Einkaufswagen und eine braune Papiertüte, die von Hunden aufgerissen worden war, lagen da herum – der Müll des vorangegangenen Abends.

Ben ging in den Supermarkt und holte sich zweihundertsechzig Dollar aus dem Geldautomaten, um damit Ilse Petersons Rechnung zu bezahlen. Drinnen war es warm, es roch nach Doughnuts und nach dem Brot, das in der Gebäckabteilung verkauft wurde. Es gab eine Teppichreinigungsmaschine, die man sich mieten konnte, und daneben einen Automaten für Rubbellose. Großpackungen mit Hundefutter waren neben Toilettenpapier in aufgeschnittenen Kartons aufgebaut, eine Pyramide mit Kleinholz neben einem Regal voller Einmachgläser. Es gab Sonnenbrillen und Zigaretten, Beutel mit Eiswürfeln und einen Ständer mit Groschenromanen in grellbunten Umschlägen, auf denen Männer mit öligen, muskulösen Oberkörpern und halbnackte Frauen abgebildet waren, die sich entweder an sonnigen Stränden in den Armen lagen oder unter Palmen posierten.

Am Ende eines Ganges mit mexikanischen Eßwaren – Pozole, Mole, Yuccawurzel – starrte ein Mädchen sein Auge ganz unverblümt an, als er seinen Einkaufswagen an ihr vorbeischob. So geschwollen und verfärbt wie es war, erregte es in ihr, wie er sah, Neugier und Ekel zugleich. Unentschlossen ging er an den Regalen entlang und überlegte, was sein Magen vertragen würde. Schließlich entschied er sich für eine Dose Hühnersuppe, eine Schachtel mit Roggencrackern, einen Becher Vanillejoghurt, einen Liter Pflaumensaft, eine Zwei-Liter-Flasche Mineralwasser, einen Beutel getrockneter Feigen, zwei Winesap-Äpfel und eine reif aussehende Mango. An der Salattheke holte er sich einen Plastiklöffel und trug dann alles zur Kasse, wo die Kassiererin ihn musterte und fragte, wie das passiert sei.

»Beim Krocket«, antwortete Ben. »Es wurde etwas heftig.«

»Sie Witzbold«, sagte die Kassiererin. »Wirklich. Sehr lustig.«

»Manche Leute nehmen es ernst«, sagte Ben. »Ich hab mit dem Schläger einen übergezogen bekommen.«

»Ich weiß immer, wenn jemand lügt.«

»Krocket«, sagte Ben, »mit den falschen Leuten.«

»Wenn Sie das sagen.«

»Also gut, meinetwegen. Ich hab mich an einer Tür gestoßen.«

Die Kassiererin, eine junge Frau von ungefähr fünfundzwanzig, lachte spöttisch. Zwischen den Augenbrauen hatte sie einen roten Fleck, und ihr Haar war mit Gel steif frisiert. »Ach du lieber Himmel«, sagte sie zu ihm. »Sie hätten sie erst aufmachen sollen!«

»Keine schlechte Idee«, sagte Ben. »Beim nächsten Mal.«

»So schwer ist es auch wieder nicht, eine Tür aufzumachen.« Die Kassiererin schob seine Einkäufe zur Seite. »12,78«, sagte sie.

Er humpelte hinaus in die Kälte, in jeder Hand eine Plastiktüte. Sie fühlten sich schwer an, schwerer, als sie tatsächlich waren: Seine Schultern und die Sehnen in seinen Unterarmen taten ihm weh, weil er Rex getragen hatte. Er ging an dem öden Wohnwagenplatz vorbei und sah ein Plakat, das Übergewichtige ermutigte, bei einer gebührenfreien Nummer das Geheimnis, wie sie im Monat dreißig Pfund abnehmen konnten, zu erfragen. EIN WUNDER! stand da. WIRKT

GARANTIERT! Der Himmel über der Ebene war wolkenlos, das Morgenlicht verlieh ihm eine zarte Färbung. Unter der weiten Wölbung des Himmels fühlte Ben sich allein. Die Kassiererin hatte keinerlei Mitgefühl gezeigt, und er trug ihre Herzlosigkeit mit sich. Aber wie sollte sie wissen, wie es um ihn stand, und daß eine freundlichere Behandlung ihm gutgetan hätte? Er wollte schon zurückgehen und ihr sagen, sie solle sich besser überlegen, wie sie mit Menschen redete, aber er hatte nicht die Kraft. Außerdem würde er zuviel Aufsehen erregen: Ein verrückter alter Mann mit einem blauen Auge in Akins Food, der die Menschen beschimpfte und nichts als Peinlichkeiten verursachte.

Er konnte seine Lage nicht erklären. Er fühlte sich abgesondert von der Welt. Sein Leiden durchzog alles, und die Traurigkeit des Herbstwindes war dieselbe, die in den Worten der Kassiererin schwang – verschiedene Töne, aber derselbe Akkord.

Ben hängte das Schild BITTE NICHT STÖREN an die Tür und verschlang in einem plötzlichen Anfall von Heißhunger die überreife, tropfende Mango. Er wischte sich den Saft vom Kinn und fiel dann mit unverminderter Gier über den Vanillejoghurt her. Anschließend kippte er die Hühnersuppe in die Plastikschüssel, die bei der Spüle stand, und stellte sie in die Mikrowelle. Die Schüssel wurde heiß und verzog sich etwas, aber das kümmerte ihn nicht, und er setzte sich vor den Fernseher. Ziellos herumschaltend, aß er die Suppe, blies kühlende Luft auf jeden Löffel und tunkte die Cracker hinein. Er versuchte, sich auf etwas zu konzentrieren – auf eine der Mittagstalkshows mit den liebenswürdigen Showmastern –, aber nichts fesselte ihn, alles war albernes Gewäsch. Er schaltete an der Fernbedienung den Ton ab und nahm die Bibel vom Nachttisch. Es war lange her, daß er darin gelesen hatte. Er schlug das Buch Hiob auf:

Die Tage des Elends halten mich in ihrer Gewalt.

Des Nachts wird mein Gebein durchbohrt allenthalben; und die mich nagen, legen sich nicht schlafen.

Durch übermächtige Not verlor mein Kleid die Form, daß es mich wie ein Hemd umschließt.

Er hat mich in den Kot geworfen, und ich bin Staub und Asche geworden.

Ihm fiel auf, mit welcher Gleichgültigkeit und Arroganz Satan und Gott ihr Experiment erörterten. Außerdem störte es ihn, daß Gott Eliphas von Theman, Bildad von Suah und Zophar von Naema, die alle gekommen waren, um Hiob zu trösten, bestrafte, einfach nur, weil sie ihn mißverstanden hatten. Daß Hiob wieder gesund wurde und noch hundertvierzig Jahre lebte, daß er vierzehntausend Schafe und sechstausend Kamele, eintausend Joch Ochsen und eintausend Eselinnen sein eigen nennen durfte, daß er noch drei Söhne bekam, ganz abgesehen von den schönsten Töchtern im Lande, schien Ben als glückliches Ende weit übertrieben, bis er an den Schluß des Buches kam, wo Hiob starb.

Ben sah auf. Der Fernseher lief noch. Einen Moment lang kam er mit der Fernbedienung nicht zurecht, dann schaltete er den Ton wieder ein. Ein verheiratetes Paar saß auf der Bühne – ganz gewöhnliche Leute, übergewichtig, der Mann mit einem Schnurrbart und breiten Koteletten, die Frau in einem tief ausgeschnittenen Kleid, das einen Blick auf ihre schweren, hängenden Brüste gewährte. Sie seien »Swinger«, erklärte der Mann. Sie seien beide siebenundzwanzig Jahre alt und hätten keine Kinder. Sie hätten mit anderen Mitgliedern des Swinger-Clubs an den Wochenenden und bei Partys Sex. Manchmal gebe es auch in der Woche ein Rendezvous. Sie seien glücklich verheiratet, sagte der Mann. Er genieße den Gedanken an seine Frau mit anderen Männern. Auch ihr gefalle das. Den ganzen Tag bei der Arbeit denke sie an Sex. Er auch – an den bevorstehenden Abend. Er arbeite in der Verkaufsabteilung eines Zulieferbetriebes für Autohersteller, sie sei Empfangsdame in einem Gartenzentrum. Sie arbeiteten, erklärte er, um ihre Rechnungen bezahlen zu können, aber ihr eigentliches Leben drehe sich um das »Swingen«. Sie sähen keinen Grund, daran etwas zu ändern. Vor ihnen liege eine Zukunft mit endlosem Sex, warum sollten sie daran etwas ändern wollen? Sie seien das glücklichste Paar, das er kenne. Sie hätten das Gefühl, ein Geheimnis zu teilen. In einem Restaurant unter normalen Leuten befummelten sie sich unter dem Tisch wie Siebzehnjährige. Warum sollten sie sich etwas anderes wünschen? Warum sollte Sex für sie so sein wie für die meisten anderen, nämlich eine langweilige, lästige Pflichtübung? Sie hielten den Schlüssel zum Leben in der Hand, sagte der Mann. Sex, sagte die Frau, sei das Herz der Dinge. Was sonst sei so schön wie Sex?

Ben biß in einen Winesap-Apfel und wechselte den Sender. Ein blasser Mann ungefähr in seinem Alter wurde beim Bowling gezeigt, und Ben sah ihm zu, wie er die Kugel mit aller Kraft auf die Bahn schickte. Der Mann richtete sich auf und sah mit gequältem Gesicht der Kugel nach. Einen Moment lang kam die Welt zum Stillstand, die Kugel auf der Bahn hielt die Zeit an. Der Mann hatte keine Ahnung, daß sich nebenan Swinger in blinder, haltloser Leidenschaft begrapschten. Er kannte keine Swinger, nur die Kugel auf der Bahn existierte für ihn. Er sah ihr mit sehnsuchtsvollem Herzen nach. Ben stellte den Fernseher ab.

Er wählte die Nummer der Greyhound-Bus-Auskunft und fragte nach den Zeiten der Busse, die nach Norden, flußaufwärts, fuhren; dann telefonierte er mit einer Autovermietung in Wenatchee und ließ sich ein Auto reservieren. Er hatte vor, nach Malaga zu fahren, dort William Hardens Wolfhound Orchard ausfindig zu machen und Harden irgendwie seine Flinte abzunehmen. Anschließend würde er im Colockum-Gebiet Jagd auf Birkhühner machen, einen geeigneten Stacheldrahtzaun suchen und sich in den Hals schießen.

Ben überlegte, wie er William Harden dazu bewegen konnte, ihm die Flinte wiederzugeben. Er konnte wohl kaum an Hardens Tür klopfen und auf einen gastfreundlichen Empfang rechnen. Wenn er seine Besitzrechte an dem Gewehr geltend machte, an Hardens Fairneß appellierte und sich noch einmal dafür entschuldigte, daß er den Wolfshund erschossen hatte, würde Harden ihn einfach wegschicken. Es hatte also keinen Sinn, um die Herausgabe der Flinte zu bitten. Andererseits war es ihm unvorstellbar, auf irgendeine andere Weise – als Einbrecher oder als Dieb – wieder an seine Flinte zu gelangen.

Ben überlegte sich, was er sagen wollte, und rief dann seine Tochter in Seattle an. »Ich dachte, du bist auf der Jagd«, sagte sie.

»Bin ich auch«, sagte Ben. »Ich bin in Quincy. Und was machst du?«

»Nichts Besonderes. Ich arbeite an meinem Skript. Chris hat erzählt, daß du angerufen hast.«

»An einem Skript zu arbeiten, das ist doch was Besonderes«, sagte Ben. »Worum geht's denn?«

»Es ist ein Kinderfilm.«

»Und was passiert darin?«

»Es ist ziemlich kompliziert.«

»In einem Satz.«

»Ein Junge macht eine Reise.«

»Was geschieht mit ihm?«

»Der Junge verliert seinen Hund und sucht ihn dann. Es passieren ganz viele Dinge. Eine ziemlich komplizierte Handlung.«

»So ein Zufall«, sagte Ben. »Deswegen ruf ich nämlich an.«

Am anderen Ende der Leitung war es still. Er konnte Renees Atem hören. »Was?« sagte sie. »Ich versteh dich nicht.«

»Ich hatte einen Unfall«, erzählte Ben. »Am Samstagmorgen. Ich hab das Auto kaputtgefahren.«

»Sag das noch mal.«

»Ich hatte einen Unfall, am Snoqualmie Paß. Mir ist nichts passiert, ich bin nicht verletzt.«

»Du hattest einen Unfall? In dem Four-Wheel-Drive?«

»Genau«, sagte Ben.

»Das kann nicht dein Ernst sein, Dad. Hast du jemanden angefahren?«

»Ich bin gegen einen Baum gefahren. Bei der Ausfahrt zum Gipfel. Die Straße war naß, und ich hab die Kontrolle verloren. Es hätte schlimmer ausgehen können.«

»Und du bist nicht verletzt?«

»Ein Auge hat was abgekriegt und ist geschwollen. Weiter ist nichts passiert.«

»Du solltest zum Arzt gehen, Dad. Damit ist nicht zu spaßen.«

»Es ist nur eine Schramme«, sagte Ben. »Es ist nichts.«

»Warte mal«, sagte Renee. »Wie bist du denn dann nach Quincy gekommen?«

»Ein junges Paar hat mich mitgenommen. Sehr nette junge Leute.«

»Du bist per Anhalter gefahren?«

»Nein.«

»Was für Leute waren das?«

»Ein Pärchen in einem VW-Bus.«

»Das soll wohl ein Witz sein.«

»Was ist daran komisch?«

»Irgendwie finde ich das komisch. Ich kann es mir kaum vorstellen. Irgendwie komisch«, wiederholte sie.

»Ist auch egal«, sagte Ben. »Sie haben mich nach Vantage mitgenommen.«

»Ich dachte, du hättest gesagt, du wärst in Quincy.«

»Bin ich auch.«

»Und wie bist du dahin gekommen?«

»Ob du es glaubst oder nicht«, sagte Ben, »ich bin von Vantage nach George gelaufen. Über Land. Und hab Chukars geschossen.«

»Was hast du geschossen?«

»Kleine Vögel. Chukars.«

»Du bist den ganzen Weg gelaufen, um kleine Vögel zu schießen?«

»Nicht ganz. Unterwegs gab's ein paar Probleme. Da draußen war ein Kerl, der machte Jagd auf Kojoten, und meine Hunde haben sich mit seinen angelegt. Dabei ist Tristan umgekommen.«

»Nein«, sagte Renee.

»Doch, leider.«

»Warte mal. Wie ist denn das passiert?«

»Es gab einen Kampf zwischen den Hunden, es war ziemlich übel. Seine Hunde haben meine angegriffen, und als ich Tristan fand, war er schon tot.«

»Dad«, sagte Renee. »Das ist ja schrecklich.«

»Ich weiß«, sagte Ben, »aber was soll ich machen?«

»Du kannst Anzeige gegen den Mann erstatten. Er hat deinen Hund umgebracht.«

»Ich weiß nicht mal, wer er ist. Außerdem wird Tris davon nicht wieder lebendig.«

»Das ist ja schrecklich«, sagte Renee noch einmal.

»Ja, furchtbar«, sagte Ben.

Sie schwiegen. Es war eine lange Pause. Ben nahm den Hörer in die rechte Hand, weil sein linker Arm im Begriff war einzuschlafen.

»Das ist ja eine verrückte Geschichte«, sagte Renee. »Das kommt mir alles ganz unglaublich vor.«

»Ich weiß«, sagte Ben. »Es ist verrückt.«

»Du bist den ganzen Weg von Vantage nach George gelaufen? Das sind fünfzehn Meilen, alles bergauf.«

»Nicht ganz. Nicht nur.«

»Dad, das ist doch Wahnsinn.«

»Es geht noch weiter«, sagte Ben. »Rex ist verletzt. Ich hab ihn hier zum Tierarzt gebracht.«

»Was?«

»Die Wolfshunde haben auch Rex angefallen. Aber er hat's überlebt. Es geht ihm gut. Er ist jetzt bei einer Tierärztin.«

»Rex – ist das der neue Hund. Den du dir letztes Jahr zugelegt hast?«

»Du kennst Rex doch«, sagte Ben.

»Moment mal«, sagte Renee. »Warte mal einen Moment. Wie bist du denn nach Quincy gekommen?«

»Mit einem Fernfahrer«, sagte Ben. »Von Martha's Inn. Ich hab in Martha's Inn einen Fernfahrer gefragt.«

»Ein Fernfahrer hat dich von George nach Quincy mitgenommen?«

»So war es, genau, ja.«

»Du bist mit einem Fernfahrer mitgefahren?«

»Rex auch. Wir haben ihn hier zu einer Tierärztin gebracht, sie ist ausgezeichnet. Es waren nur Fleischwunden.«

»Das ist bizarr«, sagte Renee.

»Ich weiß«, sagte Ben. »Völlig verrückt.«

»Und wo bist du jetzt?«

»In einem Motel.«

»Gott sei Dank«, sagte sie.

Ben rieb sich beim Sprechen die Seite. Er hatte zuviel gegessen, und sein Magen begehrte auf. Er hatte sich auf das Bett gelegt, neben dem Telefon auf dem Nachttisch stand die offene Flasche mit dem Pflaumensaft.

»Was hast du jetzt vor?« sagte Renee. »Es ist alles so absurd.«

»Ich weiß noch nicht«, sagte er. »Aber jetzt bin ich soweit

gekommen, jetzt kann ich auch weitermachen. Ich hab vor, noch mal in die Berge zu gehen und zu sehen, ob ich nicht ein paar Birkhühner aufscheuchen kann.«

»Du bist übergeschnappt, Dad. Du bist doch völlig übergeschnappt. Du solltest nach Hause kommen und dich ausruhen.«

»Ich will aber nicht nach Hause kommen und mich ausruhen. Ich bin hierhergekommen, um zu jagen.«

»Das kannst du doch noch immer tun.«

»Kann ich nicht.«

»Außerdem solltest du nicht jagen. Geh lieber mit Chris wandern.«

»Ich gehe gern auf die Jagd.«

»Es ist schrecklich. Ein blutiger Sport.«

»Laß uns das Thema wechseln«, sagte Ben.

Am Ende des Gesprächs und leichthin sagte er Renee, daß er sie lieb habe. Er trug ihr Grüße an seinen Schwiegersohn und seinen Enkel auf. Er sagte ihr, sie solle sich keine Sorgen machen. Er wünschte ihr alles Gute mit dem Skript. Er sagte ihr noch mal, daß es ihm gutging.

Danach rollte er sich auf dem Bett zusammen, aber dann überkam ihn die Übelkeit, und er stürzte ins Badezimmer und übergab sich. Er setzte sich auf die Toilette und preßte Flüssigkeit aus seinem Darm, während ein peristaltischer Krampf durch seinen Unterleib ging. Die Mango, dachte er, wahrscheinlich hatte ihm die Säure nicht gutgetan. Oder vielleicht lag es an dem Winesap-Apfel. Die Geschwulst in seinem Darm wuchs, sie schwoll an und behinderte den Gang der normalen Verdauung. Nur ein chirurgischer Eingriff würde ihm Linderung bringen. Entweder das, oder er mußte aufhören zu essen. Auf jeden Fall sollte er kein Obst mehr essen. Sein Körper vertrug kein Obst mehr. Seine Obsttage waren vorüber.

Ben ließ den Zimmerschlüssel beim Waschbecken im Badezimmer liegen und machte sich – den Rucksack auf dem Rücken, den Bergsteigergurt um den Hals – erneut auf den Weg. Er war wieder auf Wanderschaft. Seine Erholung im Motel war vorüber. Nun mußte er sein Vorhaben vollenden. Den Kopf gesenkt, ging er die Straße entlang, der Wind wirbelte Sandkörnchen durch die Luft. Er kam an einem Speicher von Custom Apple Packers vorbei, wo die Apfelkisten in Sechserstapeln standen und ein Gabelstapler geschäftig umherfuhr. Im Tal war dies der Höhepunkt der Erntezeit. Der Wind schüttelte das Obst von den Bäumen. Noch eine Woche, und kein Apfel würde mehr am Baum sein. Die Obstplantagen würden leer und trostlos aussehen.

Nach fünf Minuten hatte er die Tierarztpraxis erreicht. Im Warteraum saß eine Frau mit einer Katze auf dem Schoß, eine andere hielt einen kleinen weißen Terrier. Ein Mann rieb sich sein Stoppelkinn, gähnte, leckte sich die Lippen. Dann streckte er sich ausgiebig und verschlang die Arme über dem Kopf. Die Arzthelferin am Aufnahmeschalter trug ein ärmelloses Jeanshemd mit aufgenähten Perlen und eine Kette aus Bergkristall. Sie war vielleicht dreißig oder fünfunddreißig Jahre alt und scheute sich nicht, ihre Schultern und Arme zu zeigen. Ihre ländliche Schönheit war im Schwinden begriffen, und das machte sie nur um so anziehender. »Gott«, sagte sie. »Das sieht ja schlimm aus.«

»Fragen Sie mich nicht danach«, sagte Ben. »Ich wollte nach Rex sehen. Der Brittany im hinteren Zimmer.«

Er bezahlte die Rechnung für Rex' Operation. Sie stand auf, und er sah in ihr die Reiterin. Eine staubige Reitersfrau, die mit Pferden lebte, auf ihnen ritt, sie striegelte und pflegte – er sah es an der Art, wie sie sich bewegte, an dem knappen Sitz ihrer Jeans, als sie einen Ordner ins Regal stellte und zwei Blätter mit einer Büroklammer befestigte. Er folgte ihr in den Ruheraum, wo Rex in seinem Zwinger lag. Der

Hund zuckte und zitterte in seinen Träumen, und in seinem schlafenden Gesicht stand eine gewisse Erschöpfung, eine Verletzbarkeit. Ben griff durch den Maschendraht und legte Rex zwei Finger auf den Kopf. »Alles in Ordnung«, flüsterte er.

Während sie ruhig ihre Fingernägel betrachtete, die Arme glatt und honiggolden, sagte die Arzthelferin, daß Rex, als sie um halb neun in die Praxis gekommen sei, wach gewesen sei, daß er Wasser getrunken und auch gefressen habe und deutlich auf dem Weg der Besserung sei. Es sei nicht anders zu erwarten, daß er jetzt schlief, wenn man bedenke, was er durchgemacht hatte. Dr. Peterson habe sich die Nähte angesehen, und alles sei ganz normal. Rohes Fleisch, sagte sie dann, sei genau das Richtige für ein blaues Auge. Ein tauendes Steak aus der Tiefkühltruhe würde die Schwellung zum Abklingen bringen.

»Hören Sie«, sagte Ben. »Ich kann ihn jetzt nicht mitnehmen. Ich muß nach Wenatchee.«

Die Arzthelferin steckte die Hände in die Gesäßtaschen ihrer Jeans, so daß ihre Schultern nach hinten gedreht wurden und das Netz blauer Adern an den Innenseiten ihrer Oberarme zu sehen war. »Das ist in Ordnung«, sagte sie zu Ben. »Er kann heute bei uns bleiben.«

»Ich wäre Ihnen sehr dankbar.«

»Kein Problem.«

»Ich fahr jetzt gleich los«, sagte Ben, »und bin zurück, bevor Sie schließen.«

»Wir haben bis fünf Sprechstunde, aber ich bin bis halb sechs hier, Sie können also jederzeit vorbeikommen.« Sie stemmte die Fäuste in die Hüften und musterte erneut sein geschwollenes Auge. »Waren Sie beim Arzt?«

»Ich bin selber Arzt.«

»Es wundert mich, daß Sie das nicht haben nähen lassen. Sieht aus, als wären ein paar Stiche angebracht gewesen.«

Er folgte ihr hinaus. Sie hatte lange Beine und geschwungene Hüften, die in ihren schmalen Rücken übergingen, und die Andeutung ihres Büstenhalters unter dem Jeanshemd weckte in ihm nicht Begierde, sondern Wehmut. Ein Träger war unter ihrer Bluse hervorgerutscht und lief als feine weiße Linie über ihre braune Schulter.

Ben trat hinaus und machte sich wieder auf den Weg, vorbei an der United Church of Christ, an Verdahs Department Store und dem Wasserturm. Die Stadt war verschlafen und bleiern, außer dem Wind, der in den Bäumen wühlte, war nichts zu hören. Auf der C-Street kam er an der Bäckerei El Molino vorbei – TORTILLERIA Y PANDERIA las er auf dem staubigen Schaufenster –, aber kein Kunde kaufte ein, desgleichen in Royers Möbelgeschäft und in den anderen Läden. Die Stadt schien unbewohnt, ausgestorben, aber als er Central Street überquerte, kam ein bulliger Hofhund auf ihn zugerannt und bellte ihn an. Ben ging weiter und hielt sich die Mütze mit einer Hand fest, damit der Wind sie nicht wegwehte.

Die Bushaltestelle war am Stadtrand, in der Nähe der Gleise der Great Northern Railway. Dahinter lagen eine Düngemittelfabrik und ein großes Kieswerk. Steppenläufer rollten auf der B-Street über die Fahrbahn, und drei Kinder kauerten unter einer Decke auf der Rückbank eines rostenden, zerbeulten Buick, der vor der Quincy Food Bank parkte. Der Zaun auf der anderen Straßenseite war aus Wellblechteilen zusammengestückelt, die jemand auf der Müllhalde gefunden hatte, und das Tor gab ein lautes Krächzen von sich, wenn der Wind es bewegte.

Die Pflanztröge an der Bushaltestelle waren leer. Unter dem rot-weiß-blauen Emblem der Greyhound-Linie hing ein Reklameschild der WESTERN UNION und ein zweites für PACKAGE EXPRESS. Sie waren über einem heruntergekommenen Kiosk angebracht. Durch die trübe Fensterscheibe sah ßen Reihen von unbemalten Keramikfiguren – Dinosaurier, Indianer, Pilger, Gespenster, Tiger, Zwerge, Elefanten –, von denen manche so groß wie Gartenzwerge waren, während sich andere eher als Dekorationen für Kaminsimse oder Fensterbänke eigneten. Er drückte die schwere Tür auf, zog die Mütze ab und stellte den Rucksack in die Ecke. Dann kaufte er an der Theke eine Fahrkarte. Die Frau, die ihn bediente, trug violettfarbene Trainingshosen und eine Nylonwindjacke in den Nationalfarben. Sie bearbeitete eine Schneewittchenfigur aus Ton mit einer Rasierklinge, ihre Hände waren von Leberflecken übersät. Sie war weder freundlich noch abweisend. Sie zeigte keinerlei Neugier, als sie sein Auge sah, und er vermutete, daß sie aus langer Erfahrung wußte, wie leicht man sich mit zu vielen Fragen Ärger einhandelte. Mit langsamer und verkrampfter Hand, als fiele ihr das Schreiben schwer, stellte sie ihm die Fahrkarte nach Wenatchee aus. Sie schrieb in großen Buchstaben, die sie mit unsicheren Schnörkeln verzierte. Ein Brennofen neben ihr strahlte Wärme aus. Sonst war es kalt in dem Raum.

»Der Bus müßte in drei Minuten hier sein«, sagte sie zu Ben und gab ihm seine Fahrkarte. »Sie können hier drin warten, wenn Sie wollen.«

Ben drehte sich um und betrachtete die Engel, Wölfe, Indianer auf Pferden, die Elche und Hirsche mit großartigen Geweihen, die Trapper in Fransenjacken, die Waldnymphen. »Haben Sie die alle gemacht?« fragte er.

»Ja«, sagte die Frau. »Die sind alle von mir.«

»Können Sie die verkaufen? Kommen genügend Kunden vorbei?«

»Eigentlich nicht«, sagte die Frau, »nein.«

Sie nahm wieder die Rasierklinge und fuhr fort, kleine Lehmsplitter aus Schneewittchens Haaren herauszuschaben. »Man kann damit kein Geld machen«, sagte sie. »So ist das nun mal.«

»Die sind richtig gut«, sagte Ben.

»Ich mach das schon lange.«

»Auf die Weise wird man gut.«

»Ich hab sonst nichts zu tun. Ich hab zuviel Zeit.«

»Kein schlechtes Hobby«, sagte Ben.

Die Frau sah auf. »Hobby«, sagte sie. »Das Wort kann ich nicht ausstehen.«

»Entschuldigung«, sagte Ben. »Ich auch nicht.«

Sie sahen sich mit leisem Mißtrauen an. Draußen kam, Staub aufwirbelnd, der Bus heran. Die hydraulischen Bremsen keuchten, und die automatische Tür öffnete sich laut. Schwungvoll und mit theatralischer Energie sprang der Fahrer die Stufen hinunter, ein forscher, adretter Mann von ungefähr fünfunddreißig Jahren, dessen Haaransatz schon weit zurückgewichen war. Er trug eine Rennfahrer-Sonnenbrille und hielt ein Paar Autohandschuhe in der Hand. Er drückte die Tür zu dem Fahrkartenkiosk auf und zog mit großer Geste die Mütze, schlug die Fersen aneinander und salutierte, wobei er mit den Fingern die Augenbraue berührte. Zu Ben sagte er: »Hi-dee ho!«

»Hi-dee ho!« antwortete Ben.

»Der Rucksack in den Kofferraum?«

»Ich nehm ihn mit rein.«

»Wohin?«

»Nur bis Wenatchee.«

»Termin beim Arzt?«

»Vielleicht, vielleicht auch nicht.«

»Boxtraining?«

»Klar. Sie und ich.«

Der Fahrer riß die Sonnenbrille von der Nase. »Jederzeit«, sagte er grinsend. »Ich nehm mir das andere Auge vor.«

Die Fahrkartenverkäuferin lachte – das Zwitschern eines Vogels – in gespielter Entrüstung. »Männer«, sagte sie kopfschüttelnd, die Handgelenke auf die Hüften gestemmt. »Herr im Himmel, was ist es nur mit denen? Was sollen wir mit euch bloß machen?«

Zu Bens Überraschung war der Bus ziemlich voll. Die meisten Passagiere wirkten schläfrig, von der Fahrt ermüdet. Unter der Decke waren kleine Fernsehapparate montiert, aber keiner lief. Ein Papierkorb, der mit einem dicken Gummiband an der Rückenlehne des Fahrersitzes befestigt war, quoll über von leeren Tüten und Papier, Coladosen und Plastikbechern – dem Abfall von Reisenden, die eine endlos lange, eintönige Fahrt in stumpfer Teilnahmslosigkeit zurücklegten. In der ersten Reihe schlief ein Teenager mit weit offenem Mund, den Kopf ans Fenster gelehnt. Neben ihm auf dem Sitz lagen eine offene Tüte Chips, eine Plastikflasche mit Cola und ein Taschenbuch mit einem bunten Umschlag, auf dem ein U-Boot abgebildet war. Hinter dem Jungen saß ein Schwarzer, die Haare zu glänzenden Ringeln gedreht, und aß einen Schokoriegel. Auf seinen Knien lag ein Aktenkoffer mit einem Zahlenschloß. Er unterhielt sich leise mit dem Mann neben sich, auch einem Schwarzen, der eine Schirmmütze von Nike trug und die Beine übereinandergeschlagen hatte wie eine Frau. In der nächsten Reihe saß ein dicker Mann, der Kopfhörer trug. Er hielt einen kleinen Kassettenrecorder in der Hand und trommelte auf seinem Kugelbauch den Rhythmus zur Musik, ab und zu strich er sich zärtlich über seine langen grauen Locken. Ben sah ein freudlos wirkendes Paar ungefähr in seinem Alter, die von der Fahrt erschöpft und gezeichnet waren, sogar ein wenig gedemütigt wirkten, als wäre eine Fahrt im Greyhound-Bus unter ihrer Würde. Weiter hinten saß eine sehr junge Frau mit drei kleinen Kindern. Das kleinste schlief auf dem Sitz neben ihr, und die anderen beiden rutschten und glitschten und robbten umher, als wären sie unter Wasser. Sie glitten tief in ihre Sitze, und dabei kletterten ihre Füße an der

Rückenlehne vor ihnen hinauf, sie ringelten sich umeinander und rollten sich zusammen wie kleine Seehunde. Unter dem Sitz lag ein Malbuch, Farbstifte waren überall verteilt. In der letzten Reihe saßen drei junge Männer, die Ben für Pflücker hielt – Wanderarbeiter, die mit der Ernte zogen, auf der Suche nach Arbeit, bis weit in den Herbst hinein. Sie waren nußbraun, ihre Kleidung war staubig. Einer war in eine Decke gewickelt, er hatte offensichtlich Fieber und wurde ab und zu von einem harten Husten geschüttelt.

Ben setzte sich zwischen all diesen Fremden auf einen freien Platz und sah zu dem Busfahrer nach vorn, der sich die Handschuhe anzog und sie über den Fingern glattstrich, als wäre er ein Scharfschütze oder ein Chirurg. IHR FAHRER, stand auf einem Schild über der Windschutzscheibe. SICHER, ZUVERLÄSSIG, ZUVORKOMMEND. Der Fahrer zupfte ein letztes Mal am Daumen, ließ die Tür zuklappen – ein leiser, hydraulischer Seufzer war zu hören –, dann nahm er das handtellergroße Mikrophon und zog es am Kabel heraus. Seine Augen waren hinter der Sonnenbrille versteckt. »Hallo, alle miteinander«, sagte er mit der Stimme eines Mannes, der sich in der Rolle des Komikers sieht. »Wir haben einen neuen Passagier an Bord, der mit uns nach Wenatchee fährt, und das ist gut, das ist hervorragend, wir können uns also zurücklehnen und die Fahrt genießen, überlassen Sie das Fahren ruhig mir, entspannen Sie sich auf dieser Greyhound-Fahrt – die Show geht weiter!«

Der Fahrer setzte sich auf seinem erhöhten Sitz in Position, fuhr an und bog in die Straße ein. Ruckelnd gewann der Bus an Geschwindigkeit. Die Klimaanlage summte. Die Passagiere wurden aufgerüttelt und bewegten sich, sie streckten die Beine aus oder drehten sich so, daß sie aus dem Fenster sehen konnten. Auf der anderen Seite des Ganges neben Ben schlief ein junges Mädchen. Sie hatte den Oberarm über das Gesicht gelegt, und neben ihr auf dem Sitz lag ein gebundenes Buch offen mit dem Rücken nach oben. *Die Philosophie der Freiheit*, von Rudolf Steiner, las er. Der Untertitel lautete: *Grundzüge einer modernen Weltanschauung*. Das Mädchen trug Skater-Jeans, und als sie aufwachte und sich ein wenig aufrichtete, sah er, daß sie einen Nasenring trug. Sie war kräftig gebaut, hatte grüne Strähnen in den Haaren und Sommersprossen auf Wangen und Nase. Als sie seinen Blick bemerkte, tat er so, als blickte er an ihr vorbei aus dem Fenster auf die Obstplantagen, aber sie sah ihn an und fragte ihn, was er mit seinem Auge gemacht habe.

»Ich hab es mit einem Baseballschläger malträtiert«, sagte Ben, »damit ich immer ein Gesprächsthema habe.«

»Sieht kraß aus«, sagte sie. »Wirklich kraß.«

»Möglich, aber es hat sich gelohnt«, sagte Ben. »Ich hab interessante Gespräche gehabt.«

Das Mädchen lächelte, und er sah ihre unregelmäßigen Zähne, aber die Asymmetrie war unaufdringlich und hatte einen gewissen Charme. Sie lächelte unbefangen, und Ben schloß daraus, daß sie keine Angst hatte, mit einem Fremden zu sprechen, einem alten, zerschundenen Vagabunden wie ihm. Sie selbst war sicher Studentin. »Sie sehen ganz schön lädiert aus.«

»So fühl ich mich auch«, sagte Ben. »Lädiert – das ist genau das richtige Wort.«

Der Bus fuhr langsam an einer Gruppe von Bauarbeitern vorbei, die am Straßenrand ein Kabel von einer großen Spule rollten. Die Fahrt ging vorbei an Teichen, Aluminiumsilos und Baumreihen. Das Sonnenlicht überflutete alles, und der Wind fuhr heftig durch die Baumwipfel. Ben hörte sein Pfeifen durch die Fenster.

Hinten im Bus fing der kranke Pflücker an zu husten. Ein schleimabsondernder Husten, rauh und heiser, und Ben wandte sich um. Der Mann hatte sich die Decke wie eine Kapuze umgelegt.

»Ihr Buch hier«, sagte Ben, »sieht ziemlich schwierig aus. Nicht unbedingt das, was man normalerweise auf einer Busfahrt liest, oder? *Die Philosophie der Freiheit*?«

»Ich les das nur so«, sagte das Mädchen und reichte ihm das Buch über den Gang. »Es sah interessant aus, fand ich.«

»*Die Philosophie der Freiheit*«, wiederholte Ben. »Sind Sie Studentin?«

Das Mädchen fuhr sich leicht über einen Pickel am Kinn. »Ich arbeite an meiner Magisterarbeit«, sagte sie. »Ich bin an der Washington State University und schreib über Goethe, seine Lyrik. Der Autor von diesem Buch – Rudolf Steiner – hat Goethes naturwissenschaftliche Schriften herausgegeben. Das ist ein kleiner Abstecher. Haben Sie mal von Anthroposophie gehört?«

»Gehört schon«, sagte Ben. »Den Begriff kenn ich. Aber ich weiß nicht, was damit gemeint ist.«

»Der ist von Steiner«, sagte das Mädchen. »Es ist eine spirituelle Sache, eine Philosophie. Ich kann mit dem, was er sagt, eine Menge anfangen. Das geht sogar so weit, daß ich mir überleg, ob ich das Thema meiner Arbeit ändern und lieber über Steiner schreiben soll.«

»Warum nicht? Ist ja schließlich Ihre Arbeit.«

»Es ist ein bißchen spät. Ich hab schon so viel über Goethe gearbeitet.«

»Sie haben noch Ihr ganzes Leben vor sich.«

»Ich weiß nicht so recht.«

»Glauben Sie mir«, sagte Ben. »Es ist so.«

Das Mädchen sah ihn jetzt direkt an. »Woher kommen Sie?« fragte sie ihn.

»Aus dieser Gegend. Etwas weiter nördlich von hier.«

»Leben Sie hier?«

»Nein, ich bin hier geboren.«

»Sie leben jetzt woanders?«

»In Seattle.«

»Ich auch. Ich bin da aufgewachsen.«

»Zwei aus dem Westen«, sagte Ben.

Sie hörten das Geplapper der Kinder hinter sich und das Husten des Pflückers. Der Bus fuhr ins Tal des Columbia River hinunter, der seitlich der Straße steil abfallende Hang war mit Salbei und Sumach überwuchert. In der Ferne konnte man die Eisenbahnlinie ausmachen, und vor den trockenen, rötlichbraunen Bergen zeichneten sich die durchhängenden Linien der Überlandleitungen ab.

»Anthroposophie«, sagte Ben. »Sie haben mich neugierig gemacht. Erzählen Sie mir davon.«

»Der Typ da«, sagte das Mädchen und senkte die Stimme. »Der hustet schon seit Stunden so. Irgendwie mach ich mir Sorgen um ihn.«

»Klingt ziemlich schlimm«, stimmte Ben zu.

»Also, jedenfalls«, fuhr das Mädchen fort, »es ist etwas Spirituelles – so würde man das nennen, nehm ich an. Es geht darum, daß es eine spirituelle Dimension gibt, die die Menschen einfach nicht wahrnehmen. Weil sie so sehr mit der materiellen Welt beschäftigt sind. Und in der Anthroposophie versucht man, Zugang zum Spirituellen zu finden. Man entwickelt sein Bewußtsein, damit es sich über die materielle Ebene erhebt. Eigentlich ist es eine Sache des Intellekts. Man benutzt den Verstand und entwickelt seine Wahrnehmungsfähigkeit.«

»Das find ich nicht so ungewöhnlich. Ich bin kein Experte auf diesem Gebiet, aber ich vermute, daß die meisten Religionen etwas Ähnliches behaupten – daß man geistige Disziplin braucht, um spirituelle Wahrheit zu erfahren. Da scheint mir die Anthroposophie, so wie Sie sie beschreiben, nicht so einzigartig.«

»Wahrscheinlich nicht«, sagte das Mädchen. »Das kann schon sein. Aber das hier wurde um die Jahrhundertwende geschrieben. Damals dachten die Menschen nicht wie heute.

Es gab kein Gegengewicht zum Materialismus, außer in dem, was ein paar Intellektuelle wie Steiner sagten.«

»Können Sie mir eins erklären?« sagte Ben. »Dieses spirituelle Reich, die Dimension, die man sich mit dem Verstand erschließen kann. Geht es da um das Leben nach dem Tod? Um das, was die meisten Menschen als Himmel bezeichnen?«

»Ich weiß nicht«, erwiderte das Mädchen. »Nein, ich glaube nicht, Steiner beschreibt es nicht so. Mit Engeln, die auf den Wolken sitzen und Harfe spielen, solche Sachen, nein.«

»Beschreibt er es irgendwie? Diesen spirituellen Ort? Anders? Nicht mit Engeln?«

»Ich hab das Buch noch nicht ganz gelesen. Vielleicht kommt das noch.«

»Mich würde interessieren, ob er es tut«, sagte Ben. »Und mich würde auch interessieren, wieso er glaubt, das zu wissen.«

»Man kommt mit dem Verstand dorthin, man muß nicht erst sterben.«

»Es geht also nicht um das Leben nach dem Tod. Es ist was anderes als der Himmel.«

»Ja, es ist was anderes«, sagte das Mädchen. »Steiner redet nicht von Engeln.«

»Na ja, Engel wären im Grunde nicht schlecht«, sagte Ben und gab ihr das Buch zurück.

Sie nahm es und legte es auf den Sitz neben sich. Dann stützte sie die Unterarme auf die Knie und ließ die Hände lose vor sich baumeln. »Sie sind 'n Skeptiker«, sagte sie vorwurfsvoll. »Sie sind viel zu analytisch.«

»Skeptisch, das stimmt«, sagte Ben. »Ich kann die Dinge nicht einfach so akzeptieren, ich muß immer nachfragen, ich bin ein Skeptiker. Analytisch – vielleicht, aber auch nicht mehr als Rudolf Steiner. Sagten Sie nicht, daß man in das spirituelle Reich kommt, indem man seinen Verstand benutzt?«

»Ja, aber es ist auch eine spirituelle Sache. Man muß akzeptieren, daß es nicht nur ein intellektuelles Konzept ist. Man muß glauben, daß es das gibt.«

»Daß es was gibt?«

»Die andere Welt.«

»Ich glaub's, wenn ich sie sehe.«

»Sie argumentieren im Kreis.«

»Im Kreis, das ist gut. Das hält mich hier fest.«

»Wenn Sie gern im Kreis gehen«, sagte das Mädchen. »Gut, in Ordnung, dann bleiben Sie immer hier.«

»Wo sollte ich sonst sein wollen? Da oben bei den Sternen?«

»Wenn man das denkt, macht der Gedanke an den Tod einem angst. Aber wenn man glaubt, daß es ein spirituelles Reich gibt, dann hat man keine Angst zu sterben.«

»Haben Sie keine Angst?«

»Nein.«

»Das ist gut. Ich habe entsetzliche Angst.«

»Das liegt daran, daß Sie an nichts glauben.«

»Nein«, sagte Ben. »Das liegt daran, daß ich älter bin. In Ihrem Alter ist der Tod nicht real.«

Das Mädchen beugte sich zu ihm herüber und sagte lebhaft: »Doch, er ist real. Ich hab darüber nachgedacht. Für mich ist der Tod total real. Sagen Sie so was nicht. Der Tod ist real.«

»Das sagt sich so leicht«, gab Ben zurück. »Aber versuchen Sie doch mal, ihn sich vorzustellen.«

»Das hab ich getan«, sagte das Mädchen. »Ich hab keine Angst.«

Ben lächelte und rieb sich den Nacken. »Das ist der Grund, warum ich mir ein blaues Auge geschlagen habe«, sagte er. »Und Sie sehen ja, es funktioniert.«

Das Mädchen lachte und nahm einen Fuß in die Hände. Sie war sehr geschmeidig, ohne athletisch zu wirken, und saß völlig entspannt im Schneidersitz. »Es ist komisch«, sagte sie, »aber Sie erinnern mich enorm an den Arzt, den wir hatten, als ich noch zu Hause wohnte.«

»Hatte der auch ein blaues Auge?«

»Er hatte eine Brille wie Sie.«

»Ich war auch Arzt«, sagte Ben. »Ich bin seit anderthalb Jahren pensioniert.«

»Vielleicht sollten Sie sich dann diesen Typen dahinten mal ansehen. Ich glaub, er ist richtig krank.«

»Da könnten Sie recht haben«, stimmte Ben ihr zu. »Aber wenn er nur Spanisch spricht, was mach ich dann?«

»Ich helf Ihnen«, sagte das Mädchen. »Ich hab Spanisch am College gehabt.«

»Können Sie's ganz gut?«

»Ich hab *Don Quijote* gelesen.«

»Wie fanden Sie es?«

»Wunderbar«, sagte das Mädchen.

»Quijote ist wahnsinnig.«

»Wahnsinn ist oft göttlicher Sinn.« Sie hob mahnend den Zeigefinger. »Das ist von Emily Dickinson.«

»Wahnsinn kann aber auch einfach Wahnsinn sein. Wie nennt Sancho Panza ihn? Ritter von der traurigen Gestalt?«

»Sie sollten ganz still sein«, sagte das Mädchen lächelnd, »mit Ihrem geschwollenen Auge da.«

Ben warf einen Blick auf den Pflücker. Einer seiner Begleiter erwiderte den Blick – ruhig, ausdruckslos. Er trug eine Mütze mit dem Firmenaufdruck DOLE.

»Kommen Sie«, sagte das Mädchen. »Der Typ sieht ganz schön elend aus. Gucken Sie ihn sich mal an.«

Ben empfand eine Welle der Zuneigung für sie. Er wollte, daß sie weiter auf das Gute im Menschen vertraute. »Wenn Sie dolmetschen«, sagte er.

Sie stand ohne zu zögern auf und lächelte ihm zu, die Hände in den Hosentaschen. »Gehen wir«, sagte sie.

»Gehen Sie nicht zu nah ran. Damit er Sie nicht ansteckt.«

»Passen Sie aber auch auf. Vielleicht sollten Sie einen Gesichtsschutz tragen.«

»Ich habe keinen.«

»Nehmen Sie ein Taschentuch.«

»Es geht schon so. Ich weiß, was ich zu tun habe.«

»Übrigens, wie heißen Sie eigentlich?« sagte das Mädchen. »Für den Fall, daß sie fragen.«

Ben sagte ihr seinen Namen. Dann sagte sie ihren: »Catherine. Catherine Donnelly.«

Sie ging voran und blieb im Gang vor den Pflückern stehen. Aus der Nähe betrachtet, wirkten sie nicht älter als siebzehn. »*Es doctor*«, sagte Catherine und zeigte auf Ben. »*Es médico. Quiere ayudar*.«

Alle drei sahen erst sie an, dann Ben, dann wandten sie den Blick ab. Der am Fenster schaute ausdruckslos hinaus – er war dunkelhäutig und hatte eine Knollennase, die Haare hatte er mit viel Gel nach hinten gekämmt, auf seiner Oberlippe stand ein dünner Schnurrbart. Der Kranke schloß die Augen. Die Decke hatte er tief ins Gesicht gezogen, so daß nur Mund, Nase und Augenbrauen zu sehen waren. Der dritte nahm seine DOLE-Schirmmütze ab und legte sie auf die Knie. Er hatte kurzgeschorenes Haar, abgesehen von einem langen Pferdeschwanz, der tief an seinem Hinterkopf ansetzte. »*No se preocupe*«, sagte er. »*Un resfriado. Nada más*.«

»Er sagt, es ist nur 'ne Erkältung«, sagte Catherine. »Was soll ich ihm sagen?«

»Sagen Sie ihm, es ist nicht nur eine Erkältung«, erwiderte Ben. »Sagen Sie ihm, daß der Husten sehr ernst ist. Und sagen Sie ihm, daß er mir nichts zu zahlen braucht.«

»*Es muy serio*«, sagte Catherine. »*Pulmonia. Tuberculoso. Es muy serio. El médico, no va a cobrarle. Es gratis, entiende?*«

Sie gaben keine Antwort. Der am Fenster musterte sie

mißtrauisch. »*El médico generoso*«, sagte sie. »*Gratuito. Un hombre de Dios. Un ángel de Dios. Muy bien.*« Sie berührte den Kranken leicht an der Schulter. »*Hace cuánto tiempo que usted está así?*« fragte sie. »Ich hab ihn gefragt, wie lange er schon krank ist«, sagte sie zu Ben. »Einfach, um sie zum Sprechen zu bringen.«

»Sehr gut«, sagte Ben. »Machen Sie weiter.«

Der Kranke antwortete nicht. Ben sah den Gang hinunter. Einige Passagiere hatten sich umgedreht und beobachteten ihn und Catherine. Der Fahrer warf ihnen im Rückspiegel einen Blick zu. Sie fuhren am Fluß entlang und waren inzwischen ganz in der Nähe von Bens Geburtsort. Die Obstplantagen erstreckten sich nach Norden und Süden. Die Pappeln standen hoch und schlank im Wind.

Catherine setzte sich auf den Platz auf der anderen Gangseite. Ben hatte jetzt einen besseren Blick auf den kranken Jungen. Seine Augen waren blutunterlaufen, die Augenlider verkrustet, auf den Wangen glänzte der Schweiß.

»Catherine«, sagte das Mädchen und zeigte dabei auf sich selbst. »*Este es el Doctor Ben Givens. No habla mucho espanol. Comprende?*«

Sie antworteten nicht. Sie sahen sie nicht an. Der mit der DOLE-Schirmmütze fummelte an dem Schirm und strich sich an seinem Pferdeschwanz entlang. Der mit dem naßglänzenden Haar sah angestrengt aus dem Fenster. Der kranke Junge fing wieder an zu husten. Er beugte sich vor und würgte.

»*Qué le occure?*« sagte Catherine. »*Hace cuánto tiempo que está usted así?*«

»*No me siento bien*«, sagte der Junge. »*Estoy enfermo. Tengo escalofríos. Tengo fiebre. Me duele la cabeza y la espalda y todo el cuerpo. Me cuesta respirar. Pero no quiero un doctor. Muchas gracias.*«

»Er ist wirklich krank«, sagte Catherine. »Er sagt, er ist erkältet und hat Fieber, Kopfschmerzen und Rückenschmerzen. Außerdem hat er Schwierigkeiten beim Atmen. Aber er will keinen Arzt.«

»Sagen Sie ihm, er braucht nicht zu bezahlen«, sagte Ben. »Sagen Sie ihm, wir wollen seine Papiere nicht sehen. Wir wollen nicht einmal seinen Namen wissen.«

Catherine übersetzte gewissenhaft. Alle drei sahen wieder auf Ben. »*Un ángel de Dios*«, versicherte sie ihnen wieder. »*Un buen hombre. No es nada como para preocuparse. Un médico de Dios.*«

Der Junge mit der DOLE-Schirmmütze musterte ihr Gesicht, dann fing er flüsternd an zu sprechen. Catherine beugte sich zu ihm.

Ben hörte Ortsnamen heraus – Boardman und Milton-Freewater, Pasco und Walla Walla. Der Junge sprach rasch und in einem gleichmäßigen Tonfall, bis Catherine die Hand hob und seinen Redefluß unterbrach. »Sie sind Brüder«, sagte sie. »Der Kranke ist sein Bruder. Er hat seit drei Wochen nicht mehr gearbeitet. Mit einer Erkältung fing es an. Zumindest dachten sie, es wär eine Erkältung. In Walla Walla haben sie ihm Aspirin gekauft. Trotzdem hustet er und schwitzt die ganze Zeit. Er kann nicht arbeiten, er ist immer müde, er schwitzt, und sein ganzer Körper tut ihm weh. Sie haben überall Arbeit gesucht. Pasco, Milton-Freewater.«

»Der Husten«, sagte Ben. »Tut der weh?«

Sie übersetzte. »*Sí*«, sagte der Junge. »*Me duele mucho el pecho.*« Er klopfte sich auf die Brust. »*Aquí.*«

»Fragen Sie ihn, ob er Blut spuckt. Auch wenn es nur wenig ist. Fragen Sie ihn das.«

Sie übersetzte. Die drei Jungen besprachen sich untereinander. Die Antwort war nein, kein Blut, soweit sie sich erinnern konnten.

Ben rieb sich die Stirn. Die nächtlichen Schweißausbrüche interessierten ihn besonders. Er vermutete, daß es sich um Tuberkulose handelte, obwohl er verschiedene andere Erkrankungen nicht ausschließen konnte: Hirnhautentzündung oder Lungenentzündung, unter anderem.

Er starrte aus dem Fenster. Sie kamen an einem Feld vorbei, das terrassenförmig aus dem Berg gehauen war und auf dem sich eine riesige Herde Kühe um die Futtertröge drängte. Kleine gelbe Schildchen waren an ihre Ohren geheftet. Dahinter lag die ehemalige Plantage der Fisks, die jetzt Bartletts Birnenplantage war. Dann kam die Plantage, die früher seinen Eltern gehört hatte. Das Wohnhaus war abgerissen und ein neues gebaut worden. Stattliche Pyramidenpappeln bewachten das Land. Im Südteil der Plantage standen die Leitern an den Bäumen. Zwischen den Reihen waren Kisten aufgestellt. Er sah eine Gestalt in einem vom Wind geschüttelten Baum beim Pflücken.

»Hier bin ich aufgewachsen«, sagte er zu Catherine. »Das hier war unsere Plantage.«

»Phantastisch«, gab sie zurück. »Aber dem Jungen hier geht's wirklich schlecht. Da können Sie doch nicht einfach aus dem Fenster gucken.«

Ben seufzte. »Ich war Herzspezialist«, sagte er. »Ich tappe etwas im dunkeln.«

»Tappen Sie einfach weiter«, sagte Catherine. »Was sollen wir als nächstes fragen?«

»Fragen Sie, was das für Arbeiten waren.«

»Und was hat das damit zu tun?«

»Vielleicht ist er mit Pestiziden in Berührung gekommen, oder sie haben mit Tieren gearbeitet. Ich weiß es nicht, fragen Sie es einfach.«

Sie gab die Frage weiter. Der mit dem Pferdeschwanz antwortete ausführlich. Erst die Spargelernte, fast vier Wochen lang. Dann, im Juni, hatten sie eine Weile lang keine Arbeit. In der Zeit campten sie am Rande eines Zwiebelfeldes und warteten. Im Juli drei Wochen Gemüsezwiebeln. Dann waren sie nach Oregon gefahren, zur Himbeerernte. Danach hatten sie wieder keine Arbeit. Schließlich fanden sie welche, Kartoffelhacken. Dann kam wieder eine Zeit ohne Arbeit. Anschließend haben sie in der Nähe von Yakima Äpfel gepflückt. Jetzt wollten sie nach Norden.

»*De donde es usted?*« fragte Catherine. »*Sonora? Chihuahua? Jalisco?*«

Der am Fenster antwortete. »*Tejas*«, sagte er. »*Somos de Tejas.*«

»*De qué parte de Tejas es usted?*«

Sie antworteten nicht. Der Junge zuckte die Schultern und sah aus dem Fenster. »Er sagt, sie kommen aus Texas«, erklärte Catherine. »Aber er kann mir nicht sagen, aus welchem Teil von Texas. Vielleicht hat er mich auch nicht verstanden.«

»Die haben keine Green Card«, sagte Ben. »Sie haben Angst, daß man sie zurückschickt. Sagen Sie ihnen noch einmal, daß wir nicht von der Polizei sind. Wir werden sie nicht melden – betonen Sie das. Versprechen Sie das.«

Catherine wandte sich wieder den jungen Männern zu. »*No somos policía*«, sagte sie. »*Le prometo. No se preocupe.*«

Der am Fenster gab keine Antwort, aber der mit der DOLE-Schirmmütze sah sie ernst an.

»Fragen Sie«, sagte Ben, »ob jemand zu Hause krank war, bevor sie hergekommen sind.«

Keiner war krank gewesen, nein.

»Und auf der Fahrt?« fragte Ben. »Haben sie andere getroffen, die auch so krank waren? Irgendwo? Bei der Himbeerernte in Oregon? Oder sonstwo? Beim Kartoffelhacken?«

Ja, andere waren auch krank gewesen. Aber bei der Feldarbeit gab es immer welche, die krank waren. Erkältungen, Fieber, damit mußte man rechnen. Nichts Besonderes.

»Sprühmittel«, sagte Ben. »Pestizide. Kunstdünger.«

»*Líquido para rociar*«, versuchte Catherine es. »*Cebolla. Pa-*

pas. Espárragos. En la hacienda … abono para la tierra. Ich weiß auch nicht. *Químicos. Respiraba químicos, acaso?*«

Der am Fenster schien sie zu verstehen und erklärte es mit lebhaften Gesten den anderen. Sie nickten verstehend. Aber nein, sagten sie, sie seien nicht mit Chemikalien in Berührung gekommen, nicht, soweit sie sich erinnern könnten.

»Gut«, sagte Ben. »Und was ist mit Hautausschlag? Fragen Sie ihn danach.«

Aber auch einen Ausschlag hatte niemand gehabt, keinen steifen Hals oder geschwollene Drüsen. Keine Schwellungen in den Achselhöhlen. Er rauchte nicht und hatte auch nie geraucht. Er aß nicht viel, aber in den letzten Tagen hatte er rote Bohnen gegessen, ein Schinken-Sandwich mit Salsa und Zwiebeln, Hühnchen und Tortilla. An dem Morgen hatte er Kaffee mit Milch und Zucker getrunken und Kool Aid und eine Pepsi Cola. Und viel, viel Wasser. Ja, sie hatten anfangs das Wasser aus der Bewässerungsanlage getrunken. Nein, sie wuschen sich nicht regelmäßig die Hände. Ja, sie hatten sich alle gelegentlich etwas unwohl gefühlt, aber nicht besonders, vom vielen Herumfahren. Aber diese Krankheit hatte vor ungefähr drei Wochen angefangen. Er hatte Schmerzen in den Muskeln und Gelenken und hatte bei der Arbeit leichte Schwindelgefühle. Die meiste Zeit war er müde. Jetzt mußte er dauernd husten, besonders nachts. Sie wußten nicht, was sie machen sollten.

»Es ist mir ein Rätsel«, sagte Ben. »Ich tippe auf TB, eher TB als Lungenentzündung. Aber hier gibt's alle möglichen Viren, Pilzinfektionen, bakterielle Erkrankungen, weiß der Himmel, es kann alles mögliche sein.«

»Trotzdem müssen wir was tun«, sagte Catherine.

»Er muß in Behandlung«, sagte Ben. »Er muß ins Krankenhaus. Ich kann das nicht diagnostizieren, schon gar nicht behandeln. Ich hab nichts bei mir, nicht mal ein Stethoskop. Sagen Sie ihm, daß er ernstlich krank ist. Sagen Sie ihm, er soll sofort ins Krankenhaus gehen, wenn wir nach Wenatchee kommen.«

»Moment mal«, sagte Catherine. »Wenn er ins Krankenhaus geht, fragen sie nach seinen Papieren, seinem Visum oder was immer. Und vielleicht werfen sie ihn dann raus. Das können wir nicht zulassen. Das geht nicht.«

»Hören Sie«, sagte Ben, »er ist ernstlich krank. Wenn er nicht bald in Behandlung kommt, verschlimmert sich sein Zustand, er könnte sogar sterben.«

»Wir haben es ihm *versprochen*«, sagte Catherine. »Wir haben ihm versprochen, daß er nicht abgeschoben wird.«

»Man wird ihn nicht abschieben«, sagte Ben. »Die Hauptsache ist, daß er einen Arzt braucht, und zwar sofort. Mehr gibt's dazu nicht zu sagen. Er muß ins Krankenhaus. Sobald wir ankommen.«

»Sie müssen ihm auf anderem Weg helfen.«

»Es gibt keinen anderen Weg.«

»Was sollen wir denn dann tun?« fragte Catherine.

Ein Hustenanfall des Jungen brachte sie zum Schweigen. Er sank nach vorn und schlug mit dem Kopf gegen den Sitz vor sich. Mit dem Husten brachte er einen festen Klumpen blutdurchsetzten Auswurf hoch, der rote Flecken auf seiner Decke hinterließ.

Es war, als säße ihm ein Dämon in der Brust. Er keuchte und schnappte nach Luft. Sein Bruder legte ihm den Arm um die Schultern. »*Ángelito*«, sagte er. »*Quédate tranquilo. Ya va a pasar. Dios nos va a ayudar.*«

»Was hat er gesagt?« fragte Ben.

»Daß Gott ihm helfen wird.«

10

Der Bus passierte den Rock Island-Damm, eine Silikonfabrik, eine Aluminiumhütte und, auf der anderen Straßenseite, eine in dieser Saison unfruchtbare Kirschplantage. In den Apfelplantagen jedoch hingen die Früchte schwer an den Bäumen; die Pflücker füllten ihre Leinensäcke, die Traktoren zogen die vollen Kisten, Äpfel warteten an den Abzweigungen von den Hauptpfaden, die Äste wurden von Stützen gehalten, und auf der Straße nach Wenatchee waren überall die mit Äpfeln beladenen Lastwagen unterwegs. Der Wind wehte flußabwärts durch das Tal; die Flagge auf der Basaltinsel südlich von Hurst Landing stand steif in der Brise. An dieser Stelle war der Fluß ein aufgepeitschter See mit Wellen, deren Schaumkronen an das Gestiebe weißer Meeresgischt erinnerten.

Der Bus passierte den Rock Island-Wasserpark mit Spielfeldern, die zu dieser Jahreszeit still dalagen. Sie kamen an einem Wohnwagenplatz vorbei, der oberhalb des Flusses in sauberen Parzellen angelegt war. Auf der anderen Flußseite sah man den südlichen Teil von Wenatchee mit seinem schmutzigen Güterbahnhof, Pappeln und noch mehr Wohnwagen. In früheren Zeiten war der Güterbahnhof der Verladeplatz für die Äpfel gewesen, aber jetzt lag er verlassen da, und die Gebäude waren zu Skeletten verfallen. Obstpflücker kampierten in improvisierten Lagern. Vor einem Zelt brannte ein wärmendes Feuer und schickte Funken in den Wind. Kinder saßen am Flußufer.

Der Bus überquerte die Brücke, bog in die Mission Street ein und war in Wenatchee. Einige der Passagiere fingen an, ihre Sachen zusammenzusuchen. Wenatchee war eine reiche Stadt mit über zwanzigtausend Einwohnern, die wichtigste Stadt im Land des Apfelanbaus. Sie lag in einer Mulde, umgeben von ausgebleichten Hügeln, die sich bis zu einer Höhe von dreihundert Metern über den Fluß erhoben. Im Osten waren sie stark konturiert, die Bodenfalten in Rot- und Brauntönen, ihre Gipfel und Kämme bildeten den Rand der weiten Weizenhochebene. Im Norden fielen die Hänge mit ihren engen, sich windenden, schattigen Taleinschnitten steil zum Wasser ab, und auf dem dahinströmenden Columbia lag der Sonnenschein. Brückenpfeiler durchbrachen die Oberfläche, und bei Rock Island und Rocky Reach schnitten Dämme durch das Wasser. Gleich außerhalb der Stadt fingen überall die Obstplantagen an und erstreckten sich in trockene Höhenlagen, bis unterhalb der Wenatchee Pinnacles, die Ben als Junge bestiegen hatte – Castle Rock, Squaw Saddle, Old Butte, sonnengegerbte Gipfel aus erodierendem Basalt, Zinnen, die steil gegen den Himmel standen. Die Vororte waren sauber und ruhig, die Häuser hatten breite Veranden und waren von schattigen Weiden umgeben, aber im Zentrum sah es anders aus: da gab es eine Unmenge von Ampeln, Grillrestaurants, die Hamburger und Tacos anboten, überfüllte Parkplätze und Einkaufszentren. Breite vierspurige Straßen durchzogen den Ort, auf denen mehr Last- als Personenwagen unterwegs waren. Wenatchee hallte wider von dem Lärm des schnell fließenden Verkehrs: schwere Lastwagen, Autos mit Allradantrieb und die neuen Pick-up-Modelle mit großem Fahrgastraum und hohem Bodenabstand. Auf den Gehwegen sah man Männer mit Cowboyhüten; sie schlenderten die Straße entlang, die Hände in den Hosentaschen oder zum Schutz gegen den Wind um ihre Zigaretten gelegt; es waren Rancher, wie Ben sie aus seiner Kindheit kannte, knochige Männer mit ledrigen Gesichtern, Hemden mit Perlmuttknöpfen und Cowboystiefeln, Männer des Flußtals.

In der First Street fuhr der Bus in die überdachte Haltestelle ein. Ein Oberlicht war zerbrochen. Der Fahrer kündigte eine Pause von einer Viertelstunde an und schlug den Passagieren vor, die Toiletten im Busbahnhof zu benutzen, sich in Cecil's Café einen Kaffee zu holen oder sich einfach die Beine zu vertreten, bevor die Fahrt um 14 Uhr 55 in Richtung Westen weiterging. Während die Fahrgäste aus dem Bus stiegen, machte er die Klappe zum Gepäckraum auf. Die jungen Erntearbeiter steckten die Köpfe zusammen und sprachen schnell in weich klingendem Spanisch miteinander. Unter den Sitzen zogen sie Einkaufstüten mit ihren Habseligkeiten hervor. Der Kranke, Angel, wartete in seine Decke gewickelt auf die anderen; sein Mund war offen, der Schweiß stand ihm im Gesicht. Sein Bruder setzte sich die DOLE-Mütze auf und richtete den Schirm so aus, daß er einen Schatten auf sein Gesicht warf. »*Donde estamos*?« fragte er.

»Wenatchee«, sagte Catherine Donnelly. »Wenatchee, im Staat Washington.«

»*Guanache*«, wiederholte er. »*Cuándo vamos a llegar a Orondo?*«

»*Este bus no va a Orondo. Usted tiene que tomar otro bus para ir a Oronodo. Es necesario bajarse aquí y cambiar de bus.*«

»*Ho-kay, muchas gracias*«, sagte der Junge, stand auf und nahm seine Tüten in die Hand. Auch der beim Fenster erhob sich. Sie halfen Angel auf die Füße.

»Sie sagen, sie wollen nach Orondo«, sagte Catherine. »Was, meinen Sie, sollen wir ihnen sagen?«

»Fragen Sie, was sie da wollen. Was sie in Orondo wollen.«

»*Tienen ustedes trabajo alli?*«

»*Si. Acaso.*«

»*Cosechando manzanas?*«

»*Si.*«

»Y su hermano? No puede trabajar. Necesita ir al hospital.«

»No. El está bien. Por favor, no se preocupe.«

»Er sagt, sie haben Arbeit in Orondo«, übersetzte Catherine. »Sie wollen zur Apfelernte nach Orondo. Er behauptet, mit Angel sei alles in Ordnung. Wir sollen uns keine Sorgen um ihn machen.«

Ben sah Angel in die Augen. *»No hos-pi-tole«*, sagte er zu ihm. *»Muerte, si? Comprende, Angel? No hos-pi-tole, muerte.«*

Als Antwort zog Angel die Decke fester um sich und senkte die blutunterlaufenen Augen auf den Boden.

Sie stiegen mit den anderen Passagieren aus, die Jungen mit ihren Plastiktüten, Catherine, die sich die Sonnenbrille aufgesetzt hatte, Angel, in seine Decke gehüllt, und Ben mit seinem Rucksack über der Schulter. Der Wind frischte hörbar auf, und eine Bö fegte den Staub durch den Busbahnhof. Der Fahrer stand mit dem Rücken zum Wind und hielt sich die Mütze fest, seine Hosenbeine füllten sich, und die Jacke schlug ihm um den Körper – es sah aus, als würde er davongeweht. Ein Mülleimer stürzte um und rollte klappernd die Chelan Street entlang, und Teile seines Inhalts – Dosen, Flaschen, Papier – fielen heraus, wurden vom Wind erfaßt und gegen die Backsteinfassade des Labor Union Temple geschleudert.

»El remolino«, sagte einer der Jungen. *»El viento del diabolo.«*

»Ich ruf die Ambulanz«, sagte Ben. »Die bringen Angel dann ins Krankenhaus, und damit ist die Sache erledigt.«

»Ich weiß nicht«, sagte Catherine. »Ich steig in einer Viertelstunde wieder ein und fahr über die Berge.«

»Ach ja?« sagte Ben. »Das wußte ich nicht.«

»Ich hoffe nur, daß alles gutgeht. Daß sie nicht abgeschoben werden.«

»Besser abgeschoben als tot«, sagte Ben.

»Das ist wahr«, sagte Catherine.

Im Busbahnhof spielte ein kleines Mädchen in einem

pinkfarbenen Hemd, das viel zu groß war, mit dem Joystick eines Videospiels. Auf einer Landkarte waren die Linien der Greyhound-Busse als ein Gezweig von blauen Adern eingezeichnet, daneben hing ein Poster mit Fotos von vermißten Kindern. Auf der Theke stand ein Karton mit Gepäckanhängern, daneben lag ein Stapel religiöser Traktate. Es gab einen Deckenventilator, still und verstaubt, einen Getränkeautomaten und drei Telefonapparate, von denen zwei aus der Wand gerissen waren. An der Tür zu den Toiletten klebte ein handgeschriebenes Schild: KEIN BIER – DIES IST KEINE WIRTSCHAFT, und an der Theke von Cecil's Café waren die Barhocker im Fußboden verschraubt. Vom Fahrkartenschalter, zugleich die Gepäckaufbewahrung, ertönte leise Radiomusik, eine Melodie, die Ben entfernt bekannt vorkam, eine Ballade, ein Lied von verlorener Liebe, ein trauriger Country-Song der fünfziger Jahre.

Angel ließ sich auf die Bank fallen und wurde von einem Hustenanfall geschüttelt. Sein Bruder legte ihm den Arm um die Schulter und sprach leise in sein Ohr.

Ben wählte die Notrufnummer. Er erklärte, er sei Arzt und mit einem Greyhound-Bus unterwegs, und er habe einen jungen Mann getroffen, der ernstlich krank sei. Er sei jetzt im Busbahnhof von Wenatchee, an der Kreuzung von First und Chelan Street, und seiner Einschätzung als Herzspezialist nach sei dies ein Notfall – der junge Mann habe Blut gespuckt und brauche sofort ärztliche Hilfe. Die Telefonistin brachte einen Krankenwagen auf den Weg und hielt Ben am Telefon fest, indem sie ihm überflüssige Fragen nach seinem Namen, dem Namen des Kranken, Bens Adresse, den Krankheitssymptomen des jungen Mannes, Bens ärztlicher Qualifikation und der Busfahrt stellte. Drei Minuten später fuhr eine Ambulanz in den Busbahnhof und kam in der Haltebucht zum Stehen. »Sie sind da«, sagte Ben und legte den Hörer auf.

Alle Reisenden in der Wartehalle sahen gebannt auf den Krankenwagen – ein Ereignis, das die Langeweile unterbrach. Ben gab den Sanitätern ein Handzeichen, als sie mit ihren Taschen in die Halle kamen. »Hierher«, rief er. »Hier drüben.«

Sie sahen sehr solide aus, die beiden in ihren blauen Uniformen und den gewienerten Schuhen. Auf ihren Namensschildern stand *Coleman* und *Odle*. Coleman war so groß wie Ben und maß sicherlich einsneunzig. Odle war klein und hatte dichte dunkle Locken und kräftige, venendurchzogene Unterarme. Ben deutete auf Angel und sagte, er vermute einen Fall von TB. Der junge Mann habe Blut gespuckt und müsse umgehend untersucht werden. Er brauche Krankenhauspflege. Coleman hörte ihm zu und stellte seine Tasche auf dem Boden ab. »Was ist mit Ihrem Auge passiert?« fragte er.

»Autounfall«, sagte Ben.

»Das hätte genäht werden sollen, so wie das aussieht«, sagte Coleman. »Sie werden da eine ganz schöne Narbe zurückbehalten.«

»Es geht um den Jungen«, sagte Ben. »Kommen Sie.«

Die drei Pflücker flüsterten miteinander, ihre Tüten hatten sie an die Beine gelehnt. Catherine hatte sich zu ihnen gesetzt, als wäre sie eine von ihnen. »*No se preocupe*«, sagte sie. »*No es la policía. Les prometo.*«

Angels Bruder antwortete etwas Längeres, den Blick auf die Sanitäter gerichtet.

»Sie haben kein Geld fürs Krankenhaus«, sagte Catherine, als sie zu Ben trat. »Er sagt, er läßt Angel nicht allein. Er ist Angels Bruder, er kann ihn nicht allein weglassen. Er hat die Verantwortung für ihn.«

»Sagen Sie ihm, daß er nichts zu bezahlen braucht«, sagte Ben. »Sagen Sie, daß es für sie umsonst ist; sie brauchen nichts zu bezahlen.«

»Moment mal«, sagte Coleman. »Natürlich müssen sie bezahlen, daß das klar ist.«

»Müssen sie nicht«, sagte Ben. »Für solche Fälle gibt's staatliche Unterstützung. Aber das ist sowieso egal. Wichtig ist, daß er in Behandlung kommt.« Er legte Catherine die Hand auf den Arm. »Sagen Sie ihnen einfach, daß sie nichts bezahlen müssen. Mehr brauchen sie jetzt nicht zu wissen.«

Coleman schüttelte heftig den Kopf. »Für Ausländer gibt's keine staatliche Unterstützung«, sagte er. »So einen Fall hatte ich schon mal.«

»Moment«, schaltete Odle sich ein. »Das stimmt doch so nicht, oder? Das Krankenhaus kann doch Wohlfahrtsgelder beim Medizinischen Notfallbüro beantragen.«

»Nicht für die Jungs hier«, sagte Coleman. »Die sind illegal, das sieht doch jeder. Sie haben keine Aufenthaltserlaubnis. Ich hab das alles schon gehabt.«

»Trotzdem kriegen sie Unterstützung«, sagte Odle.

»Meinetwegen, vergiß es«, sagte Coleman und griff nach seiner Tasche. »Mir soll's recht sein. Los geht's.«

Die Sanitäter setzten sich Gesichtsmasken auf und zogen Gummihandschuhe an. Odle legte Angel auf die Bank und steckte ihm ein Thermometer in den Mund, dann maß er Blutdruck und Puls, während Coleman eine fahrbare Liege in die Halle rollte. Die Passagiere sahen schweigend zu. »Der Bus nach Seattle wartet auf niemanden«, rief der Busfahrer von der Tür. »Wünschen wir dem jungen Mann viel Glück und machen wir uns auf den Weg nach Westen.«

Catherine streifte sich die Haare hinter die Ohren und begann auf der Stelle auf und ab zu hüpfen. »Heh«, sagte sie. »Das sieht ja alles ganz gut aus. Meinen Sie, er wird wieder gesund?«

»Das denk ich schon«, sagte Ben. »Mit Antibiotika. Wenn er das hat, was ich vermute.«

»Solange sie nicht ausgewiesen werden.«

»Machen Sie sich darüber keine Sorgen.«

»Also gut.« Catherine seufzte. »Ich muß wohl gehen. War schön, Sie kennenzulernen und so. Bis dann, also.«

Sie wandte sich zu dem Jungen mit dem Pferdeschwanz, Angels Bruder, um. »*Hasta luego*«, sagte sie. Sie nickte dem anderen Jungen zu, dem mit der Knollennase, und er nickte zurück. »*Angel*«, rief sie. »*Buena suerte. Ahora vas a mejorarte.*« Angel lächelte schwach.

»Was haben Sie gesagt?« fragte Ben.

»Ich hab ihm gesagt, daß es ihm bald besser gehen wird.«

»Verpassen Sie Ihren Bus nicht«, sagte Ben.

»Also gut«, sagte Catherine. »Bis dann.«

Sie ging, ohne sich umzusehen, die Hosenbeine ihrer Jeans schleiften über den Boden. Der Fahrer sprang hinter ihr in den Bus. Die Türen schlossen sich, die Bremsen keuchten, und der Bus fuhr langsam aus dem überdachten Halteplatz heraus, beschrieb einen weiten, gleichmäßigen Bogen und verschwand in Richtung Westen.

Angels Bruder stieg mit in den Krankenwagen, aber trotz Bens höflicher Bitten weigerte Coleman sich, den anderen Jungen mitzunehmen. Im Krankenwagen gebe es keinen Platz für ihn, sie könnten ihn nicht mit Angel zusammen im Wagen unterbringen, außerdem sei das Krankenhaus in der Fuller Street, dorthin könne er in weniger als einer Stunde zu Fuß kommen. Die Ambulanz fuhr mit Angel und seinem Bruder davon, und der dritte Junge sah ihnen nach. Er stand mit seinen Einkaufstüten an der Haltebucht und hatte den Kragen gegen die Kälte hochgeschlagen. Ben hatte das Gefühl, daß die Kälte aus seinem Inneren hochstieg, er fühlte sich elend, schwach und energielos. Der Wind hatte nachgelassen, die Sonne schien, der Halteplatz war menschenleer, abgesehen von dem jungen Mann mit dem glänzenden Haar, der sich am Kinn kratzte. Ben beobachtete ihn einen

Moment, drehte sich dann mit einem Seufzer um und humpelte in die Halle zurück. Er ließ sich auf eine Bank sinken, rieb sich die Seite und sah zu dem Jungen hinaus, der zufrieden zu sein schien, in die Richtung zu starren, in die der Krankenwagen verschwunden war. Nach einer Weile kam er auch wieder herein und stellte sich mit seinen Tüten ans Fenster. Er sah Ben nicht an.

»*No hablo espanol*«, sagte Ben. »*Habla* du *inglés?*«

»*No*«, sagte der Junge. »*No inglés.*«

»*No inglés*«, sagte Ben. »Das macht die Sache schwierig.«

Sie musterten einander. Der Junge zuckte die Schultern. Er war klein und gedrungen und hatte einen dunklen Teint. »*Hos-pi-tole*«, sagte Ben. »Deine *amigos* sind zum *hos-pi-tole* gefahren. Willst du auch dahin?«

»*No hospital*, Äpfel, *trabajo.*« Der Junge pflückte unsichtbare Äpfel aus der Luft und legte sie in einen unsichtbaren Leinenbeutel. »*Manzanas*«, sagte er. »*Trabajo.*«

In einer übertriebenen Geste fuhr er sich mit den Fingern über die Stirn und wedelte mit der Hand, als würfe er den Schweiß weg. »*Trabajo, trabajo.*« Er schlug sich auf die Brust. »*Quiero trabajar*. Äpfel.«

»Okay«, sagte Ben.

Sie traten auf den Platz hinaus und gingen die First Street entlang, den Wind im Rücken. Der Junge ging einen halben Schritt hinter Ben, als wollte er so seine Ehrfurcht vor dem »Gringo-Doktor« zeigen. Ben humpelte und plagte sich mit seinem Rucksack. Zweimal lehnte er sich an eine Straßenlaterne, um Atem zu schöpfen, und der Junge wartete geduldig. In einer Buchhandlung auf der Wenatchee Avenue kaufte er *Spanisch für unterwegs* und ein kleines Wörterbuch Englisch-Spanisch. Dann setzten sich Ben und der Junge auf den Gehweg und stellten ihr Gepäck neben sich. Ben blätterte in den Büchern. Mit dem gesunden Auge versuchte er, die kleinen, vor seinen Augen verschwimmenden Buchstaben zu entziffern, und er fand das Wort für »ernten«. »*Cosechar manzanas*?« fragte er den Jungen. »Willst du das?«

»*Si*«, sagte der Junge. »*Manzanas*.«

»*Cosechar manzanas*«, wiederholte Ben. »*Muy bien*. In Ordnung.«

Er suchte in seinem Rucksack und holte die Landkarte von Chelan County in ihrer Kartonröhre heraus. Er rollte sie auf dem Gehweg aus, und der Junge hielt sie an zwei Ecken fest. Ben zeigte auf Wenatchee – »*aquí*«, sagte er, »Wenatchee, *aquí*« – und fuhr dann mit dem Finger auf dem Highway 2 entlang, bis er Orondo erreichte. »Orondo«, sagte er. »*Amigos?*«

»*No le comprendo a usted*«, sagte der Junge. »*Orondo? Sí? Orondo?*«

»Willst du dahin? *Cosechar manzanas* in Orondo? *Amigos* in Orondo?«

»*No*«, sagte der Junge. »*No amigos aquí*.« Er tippte sich auf sein Brustbein. »*Solo*«, sagte er. »*No amigos aquí. Solo, comprende usted?*«

»*Comprende*«, sagte Ben. »Du bist allein.«

Er saß eine Weile da und betrachtete die Schuhe des Jungen – abgelaufene schwarze Baseballschuhe, die an den Nähten aufplatzten; wahrscheinlich hatte er sie irgendwo aus dem Müll geholt. Die Odyssee des Jungen, das war offensichtlich, dauerte schon viel länger als Bens kurzer Trip durch die Obstanbauregion. Er war dreckig und sonnenverbrannt und hatte den Geruch von Erde an sich, seine Plastiktüten waren eingerissen. Sicherlich war er tausend Meilen gereist, hatte unter Bäumen und Brücken im Freien geschlafen. Ben blätterte wieder in seinem Wörterbuch auf der Suche nach dem richtigen Wort. »*Hambre*«, sagte er nach einiger Zeit. »*Hambriento. Restaurante. Alimento*. So ähnlich wenigstens. Gehen wir was essen, okay?«

Sie gingen in ein Restaurant auf der Wenatchee Avenue, das um diese Tageszeit fast ganz leer war. Ein enger Raum, in dem es nach Zigaretten roch. Ben bestellte sich selbst einen Tee und für den Jungen ein T-Bone-Steak mit Pommes frites, und während der Junge Butter auf sein Brötchen strich, mühte Ben sich mit seinen Spanischbüchern ab und stoppelte weitere Fragen zusammen. Der Junge hieß Emilio – mehr gab er nicht an, keinen Nachnamen. Er war mit den anderen beiden nicht verwandt, sondern hatte sie beim Birnenpflükken in Yakima kennengelernt. Da sie wußten, wo man Arbeit bei der Apfelernte bekommen konnte, hatte sich Emilio ihnen auf der Reise nach Norden angeschlossen. Jetzt waren sie weg, aber er wollte trotzdem arbeiten. In Orondo oder wo immer sonst.

Der Teller mit dem Steak und den Pommes frites wurde gebracht, und Emilio betrachtete ihn staunend. »*Muchas gracias, señor*«, sagte er, dann streute er reichlich Salz und Pfeffer auf die Pommes frites, das Steak und die grünen Bohnen. Er aß sauber, ohne Hast, und benutzte sein Messer mit Geschick. Seine Handrücken waren von weißen Kratzern überzogen, seine Finger waren dick und stumpf und voller Schwielen, die Nägel eingerissen.

Ben trank seinen Tee und fragte nicht weiter. Die mühsame Verständigung und die Zurückhaltung des Jungen machte ein längeres Schweigen akzeptabel. Ben fragte Emilio nicht – obwohl er es gern gewußt hätte –, warum er allein war, getrennt von seiner Familie, wenn er überhaupt eine Familie hatte. Was für eine Welt er hinter sich gelassen hatte, was für ein Leben er bisher geführt hatte, wie man sich fühlte, wenn man ohne Wurzeln so dahintrieb, immer auf der Suche nach Arbeit, ohne der Sprache mächtig zu sein. Diese Dinge konnten nicht gesagt werden, wenigstens nicht mit Hilfe von Bens *Spanisch für unterwegs*, weil das Leben des Jungen – das Leben eines jeden Menschen – immer noch ein Leben war und keine Geschichte, die man sich über den Tisch hinweg erzählen konnte. Das Wesentliche konnte nicht von dem Rest getrennt werden, ohne daß man beides seiner eigentlichen Bedeutung beraubte.

Während er dem Jungen zuschaute, der sein Gericht mit einer natürlichen Würde aß, wurde Ben klar, daß der Junge seine Geschichte nicht als Gegenleistung für eine Mahlzeit preisgeben würde. Eigentlich war es eine wünschenswerte Eigenschaft in einem Begleiter, diese Verschlossenheit, weil sie bedeutete, daß es keine Antworten, aber auch keine Fragen geben würde. Der Junge hatte darauf verzichtet, seine mimischen Talente einzusetzen, um Ben – mit Gesten, Gesichtsausdrücken und Zeichen – über sein blaues Auge auszufragen, als wollte er damit zeigen, daß auch Ben ein Recht auf seine Geheimnisse hatte. Wenn Emilio es also vorzog, keine Geschichte zu haben, dann war Ben damit einverstanden. Emilio war einfach ein Junge, der – tausend Meilen von zu Hause – das Glück hatte, eine gute Mahlzeit zu bekommen.

Anschließend spendierte Ben ihm noch ein Stück Apple-Pie und ein zweites Glas Milch. Dann ging er zu dem Telefon bei den Toiletten und rief die Arbeitsvermittlung an. »Pflükkerarbeit«, sagte er zu der Frau, die ihm antwortete, und sie stellte das Gespräch zu dem zuständigen Sachbearbeiter durch, der sich als Hector Martinez vorstellte. Ja, es gebe Arbeit in der Landwirtschaft, aber die sei im Moment nur kurzfristig, die Apfelernte sei fast vorüber, es gebe nur noch wenige Tage Arbeit. »Wo?« fragte Ben. »Wohin kann man noch gehen?«

»Das kommt drauf an«, sagte Hector Martinez. »Wo sind Sie jetzt?«

»Ich bin in einer Telefonzelle in Wenatchee. Wenatchee Avenue.«

»Also gut«, sagte Hector Martinez in dem Ton eines Staatsbediensteten, der gelernt hatte, innerhalb gewisser Grenzen Anteilnahme zu zeigen. »Waren Sie schon einmal bei uns oder haben Sie sich bei uns eingetragen, oder haben wir Ihnen in den letzten zwölf Monaten Arbeit vermittelt?«

»Nein«, sagte Ben. »Nichts von alledem.«

»Okay«, sagte Martinez. »Ich guck mal im Computer nach … okay … Ihr Name?«

»Larry Miller«, sagte Ben. »L, A, doppel-R, Y. Miller wie das Bier.«

»Wie Miller Bier, okay. Und Ihre Sozialversicherungsnummer?«

Ben erfand eine. Er erfand auch ein Geburtsdatum, eine Adresse und eine Telefonnummer. Sich mit solcher Leichtigkeit und Autorität eine falsche Identität zu schaffen, gefiel ihm. »Vor ein paar Jahren war ich hier in der Gegend«, sagte er. »In der Nähe von Malaga, Wolfhound Orchard hieß die Plantage. So ähnlich jedenfalls. Wolfhound.«

»Wolfhound Orchard«, sagte Martinez. »Lassen Sie mich auf der Liste der offenen Stellen nachsehen.«

»Da würd ich gern wieder hin, wenn das möglich ist. Es war irgendwo in der Nähe von Malaga, glaube ich.«

»Wolfhound Orchard. Kein Problem. Da gibt's ein paar Jobs. Wir können Sie dahin vermitteln.«

»Großartig«, sagte Ben.

Als er das Gespräch beendet hatte, humpelte er zum Tisch zurück und nickte Emilio zu. »*Trabajo*«, sagte er. »*Manzanas. Trabajo*. Es gibt Arbeit für dich *en* Malaga.« Wieder holte er seine Landkarte von Chelan County heraus, entrollte sie auf dem Tisch und zeigte dem Jungen die Route nach Malaga, am Westufer des Columbia entlang, auf dem Highway zwischen Malaga und Alcoa. »*Cosechar manzanas*«, sagte er. »*Manzanas* pflücken, *aquí*.«

Sie gingen die Wenatchee Avenue entlang, kamen an Kim's Tae-Kwan-Do Schule vorbei, am Büro der Wasserwerke von

Central Washington, an verschiedenen Möbel- und Autozubehörgeschäften, an einer Gaststätte. Vor der Pfandleihanstalt ließ Ben seinen Rucksack zu Boden gleiten, stützte sich auf einen Zeitungskasten und legte den Kopf auf die Unterarme. Ein Brechreiz überkam ihn und verebbte, während er sich in dieser gebeugten Haltung die Seite rieb. Nach einer Weile fühlte er sich wieder kräftig genug, um weiterzugehen. Aber der Junge bückte sich im gleichen Moment wie Ben nach dem Rucksack und sah ihn fragend an. »*Muchas gracias*«, sagte Ben und legte ihm die Hand auf die Schulter. »*De nada*«, sagte der Junge.

Sie gingen weiter – Emilio, der Bens Rucksack und seine Plastiktüten trug; Ben, der in seiner Jacke fror – und kamen schließlich zu der U-Save-Autovermietung. Die Frau an der Theke musterte die beiden mißtrauisch: Ein alter Mann mit einem angeschwollenen Auge und ein zerlumpter Pflücker mit kaputten Schuhen, der wie ein Hobo beladen war. Sie verhüllte ihre Verachtung kaum, aber sie vermietete ihnen einen Ford-Pick-up für siebenunddreißig Dollar pro Tag und wies darauf hin, daß er vollgetankt wieder abgeliefert werden müsse, andernfalls gebe es eine Benzinrechnung, über die sie kaum glücklich sein würden. Als sie Ben die Schlüssel in die Hand fallen ließ, vermied sie jede Berührung. »Wir erwarten, daß Sie den Wagen in sauberem Zustand wieder abgeben«, sagte sie. »Ich weiß ja nicht, was Sie damit vorhaben, aber er muß sauber zurückgegeben werden.«

»Krankenhausabfälle«, sagte Ben. »Und etwas Erde für eine Chemiefirma und ein wenig Düngemittel.«

Die Frau wich zurück und berührte ihre Frisur mit den Spitzen ihrer bemalten Nägel. »Also, ich weiß ja nicht«, sagte sie.

Der Truck war neu, er hatte stoffbezogene Sitze und breite, gepolsterte Armlehnen, und die Innenausstattung war in dunkelrot gehalten. Als sie die Wenatchee Avenue entlangfuhren und es sich in dem leise dahingleitenden Wagen bequem machten, probierte Emilio die automatischen Fensterheber aus. Er ließ die Scheiben zentimeterweise herunter und schloß sie dann bis oben hin, so daß der Straßenlärm nicht mehr zu hören war. Dann testete er die automatische Türverriegelung und strich über die Noppen der Sitzbezüge.

»Radio?« sagte Ben. »*Música*, oder so.« Er schaltete es an und suchte die Stationen ab, bis er einen Sender gefunden hatte, wo spanisch gesprochen wurde. »*Aquí*«, sagte er. »Okay?«

»Okay«, sagte der Junge. »*Gracias*.«

»*De nada*«, sagte Ben. »*Está bien*.«

Sie kamen an die Brücke, überquerten den Fluß aber nicht, sondern fuhren weiter nach South Wenatchee. In einem Garten hing Wäsche auf der Leine, in einem anderen stand ein aufgebocktes Auto ohne Räder, vor einer heruntergekommenen zweigeschossigen Lagerhalle war ein Lastwagenanhänger geparkt. Die Straße verlief oberhalb der Eisenbahngleise, so daß man auf ausgemusterte Waggons der alten Great Northern und Burlington Lines hinunterblicken konnte und auf den verfallenen Lokomotivschuppen, das Kühlhaus, die mit Unkraut überwucherte Drehscheibe und ein wirres Netz von Gleisen. Der Apfelverladeplatz, den Ben noch von früher kannte, lag verlassen. Auf den Querbalken der Leitungsmasten glänzten die gläsernen Isolierungshauben. In einer Ecke des Güterbahnhofs standen verwitterte Kisten hoch aufgestapelt, an denen die Farbe in großen Placken abgesplittert und das Sperrholz darunter von Regen und Sonne zu einem blassen Grau verblichen war.

Sie kamen an dem Shaw Orchard und dem Atwood Orchard vorbei – Kisten voller Äpfel standen an den Stichstraßen der Plantagen – und erreichten die Abfahrt nach Stemilt Creek und West Malaga. Dort hielt Ben an und versuchte bei laufendem Motor, auf der Karte die Joe Miller Road zu finden. Das Land, das vor ihm lag, war bis hin zur

Jump-Off Ridge von Obstbäumen bedeckt, und die Straßen wanden sich durch Schluchten und Taleinschnitte und durch die gepflegten Plantagen der Stemilt Hills, die in ihrer Anmut an die Poebene erinnerten und an die hügeligen Weinberge des Apennin. Wo der Stemilt Creek aus den Bergen herunterkam, befand sich ein stiller Teich im Schatten Schmalblättriger Ölweiden. Am gegenüberliegenden Ufer schwamm ein Paar Pfeifenten und suchte im Röhricht nach Nahrung.

»*Madre y padre hacienda*«, sagte Ben und zeigte nach Südosten über den Fluß. »Da drüben bin ich aufgewachsen.«

»*Bien*«, sagte Emilio und lächelte.

Sie fuhren in die Stemilt Hills hinauf, wo die Plantagen groß und gutgeführt dalagen, und dann in die Hügel oberhalb von Malaga, wo einst Wein, Walnüsse und Birnen angebaut worden waren. Die Straße schraubte sich den Berg hinauf, bis sie schließlich weit oberhalb des Flusses verlief, wo in den Hang geschlagene Serpentinen zu den Obstplantagen führten. Sie kamen an einem Zeltlager für Pflücker und an einigen Wohnwagen an einem Bachlauf vorbei, an einer Reihe von Pflückerhütten und an einem leeren Schuppen in einer Wegbiegung, in dem im Sommer Kirschen verpackt wurden, bis sie den Gipfel von Stemilt Hill erreichten, wo der Wind hart über Grabsteine in einem Friedhof ging und an den Fenstern eines Gemeindegebäudes rüttelte. Von hier hatte man einen weiten Blick nach Osten, über die Baumwipfel hinweg, zur anderen Seite des Flusses auf das Weizenplateau und den Hang hinunter, wo Pflücker auf Leitern in den Apfelbäumen arbeiteten. »*Manzanas*«, sagte Ben zu Emilio. »*Aquí Manzanas. Cosechar Manzanas aquí.*«

Emilio nickte und kratzte sich am Kopf. »*Es muy bien*«, sagte er.

Ben hielt vor einer Kirche und ließ den Motor laufen. Er konnte plötzlich nicht mehr weiterfahren. Er hatte das Gefühl, als wollte seine Seite aufplatzen, und schon das aufrechte Sitzen tat weh.

»Ich muß mal aussteigen«, sagte er. »*Un momento,* Emilio. Okay?«

Er schleppte sich zwischen die Kirschbäume hinter der Kirche von Stemilt Hill, warf sich ins Gras und versuchte, den plötzlich aufkommenden Brechreiz zu unterdrücken. Er rieb sich die Seite. Merkwürdigerweise ließ die Übelkeit in dieser Position nach. Er rollte sich um den Tumor zusammen und hielt ihn dort, inmitten seiner Eingeweide, so sanft er konnte. Er begriff, daß die Krebsgeschwulst in seinem Leib eine Masse und eine Dichte hatte, Reibung und Schwerkraft. Ein dunkler Stein, der schwer in seinen Organen lag, ein verdorbener Kern, der sich in seinen Eingeweiden eingenistet hatte. Das, was ihn krank machte, war faßbar – ein schwelendes Objekt im Gewebe seines Darms, das sich durch die Muskelwand schob, gleichzeitig aber den Darm verengte und so zu ernsthafter Verstopfung führte. Ein Darmdurchbruch stand ihm bevor, der zu einer Infektion mit Todesfolge führen würde; sein Darm würde aufplatzen wie eine reife Banane, und der Inhalt würde sich in seinen Unterleib ergießen, die flüssigen Exkremente, sein dünner Durchfall, würden zwischen den lebenswichtigen Organen – Nieren, Blase, Lunge – herumschwappen.

Er hörte ein leises Flattern – Vögel in weiter entfernten Zweigen. Er spürte die abklingende Wärme der Sonne auf seiner Wange, er roch das Gras. Er hörte seinen eigenen Atem und das regelmäßige Schlagen seines Herzens. Ihm wurde bewußt, daß er leben wollte, daß er den Anblick eines Kirschgartens im Herbst am Columbia River haben und behalten wollte. Er wollte diese Welt, keine andere. Er kannte keine schönere Welt.

Obwohl er es zu verhindern versuchte, erbrach er sich, auf Händen und Knien kauernd. Magensäure stieg ihm brennend in Kehle und Nase. Er keuchte schwer, seinem Körper ausgeliefert. Auf dem Boden lagen überall Kirschkerne. Das gefallene Laub bewegte sich im Wind.

Auf der Joe Miller Road fuhr Ben im Kriechtempo an den überreichen Apfelplantagen vorbei; überall auf den Hängen standen die Apfelbäume, die Sprossen der Leitern verschwanden im Dickicht der Blätter, zwischen den schattigen Reihen standen die gefüllten Kisten, die Traktoren zogen sie auf flachen Anhängern zu den Stichstraßen. Manchmal sah man Gruppen von Pflückern, die sich ausruhten, aber die meisten arbeiteten stoisch und mit der geduldigen Besessenheit der Ernte. Es war die einzige Zeit im Jahr, in der die Stille der Obstplantagen von den Stimmen der Pflücker durchbrochen wurde. An den Ästen hingen Jacken und Mützen, in Astgabeln standen Feldflaschen und Proviantdosen. Hunde hatten sich unter den Bäumen ausgestreckt, Kinder räkelten sich in der Sonne. Männer und Frauen standen hoch oben auf den Leitern, pflückten die Äpfel und ließen leere Äste zurück. Sie zogen die Aststützen heraus, kletterten mit prall gefüllten Säcken aus dem Baum und ließen das Obst vorsichtig, damit es keine Druckstellen bekam, in die Kisten gleiten.

Ben fragte eine Frau, die die Post aus ihrem Hausbriefkasten holte, ob er auf dem richtigen Weg zum Wolfhound Orchard sei, dann fuhr er noch eine Meile in Richtung Süden. Der Briefkasten der Hardens stand auf der rechten Straßenseite, direkt vor einer Stichstraße, an der sich Reihen aufgestapelter Apfelkisten entlangzogen. Zwei Männer arbeiteten hier. Ein Traktor tauchte zwischen den Bäumen auf und brachte weitere Kisten, und ein Gabelstapler belud einen Lastwagen. Ben hielt an, und obwohl es schon spät war, setzte er sich die Sonnenbrille auf. Er kam sich ein bißchen lächerlich vor und fühlte sich mit der Sonnenbrille bei Sonnenuntergang an einem Oktobertag wie ein Blinder, aber einer dieser Männer – der Traktorfahrer oder der Mann auf dem Gabelstapler – konnte der nächtliche Motorradfahrer sein, der seine Flinte gestohlen hatte, der Dieb, den Ben zu finden hoffte, dessen Gesicht er nicht gesehen hatte. William Harden, der seine Wolfshunde bei Mondlicht auf Kojoten hetzte. Harden würde sich an Bens blaues Auge, sein Markenzeichen der letzten Tage, seine Visitenkarte in dieser Welt, erinnern.

Er parkte den gemieteten Pick-up-Truck hinter einer Straßenbiegung und stieg, den Arm an den Leib gepreßt, auf die Joe Miller Road hinaus. Auch Emilio stieg aus und hob ihrer beider Gepäck aus dem Wagen. Ben blieb einen Moment stehen, um sich die Jacke zuzuknöpfen und den westlichen Himmel zu betrachten, der jetzt purpurfarben war. In den Hügeln vertieften sich die Schatten, das Licht nahm ab. Die Plantagen, die im Sonnenlicht so einladend ausgesehen hatten, wirkten in der Dämmerung abweisend. Die Welt hatte sich verändert, als wäre ein Vorhang gefallen. Doch die tiefstehende Sonne schickte ihre Strahlen in den hohen östlichen Himmel, der von einem unirdischen Licht erfüllt war.

Ben erkannte, daß der ganze Tag eine einzige Verzögerung gewesen war. Alles war schiefgegangen, aber jetzt war er wieder auf Kurs. Jetzt gab es keine Umkehr mehr, und nichts zu verlieren, was nicht schon verloren war. Was konnte William Harden ihm schon tun? Am Morgen, wenn er sich ausgeruht hatte und wieder bei Kräften war, würde er sich seine Flinte einfach zurückholen.

11

Der Verwalter des Wolfhound Orchard hieß Lyle Parmenter, er saß mit einem Klemmbrett auf den Knien in der Hocke und füllte mit einem dicken Bleistift ein Formular vom Arbeitsamt aus. Dazu studierte er Emilios zerfledderte und zerknickte Arbeitspapiere, auf denen der Name Raul Ramirez eingetragen war, und sah sich dann Bens Führerschein und Sozialversicherungskarte genau an. Parmenter betrachtete Bens Foto, kratzte sich an der Stirn, musterte Ben – der in der fortgeschrittenen Abenddämmerung immer noch seine Sonnenbrille trug – und sah wieder auf den Führerschein. »Hier in der Gegend gab's Givens«, sagte er. »Auf der anderen Seite vom Fluß. Sind Sie mit denen verwandt?«

»Nein«, sagte Ben.

»Haben Sie schon mal Äpfel gepflückt?«

»Ja.«

»Wo?«

»Überall. In der ganzen Gegend.«

»Aber Sie kommen von der anderen Seite der Berge.«

»Pflücken kann ich trotzdem.«

Parmenter tippte sich mit dem Bleistift an die Nase. Er hatte ein rotes Gesicht und spitz zulaufende Koteletten, und auf seinem sonnenverbrannten Nacken zeichnete sich ein fast geometrisches Muster von Falten ab. »Die Arbeit ist was für junge Leute«, sagte er. »Es ist härter, als es aussieht.«

»Ich bin ziemlich alt fürs Pflücken, das stimmt«, sagte Ben. »Aber in meinem Alter weiß man, wie's geht.«

Parmenter schien das als Herausforderung zu begreifen. »Das werden wir ja sehen«, gab er zurück. Er wandte sich Emilio zu und betrachtete ihn prüfend. »Sprechen Sie Englisch, Señor?«

»Nein«, sagte Ben. »Tut er nicht.«

»Raul Ramirez«, las Parmenter. »Weiß er, was er mit den Äpfeln zu tun hat?«

»Ja«, sagte Ben. »Er kann das.«

»Woher wissen Sie das?«

»Ich hab Raul beim Pflücken gesehen.«

»Wo?«

»In Yakima.«

»Ich weiß ja nicht, wie die es da halten, aber hier will ich keine abgerissenen Äste und kein wildes Herumhantieren mit den Leitern sehen. Und die Früchte werden sanft behandelt. Wenn ich seh, daß einer Äste abbricht oder Äpfel runterwirft, hol ich ihn sofort von der Leiter, und er kann sich wieder aus dem Staub machen.«

»Verstanden«, sagte Ben.

»Ich mach das lieber gleich klar«, sagte Parmenter. »Besser so, als wenn's den Ärger hinterher gibt.«

»Ich würd's genauso machen«, versicherte Ben ihm.

Parmenter gab Ben das Klemmbrett und zeigte ihm, wo er zu unterschreiben hatte. »Bißchen dunkel für die Sonnenbrille, was?« sagte er. »Die Sonne ist schon weg.«

»Reine Angewohnheit«, erwiderte Ben. »Ich trag sie immer.«

»Eine schlechte Angewohnheit«, sagte Parmenter.

Ben und Emilio wurden in die Obhut des Vorarbeiters, der Sanchez hieß, gegeben; er sollte ihnen die Pflückerunterkünfte zeigen. Er war ein kleiner, drahtiger Mann, der Cowboystiefel trug und einen Gürtel aus unbehandeltem Leder hatte, auf dessen silberfarbener Schnalle ein röhrender Hirsch abgebildet war. Unter seinem Cowboyhut sah man die glatte braune Stirn, im Nacken waren die Haare kurzgeschoren. Sein Atem roch nach Mentholbonbons.

Auf dem Weg zu den Unterkünften nahm Ben die Sonnenbrille ab. Als er sie sich in die Tasche stecken wollte, fiel sie ihm auf den Boden. Emilio bückte sich danach, und sie gingen weiter. »Wolfhound Orchard«, sagte Ben zu Sanchez, »ein merkwürdiger Name.«

Sanchez nickte abweisend. Sein Schweigen war fast feindselig, und er sah Ben nicht an.

»Gibt es hier Wolfshunde?« bohrte Ben weiter. »Oder haben sie sich das nur ausgedacht?«

»Es gibt Wolfshunde«, antwortete Sanchez.

»Viele? Ein Rudel oder so?«

»Ja«, sagte Sanchez. »Zwölf.«

»Zwölf Hunde«, sagte Ben. »Man würde denken, daß ein Mann mit einer Plantage von dieser Größe keine Zeit für so was hat.«

»Sein Bruder hat die Hunde«, sagte Sanchez. »Sein Bruder ist der Mann für die Hunde. Da vorne nach links und dann den Hügel runter.«

Sie folgten Sanchez auf einem Feldweg an dunklen Obstbäumen vorbei und Stapeln von Birnbaumholz, das von Feuerbrand befallen war. Die Unterkünfte lagen in einer Senke, in der Kiefern, Silberpappeln und Pyramidenpappeln wuchsen. Sie bestanden aus einer Reihe von Hütten aus grauem Lattenholz, einem aus Zementblöcken gebauten Waschhaus neben einem Bach und einem riesigen, baufälligen Geräteschuppen voll mit rostendem Werkzeug und dem ganzen Kram und Krempel, der zu einer Obstplantage gehörte. Auf einem kahlen Feld jenseits der Bäume standen, in einem Halbkreis angeordnet, die zerbeulten Wohnwagen der Pflücker, auf deren Seitenwänden sich das schräg durch die Bäume scheinende Mondlicht spiegelte. Sanchez führte sie an einem Schuppen vorbei, der zur Hälfte mit sauber gestapeltem Klafterholz gefüllt war. Mit dem Einfall der Nacht wurde es kalt. Ein Mädchen schwang die Axt an einem Hackblock und machte Feuerholz. Sie vermied es, zu ihnen herüberzuschauen, als wäre Gucken gefährlich.

Sanchez zeigte ihnen die Einrichtungen im Waschhaus: es gab einen Heißwassertank, zwei Duschkabinen, einen Boiler an der Wand, eine Waschmaschine, eine Wäscheleine. Er und Emilio sprachen Spanisch miteinander, unterbrachen aber ihr Gespräch, als Ben sich auf eine Bank sinken ließ. »Sie sehen ziemlich krank aus«, sagte Sanchez.

»Es ist nichts«, sagte Ben. »Verdauungsstörungen.«

»Hoffentlich nichts Ansteckendes.«

»Nein«, sagte Ben. »Verdauungsstörungen.«

Emilio half Ben beim Aufstehen. Sie verließen das Waschhaus und gingen an den Hütten vorbei, in denen, so erklärte Sanchez, die unverheirateten Pflücker untergebracht waren. In den meisten brannte Licht, und aus den Backsteinschornsteinen stieg Rauch auf. Überall lagen Leitern und Kisten herum. Vor den Hütten standen zwei Autos. In einem baumelte ein Kruzifix vom Rückspiegel, in dem anderen ein Würfel aus Schaumstoff. Auf der Veranda jeder Hütte gab es eine Axt und einen Hackblock, Kleinholz und Holzreste. Ein Mann trat aus einer der Hütten – mit nacktem Oberkörper, nur mit Jeans und Pantoffeln bekleidet – und hängte ein Netz mit Zwiebeln draußen an einen Haken. Er sprach Sanchez auf spanisch an, Sanchez antwortete, und sie unterhielten sich eine Weile. Aus dem Inneren der Hütte drang das Zischen von Fleisch, das in der Pfanne briet, und der Geruch von gerösteten Zwiebeln. Eine Katze schlüpfte zwischen den Beinen des Mannes hindurch, rieb sich an ihm und verschwand zwischen den Bäumen. Vor einer der anderen Hütten hielt ein Auto, und zwei junge, mit Einkaufstüten beladene Männer stiegen aus. Laute Radiomusik quoll aus dem offenstehenden Auto. Es roch nach Holzfeuer und Kiefernnadeln. Aus der offenen Tür des Mannes strömten Licht und Wärme in die Nacht hinaus.

Sanchez schloß die Hütte daneben auf und gab Ben den Schlüssel. Er zog an einer Kette neben der Tür und schaltete so das Licht ein. Mit unbewegtem Gesicht blickte Emilio, der neben Ben in der Tür stand, hinein. Sie sahen sich den Raum im Licht der Glühbirne an, die an einem Kabel von der Decke hing und leicht hin und her schwang. Die Hütte war nicht größer als ein Gartenhäuschen, der Boden war uneben und mit brüchigem Linoleum ausgelegt, die Lattenholzwände waren grob gestrichen. Ein Fetzen von einem rot-weiß-karierten Vorhang hing vor dem kleinen Fenster. Ein eiserner Herd stand auf einer Blechunterlage. Es gab einen kleinen Tisch mit einer Wachstuchdecke. An den Haken über dem Spülstein hingen eine Fliegenklatsche, ein Kartoffelstampfer und eine Suppenkelle. Sanchez wartete mit einer Hand auf dem Türknauf. »Mit der Kochplatte müssen Sie aufpassen«, sagte er. »Nicht, daß es Feuer gibt.«

»Ich hab nicht vor zu kochen«, sagte Ben.

»Vom Waschhaus geht ein kleiner Pfad ab. Da kommen Sie morgen früh um sechs hin, dann kriegen Sie Ihre Leiter.«

Ben nickte. »Gut, wird gemacht.«

»Das hier ist 'ne Ein-Mann-Hütte. Sie wollen nicht mehr hier drin haben.«

»Und was ist mit meinem *compadre*?«

»Der wird nebenan einquartiert«, sagte Sanchez.

Er sagte etwas zu Emilio auf spanisch, dann wünschten sie sich gegenseitig *»buenas noches«* und sagten *»gracias«* und »bis morgen«, und dann gingen die beiden.

Ben ließ sich auf die Pritsche fallen. Die armselige Matratze auf den ausgeleierten Sprungfedern erinnerte ihn an Camp Hale. Er zog die Knie an die Brust, legte die Arme um die Beine und atmete stöhnend ein und aus. Das Stöhnen brachte ihm ein wenig Erleichterung. Er hatte nicht die Energie, sich die Stiefel auszuziehen, deshalb knüpfte er nur die Schnürsenkel auf und ließ die Stiefel an. Alles war still, abgesehen von dem Surren einer Schmeißfliege, die ab und zu auf ihm landete. Die nackte Birne hing jetzt regungslos und verströmte ein hartes weißes Licht.

Ben richtete sich auf und suchte in seinem Rucksack nach der Dose, die ihm der Tramp am Fluß in Vantage gegeben hatte. Es war noch eine Marihuanazigarette übrig, und die steckte er sich jetzt zwischen die Lippen und zündete sie mit einem Küchenstreichholz an, das er in einer Schale auf der Herdplatte fand. Er stellte sich mit der Zigarette in der Hand in die offene Tür und blies den Rauch zu den Bäumen hinüber. Die Welt war in fahles Mondlicht getaucht. Das Mädchen hatte die Axt im Hackblock steckengelassen. In Emilios Hütte brannte Licht. Er inhalierte und hielt den Rauch in seinen Lungen, und während er mit angehaltenem Atem dastand, hörte er den Ruf einer Eule. Es war ein gellender, geheimnisvoller Ruf, verstörend.

Er ging wieder hinein, schaltete das Licht aus und legte sich auf die Pritsche. In seiner Erschöpfung und Stumpfheit bemerkte er unzusammenhängende Einzelheiten. Auf einer Ablage über dem Ofen standen eine Kerze, eine Taschenlampe und eine Sprühdose mit Barbasol. Die Decke war mit Hartfaserplatten verkleidet, die sich an zwei Ecken lösten. Eine Flasche Lebertran, knapp halb voll, stand neben dem Spülstein. Er überlegte, ob er davon etwas nehmen sollte – die reinigende Wirkung würde ihm guttun –, aber wahrscheinlich war er ranzig und alt, und schließlich entschied er sich dagegen.

Seine Gedanken wanderten, tanzten umher. Er dachte an Catherine Donnelly, dann an Christine Reilly. Er dachte an die Reiterin in der Tierklinik, an die blauen Adern in ihren Oberarmen. Er träumte schon halb, als es klopfte und die Tür vorsichtig geöffnet wurde. In der Dunkelheit erkannte

Ben nur eine Gestalt, die leise eintrat, und sein Herz schlug hastig. »Wer ist da?« rief er. »Was ist?«

Die Antwort war in einem unverständlichen Spanisch, aber Ben erkannte den angenehmen Singsang. Es war Emilio – oder Raul Ramirez, wie immer er heißen mochte, es war nicht wichtig –, der mit dem Arm voller Feuerholz geduldig in der Tür stand. »*Qué pasa*?« fragte Ben. »Was ist los?«

»*Hace mucho frío*«, sagte der Junge.

Er legte das Holz neben dem Ofen auf den Fußboden und klopfte sich das Hemd ab. Er machte sich leise im Dunkeln zu schaffen, stellte Bens Rucksack auf den einzigen Stuhl im Raum und legte Ben eine Wolldecke über die Beine. Dann machte er Feuer, baute es langsam auf. Der Schein erhellte sein Gesicht, die Kerbe in seinem Kinn, seine Stirn. Er hockte entspannt vor dem Ofen und schürte das Feuer mit einem Stock. Ben hörte das Krachen der Scheite. Im Feuerschein wirkte der Junge nachdenklich. »*Gracias*«, sagte Ben. »*Muchas gracias*. Vielen Dank für das Feuer.«

»*De nada*«, sagte Emilio.

Er regelte den Belüftungsschlitz, schloß die Ofenklappe und schob den Regler zu. Einen Moment lang sah er sich um, dann nahm er die Kerze von der Ablage, stellte sie auf den Rand des Spülsteins und zündete sie an. Der Kerzenschein flackerte im Raum, die Schatten zitterten, die Umrisse der Dinge verschwammen. Emilio kniete sich neben Bens Pritsche. »Okay, *señor*?« fragte er.

Ben hob seine altersgefleckte Hand und legte sie dem Jungen auf den Arm. »Danke«, sagte er. »*Muchas gracias*.«

Emilio nickte und machte vor Ben das Kreuzzeichen. Dann stand er auf und ging zur Tür. Seine Silhouette war dunkel, gesichtslos. Man sah die Gestalt eines Jungen, schlank und locker. »*Buenas noches*«, sagte er leise.

Aber eine gute Nacht war ihm nicht möglich. In der Welt der wabernden, wankenden Schatten kämpfte Ben mit seiner Krankheit. Er meinte, die kühle Nähe des Todes zu spüren, aber vielleicht war es nur Erschöpfung und Übelkeit – und die Marihuanazigarette verstellte ihm den Weg zu einer klaren Einschätzung. Es kam ihm vor, als wehte der Wind des Todes, als röche er das Grab. Und wie lange schon wartete er darauf, erwartete es mit Grauen? Wie lange fürchtete er sich schon davor? Nach außen war er ein robuster, stoischer Mann, aber insgeheim hatte er Angst wie ein Kind; er lebte mit einer ständigen stillen Furcht, die unter der Oberfläche aller Dinge lauerte.

Er lag auf seiner Pritsche in der Pflückerhütte, hörte das Knistern des Feuers im Ofen und spürte den Karabiner auf seiner Brust und die Länge des Kletterhakens. Sie sicherten den Bergsteiger in einer Felswand. Kleine Objekte menschlicher Erfindungsgabe, die sich zwischen den Bergsteiger und den Tod stellten. Als wäre der Tod ein Spiel und, ihn herauszufordern, eine Freizeitbeschäftigung. Ben dachte an die jungen Leute in ihrem VW-Bus, die es nicht abwarten konnten, in die Sawtooth Range zu kommen, in die schweren, glatten Wände dort. Für sie war der Tod etwas Romantisches. Sie hatten ihren Gipfel noch nicht erreicht. Sie ahnten nicht, was Verfall bedeutete, konnten es sich kaum vorstellen.

Benommen versuchte Ben, zu einer Sicht des Todes zu kommen, die das Scheiden aus der Welt erträglich machen würde. Aber so oft er auch darüber nachgedacht hatte, so viele Jahre er sich damit beschäftigt hatte, für dieses Rätsel gab es keine Lösung; vielleicht lag die endgültige Antwort außerhalb seiner Reichweite. Nie brachten seine Grübeleien ihn weiter, und am nächsten Tag war er nur einen Tag älter, nicht klüger, nicht gewappneter. Er fand nichts, was ihn auf den Tod hätte vorbereiten können. Und so wurde er immer älter. Und ließ es mit Staunen geschehen, daß sich die Tage aneinanderreihten. Mal hatte er das Vergehen der Zeit einfach weggeschoben, mal hatte er es unter den Ablenkungen seines Lebens vergessen. Im Hintergrund lag aber immer die Furcht, wie ein Meer, auf dem es nur Inseln der Ruhe, der Arbeit oder der Liebe gab.

Er hatte keinen Weg gefunden, diese Ablenkungen zu überwinden. Er hatte kein spirituelles Leben geführt, in dem das Bewußtsein der Sterblichkeit ihn auf einen Pfad des richtigen Handelns und der Demut geführt hatte. Im Gegenteil, er hatte sich willentlich davon abgewandt. Und im großen und ganzen war das gutgegangen. Er hatte das Leben genossen. Doch jetzt stellte er fest – er wußte es seit Rachels Tod –, daß dieses Vergessen nicht tragfähig war, nicht bis zu seinem Tod. Die Zwischenräume des Nichtwissens waren stetig kleiner geworden. Jetzt waren sie ganz verschwunden, jetzt gab es nur noch das Wissen, und er war darauf nicht vorbereitet.

Ben dachte daran, daß er an Tausenden von Abenden Rachel beim Ausziehen an ihrer Frisierkommode zugesehen hatte – wie sie von ihm abgewandt, ihr langer Oberkörper im Lampenlicht, ihre Hände auf dem Rücken nach außen gedreht hatte, um den Verschluß an ihrem Büstenhalter zu lösen, schnell und geschickt –, und die Erinnerung vertiefte seine Trauer. Der Anblick hatte ihn bis zum Schluß gerührt, hatte ihm immer wieder bewußt gemacht, welches Glück ihm die Liebe gebracht hatte. Er nahm diese Augenblicke nie als gegeben hin, auch nicht nach fünfzig Jahren. Er hatte sie gewürdigt, hatte bewundert, was er sah. Wenn sie sich gestritten hatten, wenn etwas sie trennte oder unbedachte Worte sie für eine Weile voreinander verschloß, so konnte er sich doch nicht von ihr abwenden. Sie besaß eine Grazie, eine Haltung, die er nicht definieren konnte und die ihn auf sie gerichtet hielt.

Nun gab es diese Grazie nicht mehr. In den Monaten seither hatte er nicht gelernt, ohne sie zu leben, er hatte nicht aufgehört zu trauern. Bewußt hatte er den Bogen seiner Trauer weit gezogen. Er hatte sie ausgekostet und ihren Endpunkt hinausgezögert.

Sein Tod würde dieses Problem lösen. Es war gut, so darüber zu denken. Aber der Tod zeigte sich mit tausend verschiedenen Gesichtern. Seine Gedanken über ihn liefen wahnhaft im Kreis. Für ihn gab es kein anderes Thema, und er zwang sich, so über den Tod zu denken, als wäre er eine Form des Schlafs, warm und voller Träume.

Seine Gedanken gingen schließlich in eine Art von Schlaf über, und Ben träumte, er wandere durch die Wüste. Es war eine Reise, deren Zweck er nicht erkennen konnte. Der nachgebende feine Sand unter seinen Füßen machte das Vorwärtskommen fast unmöglich. Eine merkwürdige Vorahnung lähmte ihn. Er änderte die Richtung – zweimal, dreimal. Niedrige, kahle Berge erschienen am Horizont. Eine mondähnliche Kargheit, die Topographie der Träume, Felsbrocken in einem trockenen Flußbett, als hätte ein japanischer Gärtner sie dort kunstvoll angeordnet, eine lange Biegung des trockenen, steinigen Betts, ein Stein, noch einer, ein Stein mit einer Runengravur, die ungewöhnliche Größe seiner Bergschuhe, seine Angst, weil er kein Wasser hatte; er trug nichts bei sich; er kam zu einem Kamm, von dem aus er über das Land blicken konnte: die Wüste erbebte und verschwand, zitterte und verschlang sich selbst in Hitzewellen und brennenden Wolken von Sauerstoff, und seine Sicht wurde verschleiert. Er folgte einer Spur von Kieselsteinen und kniete sich neben einem Rinnsal nieder. Christine Reilly kniete neben ihm und legte ihm noch einmal den glücksbringenden Karabiner um den Hals. Das ergab keinen Sinn, weil er ihn doch schon trug. Diese Unlogik schreckte ihn auf. Er war in der Pflückerhütte, auf der Wolfhound-Plantage. Immer noch knisterte und knackte das Feuer im Ofen, und die Kerze auf dem Spülstein warf ein flackerndes Licht. Er dachte an das

Mädchen mit dem Nasenring, Catherine Donnelly, mit ihrem Buch von Steiner, dem Pickel am Kinn, den Hosenbeinen, die auf dem Boden schleiften. Er wünschte sich, sie zärtlich in den Armen zu halten, nichts weiter.

Der Junge, Emilio, kniete neben seiner Pritsche und wiederholte immer wieder das Wort *señor*, bis Ben die Augen öffnete. »*Necesito un medico – rapidamente*«, sagte der Junge. »*Rapidamente, señor, rapidamente, por favor*.«

Auch der Vorarbeiter war da. Er zog an der Kordel, und das Licht von der Deckenbirne blendete Ben. »Er hat gesagt, Sie sind Arzt«, erklärte Sanchez. »Da ist eine Frau, die ein Kind bekommt. Vielleicht können Sie ihr helfen.«

»Okay«, sagte Ben. »Ich komme.«

»Beeilen Sie sich bitte«, sagte Sanchez. »Das Baby steckt irgendwie fest. Es bewegt sich nicht.«

»Okay«, sagte Ben. »Gehn wir.«

Unter den Sternen, wie im Traum – Emilio ihm voraus und Sanchez hinterher –, stolperte er zwischen den Kiefern vorwärts, bis sie zu einem Plantagenabschnitt kamen, wo die Äpfel noch an den Bäumen hingen, weiter zwischen den Reihen stiller Bäume hindurch und hinaus auf ein freies Feld. In gut einem Dutzend Wohnwagen brannte Licht, Pflücker standen draußen herum. Die Szene wirkte unscharf, und dabei ohne Tiefe und bewegungslos, wie auf einem Foto.

Sie eilten an den ersten drei Wagen vorbei, und die Pflükker starrten sie an wie Zuschauer bei einem Wettlauf: Männer und Frauen standen in der Kälte, die Hände in den Manteltaschen vergraben, die Hüte tief ins Gesicht gezogen. Offenbar waren die wenigsten Pflücker schon zu Bett gegangen, Hunde streunten neugierig umher, Kinder liefen unbeaufsichtigt mit großen Augen und müden Gesichtern in die Nacht hinaus. Emilio hastete an ihnen vorbei, ohne ein Wort zu sagen, ohne sich zu entschuldigen oder eine Erklärung abzugeben, und die Pflücker machten Platz für ihn und den merkwürdigen Arzt mit dem geschwollenen Auge und der Nickelbrille, der in seinen offenen Stiefeln hinter ihm herhumpelte. Emilio ging auf einen silbernen Wohnwagen zu, der in der Dunkelheit wie ein U-Boot im Trockendock oder wie ein Flugzeugrumpf wirkte. Die niedrige Tür war offen und eine Frau stand davor Wache und wartete auf sie.

Als sie näherkamen, faltete sie die Hände unter dem Kinn. Sie war dick und trug einen Parka, der mit Klebeband repariert war. »Sie sind der Arzt?« fragte sie.

»Lassen Sie uns rein«, sagte Sanchez.

»Gott sei es gedankt«, sagte die Frau. »Ich habe gebetet, daß Sie kommen.«

»Lassen Sie uns durch«, wiederholte Sanchez.

Ben sah in den Wohnwagen hinein. Das Innere wirkte eher wie eine Höhle, mit den verzerrten Schatten, die über die genieteten Aluminiumwände huschten. Eine einzige Petroleumlampe erleuchtete den Raum. An der Stirnseite lag eine Matratze, und darauf wand sich eine Frau, ein Mädchen, in den Wehen und warf sich nackt auf ein paar Wolldecken herum. Mit geschlossenen Augen wiegte sie sich auf Händen und Knien, und ihr Bauch bebte. Das Haar klebte ihr in Strähnen im Gesicht und verdeckte es zur Hälfte. Sie legte den Kopf auf die Brust und stöhnte, bis die Sehnen an ihrem Hals anschwollen, dann ließ sie sich auf die Unterarme fallen und rang nach Atem. Ihre Füße zuckten, sie bettete den Kopf in die Hände und preßte das Gesicht in die Matratze. Dann rollte sie auf die Seite, ruderte mit den Armen und wimmerte.

Ein junger Mann in Socken kniete neben ihr und strich ihr die Haare von der Wange. Eine Frau hockte daneben und sprach auf spanisch auf das Mädchen ein. Eine zweite Frau – sie war klein und dick, eine Zwergin, stellte Ben fest, von ungefähr einem Meter zwanzig – stand mit aufgerollten Ärmeln vor einem Propangasherd, tauchte ein Handtuch in einen Topf mit heißem Wasser und wrang es energisch aus. »Gut, daß Sie da sind«, sagte sie zu Ben.

»Wie lange dauern die Wehen schon?«

»Lange. Zu lange«, sagte die Zwergin.

Mit gebeugtem Kopf betrat Ben den Wohnwagen. Die Decke war so niedrig, daß er sich nicht aufrichten konnte, was schmerzhaft für seinen Hals und Rücken war. Er ging zur Matratze und kniete sich nieder. Das Mädchen war sehr jung: ein Kind, das ein Kind gebar. »Wie heißt du?«

»Sie heißt Doris«, sagte der Junge und deckte sie mit einer Wolldecke zu.

»Wie alt?«

»Fünfzehn.«

»Sind Sie der Vater?«

Der Junge nickte.

»Wie heißen Sie?«

»Jimmy Perez.«

»Ist das ihr erstes Kind?«

»Ja.«

»In Ordnung«, sagte Ben.

Die Frau neben der Matratze strich dem Mädchen über die feuchte Stirn. Ben hatte den Eindruck, daß sie ein Glasauge hatte oder zumindest eine wandernde, verschwommene Pupille – er konnte nicht klar erkennen, was es war, und wußte auch nicht, ob sie ihn ansah. Jedenfalls schien sie zur Seite zu sehen oder durch ihn hindurch, auf einen Punkt in der Ferne. »Sind Sie die Mutter?« fragte er.

»Nein«, sagte die Frau, und ihr Auge wanderte blicklos umher.

»Wie lange sind Sie schon hier?«

»Seit gestern abend.«

»Vierundzwanzig Stunden?«

»Länger.«

»Die Wehen dauern schon vierundzwanzig Stunden?«

»Länger«, sagte die Frau.

Ben schüttelte den Kopf. »Sind Sie Hebamme?«

»Ich weiß gar nichts«, antwortete die Frau.

Ben berührte seine Wunde an der Stirn und überlegte einen Moment. Seit seinem Praktikum in Geburtskunde vor dreiundvierzig Jahren hatte er keine Frau in den Wehen mehr vor sich gehabt. Sechs Wochen lang hatte er 1954 bei Geburten assistiert. »Wir müssen einen Krankenwagen holen«, sagte er. »Sie muß ins Krankenhaus.«

Wie als Antwort warf Doris sich auf den Rücken, griff nach den Händen der Frau mit dem Glasauge und preßte mit aller Macht, so daß ihre Lippen weiß wurden, die Augen hervortraten und Tränen die Wangen herunterliefen. Ohne Scham öffnete sie die Beine weit: eine feuchte Masse dunkler Haut, das Rektum purpurrot geschwollen, die Vulva bis an die Grenze gespannt. Der Damm könnte jeden Moment reißen. Ein Dammschnitt hätte ihr geholfen, aber den konnte er nicht durchführen.

»Können Sie ihr helfen?« fragte die Frau mit dem Glasauge. »Was sollen wir tun?«

Ben antwortete nicht. Er hatte die Hand immer noch an der Stirn. Das Mädchen rang nach Luft, keuchte, stöhnte, dann preßte sie erneut. Ben sah die Rundung des Babykopfes, das nasse, dunkle Oval seiner Haare. »Der Kopf ist schon zu sehen«, sagte er.

»Was heißt das?« fragte Jimmy.

»Daß wir sie nicht mehr ins Krankenhaus bringen können.« Ben drehte sich zu dem Propangasherd um. »Ist das Wasser heiß?« fragte er.

»Zu heiß«, sagte die Zwergin. »Ich tue kaltes dazu.«

Ben zog sich die Jacke aus und rollte sich die Hemdsärmel hoch. Die Zwergin goß ihm Spülmittel aus einer Flasche in die Hände, Ben wusch sich, rückte sich die Brille zurecht und kniete sich wieder neben das Mädchen. »Das kriegen wir schon hin«, sagte er.

»Sind Sie Arzt?«

»Seh ich wie einer aus?«

»Nein«, sagte Doris.

»Ich bin aber einer.«

Sie zog die Oberschenkel mit den Händen weit auseinander, so weit es ging. Dann legte sie das Kinn auf die Brust und preßte mit der Konzentration einer Frau, die die Erde in Bewegung setzen will. Ihre Haut verfärbte sich blau, ihre Stirn legte sich in Falten, die Augen wurden zu Schlitzen, und es sah aus, als würde sie von einem enormen unsichtbaren Gewicht erdrückt. Ben sah zu, wie das Kind sich weiter vorschob. In dem Moment riß der Damm. Es blutete leicht, doch die Verletzung war relativ oberflächlich; das Scheidenhäutchen und die Schleimhaut waren gerissen, aber das darunterliegende Gewebe war unverletzt. »Ihr Kind kommt«, sagte Ben.

Langsam kam der dunkle feuchte Kopf zum Vorschein. Das Gesicht war nach unten gerichtet und drehte sich dann zur Seite – es war normal, daß es die Lage veränderte. Die Züge waren zerknautscht, faltig, verschrumpelt, die Augen zugepreßt, der Mund geschlossen, die Haut blau, noch blauer als Venenblut. Dann blieb der Kopf stecken, schien sich sogar wieder zurückzuziehen, wie bei einer Schildkröte oder einer Schnecke. Ein gespenstischer, geschwollener, parasitischer Auswuchs zwischen den Beinen des Mädchens. Die weit gespreizten Beine mit einem Kopf dazwischen – einem halslosen, embryonischen Kopf. Er hing in der Luft, ein Anhängsel, auf dem Doris aufgespießt war. Ben tupfte das verknautschte Gesicht mit einem Handtuch trocken und steckte den Zeigefinger in den Mund des Kindes. Er wünschte, er hätte eine Saugpumpe, besser noch ein Fetoskop zur Hand. Das Kind atmete nicht und steckte mit den Schultern im

Geburtskanal fest. Er wußte nicht recht, was zu tun war, aber ihm war klar, daß es keine Zeit zu verlieren galt. Die Nabelschnur konnte abgequetscht sein, was zum Tode des Kindes führen würde.

Ben hob Doris' linkes Knie und preßte es an ihren geschwollenen Bauch, dann das rechte. Doris hielt sie dort fest. Aus seiner unbequemen Haltung neben der Matratze umfaßte er den Kopf des Babys und zog den Hals unnatürlich in die Länge, dann gab er das auf und steckte zwei Finger neben dem Ohr des Kindes in den Geburtskanal. Doris schrie auf und fluchte auf spanisch, und Jimmy Perez legte ihr die Hand auf den Rücken und beugte sich über sie. Erleichtert stellte Ben fest, daß die Nabelschnur nicht um den Hals des Kindes geschlungen war, dennoch wußte er, daß die Zeit knapp war. Er steckte noch einen dritten Finger hinein und versuchte, das Kind so zu drehen, daß es sich löste und aus dem Mutterleib gleiten konnte – als wäre die Geburt ein chinesisches Puzzle. Erst drehte er es im Uhrzeigersinn, dann gegen den Uhrzeigersinn. Ihm fiel nichts ein, was er sonst noch tun konnte. Er zog seine Finger heraus und preßte auf das Schambein des Mädchens, als würde das Kind dann herausspringen, wie bei einem Heimlich-Handgriff. Als das nichts bewirkte, umfaßte er den Kopf hinter den Ohren und zog wieder daran. Das Kind blieb, wo es war. »Ist es tot?« fragte Jimmy Perez.

»Nein«, sagte Ben. »Wir kriegen es schon raus.«

»Es ist blau im Gesicht.«

»Es atmet noch nicht.«

»Es ist tot«, sagte Jimmy.

»Nein«, sagte Ben. »Es wird noch über die Nabelschnur versorgt. Das Blaue verschwindet wieder.«

»Es ist tot«, sagte Jimmy. »Ich weiß es.«

»Es ist nicht tot«, wiederholte Ben.

Er steckte seine Finger tief in die Vagina, so tief es ging. Er wußte, daß er dem Mädchen weh tat – sie wollte sich entwinden und schrie wild –, aber das ließ sich nicht vermeiden. Seine Hand war jetzt bis zu den Knöcheln drin. Doris bäumte sich auf und hielt den Atem an; ihr Gesicht verkrampfte sich, sie kniff die Augen zusammen. Ben ertastete den Arm des Kindes, der am Schlüsselbein lag, bis er den Ellbogen fand. Es dauerte eine Weile. Er tastete weiter und fand schließlich, was er suchte. Als er seine Hand herauszog, hielt er die kleine blaue Faust des Kindes zwischen zwei Fingern, wie bei einem Zaubertrick.

Der Arm des Kindes hing zitternd neben dem Kopf, und Ben befreite sanft die Schulter aus der Engstelle. Die andere Schulter ließ sich viel leichter befreien, und dann glitt das Kind, ein kleines Mädchen, wie ein Fisch aus dem Mutterleib – blut- und fruchtwasserverschmiert, von der Nabelschnur umwickelt. »Sie haben ein kleines Baby«, verkündete Ben.

Als er das Kind hochnahm, zitterte er. Er hielt es in seinen Händen wie ein Juwel. »Es ist ein Mädchen«, sagte er, »ein wunderschönes Mädchen.«

»Ein Mädchen«, sagte Jimmy Perez.

»Gott sei Dank, daß Sie gekommen sind«, sagte die Frau mit dem Glasauge, und in ihrer toten Pupille brach sich das Licht.

»Lassen Sie mich«, sagte Doris, »lassen Sie mich's sehen.«

Ben steckte dem Kind einen Finger in den Mund und blies ihm ins Gesicht, um es zu erschrecken. Dann hielt er es an den Fußgelenken in die Luft, schnippte ihm gegen die Fußsohlen und gab ihm einen Klaps auf den Hintern. Das Kind fing an zu zappeln und stieß einen kleinen Schrei aus. Allmählich nahm es eine gesunde Farbe an. Als es anfing zu weinen, bekreuzigte sich der Vater. »Ein Wunder«, sagte er.

Ben zitterte immer noch. Mit einem Handtuch tupfte er das Baby ab, wickelte es in ein Tuch und legte es Doris auf den Bauch. Jimmy legte sich dazu, um seine Tochter zu betrachten. Ungläubig legte er die Hand auf den Mund.

»Was brauchen Sie jetzt?« fragte die Zwergin.

»Ein scharfes Messer«, sagte Ben. »Und etwas Faden.«

Sanchez, der an der Tür stand, zog ein Klappmesser hervor. Ben sterilisierte es mit Franzbranntwein, der aus einem Nachbarwagen gebracht wurde. Dann band er die Nabelschnur an zwei Stellen ab und trennte sie dazwischen durch. Die Nachgeburt kam von allein. Ben überprüfte, ob sie vollständig war, dann ließ er sie in eine Plastiktüte gleiten, die ihm die Zwergin hinhielt. Ben wusch sich und sah zu dem Kind hinüber, das an der Brust der Mutter lag. Die Gesichtsfarbe war jetzt besser. Es hatte dichtes schwarzes Haar und eine kleine Locke auf der Stirn.

Ben drückte Doris sanft auf den Unterleib, um festzustellen, ob die Gebärmutter sich zurückbildete. Sie war hart und hatte sich rasch auf die Größe einer kleinen Pampelmuse zusammengezogen. Doris verlor kein Blut, und er glaubte, daß keine unmittelbare Gefahr drohte. »Sie sollten mit Mutter und Kind zu einem Arzt gehen«, sagte er zu Jimmy Perez. »Wenn sie sich ausgeruht hat, aber möglichst bald. Um sicherzugehen, daß alles in Ordnung ist.«

»Okay«, sagte Jimmy. »Danke.«

»In Wenatchee müßte es eine Praxis geben«, sagte Ben. »Da gibt es sicherlich einen Arzt, der sich mit Neugeborenen auskennt. Und jemand, der Doris untersucht. Sie muß genäht werden.«

»Okay«, sagte Jimmy. »Machen wir.«

»Es kann gefährlich sein, wenn Sie es nicht tun.«

Als Ben ins Freie kam, brach der neue Tag an. In den Obstplantagen hingen die Äpfel reif an den Bäumen. Der weite Himmel war blaß, wolkenlos. Alles sah jetzt anders aus.

12

Er verschlief den ganzen Morgen in seiner Hütte. Um zehn Uhr kam Sanchez mit einer Frau. Sie standen in der Tür und sahen ihn an. »Das ist der Arzt«, sagte Sanchez.

»Der Mann da?«

»Ja.«

Ben setzte sich die Brille auf. Er hatte seine Jägerjacke zu einem Kissen gefaltet und lag mit der Wange darauf, in dem Geruch von Blut und Federn. »Entschuldigen Sie«, sagte er. »Es geht mir nicht so gut. Entschuldigen Sie, daß ich nicht aufgestanden bin.«

»Ich bitte Sie«, sagte die Frau. »Das macht doch nichts.«

Sie war fast so alt wie er, schätzte Ben, eine grauhaarige Frau mit tiefen Falten und Altersflecken. Sie trug ein Hauskleid, eine Strickjacke und wadenhohe Gummistiefel. Ihr Haar war strähnig, auf dem Kleid waren Flecken, und an ihrer Strickjacke hingen Strohhalme. Sie sah aus, als hätte sie Kühe gemolken oder im Stall gearbeitet. Die Griffe einer Gartenschere ragten aus der Tasche ihrer Strickjacke.

Sanchez nahm seinen Cowboyhut ab. »Das ist die Frau des Besitzers«, sagte er. »Mrs. Harden.«

»Ich bin Ben Givens«, sagte Ben.

»Ich heiße Bea«, sagte die Frau.

Sanchez setzte sich den Hut wieder auf. »Ich geh wieder zu den Pflückern«, sagte er. »Oder brauchen Sie mich noch?«

»Gehen Sie ruhig«, sagte Bea.

Sanchez ging zur Tür und drehte sich um. Sein Gesicht

war so still und unzugänglich wie am Abend zuvor. »Wir haben uns gerade das Baby angesehen«, sagte er zu Ben. »Es hat geschlafen. Die Mutter auch.«

»Hat es schon einen Namen?«

»Ellen Dolores.«

»Sagen Sie ihnen noch einmal, daß sie zum Arzt gehen müssen, ja? Mutter und Kind, beide.«

Sanchez nickte und ging. Bea Harden nahm die Gartenschere aus der einen Tasche und steckte sie in die andere. »Ich hab die ganze Geschichte gehört«, sagte sie.

»Was haben Sie gehört?«

»Von Ihnen und dem Kind. Gustavo hat es mir erzählt.« Bea rieb sich die Nase mit einem Taschentuch. »Er hat mir erzählt, daß das Kind an den Schultern feststeckte. Das kann gefährlich werden.«

»Sie haben recht. Sehr gefährlich sogar.«

»Das Mädchen hatte also Glück, daß Sie da waren.«

»Es war Glück«, sagte Ben.

Bea stopfte das Taschentuch wieder weg. Ihre Nasenflügel waren gerötet und wund. Sie hatte ein Pferdegesicht mit großen, etwas hervortretenden Augen. Senkrechte Falten liefen auf ihre Oberlippe zu.

»Ihr Name«, sagte sie. »Er kommt mir bekannt vor.«

»Hier in der Gegend haben viele Givens gewohnt.«

»Aber Ihre Familie hat auf der anderen Seite des Flusses gelebt, als ich Kind war. Damals hieß ich Beatrice Cade.«

»Cade«, sagte Ben. »Der Name sagt mir nichts.«

Bea knetete sich die knorpeligen, arthritischen Finger der linken Hand. »Mein Vater hat mit Ihrem Vater am Icicle Ditch gearbeitet. Und wir hatten den Kurzwarenladen in der Stadt. Ihre Mutter hat da manchmal eingekauft.«

»Ich hab ein schlechtes Gedächtnis«, sagte Ben.

»Sie hieß Lenora. Eine von den Chandlers. Ich kannte auch Ihre Tanten.«

Ben sagte nichts. Er versuchte, sich zu erinnern. Wo war in Wenatchee der Kurzwarenladen gewesen? Er mußte in Gedanken sechzig Jahre zurückgehen.

»Meine Schwester hieß Lily«, sagte Bea. »Sie war so alt wie Sie, ein Jahr jünger. Und mein Bruder hieß Andy. Er hat bei den Stadtwerken gearbeitet. An ihn werden Sie sich erinnern. Andy Cade.«

»Andy?« sagte Ben. »Nein.«

»Sie sind tot«, sagte Bea. »Aber Sie hatten einen Bruder. Aidan – hieß er nicht Aidan?«

»Er ist auch tot«, sagte Ben.

Bea zupfte die Strohhalme von ihrer Strickjacke. Ihre kräftigen, abgearbeiteten Finger bewegten sich langsam, automatisch, während sie weitersprach. »Ich wußte, daß gestern abend was im Gange war. Es brannten so viele Lichter hier in der Senke. Dann hörte ich, daß einer der Pflücker das Baby zur Welt gebracht hatte. Ein Pflücker, der vielleicht Arzt war. Warum sollte ein Arzt Äpfel pflücken wollen? Das machte keinen Sinn.«

»Es macht auch keinen Sinn«, sagte Ben.

»Warum machen Sie es also?«

»Das ist eine lange Geschichte.«

Bea füllte am Becken einen Becher mit Wasser. Ben richtete sich auf und trank den Becher leer. »Heißt Ihr Mann William?« fragte er.

»William ist mein Schwager.«

»Hat er Wolfshunde?«

»Er züchtet sie.«

»Er hat meine Flinte gestohlen«, sagte Ben.

Bea nahm ihm den Becher ab. »Er war schon immer der Schrecken dieser Gegend«, sagte sie. »Nichts, was er tut, kann mich überraschen.«

»Er jagt mit den Hunden.«

»Ja.«

»Er hetzt seine Hunde auf Kojoten.«

»Er hetzt sie auf alles, was sich bewegt.«

Ben nickte. »Auf meine Brittanies zum Beispiel«, sagte er. »Seine Hunde haben einen meiner Hunde getötet und den anderen schwer verletzt.«

Bea schüttelte bedauernd den Kopf. »Ich wünschte, er hätte ein anderes Hobby.«

»Ich habe den, der meinen an der Kehle hatte, erschossen.«

»Sie haben einen von Bills Hunden getötet?«

»Deswegen hat er mir die Flinte weggenommen.«

Bea stellte den Becher in den Spülstein. Sie machte ein verärgertes Gesicht und schüttelte den Kopf. »Ich werde mit ihm reden«, sagte sie.

Ben rieb sich die Seite. Der Schmerz ging nicht weg. »Sagen Sie ihm nichts darüber. Er kann die Flinte behalten. Ich will sie nicht zurückhaben. Lassen Sie's gut sein.«

»Sie gehört Ihnen.«

»Ich will sie nicht mehr.«

»Es geht um das Prinzip.«

»Meinetwegen kann er sie behalten.«

»Er muß sie zurückgeben.«

»Ich will sie aber nicht haben. Ich will jetzt nur noch nach Hause.«

Wieder knetete Bea sich die Finger, die geschwollenen, verknorpelten Knöchel. »Wo ist Ihr Zuhause?«

»Auf der anderen Seite der Berge.«

»Sie sind verpflanzt worden.«

»So könnte man es nennen.«

»Kann ich Ihnen Aspirin bringen?«

»Aspirin nützt nichts.«

»Was dann?«

»Nichts, ehrlich gesagt.«

»Was haben Sie denn?«

»Krebs. Darmkrebs.«

»O nein«, sagte Bea.

Sie fuhren in ihrem Wagen, einem El Dorado, an einem Obstgarten mit Fuji-Spalieren vorbei, dann an einem anderen mit Granny Smith. Es war ein sonniger Tag, warm und hell, und die Pflücker arbeiteten in Hemdsärmeln. Überall waren Obstbäume, überall wuchsen Gala-Äpfel am Spalier, Braeburn und der robuste Red Delicious. In der Ferne, jenseits des Flusses, zog sich ein zartes Gespinst von Stromleitungen über das Land. In dem harten Licht sahen sie leicht wie Seidenfäden aus, und ihre Masten und Pfosten bildeten ein feines Muster bis zum Kamm hinauf, wo sie sich in der Weizenhochebene verloren.

Während der Fahrt versuchte Bea ihn zu trösten und erzählte von Leuten, bei denen der Krebs zum Stillstand gekommen war. Von einer Kusine, die Lymphdrüsenkrebs überstanden hatte, von der Tochter einer Freundin, die die Hodgkinsche Krankheit überlebt hatte, von einem Plantagenbesitzer in Mattawa, der seinen Lungenkrebs mit einer Diät aus rohem Kalbslebersaft und organischen Winesap-Äpfeln überwunden hatte. »Das mit den Winesaps kenne ich noch nicht«, sagte Ben, »aber der Kalbslebersaft kommt mir bekannt vor.«

»Und, warum probieren Sie's nicht?«

»Das ist nichts für mich.«

»Warum nicht?«

»Weil es nicht funktioniert.«

Bea sah ihn enttäuscht an. »Sie reden wie ein Arzt«, sagte sie.

Sie kamen an einem windschiefen Werkzeugschuppen vorbei und an Zwingern aus Maschendraht, in denen Bill Hardens Wolfshunde untergebracht waren. In den engen, dunklen Käfigen lagen sie herum wie Zirkustiere. Ein Stück weiter standen eine Scheune, ein Schuppen, in dem die Leitern bis zu den Dachbalken gestapelt waren, und ein Holzhaus mit Dachgauben und einer breiten Veranda, die ganz um das Haus herumlief. Davor lagen Reihen von ineinandergestapelten Obstkisten, und ein Gabelstapler und ein Traktor standen auf dem Hof. Auf dem Boden neben dem Traktor sah Ben einen Werkzeugkasten und einen Kanister Motorenöl.

Bea bot ihm an, im Haus zu frühstücken, sich auf der Couch auszuruhen, das Badezimmer zu benutzen. Er erzählte ihr von dem Mietwagen, den er auf der Joe Miller Road abgestellt hatte. Wenn sie ihn dort absetzen könnte, schlug er vor.

»Sie können doch nicht fahren, in Ihrem Zustand.«

»Und ob ich das kann. Wenn ich erst mal hinter dem Steuer sitze.«

»Nein, das geht nicht. Das lasse ich nicht zu.«

Ben runzelte die Stirn, aber Bea hielt ihm einfach die offene Hand hin. »Geben Sie mir die Schlüssel«, sagte sie. »Ich sorg dafür, daß der Mietwagen zurückgebracht wird.«

»Und wie soll ich nach Hause kommen?«

»Ich fahr Sie. Machen Sie sich darüber keine Gedanken.«

»Es ist ein langer Weg.«

»Ich bin eine gute Samariterin.«

»Sie kennen mich doch gar nicht.«

»Das macht nichts.«

Sie stieg aus und sprach dann durch das offene Fenster. »Geben Sie mir fünf Minuten Zeit«, sagte sie. »Mein Mann ist irgendwo auf der Plantage. Ich sag ihm Bescheid, daß ich Sie fahre.«

»Sie sollten das wirklich nicht tun«, sagte Ben.

Sie ging zum Haus. Ben sah ihr nach. Vor dem Haus war ein Gemüsegarten angelegt, die Reihen waren gerade und frei von Unkraut, und in der schwarzen Muttererde gedieh das Gemüse prächtig. Die Tomatenstauden waren an hohen Stöcken festgebunden. Dunkelrote Trauben rankten an einer Pergola. Ein Spaten stand neben einem Haufen Mulch im Hof.

Ben saß am offenen Fenster und sog den Apfelduft ein. Aus den fünf Minuten wurden fünfzehn. Er schloß die Augen und döste ein wenig. Er machte sich Sorgen, daß Doris Blutungen bekommen könnte. Er beschloß, Bea davon zu erzählen. Doris sollte so schnell wie möglich zu einem Arzt gebracht werden.

Hinter sich hörte er das Aufjaulen eines Motors, dann kam ein Pick-up in einer Staubwolke auf den Hof geprescht. Ein Mann stieg aus, er war groß, Mitte Fünfzig, ergraut, mit einem wettergegerbten Gesicht. Er hatte kurzgeschnittene Haare, trug Hosenträger über einem Sweatshirt und hatte die Jeans in abgestoßene Stiefel gestopft, deren Stahlkappen sich durch das Leder drückten. In der einen Hand trug er einen elektrischen Bohrer, in der anderen einen Zimmermannsgürtel und einen Plastikbeutel mit Nägeln. Beim Aussteigen spuckte er ins Gras.

Als er zehn Schritte auf den Werkzeugschuppen zugegangen war, quälte Ben sich aus dem Wagen und blieb, die Arme um den Leib gelegt, an der Tür stehen. Mit schwacher Stimme rief er den Mann beim Namen: »William Harden.«

Harden drehte sich um und sah ihn an. Er hatte kleine Augen und hängende Schultern, und sein Gesicht war blaß und angespannt. »Was zum Teufel?«

»Ich bin es«, sagte Ben. »Erinnern Sie sich? Der Jäger, dem Sie die Winchester gestohlen haben, vorgestern nacht.«

William Harden spuckte wieder aus und wischte sich dann mit dem Handrücken über den Mund. »Gestohlen ist wohl kaum das richtige Wort«, sagte er.

»Ich wollte mir meine Flinte zurückholen«, sagte Ben, »aber ich hab's mir anders überlegt.«

Harden schnaubte. »Gut«, sagte er. »Dann machen Sie sich gefälligst aus dem Staub.«

Ben ging humpelnd auf ihn zu. Das Laufen fiel ihm schwer. Er kam so nah, daß er Harden klar durch seine alte Nickelbrille sehen konnte. Hardens Blick war unsicher, aber er hielt den Bohrer fest in der Hand, als wäre er eine Waffe, mit der er Ben zusammenschlagen könnte. Die Tüte mit den Nägeln und den Zimmermannsgürtel legte er auf den Boden. »Was wollen Sie denn noch, Alter?« sagte er.

»Was ich will, ist dies«, sagte Ben. »Die Flinte ist seit sechzig Jahren in meiner Familie. Vor mir hat mein Vater sie benutzt, für die Vogeljagd. Er hat eine Menge Vögel damit geschossen. Nach ihm habe ich auch eine Menge geschossen. Aber wissen Sie was? Diese Flinte war immer eine schlechte Sache. Eine ganz schlechte Sache.«

William Harden sagte nichts. Statt dessen wischte er sich wieder über den Mund.

»Auf der Flinte liegt ein Fluch«, sagte Ben. »Alle Gewehre sind verflucht.«

Er trat einen Schritt näher und nahm die Brille ab. Harden hob den Bohrer. »Behalten Sie sie«, sagte Ben. »Ich reich das Gewehr an Sie weiter, Harden, ich will nichts mehr damit zu tun haben.«

Bea fuhr flußaufwärts, und sie überquerten den Columbia bei East Wenatchee. Apfellaster waren in beiden Richtungen unterwegs. Auf den Leitern in den Bäumen standen Pflücker und holten die letzten Äpfel herunter. Sie kamen an Rock Island vorbei und in die Gegend, in der Ben aufgewachsen war. Auf beiden Seiten des breiten Flusses erstreckten sich die Apfelplantagen, dazwischen sah man Brachland mit Salbei und kleine Weidenstände. »Wo hatten Sie Ihre Farm?« fragte Bea.

Er zeigte es ihr, als sie daran vorbeikamen. Sanft fiel die

Plantage zum Fluß hin ab, im Westen erhoben sich die braunen Berge. Das neue Haus stand hinter Weiden, die im Laufe der Jahre zu stattlicher Größe gewachsen waren. Bea hielt auf der Standspur. »Wie schön«, sagte sie. »Mit all den Pappeln dahinter.«

»Es hat sich verändert.«

»Trotzdem tut es gut, es zu sehen.«

»Und es ist immer noch schön.«

»Das ist es.«

Sie blieben ein bißchen zu lange stehen. Bea machte keine Anstalten weiterzufahren. »Fahren wir«, sagte Ben schließlich.

In Quincy holten sie Rex in der Tierklinik ab. Ilse Peterson war beschäftigt, aber die Reiterin an der Theke versprach, Bens Dank auszurichten, und brachte den Hund. Ben untersuchte die Stiche, streichelte Rex und trug ihn nach draußen. Er breitete auf dem Rücksitz eine Decke aus und legte ihn darauf. »Wir fahren nach Hause«, sagte er zu ihm.

Jetzt, zur Mittagszeit, lag die Straße nach George im Sonnenschein, auf den Feldern standen die großen Bewässerungsmaschinen. Ben wurde sich der Leere und Weite des Landes bewußt, ebenso seiner – künstlichen – Fruchtbarkeit. Die Ränder, wo Felder und Wüste aufeinanderstießen, waren klare Trennlinien. Was nicht landwirtschaftlich genutzt wurde, war Einöde, verwunschen und schön. Unter den Feldern lag die trockene Ebene. Der Salbei war mit den Wurzeln ausgerissen worden. Würde die Bewässerung je eingestellt, würde das fruchtbare Saatgut verdörren. Das Land sehnte sich nach Trockenheit.

Lange bevor sie George erreichten, fragte Bea Ben nach seinem Auge, und er begann, von Anfang an zu erzählen. Er fing mit Rachels Tod an. Er sprach von seiner Tochter und seinem Enkel. Er erwähnte nicht alle Einzelheiten, aber er erzählte der Reihe nach von den Ereignissen, die ihn an diesen Punkt gebracht hatten: wie er seine Flinte verloren hatte, was dem Hund zugestoßen war, wie er sich sein Auge verletzt hatte, welche Wanderung er hinter sich hatte. Es tat ihm gut, davon zu sprechen. Sie, eine Fremde, schien die richtige Zuhörerin zu sein.

»Selbstmord«, sagte Bea, als er fertig war. »Das könnte ich mir nicht vorstellen.«

Sie kamen an einer Viehweide, an Pfefferminzfeldern, an einem Walnußstand, an einer neu angelegten Plantage vorbei. Versuchsweise drückte Ben auf sein Augenlid. »Ich wollte meine Familie nicht belasten«, sagte er. »Wollte ihnen nicht neun Monate davon zumuten. Das ganze Elend.«

»Es ist keine Belastung«, sagte Bea fest. »Überlegen Sie doch, was die anderen daraus lernen können.«

»Das klingt gut, im Prinzip.«

»Es ist auch gut«, beharrte Bea. »Wenn man das Sterben eines Menschen erlebt, lernt man, mitfühlender zu sein. Man lernt Mitgefühl.«

Sie kamen zum Interstate und bogen wieder zum Columbia ab. Bea fuhr auf der rechten Spur und hatte beide Hände am Lenkrad. »Was hat Ihre Frau beruflich gemacht?« fragte sie.

»Meine Frau war Krankenschwester. Sie hat im Krieg gelernt. Vierunddreißig Jahre lang war sie Krankenschwester. Lange Zeit auf der Station für Verbrennungen. Das Schlimmste überhaupt. Verbrennungen.«

»Ein Arzt und eine Krankenschwester«, sagte Bea.

»Als unsere Tochter zur Welt kam, hat sie acht Jahre lang ausgesetzt, aber dann hat sie wieder angefangen.«

»Die Arbeit muß ihr gefallen haben.«

»Sie war gern Krankenschwester.«

»Ich bewundere das«, sagte Bea.

Ben schwieg. »Ich hab sie auch bewundert«, sagte er nach einer Weile. »Sie war ein besserer Mensch als ich.«

Bea nickte. Sie veränderte die Stellung des Rückspiegels, wechselte auf die linke Spur und überholte einen Lastwagen. »Na ja, ich weiß nicht recht«, sagte sie.

»Doch«, sagte Ben. »Sie hat alles gegeben.«

»Das muß man wahrscheinlich, wenn man Krankenschwester ist.«

Sie kamen zu der Biegung, hinter der sich die Hochebene öffnete, hoch über dem Fluß. Ben sah zu den Frenchman Hills hinüber. Eine Gruppe Enten zog über sie hinweg. Im Süden erstreckte sich endlos die Salbeiwüste.

»Also, warum haben Sie Ihren Plan aufgegeben?« fragte Bea. »Was war der Grund?«

»Hauptsächlich Feigheit. Versuchen Sie mal, sich selbst zu erschießen. Das ist gar nicht so einfach.«

»Tabletten sind auch eine Möglichkeit.«

»Ich konnte es einfach nicht tun.«

»Sie wollten es nicht tun.«

Ben zuckte die Achseln.

»Eines sollten Sie nicht vergessen«, sagte Bea. »Gestern nacht haben Sie ein Kind gerettet.«

Auf dem Fluß waren Gänse, mindestens drei Dutzend, drüben beim Wanapum-Damm. Der Wind ging nach Norden, das Flußbett hinauf. Das Licht lag bronzefarben auf den Hängen. In der Ferne sah man die Umrisse der Saddle Mountains.

Als sie über den Fluß kamen, sprach Ben wieder. »Damals, als wir geheiratet haben«, sagte er, »haben wir beschlossen, unsere Asche zusammen zu begraben.«

»Was für ein romantischer Gedanke.«

»Uns war so zumute.«

»Mir gefällt die Idee.«

»Mir auch. Und wenn ich es geschafft hätte, mich umzubringen, wär das nicht mehr möglich gewesen.«

»Statt dessen Kojoten und Würmer, Sie haben recht.«

»Das ist auch ein Grund, warum ich nach Hause fahre.«

»Ich verstehe Sie sehr gut«, sagte Bea. »Sie brauchen nichts zu erklären.«

Sie erreichten die Höhe des Rye Passes, kamen nach Quilomene und dann in das Kittitas-Tal. Die Bäume auf der Manastash Ridge leuchteten jetzt kupferrot und gelb. »Oktober«, sagte Bea. »Eine schöne Jahreszeit in dieser Gegend.«

»Der Herbst ist hier farbenprächtiger«, sagte Ben.

»Das stimmt, an der Küste sind die Farben nicht so schön.«

»Dafür haben wir das mildere Wetter«, sagte Ben. »Ohne diese Extreme.«

»Alles hat seinen Preis«, sagte Bea.

Sie ließen die Schluchten und die Salbeiwüste hinter sich und waren umgeben von dichtem Nadelwald. Vor ihnen, im Westen, lagen die Berge mit ihren schneebedeckten Gipfeln. Easton Ridge war dicht bewaldet. Das Licht war schon weicher geworden. Sie kamen zu der Abfahrt am Stampede Paß, wo die Hänge der Cascades von Blaubeeren bedeckt waren. Flecken von flammendem, ersterbendem Rot, wo die Beeren zwischen Bergheidekraut wuchsen. Sie hatten die alten Lichtungen überwuchert, eine Art Heidelandschaft geschaffen.

Am Snoqualmie Paß – dem höchsten Punkt – machten sie beim Traveler's Rest halt. Bea wollte zur Toilette gehen und sich einen Kaffee und einen Doughnut holen. Sollte sie ihm auch etwas mitbringen? Er antwortete, daß er keinen Appetit habe, dankte ihr für ihre Aufmerksamkeit und noch einmal dafür, daß sie ihn nach Hause brachte.

»Das ist nichts«, sagte sie. »Ihnen nützt es, und für mich ist es interessant. Mehr wünsche ich mir von einem Tag nicht. Wenn ich das habe, bin ich zufrieden.«

Sie ging in die Raststätte, und Ben drehte sich zu Rex auf der Rückbank um. »Dir scheint es ganz gut zu gehen, da hinten«, sagte er. »Besser als mir.«

Mit Mühe kurbelte er das Fenster herunter. Er wollte die

Berge riechen. Jetzt, am Nachmittag, war die Luft so hoch in den Bergen schon kühl. Er mußte an eine Bergtour denken, als er auf dem Kamm der Cascades von Windy Gap bis hierher gelaufen war. Der Silver Peak war nur ein paar Meilen von hier entfernt. Er dachte an sein Versprechen, ihn mit Chris zu besteigen. Jetzt würde er ihm erklären müssen, warum das nicht ging.

Es war ein langer Weg ins Tal, nach Westen, nach Hause – fast eintausend Meter Höhenunterschied. Bea fuhr und hielt dabei den Kaffeebecher in der Hand. Auf ihrem Schoß lag ein Schokoriegel auf einer Serviette. Der Himmel war von einem stumpfen Grau. Um sie herum gab es nichts als Berge und Wald. Als sie North Bend erreichten, regnete es. Der Mount Si war in Wolken gehüllt.

Zu Hause war alles so, wie Ben es verlassen hatte. Es war nichts passiert. Sein Nachbar hatte am Morgen den Mülleimer an die Straße gestellt und Post und Zeitungen ins Haus gebracht. Der Videorecorder hatte die Sendung *Great Railway Journeys* aufgezeichnet. Der Rupfer lag auf dem Tisch, das Rezept für Wachtel-Toast ragte aus dem Rezeptkasten. Auf seinem Anrufbeantworter waren vier Nachrichten: eine von Bill Wards Sprechstundenhilfe, die einen Termin bestätigte, eine von einem Immobilienmakler, mit dem Ben manchmal wandern ging, eine von der Autowerkstatt, die seinen Scout abgeschleppt hatte, und eine von seiner Autoversicherung. Er würde sie alle beantworten müssen, aber nicht gleich. Später.

Er gab Rex zu fressen, sank auf einen Stuhl am Küchentisch und legte den Kopf auf die Arme. Im Garten sah er die Hundehütte und die Portlandrosen, die seine Frau auf dem Streifen zwischen der Mauer zum Nachbargrundstück und der Stellfläche für die Mülleimer gepflanzt hatte. Ein paar Blätter waren noch an den Stielen, und die verwelkten Blüten waren zu Hagebutten geworden. Die Stauden waren in die Höhe geschossen.

Ben drehte die Heizung im Haus höher und ging ins Schlafzimmer, wo er den *Scientific American* aufgeschlagen auf den Nachttisch gelegt hatte. Er zwängte sich aus den Stiefeln und ließ sich aufs Bett sinken. Er rollte sich zusammen und suchte eine bequeme Lage. Seine staubige Jagdkleidung roch nach Salbei. Auf seiner Jacke waren Blutflecken, in der Jackentasche Vogelfedern.

Rex hinkte herein, sah Ben an und legte sich auf den Flikkenteppich vor dem Bett. Ben strich ihm über die Flanke. »Ausnahmsweise darfst du bleiben«, sagte er leise.

Nach einer Weile nahm er den Telefonhörer ab und wählte die Nummer seiner Tochter. »Hallo«, sagte sie. »Renee Givens-Kane.«

»Ich bin's«, sagte Ben. »Ich bin zu Hause.«

Danksagung

Für ihre großzügige Gastfreundschaft in Washingtons Obstbaugebieten danke ich Doug und Sue Clarke, Ed und Virginia Clarke, Thyra und Doyle Fleming, Mike Robinson, Brian Vincent, Grady Auvil und Mary Pat und Jerry Scotfield. Barbara Walton und Karen Ashley von der Denver Public Library, Moya Hansen von der Colorado Historical Society, Franco Polegato, Frank Chuk, Ken Hanson, Bob Ellis, Ken MacDonald und Matteo Bavestrelli stellten mir dankenswerterweise ihr historisches Fachwissen zur Verfügung. Will Toth, David Cowan, Bob und Bea Bourdeau, Mike Hobbs, Carol Riley, Laura Hoyt und Mark Swaney danke ich für ihre Hilfe in medizinischen und tiermedizinischen Fragen. Dr. Albert H. Meinke unterstützte mich als Experte für Kriegsmedizin. Für einen wunderbaren Landaufenthalt östlich der Cascades danke ich Ralph Cheadle, Trip Goodall; Taylor, Travis und Henry Guterson; Joe Powell; Tess, Jack, Thorn, Gus und Sam.

Für ihre große Freundlichkeit und Hilfe geht mein Dank nach Italien zu Norbert und Pepe Cristofolini. Für Informationen über Wanderarbeiter bin ich Victor Rodriguez und Dr. Patricia Ortiz dankbar. Sue und Luis Koch und Karla Sullivan standen mir mit Übersetzungen aus dem Spanischen zur Seite. Susan Anemone klärte medizinische Fragen zur Geburt. Bill Barker half mir mit seiner Kenntnis der Pflanzenwelt Zentralwashingtons. Für Büroarbeiten danke ich Angelica Guterson.

Großen Dank schulde ich Drenka Willen und Anne und Georges Borchardt für ihre Hilfe bei der Arbeit an diesem Buch.

Zu meinen Quellen zählen die folgenden Titel: Dr. Albert Meinke, *Mountain Troops and Medics: Wartime Stories of a Surgeon in the U.S. Ski Troops*; Robert Ellis, *See Naples and Die*; H. Robert Krear, *Journal of a U.S. Army Mountain Trooper in World War II*; Ken MacDonalds unveröffentlichte Memoiren; Diane Burke Fessler, *No Time for Fear: Voices of American Military Nurses in World War II*; Barbara Brooks Tomblin, *Nightingales: The Army Nurse Corps in World War II*; Lt. Col. Marjorie Peto, *Women Were Not Expected*; Al C. Bright, *Apples Galore*; Isabel Valle, *Fields of Toil*; Ronald J. Taylor, *Sagebrush Country: A Wildflower Sanctuary*; Toby F. Sonneman und Rick Steigmeyer, *Fruit Fields in My Blood: Okie Migrants in the West*; und Daniel Mathew, *Cascade-Olympic Natural History: A Trailside Reference*.

Alle, die ich aufgrund einer gewissen Gedächtnis- oder auch Charakterschwäche zu erwähnen vergessen habe, bitte ich hiermit um Entschuldigung. Ich bin in ihrer Schuld.